Oetinger

TABITHA SUZUMA wurde 1975 als Tochter einer Engländerin und eines Japaners in London geboren und studierte Französische Literatur am Londoner King's College. Sie wurde bereits mehrfach ausgezeichnet und für ihr Jugendbuch *Forbidden* unter anderem für den Deutschen Jugendliteraturpreis 2012 nominiert. Mit »Broken. Der Moment, in dem du fällst« stellt sie ihr Können nun ein weiteres Mal unter Beweis.

TABITHA SUZUMA

BROKEN

Der Moment, in dem du fällst

Deutsch von
Bernadette Ott

Verlag Friedrich Oetinger
Hamburg

Tabitha Suzuma bei Oetinger
Forbidden

MIX
Papier aus verantwortungsvollen Quellen
FSC® C014496

Die englische Originalausgabe erschien bei Random House UK
unter dem Titel »Hurt«.
Deutsch von Bernadette Ott
Einbandgestaltung unter Verwendung eines Coverdesigns von Suse Kopp
Satz: Dörlemann Satz, Lemförde
Druck und Bindung: GGP Media GmbH, Pößneck
Printed 2016
ISBN 978-3-7891-4754-8

www.oetinger.de

Schuld kann nicht ausgelöscht,
sie kann nur vergeben werden.
Igor Strawinsky

PROLOG

Er öffnet die Augen und weiß sofort, dass etwas Schreckliches passiert ist. Er spürt es durch die Haut hindurch bis in die Nerven, bis in die Synapsen seines Gehirns hinein, obwohl alles, was er auf dem Rücken liegend sehen kann, die Zimmerdecke mit dem Milchglas der Deckenlampe ist. Das Zimmer ist gleißend hell und er weiß, dass die Sonne hereinscheint und dass er vergessen hat, die Vorhänge zuzuziehen. Genauso wie er weiß, dass er sich nicht ausgezogen hat, bevor er eingeschlafen ist. Sein Gürtel drückt ihn, der Stoff seiner Jeans klebt ihm an den Beinen und das nass geschwitzte T-Shirt am Oberkörper. Er bewegt einen Fuß, merkt, dass er sich seltsam schwer anfühlt, und hebt den Kopf gerade weit genug, um festzustellen, dass er nicht einmal die Schuhe ausgezogen hat. Dann wandert sein Blick über die verdreckten Turnschuhe hinaus und er beginnt, den Rest des Zimmers wahrzunehmen. Einen Moment lang hält er die Luft an, überzeugt davon, dass er immer noch träumt. Mit einem entsetzten Schrei fährt er hoch, als würde er aus einem Albtraum aufschrecken.

Die Wände fangen an zu schwanken, Farben verschwimmen ineinander, die Umrisse ringsum lösen sich auf. Er presst die Lider fest aufeinander. Öffnet die Augen noch einmal und hofft, dadurch einen klareren Kopf zu bekommen. Er muss das Bild loswerden – das Bild von dem Chaos in seinem Zimmer. Aber die Sonne scheint weiter grell und erbarmungslos durchs Fenster herein. Auf die Verwüstung in dem normalerweise so makellosen weißen Raum. Umgestoßene Möbel, Gegenstände, die zu nichts mehr zu gebrauchen sind, zerwühlte Kleiderhaufen, Scherben und Glassplitter. Das Zimmer sieht aus wie der Tatort eines Verbrechens. Er hat auf einmal das Gefühl, als würde ihm die Luft aus den Lungen gepresst. Alle Dinge nehmen ein merkwürdig kompaktes, hartes Aussehen an. Er fährt mit der Hand an den Mund, zupft an der Nagelhaut seines Daumens. Dann sitzt er einfach nur da, erstarrt, unfähig sich zu rühren.

Hinter den Fenstern ist der Tag reglos und still. Die Äste des Baums bewegen sich nicht. Der Himmel ist von einem tiefen, unfassbaren Blau. Die Sonne sticht noch greller. Wie in Trance schaut er um sich, in einer Mischung aus Faszination und Grauen. Ein Gefühl von Fremdheit befällt ihn. An der Heizung lehnt ein wie durch Hitze brutal verzogener Bilderrahmen. Auf seinem Schreibtisch fangen die Scherben einer Kaffeetasse das Licht ein, der Rest Kaffee schimmert ölig. Vor dem Bücherregal ein Teppich von Büchern, die Seiten herausgerissen und wie Laub verstreut. Zerbrochen und verbogen liegen die Trophäen von seinen Siegerehrungen daneben, als hätte jemand den Koffer eines Schiffbrüchigen ausgekippt. Keine einzige Fläche im Zimmer, die nicht mit dem angeschwemmten Treibholz und Strandgut der Nacht bedeckt wäre.

Langsam lässt er sich ans Fußende des Betts gleiten und hievt sich mühsam hoch, ein Manöver, das große Konzentration und Willenskraft verlangt. Seine Muskeln sind steif und hart, jede Bewegung tut weh. Ein scharfer, heißer Schmerz durchzuckt sein Bein. Er blickt nach unten und entdeckt, dass seine Jeans über dem linken Knie zerrissen ist, dunkle, mit Blut verkrustete Fäden kleben an seiner Haut. Seine Arme sind mit unzähligen Schrammen und Kratzern übersät. Sein ganzer Körper schmerzt – sein Kopf, sein Nacken, sein Rücken, die gesamte Wirbelsäule entlang, bis hinunter in die Beine. Er konzentriert sich auf das Summen und Dröhnen in seinem Schädel, den Schwindel in seinem Kopf. Der Körper wirkt wie losgelöst davon. Dann presst es ihm plötzlich die Lungen zusammen, er japst und prallt auf dem harten, kalten Betonboden seines Lebens auf.

Er macht ein paar vorsichtige Schritte durch sein demoliertes Zimmer. Ekel und Grauen und kriechen ihm unter die Haut, ergreifen von seinem Körper Besitz, ohne dass er sich dagegen zur Wehr setzen kann: Seine Hände sind nicht mehr seine Hände, sondern die eines Fremden. Haben sie diese unvorstellbare Kraft? Angst hämmert von innen gegen sein Herz, seinen Schädel, seine Kehle, setzt sich wie ein fester Klumpen in seinem Magen fest. Zugleich brennt es in ihm, wühlen in ihm undefinierbare, befremdliche Gedanken und Gefühle. Er möchte am liebsten jemandem einen heftigen Schmerz zufügen für all die Schmerzen, die er gerade verspürt. Er möchte am liebsten bewusstlos auf dem Boden aufschlagen und dort reglos liegen bleiben. Solange, bis die Welt nicht mehr da ist.

Sein erster klarer Gedanke gilt seinem Bruder. Er reißt die Zimmertür auf, schlittert über die Marmorfliesen im Flur, bleibt im Türrahmen des Zimmers nebenan stehen. Ein perfekt gemachtes Bett. Auf dem Teppichboden sind frische Staubsaugerspuren zu erkennen. Dann rennt er durch die anderen Stockwerke. Das leere, kahle Haus kommt ihm auf einmal finster und gespenstisch vor, wie ein Mausoleum. Aber alles ist an seinem Platz, alles ist in demselben makellosen Zustand wie immer. Die Haustür, die Terrassentür, die Fenster – alles fest verschlossen. Keine Anzeichen, dass irgendetwas fehlt oder gestohlen worden ist. Kein Hinweis auf einen Einbruch.

Wieder zurück in seinem Zimmer ist ihm, als würde er durch eine zersplitterte Windschutzscheibe auf die Wirklichkeit blicken. Sein Gehirn arbeitet hektisch. Alles, was er vor sich sieht, will ihm etwas sagen, wie die Wörter eines Satzes, aber er kann die Teile dieses Puzzles nicht zusammensetzen, um daraus ein verstehbares Ganzes zu bilden. Seine Gedanken rasen, immer wieder kehrt er zur vergangenen Nacht zurück, versucht seinem Gedächtnis zu entreißen, was geschehen ist. Vergebens. Szenen blitzen auf und verschwinden. Erinnerungen steigen hoch und verschwimmen gleich darauf, fließen ineinander wie Farben in einem abstrakten Aquarell. Er sitzt in einem sich rasend schnell drehenden Karussell, Gesichter, Farben, Lichter zucken an ihm vorbei. Sein Leben fällt auseinander, Fetzen und Stücke fliegen in die Dunkelheit davon. Dann drückt er auf den Notfallknopf und in seinem Gehirn wird alles weiß wie unbedrucktes Papier. Die Meisterschaften im Wasserspringen in Brighton, das war gestern, daran kann er sich erinnern. Er kann sich auch noch daran erinnern, dass er nach der Pressekonferenz die Schwimmhalle verlassen hat. Aber danach – nichts.

Er sortiert in seinem Kopf die Fakten, die er in seinem Zimmer vorfindet. Es scheint nichts Wertvolles gestohlen worden zu sein, ja, auf den ersten Blick kann er nicht entdecken, dass überhaupt etwas fehlt. Sein Computer, seine PlayStation, sein Notebook – alles zerschmettert und wahrscheinlich nicht mehr zu reparieren, aber vorhanden. Kreuz und quer schmutzige Schuhabdrücke auf dem Teppich, perfekt mit der Sohle seiner Turnschuhe übereinstimmend. Die Fenster von innen verschlossen.

Langsam beginnt er, sich durch das Chaos vorzuarbeiten. Einen

Blick in den Spiegel vermeidet er, ertappt sich aber dabei, wie er trotzdem ab und zu hineinschielt. Als wäre er ein Motorradfahrer, der den Kopf nach einem Verkehrsunfall dreht. Plötzlich hält er es nicht mehr aus und richtet sich auf, um den Fremden, der vor ihm steht, zu mustern. Er erkennt sich kaum wieder. Mit den Fingern fährt er sich durch die zerzausten Haare, bemerkt verwundert, dass Zweige und trockenes Laub auf den Boden fallen. Sein Gesicht ist müde und blass, auf der Stirn ein riesiger blauer Fleck. Unter den Augen sind dunkle Ringe. Über seine rechte Wange zieht sich eine Schnittwunde, darunter ein rot-violetter Schatten. In seinem Mundwinkel hängt verkrustetes Blut. Er wirkt wie unter Schock, sein Körper kommt ihm eingefallen, fast durchscheinend vor. Durch seinen Baumwollsweater zeichnet sich sein Schlüsselbein ab, der Bund ist abgerissen, seine Jeans dreckbeschmiert.

Was – verdammt noch mal – ist passiert?

Sein Gehirn weigert sich, ihm darauf eine Antwort zu geben. Stille füllt den Raum, so zerbrechlich und zart wie Eisblumen. Wie Frost. Ein Schweigen, das sich dagegen sträubt, wachgerüttelt zu werden. Seine Welt kommt ihm plötzlich wie eine Straße bei dichtem Schneetreiben vor, ohne Fahrbahnmarkierung, die Sicht gleich Null. Seine Kopfschmerzen sind immer noch da, das heftige Pochen an den Schläfen hört nicht auf. Und dann erfüllt ihn statt Angst auf einmal eine rasende Wut, breitet sich mit Blitzgeschwindigkeit in seinen Adern aus, zerfetzt die Luft. Was, wenn er jetzt durchdreht und nur noch schreit? Er erschrickt, denn er spürt, dass genau das jede Sekunde passieren kann.

In ihm ist alles tiefschwarz. Er will nur noch auf die Knie fallen und weinen. Als wüsste er, dass es für ihn nie mehr so sein wird wie vorher. Verzweifelt klammert er sich an die Person, die er einmal war, hält sich mit beiden Händen fest, während er immer weiter von der wirklichen Welt abdriftet.

Sein Leben ist zu Ende … Sein Leben hat gerade erst angefangen.

ERSTES KAPITEL

Kaum eine Woche zuvor hatte er noch mit seinen Freunden im Gras gelegen. Das schien erst so kurz her zu sein, und doch kam es ihm vor, als lägen Welten dazwischen. Als wäre es in einem anderen Leben gewesen. Damals war er ein anderer. Einer, der lachen, Witze reißen und Spaß haben konnte. Damals war er ein ganz normaler Teenager, nur hatte er das nicht gewusst. Er hielt sich einfach für großartig. Alle hielten ihn für großartig. Die Schule war an dem Tag gerade aus, und ein langes Wochenende wartete auf ihn – drei Tage voller Freiheit und Abenteuer, mit seinem Trainer und den Jungs aus der Mannschaft bei den National Diving Championships. Die Abschlussprüfungen hatten sie endlich hinter sich gebracht, die bis zur Schmerzgrenze mit Lernstoff vollgestopften Stunden am Schreibtisch waren vorbei und die letzten Schulwochen nur noch eine reine Formsache. Und so lag er, auf dem Rücken ausgestreckt, im Gras, die Halme kitzelten ihm in den Ohren, und er schaute zu einem weiten, violettblauen Himmel hoch, während um ihn herum alles in Bewegung war und die Luft sirrte – das angenehme Knistern und Summen unzähliger Gespräche, ähnlich dem Hintergrundrauschen eines schlecht eingestellten Radios.

Hier im Park treffen sie sich immer alle, wenn sie eine Freistunde haben. In der schmalen Senke zwischen den zwei Hügeln, weit genug vom See entfernt, um nicht dauernd von schnatternden Gänsen belästigt zu werden, aber nahe genug dran, um das Licht auf dem Wasser tanzen zu sehen. Lauter kleine, glitzernde Lichtsplitter. Vom Himmel strahlt die Sonne als durchsichtige, goldgelbe Kugel herunter, sie taucht den Platz in ihr Licht und lässt ihn vor unbändiger Lebensfreude vibrieren. Es ist ein besonders warmer Junitag, der erste richtige Sommertag in diesem Jahr – ein Wetter, bei dem man die Schuhe abstreift, um das weiche, kühle Gras unter den Füßen zu spüren. Ein Wetter, bei dem überall Krawatten verstreut liegen und die Jacken unter dem Kopf zusammengerollt werden. Bei dem die hochgekrempelten Hemdsärmel bleiche Arme sichtbar werden lassen. Bei dem die Kragen schlaff herunterhängen und die Mädchen ihre Blusen so weit offen haben, dass ein Stück vom BH oder sogar ein bisschen Busen zu sehen ist. Bei dem durchtrainierte Jungs wie er das Hemd gern bis zu den Bauchmuskeln aufknöpfen oder es gleich ganz ausziehen, um sich in ein wildes Fußballspiel zu stürzen.

Überall um sie herum sitzen Schüler von der Greystone, in Pärchen oder in Gruppen: Jungs, die die Arme besitzergreifend um die Schultern ihrer Freundinnen gelegt haben, lose Grüppchen, die Pizza essen und Cola trinken. Ein paar Mädchen zeichnen sich gegenseitig mit dickem schwarzen Filzstift Herzen, Sprüche und Figuren mit Sprechblasen auf die nackten Arme. Jemand hat ein Huckepackrennen ausgerufen: Die Mädchen klettern den Jungs auf den Rücken, ihr Kichern und Kreischen hallt durch den Park, während die doppelköpfigen Ungetüme über den Rasen vorwärtsstolpern oder taumelnd ins Gras fallen. Träge und genauso schläfrig wie er selbst, schiebt sich die Sonne über den Himmel, sinkt allmählich tiefer, und ohne Hast nähert sich der Tag seinem Ende zu. Er kann das Gefühl von Freiheit und nachlassender Anspannung fast in der Luft schmecken – der Sommer breitet sich wie eine Epidemie im Park aus.

»Spielst du mit, Matt?«

Mathéo denkt einen Moment nach, beschließt dann aber, die anderen warten zu lassen. Er blinzelt in die Sonne mit ihren kitzelnden Strahlen.

»Matt?« Hugo klingt ungeduldig und stößt ihn mit dem Fuß an. »Wir brauchen dich in unserer Mannschaft.«

»Ich glaube, er schläft«, hört er Isabel sagen. Seine Augen sind jetzt fast ganz geschlossen, er spürt das blendend weiße Licht auf seinen Lidern, nimmt um sich herum nur noch verschwommene Silhouetten wahr. »Also, wie schon gesagt«, fährt sie eifrig fort, »meine Eltern sind an dem Wochenende nicht da. Deshalb können wir nach dem Abschlussball alle zu mir und dort unsere eigene Party feiern …«

»Er tut nur so!«, ruft Hugo dazwischen. »Lola, kannst du deinem faulen Freund bitte sagen, dass er, verdammt noch mal, seinen Arsch hochkriegen soll?«

Flüstern. Ein leises Kichern. Mathéo merkt, dass Lola zu ihm herrückt und sich über ihn beugt.

Er presst die Lider fest zusammen, versucht angestrengt, cool zu bleiben, atmet tief ein und aus. Kämpft dagegen an, den Kopf aufzurichten und seine Lippen auf ihre zu drücken. Er spürt ihren Atem auf seiner Wange – was zum Teufel hat sie diesmal vor? Er spannt die Muskeln an, befiehlt ihnen, keine Reaktion zu zeigen. Lolas theatralischer Seufzer löst bei den anderen Gelächter aus. Etwas schiebt sich ihm in die Nase. Kitzelt ihn. Ein Grashalm? Er beißt sich auf die Zunge, sein Brustkorb und seine Lungen ziehen sich zusammen, er zwingt sich, ruhig weiterzuatmen. Das fedrige, leichte Etwas in seiner Nase bewegt sich auf und ab.

»Vielleicht schläft er ja wirklich«, sagt Isabel, die endlich wieder zu dem wichtigen Thema ihrer Abschlussparty zurückkehren will. »Ja, und deshalb hab ich gedacht, wir könnten vielleicht am Pool grillen und …«

»Er hat sich bewegt!«, verkündet Hugo triumphierend.

Schweigen. Hugo hat sich das nur eingebildet. Dann Isabels Stimme: »Lola, was machst du da?«

Mathéo wappnet sich gegen was auch immer jetzt kommen mag und spürt plötzlich ein scharfes Jucken – tatsächlich das Ende eines Grashalms, das ihm ins Nasenloch geschoben wird. Er reißt die Augen auf und wälzt sich zur Seite, um heftig ins Gras zu niesen. »Du! Das ist nicht witzig!« Er tritt mit den nackten Füßen nach ihr, aber sie weicht geschickt aus.

»Und ob! Und ob! Verloren. Schon wieder verloren. Dein Hosenstall steht offen, Walsh.«

Mathéo schnellt hoch. »Lügnerin!« Sein Versuch, Lola zu packen, scheitert kläglich, denn sie ist schon auf die Füße gesprungen und läuft zum schlammigen Ufer des Teichs hinunter. Mathéo schnappt sich einen langen, kräftigen Stock und rennt ihr nach. So kommt sie ihm nicht davon. Das Gras kitzelt ihn unter den Sohlen. Lola weicht kichernd vor ihm zurück, als er, den Stock bedrohlich wie einen Säbel in der Hand, langsam auf sie zugeht. Hugo läuft ihnen nach. Lola duckt sich unter seinem Säbelschwingen weg, planscht ins seichte, trübe Wasser hinein und lockt Hugo und ihn hinterher.

»Schmeiß sie rein! Schmeiß sie rein!«, ruft Hugo. Seine Stimme überschlägt sich fast, während er im Gras hastig nach einer eigenen Waffe sucht.

»Isabel, Hilfe! Du musst kommen, ich brauche Verstärkung!«, ruft Lola laut, als Mathéo und Hugo anfangen, sie mit ihren Stöcken immer weiter ins Wasser zu treiben.

Widerwillig läuft Isabel herbei, steht dann knöcheltief im Wasser, die Bluse weit aufgeknöpft und die Sonnenbrille in die Haare hochgeschoben. »Kinder, ich hab gedacht, wir wollten die Sache mit der Party bespre...«

Sie kann den Satz nicht beenden, weil Hugo von hinten ankommt und ihr einen ordentlichen Schubs gibt, sodass sie beinahe ins Wasser fällt.

»Du Mistkerl!« Sie fährt herum und bespritzt ihn in seiner Schuluniform von oben bis unten.

Und danach geht es erst so richtig los. Mathéo packt Lola um die Hüften und hebt sie hoch, schwenkt sie kurz über dem Wasser, macht ein paar Schritte weiter hinein, dorthin, wo es tiefer und schlammiger wird. Lolas Hilferufe lassen die anderen Schüler in der Nähe die Köpfe zu ihnen herumdrehen. Amüsierte, aber auch neidische Blicke streifen sie. Doch daran sind die vier – als die Clique mit dem größten Prestige an ihrer Schule – gewöhnt, ja, sie fordern es geradezu heraus. Je größer die Aufmerksamkeit und der Trubel, desto wohler scheinen sie sich in ihrer Haut zu fühlen. Fast zwei Jahre sind sie alle jetzt schon zusammen. Mit Mathéo und Hugo hatte es angefangen, die bereits seit der Grundschule beste Freunde waren. Dann wurde vor zwei Jahren erst aus Isabel und Hugo ein Paar, und sechs Wochen später verliebte sich Mathéo in Lola.

Hugo ist an ihrer Privatschule immer schon der Inbegriff des Alphamännchens gewesen, ein junger Prinz Harry: raspelkurz geschnittene, rötliche Haare, Sommersprossen, kräftig gebaut, durchtrainiert. Kapitän der Rugbymannschaft, Vizekapitän der Kricketmannschaft und ein guter Ruderer – schon fast zu britisch, um wahr zu sein. Manchmal vielleicht ein bisschen sehr selbstverliebt. Er hört sich gern selbst reden und lacht über seine eigenen

Witze. Aber er strahlt genau die Art von männlichem Charme aus, die Mädchen unwiderstehlich finden, und flirtet, was das Zeug hält. Isabel dagegen ist schlank, katzenhaft und anmutig, hat lange, dunkle Haare, lächelnde Augen und ein ebenmäßiges, zartes, schönes Gesicht.

Wie für Hugo ist es auch für Mathéo ganz selbstverständlich, zur Eliteclique an der Schule zu gehören. Es ist für ihn ganz normal, dass die anderen Jungs ihm neidisch nachschauen, wenn er mit Lola durch die Schulflure schlendert, den Arm lässig um ihre Schultern gelegt. Dass er der Erste ist, der Hugo nach einem spektakulären Sieg gratuliert. Manchmal schmeichelt es ihm sogar selbst, dass er immer die schöne Lola an seiner Seite hat. Eifrig macht er bei Hugos Scherzen mit, lacht über dessen schmutzige Witze und freut sich über das Aufsehen, das sie zu viert überall verbreiten.

»Lola, komm mal her, ich will dir was zeigen!« Mathéo streckt den Arm nach Lola aus, die sich aus seinem Griff hat befreien können und nun sicheren Abstand von ihm wahrt. Er steht bis weit über die Knöchel im schlammigen Wasser, seine Hosenbeine sind bereits klatschnass.

Sie wirft ihm einen misstrauischen Blick zu. »Du glaubst wohl, ich falle auf alles rein!«

Er starrt auf etwas zwischen den Gräsern im Teich, knapp vor seinen Füßen. »Ach, wie süß, eine Kaulquappe …«

Lola kommt vorsichtig näher, um ebenfalls einen Blick darauf zu erhaschen – und da hat er sie auch schon am Arm gepackt und zerrt sie mit einem Ruck zu sich. Sie kreischt und klammert sich an ihm fest, beinahe fällt sie ins Wasser. Seine und ihre Füße sinken immer tiefer in den weichen Schlamm ein. Hugo galoppiert mit viel Gespritze auf sie zu und versucht, Lola die Beine wegzuziehen, während Isabel völlig aufgelöst aus einiger Entfernung zusieht. Plötzlich findet sich Lola waagerecht in der Luft wieder, Hugo hält sie an den Füßen, und Mathéo hat sie unter die Achseln gefasst. Beide schwingen sie Lola hin und her, zählen dabei laut, und sie gerät in Panik. Sie kreischt auf, weil sie befürchtet, beim dritten Mal ins Wasser geschmissen zu werden. Aber jetzt kommt ihr Isabel zu Hilfe, sie wirft sich von hinten auf Hugo, und auf einmal raufen sie sich alle vier im schlammigen Wasser. Ihr Lachen und Schreien durchbricht die schläfrige Stille des Nachmittags.

Mathéo kehrt ans Ufer zurück und geht ein Stück den Hügel hoch. Er streicht sich die Haare aus dem Gesicht, rollt die nassen Hemdsärmel hoch und setzt sich unter einen großen Baum mit langen, dicken Ästen voller grüner Blätter. Über seinen Körper tanzen Licht- und Schattenflecken, dazu zwitschern Vögel fröhlich durcheinander. Mathéo stützt sich auf den Ellenbogen ab, streckt die Beine aus, schaut erst auf seine schlammverschmierte, nasse Hose und dann auf die anderen, die am Rand des Weihers immer noch miteinander raufen, sich gegenseitig vollspritzen, lachen und schreien. Ihre Stimmen vermischen sich mit dem Vogelgezwitscher in den Bäumen. Vor allem aber betrachtet er Lola, mit ihren langen, rötlich braunen Haaren, die in der Sonne glänzen.

Vor zwei Jahren ist sie ihm das erste Mal aufgefallen, hier im Park. Da haben sie sich kennengelernt. Kaum zu glauben, dass es schon so lange her ist. Es war an einem der ersten Tage des neuen Schuljahrs. Hugo und Isabel stritten sich gerade – in aller Freundschaft – darüber, ob *Dexter* oder *Homeland* die bessere Fernsehserie sei; die Sorte von Gespräch, an dem er sich nicht groß beteiligen kann, weil ihm sein intensives Training kaum Zeit zum Fernsehen lässt. Er lehnte sich wie jetzt zurück und blinzelte in die Sonne, die ihm mit ihren schrägen Spätnachmittagsstrahlen ins Gesicht schien und das Gras grüngolden aufleuchten ließ. Als seine Augen sich an das Licht gewöhnt hatten, wanderte sein Blick über die anderen Grüppchen, an den Frisbeespielern vorbei und zu dem Grashügel dahinter. Und da saß sie, ein kleines Stück von den übrigen Mädchen entfernt, am Hang. Sie hatte den Kopf von ihnen weggedreht, die Beine zu sich herangezogen, die Arme um die Knie gelegt und starrte auf einen unbestimmten Punkt in der Ferne.

Mathéo war daran gewöhnt, dass die Mädchen ihn umschwärmten, mehr als andere. Er war schon mit einigen kurz zusammen gewesen – sogar mit einer aus dem Jahrgang über ihm. Aber wenn die Mädchen anfingen, Ansprüche zu stellen und ihn zu oft treffen wollten, verlor er schnell das Interesse an einer Beziehung. Er zog es vor, seine wenigen freien Stunden mit Hugo zu verbringen. Doch aus irgendeinem Grund fesselte ihn dieses Mädchen da in der Ferne. Etwas war anders an ihr. Sie wirkte gedankenverloren, weit weg, setzte nur ab und zu mechanisch ein Lächeln auf, wenn sie von den Mädchen aus ihrer Gruppe gezwungen wurde, sich an dem Gespräch zu beteiligen. Der Unterschied war unmerklich, aber sobald Mathéo den haarfeinen Riss zwischen ihr und dem Rest der Gruppe bemerkt hatte, konnte er die Augen nicht mehr von ihr wenden. Er schaute sie an, als wäre sie eine Figur auf einem Gemälde. Sie war groß, anmutig, hübsch – nein schön –, eines dieser langbeinigen, fohlenhaften Wesen, dachte er. Ihr zu großes, weißes Hemd hing locker über den Bund des vorschriftsmäßigen, grauen Schuluniformrocks, die Manschetten waren aufgeknöpft und baumelten ihr um die Handgelenke. Anders als die übrigen Mädchen um sie herum war sie nicht geschminkt. Ihr Gesicht war vom langen Sommer braun gebrannt. Die Farbe ihrer Haare, die ihr als lange Mähne bis zur Hüfte herabfielen, erinnerte ihn an rötlich braune Kastanien. Wie sie so still dasaß, hatte ihr Gesicht einen sehnsüchtigen, leicht verträumten Ausdruck. Ihre großen, grünen Augen schauten in eine unbestimmte, weite Ferne, so als würde sie sich gerade ein anderes mögliches Leben ausmalen. Es lag etwas in ihrem Blick – Mathéo wusste nicht, was –, das ihn fesselte.

Sie schien nicht zu bemerken, dass er sie beobachtete, und deshalb betrachtete er sie so lange, wie er es wagte. Er konnte die Augen einfach nicht von ihr lösen. Warum genau, hätte er nicht zu sagen vermocht. Er fühlte sich auf unbestimmte Weise zu ihr hingezogen, als würde er sie bereits kennen, als wären sie bereits enge Freunde gewesen, vielleicht sogar Seelenverwandte, irgendwann in einem früheren Leben. Ihre bloße Gegenwart schien ihn zu besänftigen, ihn von den Launen in seinem Kopf zu befreien. Sie wirkte auf ihn eigenartig vertraut. Als würde sie die Welt so sehen wie er. Vielleicht war es etwas in ihrem Gesicht, in ihren Augen. Sie schien etwas zu wissen; was genau, war er sich nicht sicher. Sie schien zu begreifen. Oder vielmehr: Er glaubte, in ihr die Fähigkeit, zu begreifen, entdeckt zu haben.

Mit einem kleinen Lächeln hob er die Hand.

Sie beantwortete die Geste, für einen Moment leuchtete ihr Gesicht auf, dann wandte sie sich ab und wieder dem Gespräch der anderen Mädchen zu. Das Gefühl traf und saß. Mathéo schaute ihr nach, nagte verwirrt an seiner Unterlippe. Die Enttäuschung riss ein klaffendes Loch in seine Brust. War das jetzt ein Abschiedswinken gewesen? Oder hatte sie seine Existenz einfach nur freundlich zur Kenntnis genommen? War es eine Einladung, zu ihr hinüberzugehen und Hallo zu sagen? Aber sie redete mittlerweile schon wieder mit ihren Freundinnen, was jede weitere Kontaktaufnahme unmöglich machte.

Dann packte ihre Gruppe zusammen, alle wollten nach Hause. Die Sonne stand bereits tief am Himmel; abendliche Farben, weich und rosenfingrig, senkten sich dunstig über das Wasser des Teichs. Er hatte seine Chance verpasst – wenn es diesen kurzen, flüchtigen Moment lang überhaupt so etwas wie eine Chance gegeben hatte. Frustration breitete sich in ihm aus. Er beobachtete, wie sie in ihre Schuhe schlüpfte, sich den Rest ihres Sandwiches in den Mund schob und beim Reden wild gestikulierte. Lebhaft beteiligte sie sich an der Unterhaltung der anderen und schlenderte mit ihnen über die Grünfläche, die Allee entlang und zum Schultor hinaus, ohne ein einziges Mal zu ihm zurückzublicken.

Irgendwie fühlte er sich betrogen. Als wäre das Winken nur gewesen, um ihn zu ärgern, oder ein Signal, mit dem sie ihn wissen ließ, dass sie ihn dabei ertappt hatte, wie er sie anschaute. Eine Warnung, dass er das ja nicht noch einmal wagen solle. Er presste die Fäuste auf die Augen und atmete tief ein, spürte ein Gefühl von Enttäuschung in der Brust. Zeit für sein Training, Zeit, nach Hause zu gehen, Zeit, den Park zu verlassen … Er schlang sich seine Schultertasche um, verabschiedete sich von Hugo und Isabel und stand langsam auf, obwohl seine Muskeln dagegen zu protestieren schienen. Als er am Teich entlangging, blieb er einen Augenblick stehen, um die letzten, goldenen Sonnenstrahlen in sich aufzusaugen, das von der Abendsonne durchtränkte Gras, das schillernde Wechselspiel von Licht und Schatten auf den Wellen und das allmähliche Hinübergleiten in die Dämmerung – ein Tag ging zu Ende, einer von vielen. Die Wasserfläche vor ihm kräuselte sich flüsternd, Federwolken spannten sich über den indigofarbenen Himmel. Die Gänse eroberten sich den Park wieder zurück und glitten schwerelos übers Wasser, heiter und stolz, mit dem blaugrünen Abend verschmelzend. Frieden lag über dem Bild, und wie gebannt von der Schönheit der Szene stand er da … Dann schüttelte er den Kopf, um wieder einen klaren Gedanken zu fassen. Jetzt krieg dich mal ein, dachte er. Er konnte schließlich nicht ewig hier stehen.

Als er sich noch einmal zu der Stelle umdrehte, an der das Mädchen kurz zuvor gesessen hatte, fing zwischen den langen Grashalmen etwas Silbriges das letzte, verblassende Sonnenlicht ein. Er musste blinzeln. Ein gleißender Lichtpunkt tanzte vor seinen Augen. Mit ein paar Schritten über den Rasen war er dort und hob eine Uhr auf, deren Zifferblatt nicht viel größer war als der Nagel seines kleinen Fingers. Das Uhrband war eher ein Armband – zarte, ineinander verschlungene Kettenglieder aus Weißgold. Er spürte die kühle Berührung auf seiner Haut: fest und wirklich. Ein Sekundenzeiger drehte auf dem Zifferblatt lautlos eine Runde um die andere, und er starrte so lange darauf, bis er das Gefühl hatte, etwas Lebendiges in der Hand zu halten.

»Dieb!« Es war im Spaß gerufen, trotzdem hielt er wie ertappt den Atem an. Das Mädchen lief den leichten Abhang herunter auf ihn zu, die langen Haare umwehten ihr Gesicht, es war Wind aufgekommen. Die Welt um ihn herum erbebte, und einen Augenblick lang war er zu verwirrt, um zu antworten. Dann kam er wieder zu sich, wich zurück und ließ die Uhr lässig in seine Jackentasche gleiten.

»Wer zuerst kommt …!« Er grinste sie herausfordernd an.

Kurz vor ihm blieb sie stehen. Er stellte fest, dass sie größer war, als er gedacht hatte, fast genauso groß wie er, und dass auf ihren Wangen ein paar Sommersprossen zu sehen waren. Ihr weißes Hemd hatte einen Grasfleck, einer der Knöpfe fehlte, und unter den weiten Ärmeln zeichneten sich ihre schmalen Arme ab. Getrockneter Schlamm klebte an ihren langen Beinen, und direkt über dem linken Knie musste sie sich an irgendetwas verletzt haben, denn dort war etwas Schorf zu erkennen. Ein zusammengerolltes Blatt hatte sich in ihren Haaren verfangen, sie trug kleine Perlenohrstecker, und ein tropfenförmiger, silberner Anhänger hing ihr an einer zarten Kette um den Hals, schmiegte sich in das Grübchen zwischen ihren Schlüsselbeinen. Einen Moment lang weiteten sich ihre Augen bei seiner Antwort ungläubig. Dann bemerkte sie sein Grinsen und schüttelte unwillig den Kopf.

»Sehr witzig – gib sie mir zurück.«

Er sah sie an. Wenn er jetzt etwas falsch machte, wäre es das gewesen. Mit den Händen in den Hosentaschen stand er lässig da, fuhr mit der Spitze des einen Turnschuhs über den Boden und tat so, als würde er sie mit zusammengekniffenen Augen mustern, wie ein Kommissar.

»Zuerst einmal – ähm – brauche ich einen Beweis, dass dieser offensichtlich wertvolle Gegenstand Ihnen überhaupt gehört, Miss.« Sein Grinsen wurde breiter, spöttischer, herausfordernder. Er spürte auf einmal eine Wärme im Gesicht; es war klar, dass er jetzt flirtete. Und das konnte der Moment sein, in dem sie einfach nur ihre Uhr zurückverlangte und davonging. Eine falsche Bewegung, ein missverstandenes Wort, und schon stand man allein da.

Aber sie gab nur einen kleinen Seufzer gespielter Empörung von sich. »Ich heiße Lola Baumann«, sagte sie übertrieben langsam und deutlich. »Der Name ist auf der Rückseite eingraviert.«

»Ach ja, wirklich …?« Er zog die Uhr bedächtig aus der Jackentasche und tat so, als würde er sie ausführlich untersuchen. »Ich bin übrigens Mathéo.« Den Blick hielt er weiter auf die Uhr gerichtet.

»Wo kommst du her?«

»Von hier – London. Aber es ist ein französischer Vorname –

meine Mutter ist Französin.« Er spürte, wie er rot wurde, und versuchte, es zu überspielen, indem er den Kopf zur Seite legte und so tat, als würde er Lola kritisch mustern. »Und du? Gehst du auch hier auf die Greystone?«

»Ja, leider. Wir sind letzten Monat aus Sussex hierhergezogen, wegen des Jobs meines Vaters.«

»Und bist du auch in der Zwölften?«

»Ja. Aber ich hab keine naturwissenschaftlichen Fächer gewählt, so wie du.«

»Woher weißt du, welche Fächer ich habe?«

Sie lächelte. »Du bist der Typ, der für Olympia trainiert. Der Turmspringer. Über dich wissen alle alles.«

Jetzt bekam er tatsächlich einen roten Kopf. »Ähm, und welche Fächer hast du?«

»Kunst, Englisch und Geschichte.«

»Okay, das erklärt, warum ich dich bisher noch nicht gesehen habe.« Er drehte sich weg, warf die Uhr in die Luft und fing sie wieder auf, alles mit übertriebener Lässigkeit.

»He, vorsichtig!« Sie machte einen Satz nach vorne, aber er war schneller.

»Immer mit der Ruhe, immer mit der Ruhe.« Er trat einen Schritt zurück und streckte den linken Arm aus, um sie auf Abstand zu halten. »Ein eingravierter Name? So ein Pech, dass ich meine Kontaktlinsen nicht eingesetzt habe …«

»Her damit!« Sie sprang auf ihn zu, und diesmal erwischte sie ihn am Handgelenk. »Mach auf! Gib sie her!«

Die wilde Entschlossenheit auf ihrem Gesicht ließ ihn breit grinsen. »Nein!«

»Gut! Dann eben anders!« Sie versuchte, mit Gewalt seine Finger aufzubiegen. »Oh Gott, warum seid ihr Jungs denn immer so verdammt stark?« Dabei bohrte sie den Zeigefinger in seine geschlossene Faust, und es gelang ihr allmählich, sie aufzustemmen. Nur um dann festzustellen, dass sie leer war.

Einen Moment lang wirkte sie schockiert. Sie schauten sich in die Augen. Mit der rechten Hand hielt sie immer noch sein Handgelenk umklammert. Einen Augenblick lang war ihr Gesicht so nahe vor seinem, dass er ihr Haarshampoo riechen konnte … Dann riss er sich mit einem Ruck los, seine Schläfen pochten.

»Was ist?«, fragte sie, als sie seinen veränderten Gesichtsausdruck bemerkte.

Er brachte ein kleines Lachen zustande, schlug einen Haken und zog dann die Uhr heraus. »Fang!«

Sie kreischte auf und musste hochspringen, um sie zu fangen.

»Oh nein, meine arme Uhr!« Sie untersuchte sie sorgfältig, drehte und wendete sie, polierte die Vorderseite mit einem Zipfel ihres Hemds und hielt sie dann gegen das Licht, um zu sehen, ob sie einen Kratzer abbekommen hatte. »Ich hab sie noch nicht lange – das Abschiedsgeschenk von einem Freund. Mein Gott, wenn ich sie verloren hätte …«

»Immer zu Diensten«, unterbrach er sie mit einem ironischen Lächeln.

Sie schob die Uhr wieder übers Handgelenk und schaute ihn dann empört an. »Oh ja, fast hätte ich's vergessen! Danke, dass du versucht hast, sie mir zu klauen! Und danke, dass sie jetzt beinahe auch noch im Wasser gelandet wäre!«

Sie strich sich die Haare aus dem Gesicht und schüttelte entrüstet den Kopf, aber er entdeckte ein humorvolles Aufblitzen in ihren funkelnden Augen.

Gemeinsam verließen sie den Park mit seinem Cocktail aus Spätsommerdüften, tauschten Gras und knirschenden Kies unter den Füßen gegen den harten Asphalt der belebten, breiten Straße, deren Bürgersteig bereits in lange, weit vorragende Schatten getaucht war. Die hohen Gebäude raubten den Fußgängern die letzten Minuten der Abendsonne. Fast sofort wurden Mathéo und Lola von der hastenden Menge der nach Arbeitsschluss auf den gähnenden Eingang der U-Bahn zueilenden Angestellten verschluckt. Die geöffneten Türen der Bars spuckten lachende, plappernde Menschen aus und zogen andere in ihre dunklen Räume hinein. Aus einem Café irgendwo in der Nähe ertönte der dröhnende Rhythmus eines Schlagzeugs, so laut, dass beinahe der Boden unter ihnen vibrierte, und der gesamte Lärm der Straße erschallte zu ihrer Begrüßung, als hätte gerade jemand die Lautstärke noch weiter aufgedreht. Aufgeputschte Stimmen dröhnten in seinem Schädel. Die Menschen umströmten ihn, Gesichter trieben in Nahaufnahme vorbei, füllten einen Moment sein ganzes Gesichtsfeld. Ein paar Schritte vor ihm, vom Strudel davongetragen, hatte Lola fast schon die Straßenecke erreicht. Halb drehte sie sich zu ihm noch einmal um und rief: »Dann sehen wir uns in der Schule mal wieder …?«

Und schon begann er, sie aus den Augen zu verlieren, verschwamm sie mit der Menge.

Er zögerte eine Sekunde. Brüllte dann: »Wie wär's, wenn du mir deine Nummer gibst? Mein Freund feiert am Wochenende eine Party …« Eine glatte Lüge, aber er wusste, dass er auf Hugo zählen konnte.

Sie zögerte ebenfalls eine Sekunde, kämpfte sich dann mit den Ellenbogen den Weg zu ihm zurück. Die Menge teilte sich und schwärmte rechts und links an ihnen vorbei, wie Ameisen um ein Hindernis. Er zog einen ramponierten Kugelschreiber heraus und spürte, wie die Mine beim Schreiben auf seiner Hand pikte und kitzelte. Danach warf sie ihm noch ein blitzschnelles Lächeln zu, bevor sie endgültig von der Menschenflut verschlungen wurde. Während sie zwischen den wimmelnden Körpern verschwand, ging er langsam ein paar Schritte rückwärts, gegen den Strom, fort von ihm, bis er schließlich ermattet gegen eine Schaufensterscheibe sank, müde, aber mit einem Lächeln im Gesicht, das gar nicht mehr aufhören wollte.

»Hey, du!« Lola fasst ihn an den Schultern und zieht ihn zu sich herunter, sodass er jetzt mit dem Kopf auf ihrem Schoß liegt und in den Himmel hinaufschaut. »Wovon träumst du gerade? Von der Goldmedaille bei den Olympischen Spielen?«

Er stöhnt auf. »Na klar. Was sonst.«

»Hey, ich erwarte von dir, dass du sie nächstes Jahr gewinnst!«, zieht ihn Lola auf. »Warum sonst bin ich schließlich mit dir zusammen?«

Er grinst sie vieldeutig an.

»Lass uns besser mal los. Es ist Mittwoch«, erinnert sie ihn. »Kinotag.«

Jeden Mittwochabend geht Lola ins Kino. Und zwar mit ihrem Vater. Beide sind große Filmfans und haben mit diesem Ritual schon angefangen, als Lola noch im Kindergarten war und ihre Mutter damals an Krebs starb. In der Anfangszeit ihrer Beziehung zu Mathéo versuchte sie, ihn manchmal dazu zu überreden, doch mitzukommen. Obwohl er sich geschmeichelt fühlte, lehnte er stets ab, weil er ihr nichts von der Zeit mit ihrem Vater wegnehmen wollte.

Lola sammelt ihre Sachen ein, und auch Mathéo steht auf, schlingt sich den Schultergurt seiner Schultasche um und schlüpft mit nassen Füßen in die Schuhe.

»Na, ihr zwei?«, ruft Hugo von seinem Platz in der Sonne neben Isabel. »Geht ihr schon?«

»Ja, denn im Gegensatz zu euch zwei Faultieren haben wir noch was Wichtiges vor!«, ruft Lola zurück. »Bis morgen!«

Die Tür in den kleinen Hintergarten des Hauses, in dem Jerry Baumann mit seiner Tochter wohnt, steht offen, und aus der Küche weht der Duft von gebratenen Äpfeln. Rocky, Lolas Hund, hüpft auf dem Rasenfleck im Kreis herum und jagt ein herabfallendes Blatt. Eine leichte Abendbrise weht.

»Komm doch noch rein und sag meinem Dad Hallo! Er hat ein paarmal nach dir gefragt.«

Als sie auf das Tor zugehen, kann Mathéo bereits Lolas Vater am Herd stehen sehen, seine *GUNS-N'-ROSES*-Lieblingsschürze umgebunden, über der sich ein leichter Bauchansatz wölbt. Begeistert hantiert er mit einem Kochtopf herum, während aus dem Radio in voller Lautstärke Musik von *Queen* dröhnt.

»Dad, willst du, dass wir wieder Ärger mit den Nachbarn bekommen?«, brüllt Lola statt einer Begrüßung.

Mit lautem Scheppern stellt ihr Vater den Kochtopf ab, dreht sich gut gelaunt zu ihr um und schließt sie fest in die Arme.

»Aua, ich krieg kaum Luft. Warum bist du jetzt schon am Kochen?«

Darauf antwortet Jerry nicht, sondern wendet sich zu Mathéo und klopft ihm herzlich auf den Rücken. »Na, wie geht's meinem Lieblingsturmspringer?«

»Kennst du denn noch andere?«, erwidert Mathéo wie jedes Mal, boxt Jerry dann spielerisch in die Seite und geht um den Tisch herum, um mit Rocky herumzubalgen, der ihnen in die Küche gefolgt ist. Mathéo hat sich bei Lola zu Hause von Anfang an wohlgefühlt. Es ist dort so warm und behaglich. Alles ist klein und vollgestopft und unordentlich. Das komplette Gegenteil von seinem eigenen Zuhause.

»Setz dich, setz dich«, drängt ihn Jerry, während Lola die Treppe hochläuft, um sich umzuziehen. »Ich bin heute früher von der Arbeit weggekommen, deshalb hab ich mir gedacht: Sei ein guter Vater und back mal was.«

»Danke, es riecht köstlich, aber ich hab eigentlich keinen Hunger.« Mathéo hält abwehrend die Hand hoch, um Jerry davon abzuhalten, dass er ihm ein Stück Apple Pie hinstellt.

»So einer wie du braucht doch ordentlich was, bei dem vielen Training«, entgegnet Jerry und schiebt Mathéo den Teller trotzdem hin. »Du wirkst ja schon richtig schmächtig.«

»Wohl kaum«, antwortet Mathéo. Aber er setzt sich, bricht ein kleines Stück von dem verbrannten Teig ab und füttert damit Rocky, der unter dem Tisch erwartungsvoll hechelt.

»Dad, es fängt in zehn Minuten an!« Lola kommt hereingerannt und trifft mit ihrer Handtasche, die sie auf den Tisch schleudert, knapp neben Mathéos Teller. »Dein Apple Pie ist ganz bestimmt köstlich, Dad, aber ich will wenigstens ein Mal gute Plätze bekommen. Können wir deshalb bitte los?« Sie saust zum Backofen und stellt die Temperatur aus. »Daaad! Eines Tages wirst du noch das Haus abbrennen!«

Jerry fängt sie am Kühlschrank ab und hält einen Löffel hoch. »Nur einen Bissen. Probier mal! Ich hab alles genau so gemacht, wie es in dem neuen Kochbuch steht, das du mir geschenkt hast.«

»Versuchst du es jetzt bei Mattie auch schon mit deiner Zwangsernährung?« Nach einem gequälten Seitenblick zu Mathéo lässt Lola sich den Löffel in den Mund schieben. »Aaah, heiß!« Sie stürmt zum Spülbecken und beugt sich vor, um direkt aus dem Wasserhahn zu trinken. »Du hast mir die Zunge verbrannt, Dad!«

»Glaubst du, dass ich ihn zu lange im Ofen gelassen habe?«, fährt Jerry unbekümmert fort, ohne auf die Vorwürfe seiner Tochter zu reagieren. »Kann sein, dass er etwas verbrannt ist.« Er probiert selbst davon.

»Es schmeckt köstlich«, versichert ihm Mathéo.

»Mattie, hör auf, so höflich zu sein! Könntest du meinem Vater bitte klarmachen, dass wir jetzt endlich losmüssen?«, fleht Lola.

Mathéo hält lachend die Hände hoch. »Du weißt doch, dass ich bei euch beiden nie Partei ergreife.«

Sie zieht einen Schmollmund. »Feigling.«

Mit tatkräftiger Unterstützung von Rocky schafft Mathéo es schließlich, sein Stück Apple Pie zu vertilgen, und verfolgt dabei wie immer amüsiert das Hin und Her zwischen Vater und Tochter. Eine so enge Beziehung wie die zwischen Lola und Jerry hat er noch nie bei Eltern und Kindern beobachtet. Sie sind richtige Gefährten, die miteinander durch dick und dünn gehen. Mathéos eigene Eltern kritisieren ständig, dass Jerry seiner Tochter immer alles durchgehen lässt – »Sie darf sich rumtreiben, wie sie will, und bekommt alles, was sie haben möchte« –, weil er angeblich damit für sie den Verlust der Mutter zu kompensieren versucht. Aber Mathéo sieht das anders. Den größten Teil ihres Lebens hat es für Lola nur Jerry und sie gegeben, und sonst niemanden. Und deshalb haben sie eine so starke Bindung zueinander entwickelt, dass der Rest der Welt einfach außen vor bleibt.

Mathéos Eltern beschimpfen Jerry gern als Hippie – der er zweifellos mal war –, doch inzwischen ist er ein schon ziemlich in die Jahre gekommener Ex-Rocker. Früher war er einmal der Leadsänger in einer recht bekannten Band, und er scheint sein Talent an seine Tochter weitervererbt zu haben. Für die beiden ist Musik ihr Leben – vor allem die Rockmusik aus den Siebzigern: David Bowie, Bruce Springsteen, Lou Reed, Queen, Led Zeppelin, die Rolling Stones … Jerry und Lola haben sogar eine eigene kleine Band: Jerry komponiert und spielt Schlagzeug, Lola spielt Gitarre und singt. Aber was Mathéo neben dieser Leidenschaft für Musik an den beiden immer besonders gut gefallen hat, ist die Art und Weise, wie sie miteinander umgehen. Sicherlich spielt dabei eine Rolle, dass Jerry so total entspannt drauf ist und dass Lola es als Tochter nicht gerade rocken lässt, doch eine solche Kameradschaftlichkeit gibt es normalerweise nur zwischen besten Freunden. Manchmal wirkt es fast, als wäre Lola die Erwachsene – wenn sie ihren Vater ermahnt, nicht überall seine Kameras und sein Zubehör herumliegen zu lassen oder nicht schon wieder nur Fertiggerichte zu kaufen. Sie haben nicht viel Geld – Lola hat für Greystone ein Musikstipendium bekommen, und Mathéo weiß, dass Jerry hart kämpfen muss, um von seinem Honorar als selbstständiger Fotograf das Haus abbezahlen zu können. Andererseits, und das ist ein ganz anderer Reichtum, reist Jerry als Fotograf durch die ganze Welt, manchmal hat Lola sogar ein paar Schultage geschwänzt, um ihn zu begleiten, und fast jede Wand ihres kleinen, aber gemütlichen Zuhauses ist mit Fotografien von ihr vollgehängt, in jedem Alter und oft an allen möglichen exotischen Orten. Wenn Jerry in London arbeitet, bemüht er sich, immer rechtzeitig nach Hause zu kommen, um nach der Schule für sie da zu sein – sie besprechen miteinander, was an dem Tag alles vorgefallen ist, sitzen am Küchentisch zusammen. Er ist immer da, wenn sie Hilfe bei den Hausaufgaben braucht, und am Abend gehen sie mit Rocky gemeinsam in den Park. Nach dem Abendessen hocken sie miteinander vor dem Fernseher oder laden sich einen Film herunter, und wenn Lola nicht zu müde ist, verziehen sie sich noch eine Weile in den zum Studio ausgebauten Schuppen am Ende des Gartens und machen Musik und arbeiten an Jerrys Kompositionen …

Mathéo war nervös gewesen, als Lola ihn das erste Mal nach Hause mitgenommen hat, damit sie ihn ihrem Vater vorstellen konnte, zwei Wochen nachdem aus ihnen ein Paar geworden war. Er hatte Angst gehabt, dass Jerry seine einzige Tochter nicht so leicht hergeben würde. Was in gewisser Weise auch stimmte. Aber er mochte und schätzte ihn als ersten ernsthaften Freund seiner Tochter, das spürte Mathéo. Jerry behandelte ihn immer freundlich und interessierte sich von Anfang an fürs Turmspringen. Sogar jetzt – obwohl er wegen seines Trainingsplans kaum Zeit hat – bemühen sich Vater und Tochter, ihn in ihre Unternehmungen einzubeziehen. Mathéo hat keinen Grund, eifersüchtig auf Jerry zu sein. Und doch, wenn er die beiden so beisammen sieht, verspürt er manchmal einen Stich in der Brust.

ZWEITES KAPITEL

Nachdem Mathéo sich am Ende der Straße von Lola und Jerry verabschiedet hat, braucht er weniger als zehn Minuten bis nach Hause, neun Straßenkreuzungen weiter. Die Hawthorne Avenue, auch Millionaires' Drive genannt, wirkt auf ihn immer ganz besonders streng, wenn er von den beiden kommt – zu stark ist der Kontrast zwischen seiner eigenen Straße und der gemütlichen Straße mit den kleinen, schmalen Reihenhäusern, in der Lola wohnt. Alles in der Hawthorne Avenue wirkt dann doppelt so groß. Die breite Straße ist rechts und links von Minivans und SUVs gesäumt, dazwischen ab und zu ein Sportwagen oder ein Motorrad. Die Bäume sind schmal und hoch, ihre obersten Zweige befinden sich genau auf Dachhöhe der dreistöckigen Häuser, die mit ihrem weißen Anstrich und den glänzenden, schwarzen Haustüren alle gleich aussehen. Mathéo geht an den Nachbarhäusern vorbei, mit ihren Kristalllüstern hinter den Fenstern, macht dann zwischen den Pfosten vor Hausnummer 29 eine Neunzig-Grad-Wendung nach rechts, nimmt fünf steile Stufen und zieht aus der hinteren Hosentasche seiner Jeans die Schlüssel heraus. Er stößt die Haustür auf, betritt den stillen Hausflur. So gut wie alles im Innern des Hauses ist weiß oder cremefarben, von den schweren Marmorfliesen im Erdgeschoss bis zu den dicken Teppichböden in den drei oberen Stockwerken, die jeden Schritt dämpfen. Jedes Zimmer hat weiße Wände – nach einer Weile schmerzen einem davon die

Augen. Im Erdgeschoss gehen alle Räume ineinander über: Der Flur öffnet sich zum Wohnzimmer und das Wohnzimmer wiederum zum Esszimmer und zur Küche. Die Größe der Räume wird durch die sparsame Möblierung, meist in Schwarz oder Metallic, noch betont. Sogar die Lampen sind alle aus Aluminium. Die Ausstattung in der Küche ist auf das Wesentliche reduziert: weiß verkleidete Flächen, ein metallicfarbener, leistungsstarker Kühl- und Gefrierschrank, Hängeschränke auf Augenhöhe und eine lange Frühstückstheke als Raumteiler hin zum Wohnbereich. Dort befinden sich ein schwarzes Ledersofa mit passenden Sesseln, ein Couchtisch aus Glas, mehrere Leuchtkörper am Boden sowie an der einen Wand ein Soundsystem und an der anderen ein Flatscreen. Rechts neben dem Hauseingang führt eine Wendeltreppe, die Stufen ebenfalls aus weißem Marmor, in den ersten Stock mit einem zweiten, selten benutzten Wohnzimmer, einem Gästezimmer und einem Bad. Im zweiten Stock befinden sich die Räumlichkeiten seiner Eltern: ihr gemeinsames Schlafzimmer, selbstverständlich mit einem angrenzenden, großen Badezimmer, das Arbeitszimmer seines Vaters sowie ein leeres Zimmer, mit dem niemand so recht etwas anzufangen weiß. Das oberste Stockwerk wird von seinen Eltern immer noch »das Kinderstockwerk« genannt. Zuerst kommt dort ein großzügiges Badezimmer und daneben ein Zimmer, das bis vor Kurzem Loïcs Spielzimmer war. Jetzt ist es auf andere Weise ein Spielezimmer geworden: mit Fernseher, Computer, verschiedenen Spielekonsolen, einem Kicker und einem Mini-Billardtisch. Auf der gegenüberliegenden Seite befinden sich zwei Zimmer, die mehr oder weniger gleich aussehen: Kingsize-Betten, Einbauschränke und Flügeltüren, dahinter zwei schmale Balkone mit Blick auf den Garten. Der Garten ist für Londoner Maßstäbe ziemlich groß, ungefähr die Größe eines

Swimmingpools, und besteht aus einem Terrassenbereich mit anschließendem langen Rasenstreifen, der jede Woche von einem Gärtner gemäht wird. Es gibt nur wenige Sträucher oder Blumen, an den Backsteinmauern rankt sich kein Efeu oder Wein. Mathéo kann sich nicht daran erinnern, wann er sich das letzte Mal dort draußen aufgehalten hat. Sogar im Sommer bleibt der Garten die allermeiste Zeit ungenutzt, außer für Partys. Vom Wintergarten öffnen sich die Türen direkt auf die Terrasse, und am Ende des Rasenstreifens gelangt man durch eine kleine, schwarze, schmiedeeiserne Tür auf einen Fußweg, der an der Rückseite der Gärten entlang zur Straße führt – eine nützliche Abkürzung und ein Fluchtweg, wenn seine Eltern wieder mal Gäste eingeladen haben.

In seinem Zimmer – und im gesamten obersten Stockwerk – sind Poster jeder Art an den Wänden streng verboten. Ein Hausmädchen macht jeden Morgen die Betten und räumt in seinem und Loïcs Zimmer auf, sodass am Abend, wenn Mathéo nach Hause kommt, seine Bücher immer ordentlich im Regal stehen, sein Laptop zugeklappt ist und auf der Schreibtischplatte die Wischspuren eines Reinigungstuchs sichtbar sind. Die Kleidungsstücke, die am Fußboden verstreut lagen, sind verschwunden, und das zerknitterte Bettlaken ist durch ein frisches ersetzt. Mathéo kann sich noch sosehr anstrengen, sein Zimmer unordentlich und bewohnt aussehen zu lassen – bis er nach Hause kommt, ist alles wieder in den gewohnten Zustand klinischer Reinheit zurückversetzt. Vorher hatte ihn das nie gestört; für ihn war es ganz normal. Bei ihm zu Hause war es eben so, er kannte es nicht anders, und bei seinen Freunden sah es überall mehr oder weniger genauso aus. Auch wenn manche von ihnen vielleicht nicht ganz so viel Platz hatten wie er. Das änderte sich erst, als er Lola kennenlernte.

Und Jerry. Bis er anfing, mehr und mehr Zeit bei ihnen zu verbringen. Anfangs hat ihn deren Durcheinander etwas irritiert, das Fehlen einer Geschirrspülmaschine, die Tatsache, dass die Teller und Tassen vom Frühstück noch in der Spüle standen, wenn Lola aus der Schule kam. Das Patchwork aus Fotos und Zeichnungen und Postkarten an der Kühlschranktür. Die Hundehaare überall, die Brotkrümel auf dem Küchentisch. Aber bald fand er heraus, dass es gerade das Chaos war, die Spuren von Alltagsleben, was ihr Haus so gemütlich machte. Warum es für ihn einer der wenigen Orte war, an denen er sich völlig entspannt fühlte. Wo er die Füße auf den Tisch legen oder auf der Couch einschlafen konnte.

Mathéo wirft einen kurzen Blick in die Küche. Die schmutzigen Teller, Müslischüsseln und halb ausgetrunkenen Tassen sind von der Frühstückstheke verschwunden, als wäre alles ein Produkt seiner Phantasie gewesen. Loïc macht mit dem neuen Haus- und Kindermädchen, Consuela, am Esstisch seine Hausaufgaben. Sie ist jünger als ihre Vorgängerinnen: klein und drahtig, mit spitzen Gesichtszügen. Sie strahlt eine nervöse Energie aus.

Loïc wirkt gelangweilt, er hat seinen blonden Haarschopf auf den ausgestreckten Arm gelegt und fummelt am Ende seines Bleistifts herum. Er hat die Nase voll von seinen Hausaufgaben. In gebrochenem Englisch versucht Consuela, ihm eine Textaufgabe zu erklären. Als die Haustür ins Schloss fällt, blickt er einen Moment hoffnungsvoll auf. Mathéo sieht die Enttäuschung in seinen Augen. »Wann kommt Mummy denn nach Hause?«

»Zuerst mal: Hallo, kleiner Bruder. Weiß ich nicht. Hi, Consuela.«

»Mathéo, ich versuche, dich anzurufen. Deine Mutter, sie mich bittet heute Morgen, Hühnchen zu machen, aber hier nur Steak, und so ich auftaue Steak, aber vielleicht ich soll kaufen Hühnchen?« Sie hat eine laute Stimme und spricht mit starkem spanischen Akzent, deshalb versteht er sie zuerst gar nicht.

»Nein, muss nicht sein. Steak ist bestimmt vollkommen in Ordnung …«

»Aber was ist mit Hühnchen? Vielleicht ich soll kaufen Hühnchen?«

Oh, oh. Sie ist erst den zweiten Tag hier und bereits mit ihren Nerven am Ende.

»Nein, ich bin sicher, dass meine Mutter mit Steak auch zufrieden ist«, versichert er ihr. »Wollen Sie, dass ich Ihnen helfe? Haben Sie mit den Vorbereitungen fürs Abendessen schon begonnen?«

»Nein, nein, ich mache Abendessen.«

Er zögert. »Wollen Sie, dass ich Loïc bei den Hausaufgaben helfe, während Sie sich ums Abendessen kümmern?«

Der Vorschlag macht sie nur noch nervöser. »Nein, nein! Mathéo, du machst jetzt Hausaufgaben?«

»Meine letzte Prüfung war gestern. Ich muss keine Hausaufgaben mehr machen.«

»Dann hast du Training? Musst du trainieren jetzt?«

»Ja.« Dass sie ihm vorschreiben will, was er zu tun hat, geht ihm genauso auf die Nerven wie ihr Tick, alles als Frage zu formulieren. Er wendet sich zur Treppe, die ins Souterrain hinunterführt. »Ich wollte nur sagen – wenn Sie Hilfe brauchen, Sie können mich jederzeit rufen.«

»Du umziehst für Training, ja?«

»Ja«, antwortet er genervt, ohne sich umzudrehen, und geht in Richtung Treppe.

»Mattie?«, ruft Loïc leise und mit jammerndem Tonfall.

Mathéo bleibt stehen und dreht sich zu ihm um. Loïc hätte gern, dass er bei ihm bleibt, das weiß er genau, aber … Seine Eltern werden bald da sein und sich darüber streiten, wer den stressigeren Tag hatte; Consuela wird nervös in der Küche hantieren und die Fragen seiner Mutter nach Loïcs Hausaufgaben beantworten; und Mathéos Vater wird mit ihm das letzte Training vor dem Wettkampf an diesem Wochenende diskutieren wollen.

»Kannst du mir helfen?« Loïc schaut ihn traurig an. »Consuela kann kein Englisch.«

Mathéo spürt, wie er sich innerlich windet. »Loïc, jetzt sei mal nicht so! Natürlich kann Consuela …«

»Ich kann, ich kann!«, fährt Consuela seinen kleinen Bruder an. »Loïc, dein Bruder muss jetzt machen sein Training. Ich dir erkläre noch einmal. Höre zu …«

»Wann kommt Mummy endlich nach Hause?« Loïc ignoriert sie und schaut Mathéo immer noch mit verzweifeltem Gesichtsausdruck an. Mathéo weiß nie, was sein achtjähriger Bruder eigentlich von ihm will – nur dass er, egal, was es ist, es ihm nicht geben kann.

»Bald. Sehr bald. Und deshalb musst du dich auch beeilen, dass du mit deinen Hausaufgaben fertig wirst. Wir essen nachher alle zusammen zu Abend.« Er lächelt Loïc an und hofft, dass es ein aufmunterndes Lächeln ist.

»Bringt sie mich dann heute Abend ins Bett?« Loïcs Gesicht leuchtet hoffnungsvoll.

»Ja! Na klar!« Mathéo nickt dazu begeistert.

»Und sie liest mir auch eine Geschichte vor?«

»Ja! Aber nur, wenn du jetzt deine Hausaufgaben fertig machst, okay?«

Loïc mustert ihn einen Moment misstrauisch, so als wollte er herausfinden, ob Mathéo ihm die Wahrheit sagt oder ob er ihm einfach erzählt, was er hören will, nur um nicht länger aufgehalten zu werden.

»Gehst du noch fort?«

»Nein. Nur nach unten.«

»Und wenn du fertig bist, kommst du dann gleich hoch zu mir?«

»Ja«, antwortet er. Das Versprechen fällt ihm leicht. Er weiß, dass seine Eltern zu Hause sein werden, bevor er das Training beendet hat.

Im Souterrain befindet sich der große Trainingsraum, den ihm sein Vater eingerichtet hat. Das war, nachdem Mathéo die erste Medaille bei nationalen Meisterschaften gewonnen hatte. Er ist der Einzige, der ihn benutzt – seine Eltern ziehen es vor, zum Fitnesstraining in ihre Klubs zu fahren –, und der Raum ist ganz auf seine speziellen Bedürfnisse als Wasserspringer abgestimmt. Der gesamte Boden ist mit Schaumstoff ausgelegt, die Wände sind verspiegelt, von der Decke hängt ein Sattelgurt, um die Figuren in der Luft hängend einüben zu können; für die Schrauben und Salti steht außerdem ein großes Trampolin bereit; und dann gibt es noch ein Laufband, eine Rudermaschine sowie verschiedene Geräte für Kräftigungs- und Dehnübungen spezieller Muskelgruppen. Mathéo trainiert, zusätzlich zum Turmspringen in der Schwimmhalle und den Gymnastikübungen mit den anderen, täglich eine Stunde; wenn er nach einer Verletzung oder nach irgendeinem dummen Virus aufholen muss, zwei Stunden; und auch am Sonntag, seinem ansonsten trainingsfreien Tag, zwei. Bevor er Lola kennenlernte, hielt er sich immer ganz genau an seinen Trainingsplan, aber weil seine Eltern hier unten nie aufkreuzen und das Souterrain einen eigenen Ausgang in den Garten hat, nutzt er diese Trainingszeit immer häufiger als Vorwand, um sich heimlich aus dem Haus zu schleichen und Lola zu besuchen.

Als er den Raum betritt, schalten sich automatisch alle Lichter an, und die Klimaanlage beginnt zu summen. Mathéo geht zur

Musikanlage an der Wand gegenüber, drückt auf die Fernbedienung, schlüpft gleichzeitig aus den Schuhen, streift seine Schuluniform ab und zieht eine graue Jogginghose und ein blaues T-Shirt an, die beide im Schrank mit den Work-out-Klamotten für ihn bereitliegen. Nach einer Dreiviertelstunde mit vorschriftsmäßigen Stretch- und Kraftübungen sowie Figurentraining im Sattelgurt zu Eminem klettert er barfuß aufs Trampolin. Es hat Olympiamaße und steht in einem eigenen Anbau, den sein Vater in voller Höhe am Haus errichten ließ, sodass die Decke mehr als vier Geschosse über ihm ist. Mathéo fängt an zu springen und sieht durch die Verglasung auf den im späten Nachmittagslicht daliegenden Garten, wo die Schatten allmählich länger werden. Er lässt die Schwerkraft die meiste Arbeit tun, schüttelt seine müden Muskeln aus, neigt den Kopf erst auf die eine, dann auf die andere Seite. Langsam gewinnt er an Höhe und springt in gerader Haltung weiter, bis er die angezeigte Markierung erreicht hat. Dann beginnt er mit den Salti. Vorwärts gehockt, zweimal gerade springen und wieder von vorne. Er macht das zehnmal, bevor er zu einem Salto vorwärts in gestreckter Position wechselt, durch die Luft wirbelnd, den Körper straff gespannt wie ein Brett. Ein weiteres Set von zehn Wiederholungen in dieser Position, danach Salti in der Hechtstellung: Beine gerade, Zehen ausgestreckt, mit den Händen die Fesseln umfassend und mit der Stirn beinahe die Knie berührend. Wenn er in der Luft auch nur geringfügig von der absolut makellosen Haltung abweicht oder mehr als ein paar Zentimeter neben dem Kreuz in der Mitte des Trampolins landet, wiederholt er noch einmal die ganze Einheit. Nur mit einem perfekten Set gibt er sich zufrieden – es nützt ihm nichts, wenn er sich selbst betrügt: Dann muss er den Preis dafür beim Sprung vom Zehnmeterbrett bezahlen, und eine missglückte Landung mit dem Kopf voran im Wasser ist aus einer solchen Höhe weitaus schmerzhafter als eine Landung neben dem Kreuz in der Mitte des Trampolins. Er wiederholt die Sets in derselben Reihenfolge, mit denselben Positionen, doch diesmal mit dem Salto nach rückwärts, um abschließend zu einer Serie von Kombinationen aus doppelten Salti und Schrauben überzugehen. Während er sich zu immer weiteren und weiteren und weiteren Sprüngen antreibt, fängt er an, Fehler zu machen. Er landet seitlich auf einem Fuß, verpatzt die Landung, fällt auf die Schulter – und hört auf, fängt wieder von vorn mit den Aufwärmsprüngen an, konzentriert sich, versucht, ruhig und gleichmäßig zu atmen ... und dann probiert er es erneut. Er hat mit seinem Training bereits die Zwei-Stunden-Grenze überschritten und weiß, dass er jetzt aufhören sollte. Deshalb setzt er sich ein letztes Ziel: fünf Einheiten mit allen Varianten hintereinander, und dann ist er zufrieden. Nur fünf, aber unmittelbar hintereinander. Er schafft es. Er muss nur daran glauben, dass er es schafft ...

Nach einer heißen Dusche betritt Mathéo die Stille seines kahlen, weißen Zimmers, zieht Jeans und ein frisches T-Shirt an und wirft sich mit noch nassen Haaren auf sein Bett, wo er zur Milchglaslampe an der Decke hochstarrt. Der Raum erstrahlt in fast schmerzlich hellem Licht, und wenn er an den bevorstehenden Abend denkt, verspürt er ein Gefühl von Beklemmung. Das Abendessen mit seinen Eltern ist immer eine Qual, und er ist auf einmal todmüde. Wie an den meisten Tagen ist er bereits seit fünf Uhr morgens auf. Von sechs bis acht hatte er Training in der Schwimmhalle und ist von dort direkt mit dem Bus in die Schule gefahren. Die letzten zwei Wochen waren richtig hart, fast jeden Tag war in einem anderen Fach eine Prüfung, an den Wochenenden hämmerte er sich in allerletzter Minute noch Lernstoff rein, und jetzt fühlt er sich nur noch erschöpft. Offiziell geht das Schuljahr zwar erst in zwei Wochen zu Ende, aber bis dahin passiert jetzt nicht mehr viel. Bekannte Anwälte, Ärzte, Politiker und Wissenschaftler sind zu Vorträgen eingeladen, es finden jede Menge Berufsberatungsgespräche statt, und natürlich gibt es dieselben Veranstaltungen wie jedes Jahr vor den Sommerferien. Ein großes Kricketturnier unter Hugos Leitung, bei dem Mathéo idiotischerweise versprochen hat, als Schiedsrichter auszuhelfen; aus Furcht vor einer Verletzung nimmt er als Spieler nämlich gar nicht teil. Und die unteren Jahrgangsstufen führen wie immer ein Musical auf, bei dem diesmal – masochistischerweise – Lola Regie führt. Außerdem findet im ganzen Land der Tag des Schulsports statt, den traditionell die Schüler der Abschlussklassen mitorganisieren. Und dazu kommt noch der übliche Kleinkram wie Einträge in die Jahrbücher, die von allen herumgereicht werden, eine Wohltätigkeitsversteigerung für *Save the Children* und natürlich der große Abschlussball am Samstag, den er auch noch mitorganisiert, weil Lola im Festkomitee sitzt. Vom Ball selbst wird er überhaupt nichts haben, weil an diesem Wochenende die englischen Meisterschaften im Wasserspringen stattfinden. Da ist er in Brighton. Alles sehr, sehr nervig.

Er dreht sich auf die Seite und zieht sein Smartphone aus der Hosentasche, um es im Bett etwas gemütlicher zu haben. Da flattert auf einmal ein kleiner Origami-Kranich, aus dem herausgerissenen Blatt eines Schulhefts gefaltet, auf seine Bettdecke. Ein vertrauter Anblick. Er setzt sich auf, nimmt ihn und klappt lächelnd die Papierflügel auseinander. Lola und ihre Kraniche … Irgendwie schafft sie es immer wieder, sie mal in seine Hosentaschen, mal in seine Schultasche oder einmal sogar in einen seiner Schuhe zu schmuggeln. Sie fing damit an, als sie sich gerade erst kennengelernt hatten, damals war er mitten im Schuljahr eine Woche fort gewesen, bei den Weltmeisterschaften in Hongkong. Sie versteckte sieben Stück in seiner Reisetasche – mit der strengen Auflage, jeden Tag immer nur einen davon aufzufalten. Es war ein bisschen wie ein Adventskalender gewesen, und müde vom Jetlag, nervös wegen der Wettkämpfe und weit weg von zu Hause, hatte er sich durch die Kraniche richtig getröstet gefühlt.

Auf dem Kranich heute steht:

Viel Glück heute Abend! Ich hoffe, Dein Vater sieht ein,
wie wichtig der Urlaub für Dich ist. Aber denk Dir nichts –
wenn nicht, dann entführen wir Dich einfach!

PS: Ich vermisse Dich gerade. xxx

Mit einem Lächeln faltet Mathéo die Flügel des Vogels wieder zusammen und schiebt ihn sich unters Kissen. Lola kommt nur selten zu ihm nach Hause, weil seine Eltern kein Geheimnis daraus machen, dass sie nicht besonders viel von ihr halten. Teils, weil sie unverbesserliche Snobs sind, teils, weil sie glauben, dass Lola ihn nur vom Training abhält. Deshalb fühlt es sich für ihn immer so an, als hätte er ein winziges Stück von ihr, einen klitzekleinen Teil von ihrem Wesen, in dieses sterile Haus hereingeschmuggelt, wenn er zwischen seinen Sachen auf einmal so einen Kranich findet.

Er muss eingeschlafen sein, denn er hat jedes Zeitgefühl verloren, als er den Gong zum Abendessen hört. Benommen und in fluoreszierenden Träumen gefangen, öffnet er die Augen. Das Licht in seinem Zimmer hat sich verändert. Um ihn herum sind die Farben abendlich geworden, und ein bläulicher Dunst füllt das stille Zimmer, wie Wasser. Draußen vor dem Fenster verschwimmen die Bäume mit der Dämmerung. Die Luft ist merklich kühler geworden und riecht nach Erde und Gras; durch den Spalt zwischen den leicht geöffneten Flügeltüren weht eine Brise herein und lässt die Vorhänge tanzen. Ein Tanz ohne jede Choreografie. Er fährt mit der Zunge über seine trockenen Lippen und setzt sich – immer noch leicht benommen – langsam auf. Draußen in den Wohnzimmern der umliegenden Häuser gehen die Lichter an, Eltern und Kinder versammeln sich dort zum Abendessen, pressen das gesamte Familienleben in diese eine Stunde am Tag, bevor jeder sich zu irgendeiner Beschäftigung zurückzieht. Und so vieles bleibt ungesagt.

Mathéo greift nach dem Lichtschalter am Kopfende seines Betts, und sofort ist das Zimmer in blendend weißes Licht getaucht. Die Welt außerhalb des Fensters ist verschwunden. Er steht auf und geht über den Flur ins Bad, rutscht in Socken über die glänzenden Fliesen, spürt ihre Kühle. Er beugt sich übers Waschbecken und spritzt sich kaltes Wasser ins Gesicht. Ein Nachtfalter hat sich durchs Fenster hereinverirrt und prallt mehrmals gegen den Spiegel. Mathéo betrachtet den Falter kurz und dann im Spiegel sein eigenes Gesicht. Es ist vom Schlaf leicht gerötet, und auf der Wange ist der Abdruck seines Kopfkissens zu sehen. Seine zerzausten Haare müssen dringend geschnitten werden. Von seinem Vater hat er die blaue Augenfarbe geerbt, allerdings sind seine Augen größer, was ihm einen immer leicht staunenden Gesichtsausdruck gibt. Seine Haut ist blass, beinahe durchsichtig – an den Schläfen sind blaue Adern sichtbar. Er fährt mit den Fingern den Abdruck des Kissens nach. Lola hat ihm gesagt, dass sein größter Trumpf das schiefe Lächeln und die Grübchen sind. Obwohl vom Typ her eher schmal und dünn, hat er durch das jahrelange, intensive Training einen gut gebauten, muskulösen Körper.

Mathéo reibt sinnlos an einem Kugelschreiberfleck am Saum

seines T-Shirts herum, als der Gong noch einmal ertönt und ihm klar wird, dass er nur das Unvermeidliche hinauszuzögern versucht. Es kommt selten vor, dass sie alle gemeinsam zu Abend essen. Während der Osterferien, zum Beispiel, verbrachte er fast jeden Abend bei Lola und ihrem Vater, und an den Tagen, an denen er wusste, dass seine Eltern früher als sonst nach Hause kommen würden, umschiffte er einen Streit mit ihnen, indem er mit Loïc und dem Kindermädchen zusammen aß und sich danach irgendwann heimlich aus dem Haus schlich. Aber das Kindermädchen war älter als Consuela gewesen, sie hatten sie über drei Jahre lang gehabt, deshalb war sie viel entspannter, sie hatte weniger Angst vor seiner Mutter und war bereit, ihn notfalls auch zu decken. Er hat das Gefühl, dass Consuela nicht so leicht auf seine Seite zu ziehen sein wird; bei ihr wird er sich mächtig ins Zeug legen müssen.

Als er die Treppe hinuntereilt, spürt er die Anwesenheit seiner Eltern, noch bevor er sie sieht. Er riecht das Parfüm seiner Mutter, das Aftershave seines Vaters. Ihre Kostümjacke und seine Anzugjacke hängen nebeneinander im Flur und warten darauf, ausgelüftet und aufgeräumt zu werden. Er kann seine Mutter in der Küche hören, wie sie der armen Consuela gerade eine Rüge erteilt. Seine Mutter ist groß, schlank, blonde Locken, sie ist Pariserin und hat in all den Jahren, die sie nun schon in England lebt, ihren starken französischen Akzent nie abgelegt. Ihre äußere Erscheinung ist immer makellos, sie verlässt das Haus nie, ohne perfekt geschminkt zu sein, und bekommt regelmäßig das Kompliment zu hören, für eine Mutter mit einem Sohn im Teenageralter sehe sie viel zu jung aus. Sie trägt noch ihre Businesskleidung: Seidenbluse und Bleistiftrock mit Seitenschlitz, dazu High Heels, die sie ungefähr acht Zentimeter größer machen, sodass sie neben der armen, kleinen

Consuela hoch aufragt. Loïc umstreicht die beiden wie eine Katze, die miauend um Aufmerksamkeit fleht, und versucht, seiner Mutter irgendetwas aus Holz zu zeigen, das er in der Schule gebastelt hat. Ihr Vater hat sich bereits ans Kopfende des Tischs gesetzt, die Krawatte um die Armlehne seines Stuhls geschlungen, vor sich einen Whisky, und blättert in seinem Sportmagazin. Er ist groß und athletisch gebaut, mit breiten Schultern, ein begeisterter Golfspieler, das ganze Jahr über braun gebrannt, inzwischen sehr kurz geschnittene, grau melierte Haare.

»Loïc, arrête!«, ruft seine Mutter auf Französisch. »Geh und zeig es Papa. Ich muss das Abendessen zubereiten. Consuela, bitte decken Sie jetzt einfach nur den Tisch, und lassen Sie mich das hier zu Ende bringen.« Ihr Blick fällt auf Mathéo, der hereingekommen ist, um die Teller aus dem Küchenschrank zu holen. »Mathéo, sorg dafür, dass dein Bruder aus der Küche verschwindet, sei so lieb. Wenn das so weitergeht, können wir nie essen.«

Mathéo reicht die Teller an die erschöpfte Consuela weiter, nimmt Loïc an der Hand und zieht ihn mit sanfter Gewalt zu seinem Vater. »Hey, Dad, guck mal, was Loïc in der Schule gebastelt hat.«

Sein Vater wirft einen kurzen Blick auf das sich drehende, hölzerne Etwas, das Loïc entmutigt in der Hand hält. »Hast du gut gemacht, Loïc. Was soll es denn sein, ein Ball?« Bevor Loïc antworten kann, wendet er sich bereits seinem älteren Sohn zu.

»Hat Mr Harrington-Stowe dir mitgeteilt, dass er dir ab September zweimal in der Woche Privatunterricht geben wird?«

»Ja«, antwortet Mathéo. »Ich war nur etwas überrascht. Ich hab gedacht, wir hätten uns darauf geeinigt, dass ich Miss Bell frage. Sie war ja schon die letzten beiden Jahre meine Lehrerin und …«

»Ich habe heute Morgen vor der Arbeit in der Schule angerufen.

Mit dieser Kanadierin, die ja nun wahrlich keine große Leuchte ist, solltest du nicht noch mehr Zeit verschwenden.«

Mathéo zuckt zusammen. »Sie ist wirklich nett, Dad. Und sie hat mich letztes Jahr durch die GCSE-Prüfung gebracht und dieses Jahr durch das A-Level – zumindest hoffe ich das …«

»Wirklich nett?« Mathéos Vater lacht, als hätte Mathéo gerade einen besonders komischen Witz erzählt. »Die Frau ist meiner Meinung nach nicht ganz zurechnungsfähig. Ich habe bei einem Elternabend noch nie eine Lehrerin erlebt, die sich unklarer ausgedrückt hat. Mr Harrington-Stowe dagegen, bei dem weiß man, dass man sich auf ihn verlassen kann. Studium in Oxford, jemand, von dem man hört, dass er seine Schüler richtig fordert …«

Und außerdem einer der meistgehassten Lehrer an der Schule, denkt Mathéo. »Aber warum gleich zweimal die Woche zwei Stunden lang?«

»Das nächste Jahr wird für dich kein Spaziergang!«, erklärt ihm sein Vater ungefähr zum hundertsten Mal. »Nur weil du deinen Studienplatz erst im nächsten Jahr in Anspruch nehmen willst, um im Sommer an den Olympischen Spielen teilnehmen zu können, heißt das noch lange nicht, dass du das Ganze davor schleifen lassen kannst. Wenn es dir mit deinem Wirtschaftsstudium in Cambridge ernst ist, dann brauchst du einen Tutor, der dich darauf vorbereitet, den besten, den es gibt, und Mr Harrington-Stowe …«

Du bist derjenige, der unbedingt will, dass ich in Cambridge Wirtschaft studiere, damit ich genauso ende wie du mit deinem gut bezahlten Job in der City. Mathéo blendet die Lobeshymnen seines Vaters auf Mr Harrington-Stowe innerlich aus und korrigiert heimlich den Abstand zwischen den Tellern und den Gläsern, die Consuela auf den Tisch gestellt hat. Seine Mutter schneidet mit einer geradezu manischen Energie Karotten und geht dann mit energischen Schritten zum Esstisch, um dort einen Berg aus Petersilie, geschnittenen Tomaten, Paprikas und Karotten in die Salatschüssel zu füllen. Es sieht aus wie Konfetti.

»Oh, Mrs Walsh, ich tue das …«, protestiert das Kindermädchen verzweifelt.

»Alles unter Kontrolle, Consuela. Sorgen Sie dafür, dass die beiden Jungs sich hinsetzen, sind Sie so lieb?« Aus der Stimme seiner Mutter ist ein leicht genervter Unterton herauszuhören. Sie verschwindet, um sich die Hände zu waschen, kehrt dann zum Tisch zurück und nimmt ihren üblichen Platz am Tischende in der Nähe der Küche ein, gegenüber von ihrem Ehemann. »Bitte, Mitchell, leg deine Zeitschrift jetzt weg. Wir wollen mit dem Essen anfangen.«

»Warum sitzt denn sonst noch niemand am Tisch?«

Loïc schlüpft schnell auf seinen Stuhl, er lutscht an seinem Mittelfinger. Mathéo bringt aus der Küche die schwere Platte mit den Steaks herein und nimmt ebenfalls Platz. Consuela setzt sich auf den freien Stuhl neben Loïc. Einen Moment lang herrscht Schweigen, während alle angespannt dasitzen und auf seinen Vater warten. Der trinkt erst noch einen Schluck Whisky, lässt stumm den Blick über den Tisch schweifen, als prüfte er, ob auch alles in Ordnung ist. Dann faltet er die Hände und senkt die Augen.

»Komm, Herr Jesus, sei unser Gast und segne, was du uns bescheret hast.«

Mathéo senkt wie alle anderen auch den Kopf, aber er schließt weder die Augen noch stimmt er in das abschließende »Amen« ein. Als er wieder hochblickt, durchbohrt ihn seine Mutter mit wütendem Blick. Er tut so, als würde er es nicht merken, und faltet seine Serviette auseinander.

»Consuela, würden Sie bitte Loïc das Fleisch schneiden?«, fragt seine Mutter, und ihr scharfer Tonfall macht klar, dass das Kindermädchen es ja nicht wagen soll, mit dem Essen anzufangen, bevor sie sich nicht um ihren Schützling gekümmert hat.

Consuela beginnt hektisch, das Steak für Loïc zu schneiden, und lässt dabei fast ihr Messer fallen. Sie tut Mathéo leid, weil sie jetzt schon so nervös ist. Und dabei warten die richtigen Wutausbrüche seiner Mutter erst noch auf sie. Oder aber ein Streit zwischen seinen Eltern um drei Uhr morgens, wenn sein Vater sich auf einer Party in angetrunkener Runde in eine politische Debatte hat verwickeln lassen und Mathéos Mutter damit in eine peinliche Situation gebracht hat. Eine Sache wird Mathéo der armen Consuela heute allerdings nicht ersparen können, und zwar den rituellen Eltern-Sohn-Streit beim Abendessen. Er hat fast ein schlechtes Gewissen, sie damit schon so früh zu konfrontieren. Aber ihm bleibt keine andere Wahl. Den Rest der Woche wird er seine Eltern kaum noch einmal gemeinsam erwischen, und er muss Hugo in den nächsten Tagen Bescheid sagen.

Mathéo steckt ein Stück von dem viel zu durchgebratenen Steak in den Mund und kaut länger als nötig darauf herum, er tut sich beim Hinterschlucken schwer, hat plötzlich einen trockenen Mund. Er hat vor seinen Eltern nicht wirklich Angst – sie haben ihn nie geschlagen oder so etwas. Nur weicht er am liebsten jeder Auseinandersetzung aus – vor allem mit seinem Vater, der sehr jähzornig ist, nach einem Glas zu viel schon so manchen Teller zerschmettert hat und Mathéo, aber auch jeden anderen, der nicht derselben Meinung ist wie er, in Grund und Boden brüllen kann. Und dann ist da natürlich auch noch Loïc, der sich in ein zitterndes Häufchen Elend verwandelt, sobald die Stimmung umzuschlagen droht … Mathéo hatte bisher immer geglaubt, dass es solche Spannungen einfach in jeder Familie gibt. Bis er dann Lola kennenlernte. Als er sie mit Jerry zusammen erlebte, in ihrem Haus, das sich tatsächlich wie ein Zuhause anfühlte, als er mitbekam, dass bei ihnen Meinungsverschiedenheiten selten in einen wirklichen Streit ausarteten – und sollte dies doch einmal der Fall sein, der Streit schnell mit einer Entschuldigung beigelegt wurde, einer Entschuldigung von beiden Seiten, oft begleitet von einer Umarmung –, begann er, seine Eltern mit anderen Augen zu sehen. Und es machte ihn traurig. Brachte ihn auf gegen ein Elternhaus, in dem es viel zu viel Geld gab – wofür er immer und ewig dankbar sein sollte – und einen fast grausamen Mangel an Aufmerksamkeit und Zeit füreinander.

»Ja, und dann hatte ich heute Morgen vom Auto aus noch ein kleines Gespräch mit Coach Perez, und er hat mich ausdrücklich darauf hingewiesen, dass …«, beginnt sein Vater.

»*Maman*, ich habe heute in der Schule einen Kreisel gebastelt!«, unterbricht ihn Loïc.

»Das ist schön. Wie war denn das Diktat?«

Sein Vater legt geräuschvoll Messer und Gabel auf dem Teller ab. »Falls ihr es nicht bemerkt haben solltet, ich war gerade dabei, etwas zu sagen«, bemerkt er gereizt.

»Weiß ich, Mitchell, aber kannst du damit eine Sekunde warten? Loïc, nimm die Ellenbogen vom Tisch und setz dich gerade hin. Consuela, Sie müssen ihm das Fleisch in viel kleinere Stücke schneiden …«

»Na klar, kein Problem, rede einfach weiter und ignoriere mich, wie immer.« Die Stimme seines Vaters schwillt bedrohlich an.

»Keiner ignoriert dich hier, Mitchell. Ich versuche nur, unserem Sohn etwas Tischmanieren beizubringen, das ist alles.«

»Dann könntest du ihm auch gleich mal beibringen, dass man andere beim Reden nicht unterbricht.«

»Dad, was wolltest du von Coach Perez erzählen?«, wirft Mathéo schnell ein. Wenn sie ins Streiten kommen, verpasst er seine einzige Chance.

»Ich wollte gerade sagen …«, sein Vater holt tief Luft und wirft seiner Frau einen bedeutungsschwangeren Blick zu, »als ich heute Morgen mit ihm telefoniert habe, hat er noch mal klargemacht, dass du bei den Meisterschaften in Topform sein musst. Offensichtlich gibt es da einen Neuen, der auch gute Chancen hat, ins Olympiateam zu kommen – einen Australier mit doppelter Staatsbürgerschaft, Sam Natt, gerade mal sechzehn. Er ist wohl erst vor Kurzem hierhergezogen und tritt am Wochenende in Brighton gegen dich an. Macht bereits ziemliches Aufsehen um sich, der Junge. Perez glaubt, dass er die Olympiaqualifikation schaffen wird. Und auch, dass er dir am Wochenende ganz schön einheizen kann.«

Mathéo kaut auf der Innenseite seiner Wange, fährt mit den Fingern den Stiel seines Glases entlang und versucht, nach außen hin lässig zu wirken. »Ja, hab ich gehört. Das hat mir Perez auch schon erzählt.«

Aber wie immer lässt sein Vater ihn nicht so leicht davonkommen.

»Wie ich es dir immer sage: Es wird Jüngere geben, die nach Erfolg hungern. Vor ein paar Monaten haben sie dich in deiner Disziplin noch als Englands größten und jüngsten Hoffnungsträger für die Olympischen Spiele gefeiert. Aber wenn du nicht aufpasst, kann sich das an einem einzigen Wochenende ändern.«

Mathéo schlingt sich seine Serviette um die Finger. Er muss jetzt sofort mit seinem Anliegen kommen, das spürt er ganz deutlich, bevor sein Vater vom eigenen Redeschwall davongetragen wird.

»Dad, du weißt ja, dass die Schule bald zu Ende ist und …« Er macht eine nervöse Bewegung mit der Serviette.

»Ja?« Sein Vater mustert ihn kritisch.

»Also, mein Freund Hugo – du weißt ja, der, dessen Vater Partner bei Glaxo ist … Seine Eltern haben doch diese Villa in Südfrankreich, wo ich in den Sommerferien häufig ein paar Tage war, erinnerst du dich?«

Sein Vater legt die Gabel beiseite. »Natürlich erinnere ich mich.«

»Na ja, also Hugo will mit ein paar Freunden für zwei Wochen dort hinfahren, wenn die Schule vorbei ist, nur … einfach nur so, zwei Wochen Urlaub, und ich …«

Sein Vater starrt ihn an, den Mund leicht geöffnet. »Du willst mitfahren?«

»Ja, genau«, sagt Mathéo hastig. »Es ist nur, weil … Lola möchte da so gerne auch einmal hin, weil sie noch nie dort war, und … Und die anderen gehen doch dann alle auf die Uni, deshalb ist es die letzte Gelegenheit, du weißt schon, dass wir noch mal Zeit miteinander verbringen …«

Mathéos Vater starrt ihn weiter an. »Du willst mit deinem Training zwei Wochen aussetzen, um in Südfrankreich Party zu machen?«

»Wir würden nicht Party machen. Nur so ein bisschen locker abhängen. Hugo, Izzy, Lola und ich, bloß wir vier«, versucht Mathéo zu erklären. »Weil wir doch jetzt alle mit der Schule fertig sind. Ich müsste auch nicht die ganze Zeit dabei sein. Vielleicht eine Woche?«

Aber in seinem Vater brodelt es bereits, sein Kopf läuft rot an, und am Hals treten die Adern hervor.

»Schufte ich deshalb neunzig Stunden in der Woche, um dein aberwitzig teures Training bezahlen zu können?«, fährt er Mathéo wutentbrannt an. »Damit du dich dann mit deinem Kumpel und deiner Freundin am Strand vergnügst und jede Nacht einen draufmachst, obwohl es nur noch dreizehn Monate bis zu den Olympischen Spielen sind?«

»Nein!«, brüllt Mathéo zurück, und das Herz schlägt ihm bis zur Kehle. »Ich will nur ein Mal mit meinen Freunden in Urlaub fahren!«

»Mathéo, sprich nicht in diesem Tonfall mit deinem Vater!«, mischt sich seine Mutter ruhig, aber bestimmt ein. Ihre Augen funkeln. Loïc gibt einen winselnden Laut von sich und schmiegt sich an das erschrocken dreinblickende Kindermädchen.

Mathéos Wangen brennen. »Aber er hört mir noch nicht mal zu!«, entgegnet er seiner Mutter. »Er fängt sofort zu brüllen an, wenn ich etwas sage, das er nicht hören will!«

»Und dazu habe ich, verdammt noch mal, auch jedes Recht! Du hast es nur deiner Mutter und mir zu verdanken, dass jeden Tag Essen auf dem Tisch steht, dass du ein Dach über dem Kopf hast, eine erstklassige Ausbildung bekommst und bei dem besten Trainer, den es hier in diesem Land gibt, trainieren darfst!«

»Ich weiß, Dad, und dafür bin ich dir ja auch dankbar.« Mathéo zwingt sich zu einem gemäßigteren Tonfall. »Ich bitte dich nur darum, eine Woche wegfahren zu dürfen. Oder vielleicht ... fünf Tage ...« In seine Stimme schleicht sich ein flehender, verzweifelter Unterton ein, den er an sich hasst.

»Es geht dir dabei doch eigentlich nur um Lola!«, unterbricht ihn sein Vater.

»Was? Wie? Ja, natürlich auch, aber nicht nur, ich ...«

»Du verbringst viel zu viel Zeit mit diesem Mädchen und ihrem Hippievater, Mathéo, und ich will, dass das aufhört. Sie stört dich beim Training und lenkt dich vom Wesentlichen ab. Wenn du jetzt bald noch härter trainierst, dann wirst du sowieso keine Zeit mehr für eine ernsthafte Beziehung haben ...«

»Wenn du auch nur eine Sekunde glaubst, dass ich mit Lola Schluss mache!«, brüllt Mathéo. »Sie ist das Beste … das Einzige, was ich … was ich …« Er spürt, wie sich ihm die Kehle zuschnürt, und zwingt sich, tief durchzuatmen, um nicht völlig durchzudrehen.

»Mathéo«, sagt sein Vater etwas ruhiger. »Ein strenges Trainingsprogramm ab dem Moment, wo du keine Schule mehr hast, ist extrem wichtig, um dich auf die Olympischen Spiele optimal vorzubereiten. Du willst doch nächstes Jahr daran teilnehmen, oder? Und vielleicht auch eine Medaille gewinnen?«

»Natürlich!«

»Dann setz das jetzt nicht so leichtsinnig aufs Spiel! Die meisten Siebzehnjährigen können von so etwas nur träumen. Aber für dich wird es Wirklichkeit werden. Du hast keine Ahnung, was ich in deinem Alter dafür gegeben hätte, wenn ich …«

»Ich weiß, Dad, ich weiß«, antwortet Mathéo und sackt in sich zusammen, weil er merkt, dass er diese Diskussion mit seinem Vater nicht gewinnen kann.

»In knapp über einem Jahr könntest du die Chance auf eine Goldmedaille haben, während andere Jungs in deinem Alter nichts Besseres zu tun haben, als sich im nächsten Pub zu besaufen oder vor der Glotze zu hocken.«

Als sein Vater spürt, dass Mathéo aufgegeben hat, wird seine Stimme etwas weicher. Mit theatralischer Geste zieht er aus seinem Aktenkoffer, den er direkt neben dem Stuhl abgestellt hat, eine Sportzeitschrift, schlägt sie sorgfältig auf und reicht sie seinem Sohn. »Da, lies mal! Hier auf dieser Seite!« Mathéo entdeckt seinen Namen in der Schlagzeile. Ein grobkörniges Foto zeigt ihn bei einem Sprung.

Er deutet diese Geste als Versöhnungsversuch seines Vaters und zwingt sich zu einem Lächeln, obwohl er sich immer unwohl fühlt, wenn er Artikel über sich selbst lesen muss. »Cool.«

TURMSPRINGEN:
MATHÉO WALSH AUF GOLDKURS

Der 17-jährige Mathéo Walsh wurde vergangenen Monat erster britischer Europameister im Turmspringen. Mit seiner herausragenden Leistung in der letzten Runde sicherte er sich im Einzelwettbewerb der Männer die Goldmedaille. Walsh ist der neue Superstar in dieser Disziplin und fest entschlossen, bei den Olympischen Spielen im nächsten Sommer auch olympisches Gold zu gewinnen. Bereits mit vierzehn Jahren wurde er innerhalb von sechs Monaten nicht nur englischer Meister, sondern schaffte es auch in den Commonwealth Games bis an die Spitze. Ein Jahr später gewann er bei den Weltmeisterschaften in Hongkong die Bronzemedaille –, womit er große Hoffnungen auf ein spektakuläres Ergebnis bei den nächsten Olympischen Spielen nährte – und nun ist er auch europäischer Meister im Turmspringen geworden.

Der Gewinn der Goldmedaille sei ein regelrechter »Schock« für ihn gewesen, gab Walsh zu.

Der Londoner Turmspringer erreichte bei fünf von sechs Sprüngen die Note 10 mit einer Gesamtpunktezahl von 540,85 Punkten – seine neue persönliche Bestleistung. »Das Niveau des Wettbewerbs war sehr hoch, deshalb bin ich überglücklich«, so Walsh. »Du kannst froh sein, wenn du überhaupt eine Medaille gewinnst, hab ich mir davor gesagt. Und jetzt Gold! Ich habe es noch gar nicht wirklich realisieren können. Aber ich habe hart trainiert, um die Erwartungen, die in mich gesetzt wurden, nicht zu enttäuschen. Ich bin total überwältigt.«

Nach einem unsicheren Anfang schaffte Walsh in den nächsten Runden makellose Sprünge, für die er von den Punktrichtern vier Mal die Note 10 bekam. »Einen meiner Sprünge habe ich ziemlich verhauen. Normalerweise gelingt mir der dritte Sprung viel besser, und dass ich ihn diesmal nicht so gut hinbekommen habe, hat mich etwas nervös gemacht. Ich wusste, dass ich unbedingt das Ruder herumreißen musste. Danach die 10er-Noten zu bekommen ... Dass ich das geschafft habe, und dann auch noch Gold zu gewinnen, ist wirklich unfassbar. Ganz oben auf dem Siegertreppchen zu stehen und die Nationalhymne zu hören, so etwas passiert einem nicht jeden Tag. Und jetzt will ich das bei den Olympischen Spielen im nächsten Jahr wiederholen, na klar!«

Als er zu seinem ersten Sprung vom Zehnmeterturm nach vorn ging, wirkte Walsh angespannt. Sein Eröffnungssprung – ein zweieinhalbfacher Salto rückwärts mit eineinhalbfacher Schraube – brachte ihm 88,40 Punkte ein, womit sein Name die Liste auf der Anzeigetafel sofort anführte. Doch seine stärksten Konkurrenten erzielten ebenfalls herausragende Punktzahlen, und da die Wettkämpfer die Reihenfolge ihrer Sprünge frei bestimmen können, wurde schnell klar, dass es vor allem darauf ankommen würde, wer die Nerven behielt. Nach der dritten Runde war Walsh auf Platz 3 abgerutscht, aber sein fünfter Sprung, ein gehockter viereinhalbfacher Salto rückwärts, wurde mit 97,15 Punkten bewertet und katapultierte ihn auf Platz 2. Walsh machte es

spannend bis zur letzten Runde, in der er schließlich den Russen von Platz 1 verdrängte. Mit einem kraftvollen Salto rückwärts mit viereinhalbfacher Schraube beendete der 17-Jährige seinen Wettbewerb und gewann Gold.
Für Walsh wurde damit ein großer Traum wahr. »Ich war sehr aufgeregt, aber die Unterstützung durch das Publikum hat mir sehr geholfen.«
Bereits mit zehn Jahren stellte Mathéo Walsh erste Rekorde im Turmspringen auf. Nach kurzer Zeit wechselte er vom Fünfmeterturm zum Zehnmeterturm und wurde bereits im Alter von vierzehn englischer Meister in der Kategorie U-18. Das harte Training, das für solche Erfolge nötig ist, absolviert er im Ashway Aqua Centre im Westen von London, unter Anleitung seines Trainers Juan Perez, der unermüdlich betont, dass eine Medaille bei den Olympischen Spielen das Hauptziel seines Schützlings bleibt: »Nächstes Jahr wird er achtzehn und ist dann körperlich so weit entwickelt, dass er bei den Top-Springern weltweit mithalten kann.«
Walsh selbst versucht, die Erwartungen herunterzuschrauben. »Ich freue mich auf die Olympischen Spiele. Aber dort eine Medaille zu gewinnen wird kein Kinderspiel sein«, sagt er. »Die Chinesen sind wirklich hart zu schlagen.«
Walsh widmet sich seinem Sport mit größter Hingabe und übt sogar an Weihnachten! Am Tag nach dem Gewinn der Europameisterschaft in Berlin drückte er bereits wieder die Schulbank, lernte für seine Abschlussprüfungen und trainierte drei Stunden. Fünf Tage die Woche zieht er sein volles Trainingsprogramm durch.
Bei Wettkämpfen wirken die Sprünge von Mathéo Walsh so leicht und anmutig, dass die Zuschauer die Gefährlichkeit

dieser Sportart nur allzu gern vergessen. In den Sekunden, bevor der Körper mit einer Geschwindigkeit rund 50 km/h ins Wasser eintaucht, kann sehr schnell sehr viel schiefgehen. »Die Angst ist immer da, aber sie sorgt für das nötige Adrenalin«, so Walsh. »Beim Training ist es auch schon mal nicht so gut gelaufen, und das hat mir immer einen Riesenschreck versetzt. Man braucht dann einige Zeit, bis man wieder den Mut zu einem neuen komplizierten Sprung hat. Aber du darfst dich davon nicht unterkriegen lassen.«

Jim Rickets

Mathéo liegt im Bett, den Kopf auf die Hand gestützt, und als er den Artikel zu Ende gelesen hat, wirft er die Zeitschrift in die Ecke, in der sich der Hängeordner mit sämtlichen Artikeln befindet, die seit Beginn seiner Wettkampfkarriere über ihn geschrieben wurden. Er knipst die Lampe neben seinem Bett aus, dreht sich auf den Rücken und starrt in die Dunkelheit. Er kann jetzt nicht einschlafen, das weiß er. Dafür ist er viel zu wütend auf seinen Vater. Er überlegt, ob er Lola anrufen soll. Aber Jerry geht meistens früh schlafen, und er will ihn nicht aus Versehen aufwecken. Außerdem muss er noch einmal raus, rennen, seine Wut loswerden. Und schon ist er aufgestanden, greift nach Jeans und T-Shirt. Wenn er noch länger hier in diesem Zimmer, in diesem Haus bleibt, hat er das Gefühl, zu ersticken. Er geht zur Flügeltür, öffnet sie, tritt hinaus auf den Balkon. Es ist Nacht geworden. Er spürt, wie die dicke, blaue Dunkelheit sanft ihre Finger auf seine Augenlider legt. Die Luft ist mild, der Himmel wie aus Samt, so weich und schwer, dass man glaubt, ihn in den Händen halten zu können. Ein paar Farbstreifen nisten noch verschwommen in den

Falten der Nacht; entlang der Gartenmauer hat sich automatisch die Beleuchtung angeschaltet. Doch aus den Fenstern des Wintergartens dringt kein Licht. Consuela ist gegangen, und seine Eltern scheinen sich in ihr Schlafzimmer zurückgezogen zu haben.

Mathéo öffnet leise die Tür, lauscht, ob von unten Geräusche zu hören sind, und als das nicht der Fall ist, schleicht er auf Zehenspitzen die Treppe bis ins Erdgeschoss hinunter. Er öffnet die Terrassentür, durchquert schnell den Garten, öffnet das Türchen und ist dann auch schon draußen auf dem Weg.

Das Licht der Straßenlampen wischt an ihm vorbei, als er die neun Straßenzüge bis zu Lolas Haus rennt. Im orangefarbenen Lichtkegel einer Laterne hält er schließlich an, leicht außer Atem, und schaut zu den dunklen Fenstern hoch. Die flache, teure Uhr an seinem Handgelenk zeigt nach Mitternacht an. Scheiße. Obwohl er weiß, dass Jerry wahrscheinlich cool reagieren würde, will er ihn trotzdem nicht um diese Uhrzeit aufwecken. Aber er muss unbedingt Lola sehen. Sie ist die Einzige, mit der er über die Probleme, die er zu Hause hat, reden kann.

Mathéo zieht sein Smartphone heraus, wischt einmal über das Display und tippt:

Noch wach?

Danach wartet er eine gefühlte Ewigkeit lang. Auf einmal ist er todmüde, er lehnt sich gegen einen Baumstamm, und seine Augen wandern zwischen dem Display und dem Fenster ihres Zimmers unruhig hin und her … Nichts. Hinter ihrem Fenster bleibt es dunkel.

Mist. Er will gerade das Smartphone in seine Hosentasche zurückschieben, als es zu vibrieren anfängt. Fast hätte er es überrascht fallen lassen.

Nein.

Er muss lächeln, atmet erleichtert auf und fühlt sich schon besser.

Cooles Ding am Himmel!

Was???

Ein Ufo? Schnell!

Plötzlich wird an ihrem Fenster der Vorhang aufgezogen, und seine Augen leuchten, als ihre Gestalt hinter dem Fenster erscheint. Er kann undeutlich ihr Gesicht erkennen, als sie den Kopf zurücklehnt, um zum Himmel hochzuschauen. Mathéo tippt noch einmal eine Nachricht:

Schon gelandet! Unter dir!

Mit einem breiten Grinsen beobachtet Mathéo, wie Lola zuerst auf die neue Textnachricht in ihrer Hand und dann auf die Straße blickt. Er kichert in sich hinein, als sie das schwere Fenster hochschiebt, sich hinausbeugt und schlaftrunken zu ihm hinunterblinzelt. Ihre zerzausten, langen Haare schimmern im Mondlicht.

»Ich glaub's nicht!« Sie lacht.

»Schsch – du weckst noch Jerry auf!«

»Du weißt doch, dass er wie ein Toter schläft.« Sie streicht sich die Haare aus den Augen und gähnt. »Mannomann, ich war gerade am Einschlafen. Ist dir klar, dass du in knapp fünf Stunden schon wieder rausmusst? Was machst du hier eigentlich um diese Uhrzeit?«

Ihr Tonfall ist scherzend, aber Mathéo merkt auf einmal, dass er keine Ahnung hat, was er ihr darauf antworten soll. Hat er seine Freundin mitten in der Nacht aufgeweckt, nur um über die Luxusprobleme eines verwöhnten Jungen aus reichem Haus zu jammern?

Sein plötzliches Schweigen scheint sie zu beunruhigen, denn unvermittelt fragt sie mit veränderter Stimme: »Alles in Ordnung?«

»Klar.« Er löst sich vom Baumstamm. »Bin nur kurz noch mal vorbeigekommen. Wollte checken, ob du dich immer noch von Ufos bedroht fühlst.« Er zwingt sich zu einem Lachen. »Und ich muss leider feststellen, dass die Entführung durch Aliens weiterhin eine reale Gefahr darstellt. Morgen nach dem Training komme ich sofort wieder bei dir vorbei.«

»Mathéo, warte.« Sie nimmt es ihm nicht ab, das merkt er. »Ich bin in einer Sekunde unten.«

»Ncin, nicht, es ist schon spät …«

Aber sie hat das Fenster bereits geschlossen und ist nicht mehr zu sehen.

Das Geräusch von Schlüsseln lässt ihn zusammenfahren. Lola schlüpft aus dem Haus und zieht die Tür leise hinter sich zu. Ein weißes Baumwollnachthemd hängt ihr über die Jeans, und darunter hat sie allem Anschein nach Wanderstiefel an, weshalb er gleich wieder lächeln muss.

»Wag es ja nicht, mich auszulachen!«, zischt sie ihn an. »Ich konnte im Dunkeln meine Schuhe nicht finden!«

»Wusste gar nicht, dass wir wandern gehen.«

»Halt die Klappe – du hast mich gerade aus dem Bett geholt. Sei froh, dass ich nicht in Unterwäsche gekommen bin.«

»Hätte nichts dagegen gehabt.«

Sie gibt ihm einen Klaps auf den Arm, und er beneidet sie um ihre Leichtigkeit, um die Schwerelosigkeit, die sie für ihn ausstrahlt.

Er stößt einen hörbaren Seufzer aus. »Willst du … weiß nicht … vielleicht ein paar Schritte gehen?«

»Ja …« Sie wirft ihm einen fragenden Blick zu, in ihren Augen liegt ein besorgter Ausdruck. »Ist irgendwas passiert?«

»Ach, nur das Übliche.« Er fängt an, schnell zu gehen, zu schnell.

Lola versucht mühsam, mit ihm Schritt zu halten, und fasst ihn am Arm, damit er langsamer macht.

»Hey, ein paar Schritte gehen, kein Sprintmarathon! Und du musst mir auch nichts erzählen, wenn du nicht willst.«

Er zwingt sich, langsamer zu werden, und sie gehen mehrere Minuten nebeneinander die Straße mit ihren schmalen Reihenhäusern und Bäumen entlang, das Schweigen zwischen ihnen nur durch die schweren Tritte von Lolas Stiefeln unterbrochen.

»Du hörst dich in diesen Dingern da an wie ein kleines Trampeltier.« Mathéo bringt ein leises Lachen zustande.

»Hey! Was fällt dir ein? Man vergleicht doch seine Freundin nicht mit einem Trampeltier. Wo wollen wir eigentlich hin?«

Er reibt sich die Stirn. »Keine Ahnung. War auch dumm von mir. Ich hätte dich nicht aufwecken sollen. Ich … ich musste nur noch mal raus …«

»Mir ist was eingefallen!«, ruft Lola plötzlich. »Aber davor lass uns erst was zu trinken kaufen!« Sie deutet zum 24-Stunden-Supermarkt auf der anderen Straßenseite.

»Auf mein beschissenes Leben, die blöde Schule, die jetzt bald endlich vorbei ist, unsere hirntoten Lehrer, die ewigen Wettkämpfe und meine faschistischen, diktatorischen Eltern!« Mathéo brüllt seinen Trinkspruch auf die Themse hinaus, trinkt noch einen großen Schluck aus der Wodkaflasche, schwenkt sie dann am ausgestreckten Arm hin und her und wischt sich mit der anderen Hand über den Mund. Der Alkohol steigt ihm direkt in den Kopf, im ganzen Körper spürt er ein warmes Kribbeln, seine Gedanken verschwimmen, und seine Gefühle stumpfen ab. Er macht einen unsicheren Schritt nach vorne und spürt, wie Lola ihn am T-Shirt festhält.

»Setz dich hin, Mathéo, bitte! Wenn du ins Wasser fällst, spring ich dir nicht hinterher, um dich zu retten!«

Obwohl sie einen Scherz daraus zu machen versucht, klingt sie alarmiert. Sie sitzen auf dem Flachdach eines in die Themse hineingebauten Bootshauses – einer ihrer Lieblingsorte, wenn sie zusammen abhängen wollen. Seit sie sich kennengelernt haben, sind sie immer wieder hierhergekommen, nutzen jeden Moment freier Zeit, den ihnen Mathéos strenger Trainingsplan lässt, um sich auf dem Dach in die Sonne zu legen, die Ruderer auf dem Fluss zu beobachten oder einfach nur zu reden. Diese freie Zeit scheint sich dann endlos vor ihnen zu erstrecken, bis an den Horizont. Aber heute sind sie das erste Mal nachts auf das Bootshaus geklettert – und mit dem klaren Vorsatz, sich zu betrinken.

Lola zerrt weiter hartnäckig an Mathéos T-Shirt, damit er sich wieder neben sie setzt. »Bitte, Mathéo, mir wird ganz schwindelig, wenn ich dich nur ansehe.« Zornig und vom Wind zerzaust, hockt sie im Schneidersitz zu seinen Füßen, und er bildet sich ein, in ihren grünen Augen goldene Splitter funkeln zu sehen. Lolas Wangen glühen vom Wodka. Unter dem dünnen Stoff ihres Nachthemds zeichnet sich ihr zarter, schmaler Körper ab. »Mathéo, bitte, du stehst zu nah an der Kante.«

Er reagiert darauf nicht, hält beide Arme ausgestreckt, als würde er sich gleich wie ein Schauspieler auf der Bühne verneigen wollen. Trinkt noch einen weiteren großen Schluck, spürt das Brennen des Wodkas in der Kehle. Er lacht und stellt sich an der Dachkante auf die Zehenspitzen, um Lola zu ärgern. Der Fluss macht in einiger Entfernung eine Biegung, die Lichter der nahen Brücke spiegeln sich darin. Die Wasseroberfläche direkt unter ihm ist schwarz und gekräuselt.

»Hör auf damit, ich schau sowieso nicht hin.« Lola hält sich eine

Hand vor die Augen und winkt mit der anderen nach der Flasche. »Und außerdem wäre es sehr nett von dir, wenn du mir auch noch was lassen würdest.«

»Uaah ...« Für den Bruchteil einer Sekunde verliert Mathéo das Gleichgewicht, als er noch einmal einen Schluck Wodka trinken will. Lola streckt gerade noch rechtzeitig den Arm aus, er ergreift ihre Hand, und sie zieht ihn zu sich herunter, von seinem Beinahe-Sturz ins Wasser ganz geschockt. Nachdem sie ihm die Flasche weggenommen hat, boxt sie ihn in den Oberarm.

»Aua!«, ruft Mathéo und reibt sich die Stelle. »Wofür das denn?«

»Für deine Nummer eben, und weil du versucht hast, mir Angst einzujagen«, antwortet sie ruhig und sachlich. Die Flasche legt sie so weit weg, dass er sie nicht erreichen kann.

Dann sitzen sie ruhig nebeneinander und lassen die Beine von der Dachkante baumeln. Mathéo starrt auf das von Neonlichtern zerschnittene, tintenschwarze Wasser hinunter. Das schimmernde Spiel von Licht und Dunkel fasziniert ihn. Ein paar Augenblicke lang erfüllt es ihn mit einem Gefühl von Frieden, und er spürt, wie es in seinem Kopf leer wird. Bis dort keine Gedanken mehr sind, sondern nur noch ein Rauschen. Als würde er irgendwo im Nichts schweben. Er vergisst, wer er ist. Vergisst die Schule, die Eltern, das Training.

»Ah, schon besser.« Lola lehnt sich zurück und schaut zum Nachthimmel hoch. »Es stimmt schon, was man sagt: Wodka wärmt einen tatsächlich auf, und einen Freund zu haben, wird mächtig überschätzt. Übrigens danke, dass du mir deine Jacke geborgt hast. Wusste gar nicht, dass so ein Gentleman in dir steckt. Ich hätte dich eigentlich hineinfallen lassen sollen. Nein, noch besser, mit einem kleinen Schubser nachhelfen ...« Aber Mathéo geht auf Lolas Plauderton nicht ein, und ihre Stimme verebbt in der Dunkelheit.

Er schaut weiter auf die tanzenden Lichter im Wasser. Mondlicht tröpfelt auf die gekräuselten Wellen, und der Bug eines kleinen Bootes hüpft unter ihm auf und ab. Das bedrückende Gefühl ist plötzlich wieder da, und er fühlt sich erschöpft, schwerfällig und lahm; unfähig, mit Lola so herumzualbern wie sonst.

Er seufzt tief auf.

Lola rückt näher heran, legt ihren Kopf auf seine Schulter.

»Mir wäre lieber, ich müsste an diesem Wochenende nicht weg.«

»Du hast keine Lust, zu den Meisterschaften zu fahren?« Lola wirkt überrascht. »Da kommst du doch ganz bestimmt aufs Treppchen. Außerdem bist du für alle der Top-Favorit. Das kann man in jedem Artikel lesen.«

Sie dreht den Kopf und schaut ihn an. »Hey, was ist mit dem Glauben an dich selbst, den sie dir die ganzen Jahre eingebläut haben?«

»Keine Ahnung. Ich hab einfach kein gutes Gefühl.«

Schweigen. Er spürt, wie Lola nachdenkt, was sie ihm jetzt sagen soll.

»Vielleicht, weil du diesmal nicht mitkommst«, fährt er mit einem kleinen Lacher fort. »Mein Maskottchen!«

»Ich würd ja so gern«, antwortet Lola leise. »Wenn ich mich bloß nicht für dieses blöde Komitee hätte breitschlagen lassen …«

»Ist schon in Ordnung«, sagt Mathéo hastig. »Es geht auch um was anderes. Das Abendessen heute war wieder so ein fehlgeschlagener Versuch, auf glückliche Familie zu machen …«

»Dann hat dein Vater Nein gesagt?«

»Was sonst.«

Einen Moment blickt Lola sehr bedrückt drein. »Kapiert er denn nicht, dass du auch mal eine Pause brauchst?«

Mathéo lacht verbittert auf. »Ganz offensichtlich nicht. Und außerdem hat er heute beim Direktor angerufen und danach mit diesem Arschloch Harrington-Stowe ab Herbst private Mathestunden für mich vereinbart.« Er starrt weiter aufs tintenschwarze Wasser hinunter, um ihrem Blick auszuweichen. Spürt trotzdem, wie sie ihn erstaunt anschaut.

»Nein, das ist jetzt nicht wahr. Ich hab gedacht, der Witz an der ganzen Sache sollte sein, dass du dich im nächsten Jahr voll auf das Training für die Olympischen Spiele konzentrierst.«

»Hab ich auch gedacht. Und was das Training betrifft – er macht bereits Druck wegen des neuen, verschärften Trainingsplans. Perez findet, dass ab September reicht, aber mein Vater will, dass ich jetzt schon damit anfange. Ach ja, und außerdem hat er beschlossen, dass ich nicht mehr so viel Zeit mit dir verbringen soll, weil es mich zu sehr vom Training ablenkt.« Das Lichterspiel auf dem Wasser hat irgendwie eine hypnotisierende Wirkung auf ihn. Er fühlt sich auf einmal todmüde.

»Findest du denn, dass wir zu viel Zeit miteinander verbringen?«, fragt Lola. Sie stellt die Frage leichthin, fast wie im Scherz, aber sie reißt ihn dadurch aus seiner Starre.

»Was?« Er dreht sich erstaunt zu ihr und schaut sie fragend an. »Nein … nein, überhaupt nicht! Warum – findest du das etwa?« Er kneift die Augen zusammen, wie um ihre Gedanken besser lesen zu können.

Ihr Gesicht ist im Mondlicht fahl und blass, durch die dunklen Haare wird der Kontrast noch verstärkt, und ihre Augen leuchten fast phosphoreszierend. Lola wirkt beinahe durchscheinend, so als könnte sie sich mit einem Mal ganz auflösen, und einen Moment ist Mathéo wie gelähmt. Die Furcht, die ihn befällt, ist so stark, dass er kaum atmen kann. Er will den Arm ausstrecken, um sie zu berühren. Die Wärme ihrer Haut auf seiner zu spüren, ihren Atem an seiner Wange zu fühlen. Ihren Herzschlag zu hören, das Geräusch des Bluts, das durch ihre Adern pocht.

»Du hast das Thema aufgebracht«, entgegnet sie nachdenklich. »Manchmal überlege ich einfach, ob …«

»Trotzdem, warum fragst du das?« Er ist wütend und fühlt sich zugleich in die Ecke gedrängt.

»Ich weiß doch, wie viel dir daran liegt, Mattie. Die Olympischen Spiele! Das große Ziel für jeden Sportler!«

»Soll ich dir was sagen? Wenn du willst, hör ich mit dem Turmspringen sofort auf.«

Lola schweigt und mustert ihn, um herauszufinden, ob er es tatsächlich ernst meint. »Wirklich?« Sie klingt erstaunt. »Aber dafür brennst du doch – es ist die wichtigste Sache in deinem Leben. Schon als kleiner Junge hat es für dich nur das Wasserspringen und die Wettkämpfe gegeben. Hugo hat mir erzählt, dass du sogar bei Schulausflügen nicht mitgefahren bist, nur um ja kein Training zu verpassen.«

Mathéo schaut ihr in die Augen. Sie leuchten im Mondlicht merkwürdig hell und intensiv. Ein paar Haarsträhnen hängen ihr in die Stirn. Er spürt in sich einen Schmerz, irgendwo tief in seinem Innern. Einen Stich. Sehnsucht. Eine Wunde.

Die Furcht, dass sie ihm eines Tages weggenommen werden könnte.

»Ja, Turmspringen ist mir sehr wichtig«, sagt er ruhig und bestimmt. Jedenfalls bemüht er sich, seine Stimme so klingen zu lassen. »Mehr als alles andere. Bis auf eine Ausnahme. Und das … und das bist du!«

Ihre Augen werden riesengroß, sie scheint den Atem anzuhalten.

»Ich liebe dich, Lola.«

Sein Herz stockt. Einen Moment hat er Angst, dass sie darauf nichts sagt. Es ist dafür vielleicht zu früh – nicht der richtige Zeitpunkt, nicht der richtige Ort. Aber mit jeder Faser seines Herzens spürt er es, hat es bereits eine ganze Weile gespürt. Er liebt sie. Vielleicht hat es den Alkohol und den Schutz der Nacht gebraucht, damit er jetzt endlich den Mut hatte, es ihr zu sagen.

In ihren Augen schimmern Tränen. »Du musst nicht antworten, Lola.«

»Will ich aber.« Sie presst die Fingerspitzen auf die Lider, schaut ihn dann wieder an. »Ich liebe dich auch, Mattie. Sehr. Ich wollte es dir schon seit einer Ewigkeit sagen. Ich habe nur … Ich hatte Angst, dass du es vielleicht falsch auffassen würdest.«

Ihre Worte lassen sich in ihm nieder, und ihm ist, als würde aus seinem Körper auf einmal alle Luft entweichen. »Wirklich?«

Lola wischt sich mit dem Ärmel ihres Nachthemds über die Augen, schnieft und lächelt ihn dann mit einem entwaffnenden Lächeln an. »Was glaubst du denn, warum ich mich nur in London an Schauspielschulen beworben habe?«

Er starrt sie einen Augenblick verdutzt an. »Ich … ich hab gedacht, das hast du gemacht, damit du zu Hause wohnen kannst und weniger Geld brauchst …«

»Dummkopf! Ich hab es gemacht, damit ich so oft wie möglich mit dir zusammen sein kann, während du für Olympia trainierst.«

»Wow!« Einen Moment ist Mathéo sprachlos. »Weiß das Jerry?«

»Na klar! Und er versteht mich total. Mein neuer Job in der Buchhandlung war seine Idee. Damit ich im nächsten Sommer genug Geld habe, um zu den Olympischen Spielen zu fliegen.«

»Aber wolltest du davon nicht einen Teil deiner Studiengebühren bez…«

Lola schüttelt lächelnd den Kopf. »Nein, dafür hab ich ja das Geld aus dem Treuhandfonds, den Dad damals nach dem Tod meiner Mutter für mich angelegt hat. Ihre ausgezahlte Lebensversicherung.«

»Wow!« Mathéo lächelt zurück. Auf einmal steckt ihm ein Kloß in der Kehle. »Also dann … Dann heißt das, dass du …« Er bringt den Satz nicht zu Ende, räuspert sich. »Dass du gern länger mit mir zusammen wärst?«

»Ja. Vielleicht sogar noch etwas länger als das …«

Er nickt schweigend. »Für sehr lange«, flüstert er schließlich. »Vielleicht sogar für immer?«

Mit dicken Tränen in den Augen lächelt sie.

»Nicht!«, sagt er. »Oder ich fang auch gleich zu heulen an, weil ich so …« Er schluckt. »Weißt du was, komm einfach mal her zu mir!«

Sie lehnt sich an ihn, und er schlingt die Arme um sie, und sie umarmen sich beide ganz fest, hoch oben auf dem Dach des Bootshauses, über den mondbeschienenen Fluten der Themse.

Während Lola die Haustür aufschließt, lehnt Mathéo erschöpft den Kopf an die Efeuranken, die sich mit den Jahren wie ein Teppich immer weiter über die Backsteinmauer ausgebreitet haben.

Mit einem Seufzer schließt er die Augen. »Geh nicht …«

Sie macht einen Schritt ins Haus hinein, zögert und streckt dann die Hand nach ihm aus. »Übernachte doch bei mir.«

»Aber du hast Jerry gar nicht fragen können.«

Sie lacht. »Der hat doch nie was dagegen.«

Ihre Blicke kreuzen sich, und er lächelt sie schüchtern an. »Okay. Aber erinnere mich daran, den Wecker zu stellen.«

Auf Zehenspitzen folgt er Lola die Treppe hoch, an dem leise schnarchenden Jerry vorbei und in ihr Zimmer. Er lässt sich auf ihr Himmelbett fallen, zieht Jacke und Schuhe aus. Lola verschwindet ins Bad. Umständlich öffnet er den Gürtel seiner Jeans, streift sie ab, lässt sie auf den Boden gleiten. Jetzt hat er nur noch Boxershorts und T-Shirt an. Er knipst das Licht aus. Dann schlüpft er zwischen die Laken und lässt an der Fensterseite Platz für Lola.

Ein leises Knarzen der Tür. Barfuß und nur noch in ihrem Nachthemd, kommt Lola herein. Ihre langen Haare fallen ihr über die nackten Arme. Während sie ums Bett herum auf ihre Seite tappt, lächelt Mathéo sie schläfrig an. Die Lider werden ihm schwer, doch er zwingt sich, die Augen offen zu halten. Er schaut sie an. Das Licht der Straßenlampe fällt auf ihr Gesicht. Sie klettert neben ihn ins Bett, aber statt unter die Decke zu schlüpfen, kniet sie sich mit aufrechtem Oberkörper neben ihn. Ihre Augen glänzen dunkel.

»Bist du schon müde?«, flüstert sie.

»Nein«, flüstert er heiser zurück.

Er dreht sich zu ihr. Als sie sich noch näher zu ihm beugt, spürt er, wie sein Atem schneller geht. Ein seltsames Summen erfüllt auf einmal die Luft. Er setzt sich auf, breitet die Arme nach ihr aus, zieht sie in seine Umarmung. Schweigen legt sich über den Raum, so dick und greifbar wie die samtige Dunkelheit um sie herum. Alles, was er hören kann, ist das schwache Geräusch ihres Atems, weich und wispernd vor seinem Gesicht. Er berührt mit den Fingern ihre warme Wange, streicht ihr über die Haare. Dann senkt er den Kopf, schließt die Augen und neigt sich sachte immer weiter vor, bis sich ihre Lippen begegnen.

Er atmet sie ein, atmet die Hitze ein, die von ihrer Haut aufsteigt. Sie schmeckt nach Erdbeerlippenbalsam und Zahnpasta. Ihre Lippen, ihre Zunge – so weich. Immer so weich. Mit den

Händen umfasst er ihr Gesicht, zieht sie noch näher zu sich heran, küsst sie jetzt heftiger. Er möchte sich mit seinem ganzen Körper an sie pressen, in ihr versinken, ihre Hände wie Wellen über sich spüren. Sein Herz pocht, das Blut pulsiert ihm schnell durch die Adern. Jede Nervenzelle und jede Synapse in ihm sprühen Funken, es ist ihm, als würde er knisternd und zischend von elektrischen Strömen durchflossen. Er greift nach dem Saum ihres Nachthemds und zieht es ihr in einer schnellen Bewegung über den Kopf, reißt sein T-Shirt herunter und kniet jetzt vor ihr auf der Matratze, sodass ihre Körper sich aneinanderpressen können, er ihre Wärme spüren kann, ihre Brüste, ihre Haare, die seine Schultern kitzeln, ihre Hände auf seiner nackten Haut. Die zarte Berührung ihrer Fingerspitzen lässt ihn erschauern.

Als er sie bei den Schultern packt, ballen ihre Hände sich zu Fäusten. Sie küssen sich wild und leidenschaftlich. So hemmungslos, dass ihm fast Lippen und Zunge davon schmerzen. Er beißt auf Lolas Unterlippe, saugt an ihrem Hals, während ihre Hände über seine Schultern streichen und seinen Rücken hinunterwandern. Sein Atem und ihr Atem vermengen sich, zerfetzen die Luftmoleküle ringsum, durchtränken sie mit ihnen beiden. Lola und Mathéo. Als er sich irgendwann aufs Kissen zurückfallen lässt und sie auf sich ziehen will, sträubt sie sich dagegen, und er verspürt so etwas wie Panik.

»Warum nicht, Lola? Das ist nicht fair.«

»Wir haben keine Kondome mehr«, flüstert sie.

Er greift nach seiner Jacke auf dem Boden. Fährt mit der Hand in die Seitentasche. Zieht seinen Geldbeutel heraus und fingert darin herum. »Ta-ta!«

Dann liegen sie auf der Matratze, beide vollkommen nackt, ihre Körper zu einem einzigen aneinandergeschmiegt. Sie küssen sich noch leidenschaftlicher, nichts kann sie mehr aufhalten. Keine Angst davor, gestört zu werden. Keine Angst, nicht genug Zeit zu haben wie am Nachmittag. Aber das lässt sie nicht lockerer und entspannter werden, im Gegenteil, es erregt sie nur noch stärker. Zwischen den Küssen keucht er an ihrem Hals, sein ganzer Körper pulsiert vor Begehren. Er küsst ihr Gesicht, ihre Ohren, ihren Nacken. Er will jeden Teil von ihr berühren, jeden Millimeter ihres Körpers an seinem Körper spüren. Er will sie ganz und gar einatmen. Er begehrt sie so sehr, dass es wehtut. Als er in sie eindringt, beugt er sich ganz nah über ihr Gesicht, zieht die Luft ein, hält einen Moment inne und schaut sie an, als wäre es das erste Mal. Ein heiserer Laut entfährt ihm, und er schließt die Augen.

Die Anspannung in ihm ist so groß, dass er zu zittern anfängt. Es ist fast eine Woche her, seit sie das letzte Mal miteinander geschlafen haben – er weiß, dass er es nicht mehr länger hinauszögern kann.

»Warte … warte!«, flüstert er angestrengt.

»Schsch, alles gut!« Sie schaut ihm in die Augen. Sie keucht. Sie ist so wunderschön.

Er presst sein Gesicht an ihren Hals. Sein ganzer Körper ist steif und angespannt, er atmet scharf ein, hält wieder den Atem an und schließt die Augen. Sein Herz pocht. Ein kribbelndes Gefühl wächst in ihm, stärker und immer stärker, heiß, beinahe schmerzend, seine Muskeln beginnen zu zucken. Dann durchströmt es ihn plötzlich so heftig, dass er glaubt, explodieren zu müssen. Er steht völlig unter Strom. Er zuckt und zittert, atmet schwer, keucht.

»Ich komme«, flüstert er.

Lola schaut ihn weiter an, presst sich an ihn, stößt einen kleinen Schrei aus. In ihm spannt sich alles so stark an, dass er es nicht mehr aushält. Noch einmal und noch einmal durchzuckt es ihn, und grellrot rast es wie ein Blitz durch ihn hindurch. Er keucht mit heftigen, befreiten Atemstößen, presst die Augen zusammen, ballt die Hände zu Fäusten, und Lola hält ihn fest umarmt, bis seine Zuckungen schwächer werden und langsam, ganz langsam die Raserei in ihm nachlässt.

Mathéo keucht immer noch schwer, rollt sich auf die Seite und lässt den Kopf aufs Kissen sinken. Als Lola ihm zärtlich die Schläfen streichelt, reagiert er noch einmal wie unter Strom. Er spürt, wie der Schweiß ihm den Nacken hinunterrinnt, die Wirbelsäule entlang. Wärme und Hitze hüllen ihn ein, sein Herz hämmert weiter gegen seinen Brustkorb, das kribbelnde, sprühende Gefühl durchströmt ihn immer noch. Er atmet tief ein, hebt den Kopf und küsst Lola, legt dann seinen Kopf an ihre Schulter. Mit den Armen umschlingt sie seinen immer noch bebenden Körper. Er spürt den Schweiß zwischen ihnen, wie warm und klebrig er ist, und klammert sich an Lola, als wäre sie sein einziger Halt auf hoher, stürmischer See. Ihre beiden Körper keuchen im selben Rhythmus. Sie schweigen.

DRITTES KAPITEL

Hätte Lola nicht noch daran gedacht, ihren Wecker auf halb fünf zu stellen, dann hätte er es niemals rechtzeitig nach Hause geschafft. Mathéo zieht sich hastig an und küsst sie zum Abschied noch einmal. Schlaftrunken kuschelt sie sich unter die Decke. Ihr Gesicht ist leicht gerötet und warm. Im ersten Licht der Morgendämmerung joggt Mathéo nach Hause zurück. Er schafft es gerade noch, sich durch den Garten ins schlafende Haus zurückzustehlen und Badehose und Trainingsanzug anzuziehen, da hört er auch schon seinen Vater aufstehen. Als Mathéo mit der Sporttasche über der Schulter in die Küche kommt, sitzt sein Vater bereits wie üblich im Anzug an der Frühstückstheke, immer auf demselben Hocker, und trinkt eine große Tasse Kaffee, dick und schwarz wie Teer. Er streckt Mathéo eine Banane und einen Energieriegel entgegen, auch wie immer.

Sooft er kann, fährt Mathéos Vater ihn zum Training. Wenn er keine Meetings am frühen Morgen hat, kann es sogar sein, dass er die ganze Zeit in der Schwimmhalle absitzt. Normalerweise bricht er jedoch ins Büro auf, bevor das Training zu Ende ist, dann muss sich Mathéo beeilen, um noch rechtzeitig den Bus von der Schwimmhalle in die Schule zu erwischen. Leider hat sein Vater heute erst am späteren Vormittag einen wichtigen Termin und will deshalb bei der gesamten Trainingseinheit dabei sein. Das hat er Mathéo bereits beim Frühstück mitgeteilt.

Sie verlassen schweigend das Haus, dessen übrige Bewohner friedlich weiterschlummern. Die Türen des BMW schlagen zu. Der Kies in der Auffahrt knirscht unter den Reifen, als sie davonfahren. Mathéo dreht den Kopf weg und schaut zum Fenster hinaus, in der Hoffnung, dass sein Vater dann nicht die dunklen Schatten unter seinen Augen bemerkt. Trotz der grausam kurzen Nacht fühlt er sich in Hochstimmung, weil er sie mit Lola verbracht hat.

Die Leute glauben immer, weil er das mit dem Turmspringen schon so lange macht – fast sein halbes Leben lang –, müsste er doch daran gewöhnt sein und es ganz leicht finden. Müsste er alle seine Ängste besiegt haben. Aber in Wahrheit besiegt ein Turmspringer seine Angst nie vollständig. Er lernt nur, damit umzugehen. So, wie Mathéo es mit dreizehn Jahren gelernt hat, als sein Vater ihn zu einem Sportpsychologen zerrte. Da hatte Mathéo sich geweigert, einen Rückwärtssprung vom Zehnmeterturm zu wagen. Mit einem Schritt rückwärts ins Leere zu treten und zehn Meter in die Tiefe zu stürzen, war für ihn damals eine unerträgliche Vorstellung, und nur weil Coach Perez und sein Vater ihn die ganze Zeit bedrängten, versuchte er es schließlich trotzdem und stand dann schluchzend, ohne sich einen Millimeter zu rühren, an der Kante der Plattform. Seit damals hat er gelernt, seine Angst zu beherrschen, besiegt hat er sie nicht. Die Angst ist immer da, und mit jedem Schritt auf den Zehnmeterturm hinauf schlägt sein Herz schneller. Mit jeder Sprosse der scheinbar endlosen Abfolge von Metallleitern. Die Leute scheinen alle auch immer zu glauben, dass ein Wettkampfspringer – und erst recht einer, der vom Zehnmeterturm springt –, keine Höhenangst hat. Aber das Wasserspringen macht einem erst so richtig bewusst, was Höhe bedeutet: Der Unterschied zwischen einem Sprung aus fünf Metern und einem aus zehn Metern Höhe ist gewaltig. Bei einem missglückten Sprung vom Zehnmeterturm hat der Aufprall dieselbe Wucht wie bei einem Auffahrunfall – wenn man großes Glück hat, nimmt es einem kurz den Atem, wenn man Pech hat, wird man bewusstlos. Mathéo weiß von Turmspringern, die sich beim Eintauchen im falschen Winkel das Gesicht aufgeschlitzt haben. Er weiß von Turmspringern, die dabei umgekommen sind. Wenn man mit einer Geschwindigkeit von 50 km / h in die Tiefe stürzt und dabei Schrauben und Salti vollführt, dann sollte man seine Sache beherrschen, sonst kann der Aufprall tödlich sein.

Aber einen Sprung perfekt auszuführen, erst recht einen besonders komplizierten Sprung, der bei einem Wettbewerb viele Punkte einbringt, ist ein unbeschreibliches Erlebnis. Der Adrenalinstoß beim makellosen, pfeilgeraden Eintauchen ins Wasser, das Gefühl der Euphorie, das einen überkommt, wenn unter Wasser der gedämpfte Applaus der Zuschauer auf den Rängen zu hören ist, der plötzliche Energieausbruch beim Auftauchen aus dem Wasser, dann der Blick zur Anzeigetafel, das Warten auf die Punktzahl – und das Raunen der Menge, wenn die riesigen Ziffern durchrattern und man in Führung liegt, vor den eigenen Teamkameraden, vor den wie immer hervorragende Leistungen bringenden Chinesen, vor dem Rest der Welt –, für diese Augenblicke lebt Mathéo, das ist es, was ihn bei der Stange hält. Dafür nimmt er die Strapazen des Trainings auf sich, die vielen Stunden in der Schwimmhalle, im Leistungszentrum, im Kraftraum zu Hause. Dauernd wartet ein neuer Wettkampf, auf den er sich vorbereiten muss, ein Wettkampf, bei dem er gewinnen will …

Verlieren tut natürlich weh; es tut höllisch weh. Wenn er sich von den Scheinwerfern, den Kamerablitzen, den wehenden Bannern und Flaggen, den Anfeuerungsrufen der Fans hat ablenken lassen. Weil das alles die Konzentration im entscheidenden Moment beeinträchtigen kann, eine Nanosekunde reicht dafür aus. Der Sekundenbruchteil, in dem er in der Luft die Kontrolle über seinen Körper verliert. In der das Timing beim Absprung, beim Salto oder beim Eintauchen ins Wasser nicht ganz genau stimmt. Und du weißt es – du spürst es in den Muskeln und in den Knochen in dem Moment, in dem der Körper aufs Wasser prallt. Und egal, ob es sich um einen x-beliebigen einfachen Sprung handelt oder den schwierigsten im Set – den Sprung, den du monatelang jeden Tag geübt hast: Der Fehler schmerzt. Er schmerzt noch viel stärker als die schmerzhafte Landung. Er treibt einem einen Stachel ins Herz. Und dann ziehst du dich am Beckenrand heraus, schüttelst dir das Wasser aus den Ohren, versuchst, den mitfühlenden Applaus auszublenden, versuchst, Haltung zu bewahren, während du zur Anzeigetafel schielst und siehst, wie dein Name in der Tabelle nach unten rutscht. Aber danach setzt die Wut ein – die Wut auf dich selbst, die Wut auf die ganze Welt. Wie du aber diese Wut zu nutzen weißt, das sagen ihm sein Trainer und sein Psychologe immer wieder, das macht den Unterschied zwischen einem Champion und einem unter »ferner liefen« platzierten Wettkampfteilnehmer aus. Wenn du deine Wut, das Gefühl von Ungerechtigkeit, kanalisieren kannst, sie in die Sprünge, die dir noch bleiben, stecken kannst, dann kannst du dir erneut Punkte erkämpfen, und manchmal schaffst du es, wieder an die Spitze zu klettern, und gewinnst sogar noch den Wettbewerb. Du denkst: Ich werde es ihnen zeigen – ich werde ihnen zeigen, wozu ich fähig bin –, ich werde ihnen zeigen, dass ich mich nicht so schnell geschlagen gebe, dass sie mich nicht schlagen können, dass ein missglückter Sprung gar nichts ist. Und dann kletterst du wieder auf den Zehnmeterturm und vollführst einen perfekten Sprung und weißt, dass die anderen denken: Verdammt, der Junge ist einfach nicht zu schlagen.

Mathéo steht auf der obersten Plattform im Ashway Aqua Centre, macht den Rücken rund, um die Muskeln zu dehnen und zu strecken, und schaut zur blendend weißen Betondecke knapp über ihm hoch. Von hier oben ist das Eintauchbecken nichts als ein kleiner, rechteckiger Farbfleck aus fluoreszierendem Blau. Jenseits davon schwimmen winzige Gestalten die Bahnen des normalen Beckens auf und ab, das übliche Work-out am frühen Morgen. Gedämpfte Geräusche und Echolaute dringen bis zu ihm herauf, aber hier oben fühlt er sich von allem merkwürdig fern, ganz in seiner eigenen Welt. Die Luft ist warm und feucht – er trocknet sich die Hände noch einmal an einem Tuch ab, damit sie nicht abrutschen, wenn er beim Salto in die Tiefe seine Unterschenkel umfasst. Bei einer solchen Figur mit den Händen keinen Halt zu finden, ist nur eine von vielen Gefahren.

Alles, was schiefgehen kann, im Kopf auszublenden – das ist für ihn bei der Vorbereitung auf einen schwierigen Sprung vom Zehnmeterturm, egal, ob bei einem Wettkampf oder beim Training, das Wichtigste. Heute wird er einen der härtesten Sprünge üben, The Big Front: ein viereinhalbfacher Salto gehockt. Und er hat davor Schiss, wie immer. Unten, ziemlich weit unten, von seinem Platz hier oben aus gesehen, warten sein Trainer und sein Vater darauf, dass er den Sprung ausführt, sie legen den Kopf zurück und mustern ihn kritisch, beurteilen seine Haltung, sein Selbstvertrauen, die Zeitspanne, die er braucht, bis er zum Sprung bereit ist – und Mathéo kann sich so viel recken und auf den Zehen wippen, wie er will, er muss irgendwann springen.

Nachdem er ein paarmal auf der Plattform auf und ab gegangen ist, nimmt er schließlich die Ausgangsposition ein, atmet tief durch, schließt kurz die Augen, um den gesamten Bewegungsablauf noch einmal im Kopf durchzugehen – den kurzen Anlauf, Absprung, das Anziehen der Beine, den Griff an die Unterschenkel, jeden einzelnen Salto seines Körpers in der Luft, bevor er sich dann vor dem Eintauchen streckt; all die Bewegungen, die er durch endlose Trainingseinheiten beim Trockenspringen in die Schnitzelgrube, im Sattelgurt, auf dem Trampolin oder bei früheren Sprüngen ins Becken eingeübt hat. Er konzentriert sich auf einen Punkt, reckt sich noch einmal auf die Zehenspitzen, zählt dann laut bis drei, macht vier schnelle Schritte – und springt von der Plattform, wirft sich in den Raum.

Er zieht die angewinkelten Beine fest an die Brust und überschlägt sich viermal hintereinander, während er in die Tiefe saust. Den Blick hält er dabei so konstant wie möglich aufs Wasser gerichtet, das blaue Rechteck unter ihm. Eins, zwei, drei, vier, fünf. Dann streckt er den Körper so schnell und mit so großer Körperspannung wie möglich aus; die linke Hand fasst nach dem Handrücken der rechten, bevor er wie ein Pfeil ins Wasser schießt.

Es tut weh, und er weiß sofort, dass der Sprung nicht perfekt war, als er ins Wasser eintaucht und seine Fallgeschwindigkeit abrupt abgebremst wird, bis er in der Lage ist, umzudrehen und sich senkrecht nach oben, an die Wasseroberfläche, zurückzustoßen. Luftbläschen steigen um ihn herum auf; er spürt die Rückströmung seines missglückten Eintauchens, steigt so schnell wie möglich zum Licht empor, taucht vor Schmerz keuchend aus dem Wasser auf, die Haare kleben ihm glatt am Kopf, das Chlorwasser läuft ihm in die Augen. Er spürt am ganzen Körper schmerzhafte Prellungen. Obwohl es kein fürchterlich schlechter Sprung war. Er weiß, dass er leicht überdreht hat und deshalb nicht ganz senkrecht eingetaucht ist, weshalb es ihm auch den Atem verschlagen hat. Er zieht sich am

Beckenrand heraus und sitzt erst einmal nur nach Luft ringend da. Perez kommt gestikulierend auf ihn zu und deutet auf den riesigen Bildschirm an der Wand, auf dem in Zeitlupe Mathéos Sprung gezeigt wird. Sein Fehler ist für alle überdeutlich sichtbar.

»Du hast beim Anlauf zu viel Schwung draufgekriegt, bist deshalb zu weit gesprungen und hast beim Eintauchen überdreht.«

»Ich weiß«, sagt er keuchend und schüttelt den Kopf, um das Wasser aus den Ohren zu kriegen und die leichte Benommenheit loszuwerden.

»So viel Abstand brauchst du nicht! Hör endlich auf, Angst zu haben, dass du das Brett treffen könntest!«, ruft sein Vater aus seinem Plastikstuhl zu ihm herüber.

Es handelt sich nicht um ein Brett, sondern um eine fünfzehn Zentimeter dicke Betonplattform. Versuch du doch mal, mit diesem Teil vor deiner Nase einen Purzelbaum in der Luft zu schlagen, denkt Mathéo.

Auf dem großen Bildschirm war bereits zweimal in Zeitlupe sein Sprung zu sehen. Beide, sein Trainer und sein Vater, erwarten von ihm, dass er ihn jetzt gleich wiederholt. Während eines normalen Trainings macht Mathéo über dreißig Sprünge von der obersten Plattform. Einer ist ihm bereits missglückt, und er weiß genau, wo der Fehler lag. Es wird ihm nicht noch einmal passieren. Die nächsten neunundzwanzig wird er perfekt liefern. Er springt auf, geht hinüber zum Sprungturm und klettert erneut hoch.

In der Kantine des Aqua Centre schaufelt Mathéo ein riesiges Frühstück mit extra vielen Proteinen in sich hinein und versucht gleichzeitig, Eli zu erklären, wie er den Abschluss des Big Front richtig hinkriegt. Seit Monaten trainiert Eli jetzt schon erfolglos den Sprung.

»Der Trick dabei ist, dass du den Körper ausstreckst, sobald dein Scheitel sich auf der Höhe des Dreimeterbretts befindet«, sagt er zwischen zwei großen Bissen Toast mit Rührei. »Wenn du wartest, bis du glaubst, mit dem Kopf wirklich auf Höhe des Bretts zu sein, heißt das, dass deine Augen bereits auf dieser Höhe sind, und dann ist es zu spät.«

»Aber woher weißt du denn, wann du genau auf der richtigen Höhe bist?« Eli schlägt frustriert mit der Gabel gegen den Teller. »Orientierst du dich an einem anderen Anhaltspunkt, oder wie machst du das?«

»Man weiß es einfach, wenn man nach unten blickt«, antwortet Mathéo. »Das ist der ganze Trick dabei: Du musst deinen Kopf gerade halten, aber die Augen dabei immer aufs Wasser gerichtet lassen.«

»Hi.« Aaron und Zach kommen zu ihnen an den Tisch, beide mit Tabletts, die genauso schwer wie die der anderen beiden beladen sind. Sie stellen sie geräuschvoll vor sich ab.

»Perez sagt, wenn wir am Wochenende alle unter die Top 5 kommen, geht er danach mit uns in die Stadt einen heben!«, verkündet Aaron grinsend.

»Wie? So richtig in eine Bar, oder was?« Eli klappt der Unterkiefer herunter.

»Ja!«

»Hat er dir das selbst gesagt?« Mathéo wirft Aaron einen skeptischen Blick zu. »Perez lässt uns Alkohol trinken? Nehm ich dir nicht ab.«

»Ich war auch dabei. Er hat gesagt: ›In die Stadt einen heben‹«, mischt sich Zach ein. »Oder wie würdest du das verstehen?«

»Cool!« Elis Gesicht strahlt. »Unter die ersten fünf – das könnten wir schaffen, Jungs! Meint ihr nicht?«

»Das heißt, dass mindestens zwei von uns eine Medaille gewinnen müssen«, stellt Aaron klar.

»Jepp! Und Matt macht den ersten Platz!«, antwortet Eli.

Zach reagiert sofort gereizt. »Warum glaubt ihr eigentlich alle immer, dass nur Matt …«

»Genau, jeder von uns hat das Zeug, Erster zu werden«, sagt Mathéo schnell und spürt, wie er einen roten Kopf bekommt. »Und ehrlich, ich habe meine wichtigsten Sprünge heute fast alle überdreht.«

»Du bist von uns immer noch der Einzige, der den Big Front hinkriegt …«, fängt Eli an.

»Mann, es gibt doch nicht nur diesen einzigen Sprung, du Blödmann!« Zach schnippt Eli eine Erbse ins Gesicht.

»Meiner Meinung nach könnten wir es alle leicht unter die Top 5 schaffen«, wirft Mathéo ein.

»Ja. Und zwar Gold, Silber, Bronze.« Aaron deutet zuerst auf Mathéo, dann auf sich selbst, danach auf Zach.

»Na klar, träum weiter, Kumpel!« Lachend tritt Zach unter dem Tisch Aaron gegen das Schienbein.

»Und was ist mit mir?«, protestiert Eli.

»Fünfter!«, rufen die beiden anderen triumphierend.

Mathéo schaut Eli kurz an und schüttelt hastig den Kopf. Eli ist fast ein Jahr älter als er, aber ein verhätscheltes, überbehütetes Einzelkind. Seine Eltern tun alles für ihn und haben ihn die ganzen Jahre über wegen des vielen Trainings zu Hause unterrichtet. Deshalb reagiert er oft übertrieben empfindlich auf solche Späße. Sei nicht so ein Baby, denkt Mathéo.

Zum Glück ist Zach mittlerweile viel zu sehr damit beschäftigt, das Essen auf seinem Tablett zu begutachten, um Eli noch weiter aufzuziehen. »Oh Mann, ich fass es nicht, dass ich jetzt über ein

Jahr lang so eine Pampe essen soll.« Er hält seinen Löffel hoch und lässt etwas Dickflüssiges, Bräunliches in die Müslischüssel zurücktropfen. Haferbrei. Seine Eltern haben beide starkes Übergewicht, und in den letzten Monaten hat er selbst ziemlich zugelegt, deshalb hat man ihn seit einiger Zeit auf eine fettarme Diät gesetzt. »Nach den Olympischen Spielen esse ich einen Monat lang jeden Tag bei McDonald's, das schwör ich euch.«

»Für einen Big Mac und Pommes könnte ich sterben«, stimmt Mathéo grinsend zu. »Schokoladenmilchshake, Apple Pie, Blaubeermuffins …«

»Bier!«, setzt Aaron noch eins drauf. »Und nicht nur, um ein einziges Mal so eine beschissene Medaille zu feiern! Ich sag euch, ich werd mich total besaufen. Wie damals nach der Weltmeisterschaft, als Zach den Gin ins Hotelzimmer geschmuggelt hat und wir …« Er verstummt, weil Mathéo auf einmal mit der Hand eine Bewegung macht, als würde er sich die Kehle durchschneiden.

»Na, Jungs!« Coach Perez klopft dem überraschten Aaron von hinten auf die Schulter und setzt sich zu ihnen an den Kantinentisch. Er ist nicht sehr groß, schlank und drahtig, läuft immer in einem schwarzen Trainingsanzug durch die Gegend und hat die Brust voll behängt mit verschiedenen Trillerpfeifen, Schlüsseln und Ausweiskarten. »Ich hoffe, ihr diskutiert gerade über eure Sprünge. Nur noch drei Tage bis zu den Meisterschaften. Da wollen wir abräumen.« Perez lehnt sich in seinem Plastikstuhl zurück, verschränkt die Arme und mustert einen nach dem anderen streng. Die zusammengekniffenen Augen in seinem dauergebräunten, wettergegerbten Gesicht wirken fast schwarz.

Mathéo nickt, genauso wie die anderen, und ist erleichtert, dass Perez offenbar nicht mitbekommen hat, worüber sie eben noch geredet haben. Er hätte das überhaupt nicht lustig gefunden.

Perez ist ein harter und strenger Trainer, für dumme Sprüche hat er nichts übrig. Seine Kritik ist schonungslos, und in der Wasserspringer-Szene eilt ihm der Ruf voraus, extrem aufbrausend zu sein. Was auch stimmt. Trotzdem respektiert Mathéo ihn, ja, er mag ihn sogar. Perez ist jetzt seit fast sechs Jahren sein Trainer. Er hat Mathéo erbarmungslos angetrieben, gequält, angebrüllt und aus ihm das gemacht, was er heute ist – die Nummer eins im Land und einer der Top Ten unter den Turmspringern auf der ganzen Welt. Perez bläut seinen Schützlingen immer wieder ein, dass er von ihnen vor allem eins erwartet – dass sie sich ihrem Sport mit der gleichen Hingabe widmen wie er selbst. Womit die Messlatte sehr hoch gelegt ist, denn Perez hat drei Mal olympisches Gold gewonnen. Nach zwei gescheiterten Ehen ist er jetzt mit seinem Job als Trainer der hoffnungsvollsten Talente im Wasserspringen verheiratet. Er hat sich darauf spezialisiert, Olympiasieger hervorzubringen, und im Lauf der letzten zwanzig Jahre ein paar der berühmtesten Turmspringer aller Zeiten trainiert.

»Ich zähle auf euch, Jungs«, fährt er mit gerunzelter Stirn fort, während er ihnen beim Essen zusieht. »Ich erwarte am Sonntag von euch allen ein Set von perfekten Sprüngen. Vor allem von dir.« Dabei schaut er Mathéo an, der einen roten Kopf bekommt. »Das mit der Überdrehung kriegen wir heute nach der Schule beim Trockentraining ein für alle Mal aus dir raus.«

»Wir haben heute Abend Trockentraining?«, ruft Eli überrascht.

Perez sieht ihn kaum an. »Nein, nur Matt.« Sein Handy klingelt, und er steht vom Tisch auf. Er klopft Mathéo im Vorbeigehen auf den Rücken. »Wir sehen uns um Punkt vier in der Turnhalle.«

Lola ist den ganzen Vormittag mit dem Schulmusical beschäftigt, deshalb schafft er es vor dem Mittagessen nicht, sie zu sehen. Sie treffen sich am selben Tisch wie immer. Mit lauten Geklappere stellt Lola ihm gegenüber ihr Tablett auf der Tischplatte ab.

»Hat Riesenspaß gemacht, heute Nacht!« Sie lacht, lässt Jacke, Tasche und Schlüssel auf den Stuhl neben ihr fallen, wickelt sich hastig aus einem langen, bunten Schal, streicht sich mit beiden Händen die zerzausten Haare zurück und dreht sie zu einem lockeren Knoten. Ihre Wangen sind vor Aufregung gerötet. »Wie geht's dir? Nicht zu müde?«

Mathéo legt die Gabel neben dem Teller ab und grinst sie an. »Und ob ich müde bin! Ich kenne da jemanden, der mich heute im Morgengrauen erbarmungslos wach gerüttelt und aus dem Bett geschmissen hat …«

»Hey – ich hab dir den Arsch gerettet«, erinnert sie ihn. »Dein Dad wäre durchgedreht, wenn du das Training verpasst hättest! Du musst aber heute Abend nicht noch mal auf den Sprungturm, oder doch?«

»Nein, aber ich habe direkt nach der Schule noch ein Einzeltraining mit Perez in der Turnhalle. Und danach muss ich mit Loïc und dem neuen Kindermädchen zu Abend essen.«

»Wie bitte? Warum das denn? Warum kannst du nicht zu uns kommen?«

»Nicht wild werden. Wenn das Wochenende erst mal vorbei ist, arrangiere ich mich schon mit Consuela.«

Lola zieht eine Augenbraue hoch. »Solltest du besser auch. Ach ja, Dad und ich proben heute Abend ein paar neue Songs. Willst du nach dem Essen noch vorbeikommen und sie dir anhören?«

»Klar …« Er kaut am Nagel seines Daumens, seine Gedanken sind auf einmal woanders.

Lola schaut ihn fragend an. »Wieder nervös wegen des Wochenendes?«

Verdammt, sie spürt wirklich alles. Zu Hause hat er sich angewöhnt, eine Maske zu tragen, und kommt damit immer gut durch. Aber bei Lola ist das nicht möglich; sie durchschaut alles. »Etwas. Beim Training heute Morgen lief's nicht so toll. Ich hab immer noch Probleme mit dem Big Front.« Er blickt auf seinen Teller, bildet mit seiner Gabel aus den Reiskörnern ein Muster.

Als sie ihn mit ihrer Hand am Handgelenk berührt, zuckt er zusammen. »Das ist doch kein Wunder. Du hast heute Nacht nur drei Stunden geschlafen.«

»Ich weiß, aber … ich hab einfach kein gutes Gefühl. Irgendwie hab ich vor dem Wochenende Schiss.«

»Vor großen Wettkämpfen bist du doch immer nervös«, meint sie. »Und wenn es dann so weit ist, ist deine Nervosität wie weggeblasen, du kriegst einen Adrenalinstoß und springst einfach!«

Er nagt an seiner Unterlippe. »Ja schon, aber …«

»Du kannst mit Druck gut umgehen, Mattie, das weißt du doch. Du steigerst dich dadurch erst noch einmal so richtig. Deshalb hast du auch die Europameisterschaft gewonnen! Und deshalb nennen dich die Reporter im Fernsehen auch immer den *Iceman*!« Sie stupst ihn an und kichert. »Obwohl ich nach letzter Nacht ja eher sagen würde, dass da ein anderer Spitzname …«

Wider Willen muss er lachen. »Sei still!«

»Vielleicht *Speed Demon*?«, schlägt sie vor, trinkt von ihrem Orangensaft und verschluckt sich halb an ihrem eigenen Lachen. »War nur Spaß, war nur Spaß!«, kichert sie, als Mathéo so tut, als würde er sie über den Tisch hinweg in die Rippen boxen wollen.

Er lehnt sich in seinem Stuhl zurück und mustert sie. »Du hast keinen Respekt vor mir. Ich will die Scheidung.«

Sie grinst. »Nein, willst du nicht. Ohne mich würdest du nie zurechtkommen, Mathéo Walsh!«

Um halb sieben Uhr abends hat er endlich frei. Der Nachmittag hat sich ewig gezogen. Perez hatte ihn erst gehen lassen, als er in der Schnitzelgrube zehn perfekte Landungen hintereinander hingekriegt hatte. Bei Consuela flatterten bereits wieder die Nerven, als er nach Hause kam. Loïc war weinerlich und wollte nichts essen, und als Mathéo es endlich schaffte, ins Souterrain zu verschwinden, angeblich für ein weiteres Work-out im Kraftraum, war er mit sich und der Welt so fertig gewesen, dass er sich nur noch hinlegen und schlafen wollte.

Lola und Jerry sind bereits in Jerrys Musikstudio, als er kommt. Es handelt sich eher um einen Schuppen als um ein Studio – die Fenster sind schmutzig, und das Holz fängt an einigen Stellen zu faulen an, aber dank Jerrys regelmäßiger Reparaturarbeiten steht das Ding noch. Mathéo lässt sich auf die modrig riechende Couch in ausgeblichenem Grün plumpsen, seinen Lieblingsplatz, und da lungert er nun, Kopf auf der Armlehne, die Beine ausgestreckt. Lola schmeißt sich auf ihn.

»Aua! Mach's dir ruhig bequem!«

»Küss mich.«

Er tut es, zieht ihren Kopf an seine Brust.

»Hast du mich vermisst?«, fragt sie im Scherz.

»Natürlich.«

»Gut. Wo ist mein Kaffee?«

»Da drüben auf dem Fußboden, wo du die Tasse vorhin abgestellt hast.«

»Okay, dann reich ihn mir.«

»Brauchst du mich auch, um ihn dir an die Lippen zu führen, Baumann?«

Sie zieht eine Augenbraue hoch. »So viel zum gentlemanhaften Benehmen …«

»Hey, meine Tage als dein Sklave sind vorüber«, entgegnet er. »Mein Training wird mich die kommenden Monate voll in Anspruch nehmen, und ich habe nicht vor, meine Energie für unnötige Dinge zu verschwenden. Deshalb wirst du von jetzt an immer mal wieder selbst deine Kaffeetasse hochheben müssen, deine Tasche selbst tragen, dir die Tür selbst aufmachen müssen …«

Sie dreht den Kopf und grinst ihn an.

»Oder soll ich dir den Kaffee wütend ins Gesicht schütten?«

»Ich glaube, wir wissen beide, dass das eine leere Drohung ist, Lola Baumann.«

Bis Jerry endlich mit dem Aufbau seines neuen Schlagzeugs fertig ist, döst Mathéo bereits friedlich auf der Couch, halb versunken zwischen den muffigen Polstern. Lola spielt ein bisschen an dem Schlagzeug herum, und Jerry verschwindet noch einmal, um gleich darauf mit einem großen Tablett voller Snacks und Getränke zurückzukommen. Daraufhin vollführt Lola einen überschwänglichen Trommelwirbel, gefolgt von einem prächtigen Tusch der Becken. Mathéo schreckt auf. Jerry lacht.

Mathéo nimmt sich eine Handvoll Chips, lässt sich wieder auf die Couch zurücksinken und schließt die Augen. Da spürt er plötzlich neben sich ein Gewicht auf dem Polster. Er öffnet die Augen und sieht, dass Jerry sich zu ihm gesetzt hat.

»Müde?«

»Ein wenig. Ja.« Er lächelt entschuldigend.

»Lola hat mir erzählt, dass ihr letzte Nacht beide nicht gerade viel Schlaf abgekriegt habt.«

Mathéo spürt, wie ihm die Hitze ins Gesicht steigt. Jerry blickt ihn grinsend an.

»Ähm … na ja … also …«

Mit einem warmherzigen Lachen klopft Lolas Vater ihm auf den Oberschenkel. »Hey, hey, kein Problem! War nur Spaß!«

Mathéo zieht eine Grimasse und verdreht die Augen, um seine Verlegenheit zu verbergen.

»Hey«, sagt Jerry schnell noch einmal, als spürte er Mathéos Verlegenheit. »Du hast da ja ein ziemlich aufregendes Wochenende vor dir! Tut mir leid, dass ich zu den Wettkämpfen nicht kommen kann, aber ich bin schon vor über einem Jahr für das Fotoshooting gebucht worden.«

»Ich weiß, ich weiß. Mach dir keine Gedanken.«

»Aber wir nehmen natürlich die Berichte im Fernsehen auf und gucken es uns dann gemeinsam an.«

»Wartet damit besser, bis ich mich bei euch gemeldet habe. Nur falls es total peinlich werden sollte!« Mathéo grinst bei dem Scherz, aber ein bisschen meint er es auch ernst.

Jerry grinst zurück. Dann runzelt er leicht die Stirn. »Nervös?«

»Gar nicht«, entgegnet Mathéo. Aber Jerrys warme Stimme und die Sorgenfalte auf seiner Stirn erinnern ihn daran, dass er hier keine Maske aufzusetzen braucht. Genau wie seine Tochter scheint Jerry instinktiv zu spüren, was in den Menschen um ihn herum vorgeht. »Na ja, ehrlich gesagt, schon. Weil alle von mir erwarten, dass ich die Meisterschaften gewinne. Das erzeugt einen unglaublichen Druck. Als Außenseiter hat man es da leichter.«

»Ja, kann ich verstehen. Aber ich find's echt großartig, wie du bei den Wettkämpfen mit dem Druck umgehst. Ich weiß, das ist leicht gesagt, nur versuch, dir nicht zu viele Gedanken zu machen, okay?«

»Ja, okay …«

»Wann geht's denn los?«

»Morgen früh«, antwortet Mathéo. »Mit dem Zug eine Stunde

nach Brighton. Wir fahren alle zusammen. Am Nachmittag ist noch mal Training. Danach geht's zurück ins Hotel. Und Samstagvormittag beginnen dann die Vorrunden.«

»Wird echt aufregend sein, dich wieder im Fernsehen zu sehen.«

»Hmm.«

»Sind deine Eltern auch dabei?«

»Mum hat irgendwas Wichtiges, was sie nicht absagen kann. Und Dad – na ja, der leider auch.« Ihre Blicke kreuzen sich, und Mathéo wirkt auf einmal traurig.

Jerry schnalzt missbilligend mit der Zunge und schüttelt den Kopf. »Deine Mutter arbeitet zu viel. Deine beiden Eltern arbeiten zu viel.« Pause. »Und dich nehmen sie auch zu hart ran, finde ich ... Darfst du denn auch mal abhängen, einfach nur so?«

»Ist schon okay.« Mathéo spürt, dass er rot wird. Jerrys mitfühlende Blicke bringen ihn immer in Verlegenheit. Als wüsste Jerry, dass er davon zu Hause zu wenige bekommt.

Jerry strubbelt ihm durch die Haare. »Pass auf dich auf, okay? Turmspringen ist nicht gerade eine ungefährliche Sportart. Lola wäre am Boden zerstört, wenn dir etwas passieren würde.« Pause. »Und ich auch.«

»Macht euch mal keine Sorgen.« Mathéo schiebt Jerrys Hand lachend weg. »Wird schon schiefgehen.«

»Weiß ich doch. Du gehörst bald zu den ganz Großen. Aber jetzt mal unter uns Männern«, flüstert Jerry und blinzelt Mathéo verschwörerisch zu, »ich hab Lola vor ein paar Abenden gut zureden müssen.«

»Warum?«

»Na, wegen euch beiden – was es für eure Beziehung bedeutet, wenn du nächstes Jahr bei den Olympischen Spielen die Goldmedaille gewinnst.«

»Ich gewinne nächstes Jahr nicht die …« Auf einmal horcht Mathéo auf. »Lola hat gesagt, dass sie sich Sorgen um unsere Beziehung macht?«

»Na ja, manchmal beobachtet sie dich mit den Mädchen aus der Frauenmannschaft. Und dann sind da noch die kreischenden Teenager im Publikum, die dir und den anderen Jungs zu den Wettkämpfen hinterherreisen.«

Mathéo lacht, aber er ist rot geworden. »Mit denen bin ich doch kaum zusammen. Wir haben gar keine gem … Ach was, Lola spinnt!«

Jerry lächelt. »Ich hab ihr auch gesagt, dass sie sich da überhaupt keine Gedanken zu machen braucht«, sagt er. »Ich hab euch zwei doch lange genug miteinander gesehen, um zu wissen, dass das zwischen euch etwas ganz Besonderes ist.«

Er tätschelt Mathéos Knie, steht auf und geht hinaus, angeblich, um noch mal Tee zu kochen. Mathéo schaut ihm nach. Es ist das erste Mal, dass Jerry ihm hinter Lolas Rücken etwas von ihren Unsicherheiten und Befürchtungen anvertraut. Er fragt sich, warum er das gemacht hat. Fast hat er den Eindruck, dass es sich um eine versteckte Drohung handelt – wage es ja nicht, jemals meine Tochter zu verletzen …

Lola trommelt immer noch wie wild auf dem neuen Schlagzeug herum; es ist schon nach neun, und Mathéo muss bald nach Hause. Sie versteht seinen Blick sofort.

»Okay, okay«, sagt sie, legt die Sticks weg, kommt zur Couch rüber, lehnt sich an ihn und blättert durch die Noten von Jerrys neuem Song. »Vielleicht sollte ich Schlagzeugerin werden«, überlegt sie laut. »Ich glaub, da wär ich ziemlich gut.«

»Meine Kopfschmerzen würden sich bedanken«, entgegnet Mathéo. »Lieber nicht.«

Sie summt die ersten paar Takte der Melodie, dann sagt sie: »Du wirst mir am Wochenende fehlen.«

»Werd ich nicht«, antwortet er, um sie aufzuziehen. »Du wirst auf dem Ball keine Sekunde allein sein. Alle werden mit dir tanzen wollen.«

Sie geht darauf nicht ein. »Ich habe immer Angst, wenn ich nicht dabei sein kann. Ich hätte mich nie in das Komitee für den Abschlussball wählen lassen, wenn ich gewusst hätte, dass das mit deinem Wettkampf zus ...«

»Wenn ich bei den Olympischen Spielen eine Medaille gewinne, renne ich die Zuschauertribüne hoch und küsse dich vor aller Welt. Du wirst schon sehen!«

»Untersteh dich!«, sagt sie lachend, »Warte, bis ich danach vor aller Welt ins Becken springe!«

Sie löst sich von ihm und geht zu dem Mikro in der Mitte des Raums. Vergeblich versucht er, sie festzuhalten.

Als sie Mikro und Verstärker eingestellt hat, klettert sie mit ihrer Gitarre auf den Hocker und blättert in den Noten. Dann lächelt sie.

»Bereit für die Musik?«

»Nicht wirklich, was bei nur drei Stunden Schlaf allerdings ...«

Lola schaut ihn nur an.

»Okay, okay.« Mathéo rutscht hoch und legt den Kopf gegen die Rückenlehne der Couch. Lola schlägt die Eröffnungsakkorde an, beugt sich zum Mikro vor und beginnt zu singen.

Er nimmt ihr Bild in sich auf, wie sie auf dem Hocker vor ihm sitzt, das Gesicht zum Fenster gekehrt. Draußen versinkt der Garten allmählich in der Dämmerung. Hinter dem Küchenfenster im Haus ist Jerry zu erkennen. Lola wiegt sich im Rhythmus ihres Songs, ihre langen Haare schwingen dazu auf dem Rücken mit. Die nackte Glühbirne an der Decke verbreitet ein schwaches Licht. Wie jedes Mal, wenn sie singt, sind ihre Wangen gerötet. Ihre Augen leuchten. Als Tochter von zwei Musikern – auch ihre Mutter war nämlich Musikerin gewesen – hatte sie gar keine andere Wahl, als ebenfalls künstlerisch begabt zu sein. Weshalb sie auch an der Greystone ein Musikstipendium erhalten hatte und jetzt an der renommierten Central School of Speech and Drama angenommen worden war. Schauspielerin zu werden war schon immer ihr großer Traum. In ihrer Stimme schwingt eine Mischung aus Unschuld und Soul mit, die auf die Zuhörer unwiderstehlich wirkt. Sie hat dieses undefinierbare Etwas. Wenn sie singt oder spielt, lädt ein magischer Funke die Luft um sie herum elektrisch auf.

Viel zu schnell ist es zehn Uhr – vor einem Wettbewerb muss Mathéo früh ins Bett; wenn er weniger als acht Stunden Schlaf bekommt, beeinträchtigt das seine Leistung. Jerry wünscht ihm noch einmal viel Glück und drückt ihn vor der Haustür fest an sich, sein kariertes Lieblingshemd riecht wie immer nach Tabak und einem Joint. Lola will Mathéo unbedingt nach Hause begleiten, und weil es noch nicht dunkel ist, versucht er auch nicht, sie davon abzubringen. Der Himmel ist von den letzten Strahlen der soeben untergegangenen Sonne immer noch orangerot verfärbt.

Hand in Hand schlendern sie langsam durch die ruhigen, von Bäumen gesäumten Straßen. Sie lassen sich Zeit. Es ist immer noch warm, aber nach dem heißen und lauten Tag inzwischen ruhiger geworden. Blütenstaub schwebt von den Lindenbäumen, und die Luft ist schwer vom süßen Duft der Blüten und Blumen, die an den Büschen und in den Beeten der Vorgärten blühen. Die Dämmerung hat keine Eile, sich auf die Stadt herabzusenken, dehnt jede verbleibende Minute so lange wie möglich, hat keine Eile, den Tag zu beenden. Und Mathéo wünscht sich, dass es nie Nacht wird; wünscht sich, er könnte bis in alle Ewigkeit mit Lola so weiterschlendern. Normalerweise freut er sich auf die Wettkämpfe, auch wenn sie im Ausland stattfinden und er sich deswegen von Lola trennen muss. Aber diesmal ist es anders; dieses Mal wünscht er sich, er könnte hier bei ihr bleiben.

»Wenn wir noch langsamer werden, gehen wir gleich rückwärts.« Lola mustert ihn lächelnd von der Seite.

»Du hast mich begleiten wollen, ich hab nicht …«

»War doch nur ein Scherz.« Sie legt ihren Arm um ihn, zieht ihn nahe zu sich heran, küsst sein Ohrläppchen. »Ich weiß, dass es nur für drei Tage ist, aber du fehlst mir jetzt schon.«

»Ach, warum kannst du bloß nicht mitkommen?«

»Tut mir doch auch leid. Es ist das erste Mal, dass ich bei einem Wettkampf von dir nicht dabei sein kann. Jedenfalls bei einem, der in der Nähe stattfindet. Und für Jerry auch.«

»Ich werde sein riesiges Banner vermissen.« Mathéo lächelt. »Aber sag mal, warum hast du ihm eigentlich erzählt, dass ich bei dir übernachtet habe?«

»Warum nicht? Du weißt doch, dass er sich jedes Mal freut, wenn du bei mir übernachtest!«

»Sich freut? Echt, Lola, du hast den liberalsten Vater überhaupt.«

»Er mag dich wirklich! Du bist für ihn so etwas wie der Sohn, den er nie gehabt hat.«

»Und er ist für mich der Vater, den ich gern hätte!«

Lola lacht. »Deine Eltern sind bestimmt nicht gerade … na ja, nicht gerade einfach«, erwidert sie diplomatisch. »Aber tief in deinem Innern weißt du, dass sie dich lieben und dass sie nur das Beste für dich wollen.«

»Keine Ahnung. Bin mal gespannt, wie lange es diesmal dauert, bis Loïc anfängt, das Kindermädchen aus Versehen Maman zu nennen. Bei den Vorgängerinnen ist das jedenfalls immer …« Plötzlich hält er verlegen, ja beinahe beschämt inne. Wie kann er sich über sein Leben beklagen – sein privilegiertes Dasein und die Möglichkeiten, die er hat, seine Eltern –, wenn Lola und Jerry mit so wenig Geld auskommen müssen und wenn … »Denkst du … denkst du eigentlich manchmal an deine Mutter?« Er beobachtet fast ängstlich im Dämmerlicht ihren Gesichtsausdruck, weil er sie keinesfalls verärgern möchte. Wenn sie bisher über ihre Mutter geredet haben, war Lola eigentlich immer ziemlich entspannt mit dem Thema umgegangen. Trotzdem fragt er sich, wie es sich für ein Kind wohl anfühlt, selbst in den glücklichsten Momenten immer denken zu müssen: Was wäre, wenn …?

»Manchmal«, antwortet Lola und schwenkt seinen Arm. »An ihrem Geburtstag. Oder an ihrem Todestag. Dad ist da immer ganz schweigsam und verschlossen. Aber wenn ich mir die Fotos anschaue, ist es immer ganz komisch – ich fühle mich so merkwürdig unbeteiligt, als könnte ich gar nicht glauben, dass die Frau darauf meine Mutter sein soll. Wahrscheinlich, weil ich sie nie gekannt habe – oder jedenfalls nicht lange genug, um irgendwelche Erinnerungen an sie zu haben. Manchmal grabe ich in meinem Gedächtnis, gehe immer tiefer in die Kindheit zurück, aber meine Mutter krieg ich nie zu fassen.«

»Wünschst du dir manchmal, du hättest auch zwei Eltern gehabt? Oder reicht dir Jerry?«

»Jerry reicht mir mehr als genug!«, ruft Lola lachend aus. »Ich kann mir echt nicht vorstellen, zwei Eltern zu haben. Deshalb bin ich auch froh, dass Dad nicht noch mal geheiratet hat oder eine ernsthafte neue Beziehung eingegangen ist.«

»Warum hat er das eigentlich nicht?«

»Meine Mutter war seine große Liebe«, antwortet Lola, und ihr Lächeln wirkt eine Spur traurig. »Glaub ich. Wenn er von ihr spricht, was nicht oft vorkommt, sagt er immer nur, sie sei seine Retterin gewesen.«

»Wow.«

»Ja. Sein Leben war ein ziemliches Chaos, als er sie kennengelernt hat. Er war viel auf Tournee mit seiner Band, hat heftig Drogen genommen, eine Zeit lang hat er sogar auf der Straße gelebt.«

»Und deine Mutter hat sein Leben umgekrempelt?«

»Ja. Nein. Nicht sofort. Hat wohl ein bisschen gedauert. Und es gibt immer noch einen Teil von ihm, der … Ach, keine Ahnung. Du weißt ja auch, dass er gern viel trinkt und seine Joints raucht … Nachdem meine Mutter gest… Na ja, er hat es versucht. Am Anfang ist er vielleicht ein- oder zweimal im Monat mit einer Frau ausgegangen, da war ich noch in der Grundschule. Und ich weiß nicht, vielleicht hatte er ja ein schlechtes Gewissen, mich mit irgendeinem Babysitter zu Hause allein zu lassen, jedenfalls hat das nach und nach aufgehört. Also, ich will natürlich, dass er glücklich ist. Aber weil er die ganzen Jahre über Single geblieben ist, hat uns das noch viel stärker zusammengeschweißt. Wir sind wie Freunde – beste Freunde –, wir zwei gegen den Rest der Welt!« Sie lacht wieder. Und Mathéo denkt: Sie sieht so glücklich aus. Ja, besser ein guter Vater als zwei mittelmäßige Eltern.

»Ich hab immer gedacht, ich bin dein bester Freund!«, protestiert er.

»Ihr seid beide meine besten Freunde«, sagt sie mit einem breiten Grinsen. »Ich kann doch zwei beste Freunde haben, oder? Ihr seid meine beiden Lieblingsmenschen auf der Welt.«

Er gibt ihr unter dem weichen Licht der Straßenlampe vor dem

Haus seiner Eltern einen Abschiedskuss. Er hat es nicht eilig, nach drinnen zu gehen.

»Du fehlst mir jetzt schon«, beklagt sich Lola und schlingt die Arme um seinen Hals.

»Es ist ja nur für drei Tage. Sonntagabend bin ich aus Brighton wieder zurück.«

»Trotzdem wirst du mir fehlen«, erklärt sie schmollend und fragt, um ihn aufzuziehen: »Willst du damit sagen, dass du mich nicht vermissen wirst?«

Er legt die Arme fest um sie und knabbert an ihrer Nase. »Natürlich werde ich das.«

Lola schmiegt den Kopf an seine Schulter und blickt mit oscarverdächtigem Augenaufschlag zu ihm auf. »Und vergiss nicht zu verkünden, dass du das alles ohne mich niemals geschafft hättest, wenn du mit deiner Goldmedaille um den Hals vor die Presse trittst.«

Er schaut sie kopfschüttelnd an.

Sie kichert. »Was denn?«

»Du verrücktes Huhn«, sagt er.

»Aber du liebst mich«, flüstert sie lächelnd.

Er beugt sich zu ihr hinunter, um sie noch einmal zu küssen. »Ja. Ich liebe dich.«

VIERTES KAPITEL

Mathéos Wecker klingelt und reißt ihn aus seinem Dämmerzustand. Fast drei Uhr nachmittags. Mathéo sitzt auf der Bettkante, die Ellenbogen auf den Knien abgestützt. Um ihn herum die Trümmerhaufen seines Zimmers. Er muss etwas tun. Er hat schon viel zu lange wie gelähmt auf dem Bett gelegen. Consuela kann jeden Moment mit Loïc nach Hause kommen. Und auch bei Lola, Hugo und Isabel ist gleich die Schule aus. Ihm wird klar, dass er sofort etwas gegen das Chaos unternehmen muss. Keinesfalls darf Consuela das hier sehen. Sie würde sofort die Polizei rufen, und aus irgendeinem diffusen Grund weiß er, dass er das auf keinen Fall will. Nur er selbst kann die Sache hier in Ordnung bringen, das spürt er. Er muss sein Zimmer so weit wie möglich wieder in einen normalen Zustand versetzen.

Wenn er an gestern Abend denkt, klafft da nur ein großes, schwarzes Loch. Aber was davor war, daran erinnert er sich zum Glück wieder. Mit unglaublicher Mühe gelingt es ihm, aus seinem Gedächtnis die Ereignisse vor gestern Abend hervorzukramen. Dadurch fühlt er sich wenigstens etwas in der Gegenwart verankert. Auch wenn er sich weiter wie in einer Nussschale auf hoher See vorkommt, einem unerträglichen Chaos ausgesetzt. Einsam und verloren. Er war in Brighton. Dort fanden die englischen Meisterschaften im Wasserspringen statt. Er war dabei. Er hat vom Zehnmeterturm nicht nur sechs saubere Sprünge hingelegt, sondern er hat den Wettkampf gewonnen. Er war der Sieger. Er erinnert sich daran, dass er Lola angerufen hat und danach seine Eltern. Er erinnert sich an die Pressekonferenz mit Aaron, der Zweiter wurde. Und mit diesem Sam Natt, der Zach ganz knapp geschlagen hatte und Dritter wurde. Er erinnert sich daran, dass er danach das Aquatic Centre verlassen hat. Sie wollten alle miteinander feiern. Er erinnert sich nicht daran, wie er es nach Hause geschafft hat – wahrscheinlich war er total betrunken. Aber jetzt sitzt er hier in seinem Zimmer, und es ist Nachmittag. Deshalb muss heute Montag sein, was auch erklärt, warum das Haus leer ist: Seine Eltern sind beide arbeiten, Loïc ist in der Schule, und Consuela macht Einkäufe fürs Abendessen. Trotzdem. Was ist mit seinem Zimmer passiert? Die einzige Erklärung dafür ist, dass er selbst es so verwüstet hat. Nur warum? Warum?

Er stürmt die Treppe hinunter, stöhnt leise auf, als ihm dabei Schmerzen durch den ganzen Körper fahren. Mit einer Rolle Müllsäcke kehrt er zurück. Fast alles, was er besitzt, wird er wegschmeißen müssen. Seine Siegertrophäen lassen sich möglicherweise noch irgendwie retten, deshalb verstaut er sie ganz hinten im Schrank, damit man sie nicht sofort sieht. Die Bücher stellt er ins Regal zurück, sortiert dabei die herausgerissenen Seiten notdürftig wieder zwischen die Buchdeckel. Seinen Laptop schiebt er unters Bett – an der Schule gibt es einen Jungen, der ihn vielleicht noch reparieren kann. Aber der andere Computer ist komplett hinüber, nichts mehr zu machen; und seine PlayStation ist in zig Teile zerlegt. Weg damit in einen Müllsack. Dann stopft er die zerrissenen T-Shirts, die zerbrochenen DVDs und ihre zertrampelten Hüllen, die verbogenen Bilderrahmen und sogar einen zahnlosen Kamm ebenfalls in einen Sack. Seine Bettlaken und der Kopfkissenbezug sind voller Schmutz und Blut. Er reißt die Laken von der Matratze und füllt damit noch einen Müllsack.

Unter der Dusche entdeckt er an seinem Körper weitere Kratzer und Blutergüsse. Seine Fingerknöchel sind blutverkrustet, seine Ellenbogen und Knie aufgeschürft. Sein rechter Fuß tut ihm höllisch weh, die Zehen sind stark angeschwollen und haben eine dunkelviolette Färbung angenommen. Auf seinen Armen, seinen Beinen und wohl auch auf seinem Rücken sind blutrote Kratzer, als wäre er von einer wilden, bösartigen Katze überfallen worden. Er ist schwach auf den Beinen, und alles tut ihm weh, so als wäre er mehrmals gegen den Kopf, den Brustkorb und in den Bauch getreten worden. Das heiße Wasser brennt auf seiner zerkratzten, aufgeschürften Haut, und der Schmerz macht ihn ganz benommen. Er scheint immer noch zu bluten – das Wasser, das in einem Strudel in den Abfluss hinuntergezogen wird, ist rötlich verfärbt. Er muss bei der Siegesfeier irgendwo in einem Pub in eine üble Schlägerei hineingeraten sein. Ja, so muss es gewesen sein. Eine andere Erklärung gibt es dafür nicht. Aber die Verwüstung hier in seinem Zimmer … Eine Schlägerei in seinem eigenen Zimmer? Nein, das ist unmöglich. Lächerlich. Trotzdem hat er eine vage Erinnerung an einen Kampf, Brüllen, geballte Fäuste, wie er zuschlägt und mit seinen Knöcheln auf einen Knochen trifft. Wie er Blut spürt … Nein. Er blinzelt so lange, bis die verschwommenen Bilder verschwinden. Nein. Er kann sich nicht erinnern. Er will sich nicht erinnern.

Er zieht eine frisch gewaschene Jeans und ein langärmliges T-Shirt aus dem Schrank und geht in den geschäftigen Nachmittag hinaus. Krampfhaft versucht er, sich seine Umgebung genau einzuprägen, als ginge es darum, seinen Platz in der Welt neu zu finden. Die Reihen der immer gleichen hohen, weißen Häuser, die

Farbe des Sonnenlichts, das in die Straße fällt, die Rasenstreifen, die in sein Blickfeld rücken und wieder daraus verschwinden.

Die High Street ist voll mit Leuten, die Nachmittagseinkäufe machen: Pärchen, Teenager, Mütter, die ihre Kinder von der Schule abgeholt haben und an dem warmen, sonnigen Tag mit ihnen draußen noch etwas herumtrödeln. Menschen strömen aus ihren Häusern, aus Läden, Supermärkten, Banken, Restaurants und Pubs hinaus auf die Straße. Blondinen mit langen Haaren sitzen vor angesagten Cafés in der Sonne, quasseln in ihre Smartphones oder schlendern Arm in Arm mit ihren Designerklamotten-Freunden durch die Straßen, shoppen in den Boutiquen Schuhe oder Naturkosmetik. Politessen in frisch gebügelten, weißen Blusen klemmen große, gelbe Zettel hinter die Scheibenwischer der im strikten Halteverbot geparkten Sportwagen. Motorradfahrer lassen vor dem Harley-Davidson-Klub ihre Maschinen aufheulen, während überfüllte, leuchtend rote Doppeldeckerbusse am Bürgersteig entlangschleichen, schwer beladen mit Buggys und Kindermädchen und laut hupend, wenn wieder einmal ein frustrierter Autofahrer mitten auf einer Kreuzung einen U-Turn versucht. Durch Straßenarbeiten staut sich der Verkehr – Arbeiter in neongrünen Jacken bohren Löcher in den Asphalt, wodurch der Boden unter den Füßen erbebt und die Luft mit einem durchdringenden Lärm erfüllt wird. Fußgänger sammeln sich in Scharen an den Ampeln, ein Fahrrad wird beinahe von einer sich öffnenden Autotür erwischt, Motorräder schlängeln sich quälend langsam durch den kriechenden Verkehr. Am Eingang zur U-Bahn-Station steht ein Zeitungsverkäufer und schwenkt seine Zeitungen dem Strom von Körpern entgegen, der an ihm vorbeifließt. Irgendwo in der Ferne heult eine Sirene. Der Schmutz, die Rufe, die Fußgänger, die hastig die verstopften Straßen überqueren, die Abgase, das Gehupe. Ein dicker Geräuschteppich umhüllt ihn.

Alles sieht so normal aus, denkt Mathéo, und trotzdem kommt es ihm fremdartig vor. Ihm ist, als wäre er das erste Mal Zeuge einer solchen Straßenszene. Er fühlt sich, als blickte er von außen auf etwas, was all die anderen Menschen um ihn herum nicht verstehen können. Als wäre er der Einzige, dem der Irrwitz des menschlichen Daseins gerade zu Bewusstsein kommt: die aufgesetzte Begeisterung, Menschen, die hierhin und dorthin hasten, sich gegenseitig zu überholen versuchen, im zwanghaften Bedürfnis, irgendwohin zu gelangen – wohin, scheint dabei kaum eine Rolle zu spielen. Wichtig ist es, unterwegs zu sein, in Bewegung zu sein, ständig beschäftigt zu sein. Ein verzweifelter Versuch, sich selbst andauernd zu versichern, dass sie Teil dieser Welt sind, dass sie irgendwie wichtig sind, dass die Entscheidungen, die sie treffen, und die Dinge, die sie unternehmen, und die Orte, an die sie sich begeben, tatsächlich von Bedeutung sind. Männer stehen in Kneipen dicht gedrängt vor großen Bildschirmen und jubeln ihrer Lieblingsmannschaft zu. Frauen probieren in Boutiquen die ersten Kleidungsstücke der Wintermode. Touristen kaufen zu überteuerten Preisen irgendwelche Souvenirs … Alles kommt Mathéo auf einmal so wahnsinnig absurd vor – dieser ganze, verrückte Wirrwarr der menschlichen Existenz, den er da beobachtet –, dass er am liebsten mitten auf der Straße stehen bleiben und lachen oder weinen oder zu schreien anfangen möchte. Was ihm früher so vertraut war, dass es ihm kaum auffiel, hat sich in schreienden Wahnsinn verwandelt. Er würde gern den nächsten, zufällig vorbeikommenden Passanten anhalten und fragen, wohin er denn unterwegs sei, was er denn mache und warum. Und obwohl das Gequatsche und Gerede um ihn herum auf Englisch ist, könnte es genauso gut irgendeine fremde Sprache sein – eine Sprache, die er vor sehr langer Zeit gesprochen, nun aber vergessen hat.

Seine Fähigkeit, die Ruhe zu bewahren, überrascht ihn selbst. Er hält den Blick auf den Gehweg gerichtet, konzentriert sich ganz auf die eine Sache, die ihm jetzt notwendig erscheint. Gehen. Wohin, weiß er nicht. Es ist, als könnte er darüber hinaus keinen klaren Gedanken fassen; als schützte ein Sicherheitsventil in seinem Gehirn ihn vor seinen eigenen, tiefer sitzenden Gedanken und Empfindungen und zwänge ihn dazu, ganz im Hier und Jetzt zu bleiben.

Erschöpft und plötzlich unfähig, noch einen Schritt weiter zu tun, hält er an und setzt sich auf ein Mäuerchen, überwältigt von der Hitze und dem Lärm. Sein Smartphone vibriert in seiner Tasche, und er erschrickt fast zu Tode. Lolas Name ist auf dem Display zu lesen, und seine erste Reaktion ist, sie auf die Mailbox sprechen zu lassen. Er will sie jetzt nicht treffen; er kann sie jetzt nicht treffen. Doch sein schlechtes Gewissen lässt ihn drangehen.

Sie redet unglaublich schnell auf ihn ein. Klingt ganz aufgeregt wegen irgendetwas. Quasselt von dem Wettkampf, seinem Siegessprung, dass sie ihn zusammen mit Hugo und Isabel im Fernsehen gesehen hat. Sie verlässt gerade das Schulgebäude und möchte ihn gern im Park treffen. Er sagt ihr, dass er im Moment nicht kann; dass er zu tun hat. Aber als sie ihn fragt, was er denn macht, fällt ihm nichts anderes ein, als zu antworten, dass er in der High Street ein paar Einkäufe erledige und noch gar nichts gegessen habe. Sie fragt ihn, was und wo, plappert noch etwas von Hugo und Isabel und legt dann auf. Er starrt auf das Smartphone in seiner Hand, fühlt sich verwirrt, in die Falle gegangen. Er kann sie jetzt nicht treffen – sie hat so lebendig, so fröhlich geklungen. Er erkennt seine eigene Freundin nicht wieder. Er erkennt nicht einmal mehr sich selbst wieder.

Im grellen Gegenlicht der Sonne klettern drei Gestalten aus einem Taxi und stürzen sich in den gerade wieder in Bewegung geratenen Verkehr. Ein Doppeldeckerbus bremst mit quietschenden Reifen vor ihnen ab. Immer wieder Autos ausweichend, kommen sie quer über die Straße lachend auf ihn zu. Mathéo steht auf, versucht, sein Gesicht einen normalen Ausdruck annehmen zu lassen – und weicht trotzdem unwillkürlich zurück, als sie auf ihn zustürmen. Lolas Arme umschlingen seinen Hals, ihre Haare streifen über sein Gesicht, ersticken ihn beinahe. Sie ist warm, weich und duftet süß. Aber er muss auf einmal gegen das Bedürfnis ankämpfen, sie von sich wegzustoßen. Isabel und sie machen ein Gekreische wegen irgendetwas, ihre Schreie und Juhu-Rufe zerfetzen die Luft. Hugo packt ihn an den Schultern und schüttelt ihn kräftig. Mathéo entzieht sich ihm hastig, bemüht sich, zu lächeln und regelmäßig zu atmen. Lächeln und regelmäßig atmen. Das ist im Moment alles, was er tun muss. Sie gratulieren ihm zu seinem Sieg bei der Meisterschaft, er fühlt sich von allem verwirrt und überfordert, hört etwas von Gold, den Olympischen Spielen, irgendwelchen Sachen im Internet, seinem Bild heute Morgen in der Zeitung.

»Ich hab gar nicht schlafen können, gar nicht schlafen können!«, kreischt Lola ihm ins Ohr, das Gesicht gerötet, die Augen vor Begeisterung weit aufgerissen. »Ich hab gedacht, ich dreh noch durch, und hab im Bett gelegen und immer wieder auf die Uhr geschaut und die Minuten gezählt, bis …«

»Ich auch, ich auch!« Isabel boxt ihn in den Arm. »Meine ganze Familie hat vor dem Fernseher gesessen, um dich zu …«

»Und sie hat mir alle fünf Minuten eine SMS geschickt!« Hugo gibt einen übertriebenen Seufzer von sich. »Und gleichzeitig haben alle an der Schule über dich getwittert …«

»Und was glaubst du, wie oft wir nach den Interviews versucht haben, dich anzurufen!«, ruft Lola empört. »Und danach immer wieder, fast die ganze Nacht! Aber du bist nie drangegangen, immer kam da nur deine bescheuerte Mailbox!«

»Wir … wir waren noch feiern«, antwortet Mathéo hastig und mit einem kleinen, wegwerfenden Lachen. »War total laut im Pub!«

»Wann seid ihr denn zurückgekommen?«

»Du hast gesagt, dass du Sonntagabend wieder da bist!«

»Wir haben extra gewartet, um auf dich anzustoßen! Von der Party war noch genug übrig!«

»Warum warst du heute nicht in der Schule?«

Ihre Stimmen verschwimmen zu einer Woge an Geräuschen, die über ihm zusammenschlägt. Sie wirken alle vier vollkommen high, auf einem Adrenalin-Trip, besoffen vor lauter Begeisterung. Ihr Gequassel springt in alle Richtungen gleichzeitig, während sie sich gegenseitig blitzschnell ins Wort fallen, sich lautstark übertönen, von so viel Energie erfüllt, dass Mathéo fast meint, Flammen aus ihnen auflodern zu sehen.

»Was ist mit deinem Gesicht passiert?« Lola schaut ihn besorgt an, streicht ihm mit der Hand über die Wange. »Du hast da ja eine richtig schlimme Beule auf der Stirn. Und ist das auf deiner Lippe Blut?«

»Ach so, ja.« Er schiebt ihre Hand achtlos weg. »Mann, wir haben's gestern Abend echt krachen lassen. Und da bin ich auf dem Weg zum Bahnhof irgendwie hingehauen.«

Hugo lacht. »Schaut eher so aus, als hättest du einen Boxkampf hinter dir und keine Meisterschaft im Turmspringen!«

»Aua – und die Hände auch?« Lola nimmt seine rechte Hand in ihre und untersucht seine aufgeschürften Fingerknöchel, bei einigen hat er den Schorf bereits abgekratzt, unregelmäßige, weiße Ränder umgeben die feuchten, purpurroten Wunden.

Aber zum Glück ist ihre Aufmerksamkeit bald abgelenkt, denn Hugo und Isabel haben beschlossen, dass sie jetzt unbedingt was essen und trinken gehen müssen, und Mathéo, dem nichts anderes übrig bleibt, folgt ihnen, als sie sich alle geräuschvoll unter einem großen Sonnenschirm um den Tisch eines Straßencafés niederlassen. Die Metallfüße der Stühle scharren auf den Steinplatten des Gehsteigs.

»Oh mein Gott!«, ruft Isabel entsetzt aus, als sie die Karte studiert. »Alles auf Französisch!«

Lola und Hugo lachen. »Oh, nein!«, äfft Hugo sie nach. »*Croissant, pain au chocolat, café* ... Was bedeuten alle diese komischen Wörter bloß?«

»Ha, ha, ha!«, entgegnet Isabel. »Nur weil ich Französisch abgewählt habe, heißt das noch lange nicht, dass ich blöd bin.«

»Nein, nein, nicht blöd!«, ruft Hugo. »Nur ...« Er schnippt mit den Fingern und schüttelt ungeduldig den Kopf. »Wie lautet dafür noch mal der Ausdruck?« Er blickt die anderen an. »Linguistisch minderbegabt?«

Isabel springt von ihrem Stuhl auf, um Hugo demonstrativ zu würgen. Dann setzt sie sich bei ihm auf den Schoß. »Ich könnte dich auffressen – so hungrig bin ich!« Sie lacht, schlingt ihm den Arm um den Hals und küsst ihn. Mathéo, dem ihre zur Schau gestellte Intimität auf einmal peinlich ist, schaut weg, und sein Blick kreuzt sich mit dem von Lola. In diesem Moment wird ihm bewusst, dass sie ihn mustert, und es kostet ihn eine ungeheure Anstrengung, seine entspannte, fröhliche Miene beizubehalten. Warum starrt sie ihn an? Spürt sie, dass irgendetwas nicht in Ordnung ist? Er stützt die Ellenbogen auf den Tisch und dreht sich von ihr weg, kaut am Daumennagel, um seine Nerven zu beruhigen.

Die anderen scheinen alle vor Hunger umzukommen. Kaum hat der Kellner die Platte mit den Croissants, Éclairs und Muffins vor sie hingestellt, verschwindet alles auch schon in unglaublicher Geschwindigkeit, wobei sich jeder von ihnen kreuz und quer bedient. Mathéo kaut langsam vor sich hin, damit es so wirkt, als würde er ebenfalls begeistert mitessen. Aber er schafft nur ein halbes Rosinenbrötchen. Vergeblich hofft er, dass den anderen seine Appetitlosigkeit nicht auffällt. Während Isabel und Hugo sich um den letzten Muffin streiten, streift Lolas Blick seinen Teller, und sie zieht fragend die Augenbrauen hoch.

»Keinen Hunger?«

»Nicht wirklich«, antwortet er hastig. »Ich hab erst spät Mittag gegessen.«

»Aber du hast mir doch vorhin am Telefon erzählt, dass du noch nichts gegessen hast.«

»Seit dem Mittagessen, meinte ich«, sagt er und begegnet ihrem besorgten Blick mit einem Lächeln.

Nach einem kurzen Zögern wendet sie sich wieder den anderen zu. Ihre lärmende Begeisterung hat nicht nachgelassen, sie ziehen sich gegenseitig auf, reißen Witze und quasseln in einem fort. Sie wirken wie unter Strom: Ihre lauten Stimmen, ihr wildes Gestikulieren und ihre ständig hin- und hergeworfenen Sätze entzünden den Tisch zwischen ihnen, lassen ihn vor Energie vibrieren. Mathéo spürt, wie die elektrischen Bahnen sich um ihn herum legen, seinen Körper umhüllen, seinen Kopf einkreisen. Aber sie dringen ihm nicht bis unter die Haut, schaffen es nicht, die eisige Höhle in seinem Innern mit Wärme und Stärke und Lebenskraft zu füllen; sie können nicht den Frost in ihm zum Schmelzen bringen, seine Gedanken einlullen oder den Horror von diesem Morgen ungeschehen machen. Einen Moment lang ist der Gegensatz zu viel für ihn. Er hat Angst, dass er sich nie mehr in den zurückverwandeln wird, der er vorher war.

Mathéo beschleicht die Furcht, dass er seine Fassade nicht länger aufrechterhalten kann, dass bald seine wahren Gefühle durchscheinen werden. Panik erfasst ihn. Wenn er nur wüsste, was mit ihm auf einmal nicht mehr stimmt. Vielleicht hat es ja damit zu tun, dass alles so sinnlos ist. Warum machen alle bei dieser Heuchelei mit, setzen ein glückliches Gesicht auf und machen einfach immer weiter, weil es eben so von ihnen verlangt wird? Er weiß darauf keine Antwort, weiß nur, dass er auf einmal nicht mehr mitmachen kann. Er versteht nicht, was mit ihm los ist. Es gab eine Zeit – und das ist noch gar nicht lange her –, da war er stolz darauf, dieser Gruppe anzugehören, der Clique mit dem größten Prestige an ihrer Schule. Aber irgendetwas hat sich verändert. Etwas Entscheidendes. Wenn auch schwer zu bestimmen ist, was. Irgendwo in seinem Innern versucht ein Teil von ihm verzweifelt, von seinem Stuhl aufzustehen und einfach davonzugehen; schreit, dass er endlich befreit sein will … Obwohl er nicht sagen könnte, wovon. Er will sich nur noch in sein Zimmer zurückziehen, sich verstecken und wie ein Toter schlafen – so tot, wie er sich innerlich fühlt.

Ein paar Momente lang blendet er die anderen aus und hat das Gefühl, wie ein Stein in die Tiefe zu sinken, langsam durchs Wasser bis auf den Grund hinab, wo er liegen bleibt, ausruht, zur Wasseroberfläche hoch über ihm aufschaut. Das Empfinden, im Nirgendwo zu sein, durchflutet ihn – er kann endlich vergessen, wer er ist, alles vergessen, was geschehen ist, den schrecklichen Menschen vergessen, der er geworden ist … Er holt tief Luft, versucht, die Stimmung um ihn herum einzuatmen. Er weiß, dass er unbedingt aus diesem merkwürdigen inneren Tief wieder auftauchen muss, aufhören muss, alles zu analysieren, das Grauen von heute Morgen vergessen muss, als er in seinem verwüsteten Zimmer aufgewacht ist. Er muss so tun, als wäre nichts geschehen. Er muss unbedingt wieder der bei allen beliebte Mathéo sein, mit dem man Spaß haben kann. Denn das ist der Mensch, der er ist. Das ist alles, was er ist.

Die Mädchen wollen noch ein bisschen shoppen gehen; Hugo redet weiter auf ihn ein, will vom Wettbewerb erzählt bekommen. Mathéo muss alle Kraft, die er hat, zusammennehmen, um sich am allgemeinen Gespräch zu beteiligen, Antworten zu geben, dabei zu sein. Er spürt, dass er bald nicht mehr kann, und weiß, dass er die anderen loswerden muss, bevor er zusammenbricht. Der Tag liegt gähnend vor ihm, leer wie die Höhle in seiner Brust. Die Sonne pulsiert in der Luft, brennt auf ihn herunter, verbrennt seine Haut. Sie schlendern gemeinsam über den Markt mit seinen lauten und grellen Ständen. Plötzlich sticht ihm durchdringender Fischgestank in die Nase. Mit Glotzaugen und offenen Mäulern liegen die Fische da, ihre silber- und bronzefarbenen Schuppen glitzern im Sonnenlicht. Wie zu einem Jahrmarktsspektakel haben sich die Touristen versammelt und schauen zu, wie die fangfrisch auf der Theke ausgeschütteten Fische ausgenommen werden. Der Fischverkäufer arbeitet sich blitzschnell durch die Ware, packt den Schwanz, schneidet mit rasiermesserscharfer Klinge die weichen, silbrigen Bäuche auf. Manchmal zuckt der Schwanz noch weiter, wenn der Fisch schon aufgeschlitzt und auf einen Haufen zu den anderen geworfen worden ist; ein paar Sekunden lang reagieren die Nervenenden noch nach dem Tod. Oder vielleicht arbeitet auch das Gehirn nach dem brutalen Schnitt noch einen Augenblick weiter – lange genug, um den Schmerz zu spüren, lange genug, um zu begreifen, dass der Kampf zu Ende ist. Aber es gibt dort auch noch anderes Meeresgetier. Kübel mit Krebsen, die hektisch übereinanderzuklettern versuchen, ihre langen, zuckenden Scheren bewegen, im verzweifelten Kampf um ihre Freiheit. Sie sterben einen viel langsameren Tod, oft erst nachdem sie von Käufern nach Hause getragen und in einen Kessel mit siedendem Wasser geworfen wurden, wo sie weiter ums Überleben kämpfen, die Scheren an den Beinen in Zeitlupe in die Luft greifend, bis sie schließlich zu Tode gekocht sind.

Es gibt so viel Blut, viel zu viel Blut. Überall. Die anderen sind schon zum Flohmarkt weiter, aber Mathéo ist in irgendetwas getreten, und die Kappe seines rechten Turnschuhs ist mit blutroten Spritzern übersät. Einen Moment lang sieht er nur Rot – dasselbe Rot, das vor seinen geschlossenen Augen pulsiert hat, dasselbe Rot, das unter der Dusche in Rinnsalen zwischen seinen Beinen hinunterlief.

Auf einmal steht Lola neben ihm und legt ihm die Hand auf den Arm. »Mattie?«

Sein Arm bewegt sich wie ohne sein eigenes Zutun, schüttelt ihre Hand ab. Er bemerkt, wie sie erschrocken die Augen aufreißt.

»Mattie …!«

»Tut mir leid, ich … ich wollte nicht …« Er kämpft gegen den Brechreiz an, der ihm in der Kehle steckt. Er kann das Blut in seinem Mund schmecken. Das viele Blut – wo ist es hergekommen?

»Lola, es tut mir leid. Mir ist irgendwie schlecht. Ich muss …«

Er sieht in ihrem Gesicht ein Alarmsignal aufleuchten. Sie macht eine Bewegung auf ihn zu. Aber da ist er schon vor ihr zurückgewichen, schlängelt sich durch die Menge, ist zwischen den Nachmittagseinkäufern verschwunden. Während seine Füße noch über den

Gehsteig hämmern, zuckt auf einmal ein Blitz durch den Himmel, und die Luft um ihn herum summt und leuchtet gleißend hell. Sein Kopf ist von einem Rauschen erfüllt, und er presst die Augen fest zusammen, um gegen die aufsteigende Übelkeit anzukämpfen, ringt sie mit aller Willenskraft nieder. Nein, nicht hier, fleht er innerlich. Nicht hier, nicht jetzt. Der blutrote Brand vor seinen Augen löst sich langsam in tanzende Partikel auf, wie Sonnenlicht auf Wellen schlagendem Wasser. Er keucht, seine Lungen sind bis zum Zerbersten gefüllt, er versucht, sich mit aller Kraft zu konzentrieren – einen Fuß vor den anderen, einen vor den anderen, einen vor den anderen. Aber der Boden unter seinen Füßen fängt an zu schwanken. Er kämpft dagegen an, will aufrecht weitergehen, der Schwerkraft, die ihn hinunterzieht, nicht nachgeben. Er taumelt, der Gehsteig neigt sich ihm gefährlich entgegen. Er biegt in einen schmalen, kopfsteingepflasterten Weg ein, stolpert über zertrampelte Pappkartons, Obst- und Gemüseabfälle. Hinter einer großen Mülltonne krallt er sich mit den Fingern an der Backsteinmauer fest, um sich abzustützen, beugt sich nach vorne und kotzt, was das Zeug hält, kotzt und spuckt in den Rinnstein, es würgt ihn noch einmal und noch einmal, bis schließlich nur noch Galle hochkommt und sein Magen sich vollständig entleert hat.

FUENFTES KAPITEL

In seinen Stuhl zurückgelehnt, sitzt Mathéo da und versucht, sich auf die lange Punkteliste an der Tafel zu konzentrieren. Die Stimme des Lehrers, der gerade einen Vortrag zur Karriereplanung nach dem Schulabschluss hält, dringt dumpf durch das Chaos in seinem Kopf. Der Vormittag ist erst halb vorbei. Er fühlt sich, als wäre sein Schädel von einem scharfen Spieß durchbohrt, an der einen Schläfe hinein und an der anderen wieder hinaus. Sein Hirn schleppt sich mühsam voran, eine langsame und klebrige Masse, der es schwerfällt, dem monotonen Vortrag zu folgen. Mr Masons Gesicht liegt im Schatten, und stellenweise vergisst Mathéo, wer da überhaupt redet. Wenn dieses vertrocknete Fossil sich noch ein Mal räuspert, kann er für nichts mehr garantieren. Könnte durchaus sein, dass er dann vollkommen austickt und dem alten Mann das Schulheft an den kahlen Schädel schmeißt.

Mathéos Kopf kippt ihm nach vorne, schwer vom Gewicht seines mit totem Wissen gefüllten Hirns. Beinahe rutscht er ihm von der Hand, auf die er ihn aufgestützt hat. Seine oberen Wimpern sehnen sich danach, sich mit den unteren zu vereinen. Alles fühlt sich stumpf und farblos an, wie durch ein Prisma aus verdrecktem Glas wahrgenommen. Sein Kopf ist vollkommen leer. Eine blank gewischte Tafel. Er atmet einmal tief durch, um die Frustration zu bekämpfen, die sich in ihm ausbreitet. Verbrauchte, stickige Luft. Wie lächerlich das alles hier ist. Alles. Wenn man einmal in größeren Zusammenhängen denkt, erkennt man schnell, wie sinn- und zwecklos es ist, Tag für Tag in einem Klassenzimmer zu sitzen. Dermaßen sinnlos, dass ihm davon jetzt alles wehtut. Schule ist ein Haufen Scheiße. Schule war schon immer ein Haufen Scheiße – er hat bisher nur noch nie so richtig darüber nachgedacht. Und auf der Uni, wenn es für ihn dann ein Jahr später als für die anderen so weit ist, wird es auch nicht viel anders sein. Da macht er sich nichts vor. Wie jetzt zum Beispiel – all die Schüler, die dasitzen und sich Notizen machen, als hinge ihr Leben davon ab. Wofür das alles?, würde er am liebsten rufen. Um in eine Elite-Uni aufgenommen zu werden, damit man sich selbst einreden kann, man sei besser als der Rest der Leute? Damit deine Eltern sich einreden können, sie seien bessere Eltern als der Rest der Leute? Damit die Vierzehn-Stunden-Bürotage von Mum und Dad, mit denen sie dir deine beschissene Privatschule hier bezahlt haben, nicht vergeudet waren? Ihr Leben nicht ganz so erbärmlich und sinnlos vergeudet?

Er hat keine Ahnung, was er später einmal machen will. Kann sich ein Leben nach dem Turmspringen nicht vorstellen. Ursprünglich wollte er mal Englische Literatur studieren, aber seine Eltern und die Lehrer haben ihm eingehämmert, dass er da nach drei Jahren Studium einen Abschluss in der Tasche hätte, der für nichts anderes taugte, als irgendwelche bescheuerten Essays zu verzapfen. Jura, verkündeten seine Eltern, oder Medizin oder Finanzwesen – ein Banker werden wie Dad: Ja, das war die Auswahl, mehr gab's nicht. Und so hatte Mathéo folgsam getan, was von ihm erwartet wurde, und sich in Cambridge für ein Wirtschaftsstudium beworben – obwohl er sich dafür überhaupt nicht interessiert. Wenn er verletzungsfrei bleibt und bei den Olympischen Spielen nächsten Sommer nicht enttäuscht, wird er wahrscheinlich noch zwei-, dreimal antreten, was bedeutet, dass in seinem Leben jeder Moment verplant sein wird, mit Studium, Arbeit, Training oder Wettkampf. So lange, bis seine Form nachlässt, bis sein Körper nicht mehr mitspielt. Und dann wird er wahrscheinlich einen Job in der City bekommen, bei irgendeiner Investmentfirma, und dort vierzehn bis fünfzehn Stunden täglich arbeiten, wie sein Vater. Irgendwann heiraten. Kinder haben, die er nie zu Gesicht bekommt. Und es wird ihm keine andere Wahl bleiben, als seine Kinder durch dieselbe Tortur zu schicken, teure Privatschule, Elite-Uni, das ganze Programm – denn eine gute Ausbildung ist absolut notwendig, und zwar aus einem entscheidenden Grund: Ohne sie ist man nämlich sein Leben lang nur damit beschäftigt, die Scheiße von anderen Leuten wegzuputzen. Deshalb versucht man, sofern man das Geld dafür hat, die eigenen Kinder so weit wie möglich von den Leuten, die die Scheiße wegputzen müssen, aufwachsen zu lassen, damit sie davon nicht irgendwie infiziert werden, und schickt sie auf die beste Schule, die man bezahlen kann. Auch wenn es bedeutet, dass man den Rest seines Lebens mit hohlen Tätigkeiten wie Finanzwesen oder Investmentbanking oder Jura verbringt, bei denen man Leute abzockt, die es sich leisten können, abgezockt zu werden. Oder die es sich eigentlich nicht leisten können, aber viel zu verzweifelt sind. Seine Mutter zum Beispiel, eine Top-Anwältin, berechnet ihr Honorar pro Minute … Wie er das alles verabscheut. Das ganze System, das begreift er erst jetzt. Er hasst es mit jeder Sekunde mehr.

Noch vierzehn Minuten und fünfunddreißig Sekunden, bis es zur Mittagspause klingelt. Die Zeit lastet auf ihm, drückt ihn nieder. Dreht sich langsam, bis sie stillsteht. Hängt schwer in der Luft. Seine Glieder zu bewegen, den Kopf zu drehen, kostet ihn unglaubliche Kraft. Draußen auf der Straße geht das Leben weiter, aber hier drinnen, im Klassenzimmer, bewegt sich die Zeit in infinitesimalen Bruchteilen oder überhaupt nicht. Er trägt eine dieser teuren, flachen, superexakten Armbanduhren am Handgelenk – Silber, mit einem breiten, schwarzen Lederarmband –, die ihm seine Eltern als Belohnung für die herausragenden Noten geschenkt haben, mit denen er seine GSCE-Prüfungen bestanden hat ... Auf einmal ist sein Gehirn vollkommen leer. Er fühlt sich total ausgepumpt und bekommt nur schwer Luft. Bloß nichts mehr tun, sich nicht mehr konzentrieren müssen – stumpf und stumm hämmert es von innen gegen seinen Schädel.

Er spürt, dass Mr Mason ihn anschaut.

»Mathéo, geht es Ihnen gut?«

Mr Mason ist während seines Monologs ständig zwischen den Tischen auf und ab gegangen. Jetzt unterbricht er seinen Vortrag und bleibt neben Mathéos Platz stehen. Und erst als Mathéo in das leicht besorgte Gesicht des Lehrers blickt, wird ihm bewusst, dass er anders als die anderen Schüler, die inzwischen lebhaft debattieren, einfach nur dasitzt und auf die Tischplatte gestarrt hat. Er hat nichts mitgeschrieben.

»Ähm, nein. Ich habe Kopfweh. Kann ich mir ein Aspirin holen?«

Aber als er das Klassenzimmer verlassen hat, macht er sich nicht zur Krankenstation auf. Er überlegt kurz, ob er sich in die Bibliothek setzen soll. Nein, er hat keine Lust, etwas zu lesen. Unruhig wandert er die Korridore auf und ab, begegnet immer wieder dem kauzigen Hausmeister, zwischen den Unterrichtsstunden auch anderen Schülern, erkennt manchmal ein Gesicht. Er überlegt, ob man ihm wohl ansieht, dass der Schmerz, der in ihm wütet, so abgrundtief, so total ist, dass er ihn vollständig auffrisst. Für immer. Er fühlt sich verschlungen vom Grauen vor dem Leben und kann nicht verstehen, warum der Rest der Welt nicht genauso empfindet wie er. Seine frisch geputzten Schuhe quietschen rhythmisch auf dem rot-weiß karierten Linoleum, ein einsamer Soundtrack zu seinem ziellosen Umherirren. Wenn er nur jemandem beschreiben könnte, was er gerade fühlt, dann könnte man ihm vielleicht helfen; helfen zu verstehen, was mit ihm los ist. Aber er schafft es kaum, Worte dafür zu finden. Spürt nur eine große, alles verschlingende Verzweiflung. Die alles mit Grauen erfüllt. Das Leben mit Grauen erfüllt. Er fühlt sich innerlich leer. Bis zur Gefühllosigkeit leer. Und fragt sich erschrocken, warum das so ist. Es muss dafür doch einen Grund geben.

Die Schulmensa ist ein Ozean aus Weiß, weiße Stühle, weiße Tische, nichts als Weiß. Der große Saal summt und brummt von laut rufenden, sich drängelnden, lachenden Schülerinnen und Schülern. Es ist so laut, dass ihm von dem Lärm gleich der Kopf platzt. Durch die fabrikhallengroßen Fenster, die auf die Sportplätze hinausgehen, flutet Sonnenlicht herein, ein viel zu grelles Licht, das die weißen Wände noch weißer erstrahlen lässt und den gesamten Raum in einen riesigen Leuchtkasten verwandelt. Der Weg am Büfett entlang scheint diesmal eine Ewigkeit zu dauern – er schafft es nicht, sich zu entscheiden, und beim Anblick und Geruch von all dem Essen wird ihm schlecht. Er hat den Eindruck, dass man ihn extra anrempelt und ihm in die Seite boxt; Gesichter, die er kaum erkennt, gratulieren ihm mit einem breiten Lächeln – es gelingt ihm, zu nicken und zurückzulächeln. Er ist dankbar, dass der allgemeine Lärm seine vagen Halbsätze übertönt. Mit dem Tablett in den Händen steht er inmitten des Stroms vorbeidrängender Körper einen Moment reglos da, verloren, unsicher, wohin er jetzt gehen soll. Schließlich entdeckt er in der Ecke ganz hinten Lola, abseits der Menge. Zum Glück allein.

Sie schreibt einen Essay zu Ende und schiebt sich dabei mechanisch die Gabel mit den Nudeln in den Mund. Als er ihr gegenüber auf dem Tisch sein Tablett abstellt und sich hinsetzt, blickt sie kurz auf, um dann wieder zu ihrer Hausaufgabe und ihrem Mittagessen zurückzukehren.

»Hi«, sagt er unsicher, weil er ihre fehlende Begrüßung nicht deuten kann.

Sie fährt damit fort, in ihrer unleserlichen Handschrift etwas in ihr Heft zu kritzeln, schaut nicht noch einmal auf, isst weiter. Einen unerträglichen Moment lang hat er das Gefühl, unsichtbar geworden zu sein, nur noch als Produkt seiner eigenen Phantasie zu existieren. Schließlich schluckt sie ihre Nudeln hinunter.

»Hi.« Sie schaut immer noch kein zweites Mal hoch.

»Ähm …« Er greift nach seiner Gabel und stochert damit in dem Salat auf seinem Teller herum. »Beschäftigt?«

Mit demonstrativ entnervter Geste legt sie den Stift beiseite und wirft ihm einen vernichtenden Blick zu. »Nein, nicht besonders. Warum?«

»Weil ich … ähm …« Er saugt seine rechte Wange ein, kaut auf ihr herum, beißt mit den Zähnen auf Fleisch und Muskeln. »Bist du wegen irgendwas sauer auf mich?«

Sie reißt die Augen auf, als könnte sie seine Dummheit gar nicht fassen. »Ähm, ja, Mattie. Bin ich tatsächlich! Und total durcheinander!«

»Wegen gestern …« Er schluckt ganz hinten in seiner Kehle etwas Bitteres hinunter. »Tut mir echt leid, dass ich mich einfach so davongemacht habe. Aber mir ging's nicht gut. Hab mich irgendwie etwas benommen gefühlt, kennst du das auch? Vielleicht kam das noch von dem Wettkampf, akute Dehydration oder so.«

»Und deshalb bist du über achtzehn Stunden nicht ans Handy

gegangen? Und auf keine meiner Nachrichten geantwortet? Auch nicht, als ich euer neues Hausmädchen eingeschaltet habe?«

»Echt, ich war total fertig«, antwortet er wahrheitsgemäß. »Ich hab danach den Rest des Tages gepennt und auch die ganze Nacht durch.«

»Du hättest mich heute früh anrufen können, um mir zu sagen, dass du nicht bei mir vorbeikommst, um mich abzuholen! Ich bin beinahe zu spät in die erste Stunde gekommen, weil ich so lange auf dich gewartet habe. Wo du es mir ausnahmsweise mal versprochen hattest! Und du hättest wenigstens auf meine SMS antworten können!«

Mathéo zwingt sich dazu, ihren Blick zu erwidern. Lolas Augen funkeln vor Wut, aber er entdeckt darin auch eine Spur von Verwirrung und Sorge, woraufhin es in seinem Kopf zu dröhnen anfängt. Er will sie nicht noch weiter beunruhigen, indem er ihr erzählt, dass er sein Smartphone gestern einfach ausgeschaltet hat – und dass er seit Sonntag überhaupt keine Nachrichten mehr abgehört hat, weder von ihr noch von seinen Eltern noch von seinem Trainer, Consuela oder seinen Freunden. Bestimmt alles sehr besorgte Nachrichten.

Sie schaut ihn an, wartet auf eine Antwort.

Er nagt an der Unterlippe. »Ich … ich hab mich wohl etwas blöd verhalten. 'tschuldigung.«

Der Mund bleibt ihr offen stehen. »'tschuldigung?«, ruft sie. »Mattie, ich hab mir Riesensorgen um dich gemacht! Schon am Sonntag, als du dich nicht gemeldet hast! Wenn deine Eltern nicht was gegen mich hätten, wäre ich gestern Abend noch bei dir vorbeigekommen!«

Beim Klang ihrer Stimme zuckt er zusammen. »Es tut mir wirklich leid. Ich will nicht mit dir streiten. Lola, bitte, sei nicht wütend auf mich. Im Moment wär mir das echt zu viel. Ich fühl mich total erschöpft und …« Die Worte bleiben ihm in der Kehle stecken, und er verstummt.

»Ich bin nicht sauer, Mattie, okay? Ich hab mir nur Sorgen gemacht, das ist alles. Ich hab nicht … hab nicht gewusst, dass …«

Ein großes, leeres Schweigen: Lola fehlen genauso sehr die Worte wie ihm selbst. Sie ist wirklich besorgt, er kann es an ihrer Stimme hören. Sie streckt ihren nackten Arm über den Tisch aus und legt ihre Hand über seine.

»Mattie, bitte. Bitte, sag mir, was los ist.« Ihre Stimme ist kaum mehr als ein Flüstern.

Er schüttelt den Kopf, zwingt sich zu lachen, und zieht die Hand weg. »Nichts! Ich bin nur … bin nur irgendwie in so einer komischen Stimmung …«

Sie blickt ihn forschend an. »Was ist denn passiert?«

»Nichts!«, ruft er. »Ich hasse es nur, wenn wir uns streiten, das ist alles.«

»Wir streiten uns doch gar nicht, Mattie.«

»Okay, okay – dann ist ja alles gut.« Er holt Luft. »Weil ich … weil ich nämlich heute überhaupt nicht mehr zum Training gehe. Wir können den ganzen Abend irgendwo zusammen abhängen, wenn du überhaupt noch mit mir zusammen sein willst!« Wieder zwingt er sich zu lachen.

Sie wirft ihm einen unsicheren Blick zu, als wägte sie gerade ab, ob sie noch weiter in ihn dringen oder seinen plötzlichen Stimmungswandel akzeptieren soll. »Cool!«, sagt sie schließlich, einen Herzschlag zu spät. »Das passt perfekt, weil ich nämlich Hugo und Izzy versprochen habe, mich mit ihnen zum Pizzaessen im Park zu treffen. Und ich habe keine besonders große Lust, allein neben den beiden zu hocken. Dann treffen wir uns zu viert!«

Das Herz wird Mathéo auf einmal bleischwer. Er weiß nicht mehr, wie er es immer ausgehalten hat, so viel Zeit mit den anderen beiden zu verbringen, wo Lola und er sowieso so wenig zusammen sind.

»Hast du auch wirklich Lust darauf, Mattie?« Sein Gesichtsausdruck muss ihn verraten haben, denn Lola wirkt plötzlich verunsichert.

»Na klar! Ich bring Bier mit!«

»Aber es ist doch nicht Wochenende.«

Er lacht. »Na und?«, sagt er achselzuckend.

»Hallo, Alter! Na, den kenn ich doch?« Hugo hebt die Hand hoch zum High-Five, als Mathéo mit einem Sixpack Bier über den Rasen auf die Gruppe zugeschlendert kommt. Noch im Laufen lockert er die Krawatte, das weiße Schulhemd hängt ihm aus der Hose. Er klatscht sich mit Hugo ab und geht dann zwischen den Mädchen in die Hocke, die gerade die Pizzas teilen. Beim Anblick der Peperoni und des geschmolzenen Käses dreht sich ihm der Magen um. Aber das geht vorbei. Er wirft Hugo eine Bierdose rüber, rollt auf die Fersen zurück und richtet sich wieder auf. Es tut gut, einen Moment die warme Abendluft über das Gesicht streichen zu lassen. Er atmet tief durch. Als er sich wieder hinsetzt und zu den Mädchen dreht, spürt er, wie Lola ihn ernst mustert. Auf ihrer Stirn ist zwischen den Augenbrauen eine Sorgenfalte zu sehen.

Er zwingt sich dazu, sie anzulächeln. »Nette Idee, das Ganze!«

Sie lächelt zurück, aber in ihren Augen nistet eine Traurigkeit, die ihn einen Moment fast umwirft. Seine mühsam aufrechterhaltene Fassade droht zu zerspringen. Er öffnet hastig seine Dose Bier und trinkt einen großen Schluck.

»Bist du nicht immer noch total aufgeregt, dass du die Meisterschaft gewonnen hast?«, fragt Isabel mit vollem Mund. »Ich meine, hast du es wirklich schon so richtig realisiert?«

Mit einer ungeheuerlichen Kraftanstrengung gelingt es ihm, ihr zu antworten. »Klar doch!« Er grinst sie an, um seiner Antwort mehr Nachdruck zu verleihen. »Aber es ist nur noch ein Jahr bis zu den Olympischen Spielen. Und das bedeutet Training, Training, Training …« Der Gedanke daran bedrückt ihn so sehr, dass er nicht mehr weiterreden kann.

»Genau der richtige Moment für ein Trinkspiel!«, verkündet Hugo.

»Nein, ich will noch etwas in der Sonne liegen.« Isabel zieht eine Zeitschrift aus ihrer Schultasche, streckt sich auf dem Rücken aus und fängt an, sie durchzublättern. Aber Hugo entreißt sie ihr sofort.

»Sei nicht so eine Spaßbremse, Izzy!«

»Aua!«, kreischt sie. »Jetzt hab ich mich am Papier geschnitten!«

»Geschieht dir recht.«

Ihr Wortwechsel geht laut hin und her, wodurch Mathéo die angespannte Stille zwischen Lola und ihm nur noch deutlicher spürbar wird.

»Matt, Lola – wie steht's mit euch?«, ruft Hugo. »Seid ihr dabei?« Er klatscht mit der zusammengerollten Zeitschrift auf Isabels nackte Beine.

»Und worum soll's gehen?«, fragt Lola vorsichtig.

»Ich habe noch nie …«

»Super!«, ruft Lola, schaut zu Mathéo und lächelt ihn aufmunternd an. »Bist du dabei?«

Er knipst ein Lächeln an, nickt und hofft, dass er begeistert wirkt. »Klar!« Dann rückt er näher heran und beugt sich vor, um seine Bereitwilligkeit zu unterstreichen.

Alle rutschen noch etwas hin und her, verstummen und denken darüber nach, was sie sagen wollen. In der Mitte ihres Kreises steht eine Dose Bier. Nach reiflicher Überlegung fängt Hugo an. »Ich habe noch nie …«, er macht eine Pause, um die Dramatik zu steigern, »einen Dreier ausprobiert!« Er schaut hoffnungsvoll in die Runde.

Keine Reaktion. Mit einem dramatischen Seufzer hebt plötzlich Lola den Arm und greift nach der Bierdose.

»Niemals!«

»Hab ich's doch gewusst!«

»Sehr witzig!«

Sie lässt sich lachend auf den Rücken fallen. Die Dose bleibt ungeöffnet in der Mitte stehen.

Isabel ist als Nächste dran. »Ich habe noch nie … es draußen gemacht.« Dabei schielt sie zu Mathéo, um seine Reaktion zu beobachten.

Er starrt Lola an. »Wie? Du hast ihr das erzählt?«

»Was?! Wann?«, ruft Hugo empört.

Mathéo greift nach der Dose, öffnet sie und trinkt einen Schluck. Die Mädchen lachen. »Dieses Jahr an Ostern«, rufen sie im Chor.

»Das hast du mir überhaupt nicht erzählt!«, regt Hugo sich auf.

»He, du bist vielleicht mein bester Kumpel, aber gewisse Dinge behalte ich für mich«, zieht Mathéo ihn auf.

»Warum weiß Izzy dann Bescheid?«

»Sie sind Mädchen, Mann! Mädchen reden über alles miteinander!« Mathéo lacht. Und das erste Mal ist es wieder ein aufrichtiges Lachen. Es fühlt sich gut an. Sie spielen weiter, und er merkt, wie er sich allmählich entspannt, wie der Alkohol und das oberflächliche Gequatsche die in ihm wütenden Gedanken beruhigen. So fühlt es sich an, wenn alles normal ist, denkt er. Über solche Sachen sollte ich nachdenken. Wer mit wem rumgeknutscht hat und wann. Wer als Erster richtigen Sex hatte. Wer von uns die ausgefallensten oder verrücktesten Dinge gemacht hat …

In Lolas Augen blitzt es auf. »Ich habe noch nie … für einen meiner Lehrer geschwärmt.«

»Bitch!« Isabel lacht und tritt mit ihrem nackten Fuß nach ihr.

»Nie und nimmer! Auf der Greystone?«, fragt Mathéo verwundert.

Hugo verdreht die Augen. »Erinnerst du dich noch an diesen jungen Assistenten – Ronnie oder so ähnlich?«

»Der war wirklich süß.« Lolas Augen bekommen einen träumerischen Glanz.

Mathéo stupst sie halb ernst, halb im Spaß an. »Was – du auch?«

»Aber hallo, das kannst du laut sagen!« Sie lacht über seine Empörung.

»Ich weiß noch was, ich weiß noch was!«, ruft Isabel aufgeregt. Sie scheint sich revanchieren zu wollen. »Ich habe noch nie … im Gefängnis gesessen.« Dabei grinst sie Lola wissend an.

»Ich war nicht im Gefängnis!«, kreischt Lola und lacht.

»Okay, okay«, macht Isabel einen Rückzieher. »Ich habe noch nie … ein Verbrechen begangen.«

»Pfff! Mit dreizehn einen Plastikarmreif bei Claire's mitgehen zu lassen, zählt wohl kaum als Verbrechen!«, protestiert Lola.

»Und ob! Dieb ist Dieb!« Hugo schiebt die Dose zu ihr hin, und Lola trinkt folgsam einen Schluck Bier.

»Noch jemand?«, fragt sie lachend und schwenkt begeistert die Dose. »Noch jemand so ein Outlaw wie ich?«

Sie schaut Mathéo direkt an, als ob sie wüsste. Als ob sie über gestern Morgen Bescheid wüsste, sein verwüstetes Zimmer, seine aufgeschürften Ellenbogen und Knie, die Kratzer an seinen Armen und auf seinem Rücken; als ob sie ihm die Geschichte, die er ihr wegen der Beule an der Stirn, der Schnittwunde über der Lippe, der blutverkrusteten Knöchel erzählt hatte, nicht abgenommen hätte. Ein Outlaw. Einer, der ein Verbrechen begangen hat. Als wüsste sie, was er getan hat. Was aus ihm geworden ist.

Er merkt gar nicht, dass er den Arm hebt, um ihr die Bierdose aus der Hand zu schlagen; erst als er mit seinem Unterarm hart gegen ihr Handgelenk stößt. Er sieht, wie die Dose über ihren Kopf fliegt, das Bier über ihre Haare spritzt. Wie die Tropfen im Sonnenlicht glitzern.

»Was, verdammt noch mal …?«

Er hört die Protestschreie der anderen, ihre erschrocken und alarmiert klingenden Stimmen, die ihn zurückrufen, von ihm eine Erklärung verlangen. Aber in einer blitzschnellen Bewegung hat er bereits nach seiner Tasche gegriffen und ist aufgesprungen, quer über den Rasen gerannt und durch das Parktor auf die Straße.

Mathéo knallt die Haustür hinter sich zu, hier drinnen ist es wenigstens angenehm kühl, und lehnt sich einen Moment erschöpft dagegen. Sein Hemd klebt ihm am Körper, er wischt sich mit dem Ärmel über die Stirn, versucht, erst einmal wieder zu Atem zu kommen. Dunkelrote Flecken umschwirren ihn. Als sein rasender Herzschlag sich beruhigt und die Welt wieder klare Konturen angenommen hat, dringt allmählich zu ihm durch, dass das Haus vor ungewohnter Geschäftigkeit summt und brummt. Er streift die Schuhe ab und geht weiter in den Wohnbereich. Der Esstisch ist mit einem weißen Tischtuch bedeckt, das steif und gestärkt bis zum Boden reicht, und darauf stehen dicht an dicht die Platten eines ausgesuchten kalten Büfetts: Wachteleier, Kaviar auf Buchweizenpfannkuchen, Russische Eier, Austern, gebeizter

Wildlachs, Seeteufel, Töpfchen mit Krabbensoufflé, Kanapees mit Salbei und Anchovis, Reis Trauttmansdorff, pochierte Birnen, eine Pavlova-Torte … Zwei Kellner vom Cateringservice tragen immer noch weitere Gerichte herbei, während seine Mutter – in schwarzem Cocktailkleid mit seitlich angebrachter, großer Schleife – die Frühstückstheke in eine richtige Bar verwandelt. Sein Vater trägt einen schwarzen Anzug mit Fliege und ist mit der Festbeleuchtung draußen im Garten beschäftigt. Die Terrassentüren stehen weit offen, und der Raum ist von Abendsonne, dem Geruch nach frisch gemähtem Gras und Vogelgesang erfüllt.

Seine Mutter wendet sich zu ihm, ihre Augen sind durch die auffallenden Lidstriche noch größer, ihre Lippen leuchten rot und öffnen sich zur Begrüßung zu einem Lächeln, als sie ihn sieht. »Schnell, Liebling! Du musst unter die Dusche und dich umziehen!«

Mit auf dem Boden schleifender Schultasche in der Hand steht Mathéo da und blickt auf seine gelockerte Krawatte hinunter und auf sein durchgeschwitztes, aus dem Hosenbund hängendes Hemd. »Was läuft denn hier?«

»Na, unsere Überraschungsparty!« Seine Mutter schaut ihn an, als wäre er schwer von Begriff. »Hast du meine Nachricht nicht bekommen? Wir wollen doch deinen Sieg feiern!«

Mit wachsendem Horror starrt er auf sie und die geschäftigen Vorbereitungen. »Was? Warum? Wer kommt denn alles?«

»Ach, nur ein paar Freunde. Außerdem eine Handvoll Kollegen von Papa und von mir. Und die Winchesters. Die meisten Nachbarn, bien sûr. Archie und seine Eltern …«

»Im Prinzip alles eure Freunde. Wofür braucht ihr mich da überhaupt? Ich hab was Besseres zu tun. Ich muss für Olympia trainieren.«

Seine Mutter wirkt einen Moment verblüfft und hört auf, den silbernen Kerzenleuchter zu polieren. Dann wird sie wütend. »Wie kannst du es wagen, so mit mir zu reden?! Was ist in dich gefahren?«

»Ich habe keine Lust auf eine von euren Partys!«

»Die Party ist für dich, Mathéo! Du bist egoistisch und undankbar, wenn du …«

»Tut mir leid«, sagt er hastig, als er merkt, dass ihre Wut am Überkochen ist. »Ich … Das war mir nicht klar.«

»Natürlich haben wir deine Freunde auch eingeladen«, fährt seine Mutter hektisch und mit geröteten Wangen fort. »Die anderen Jungs aus eurer Mannschaft, deinen Trainer, sogar Lola und ihren Vater …«

Meint sie das ernst? Darauf war er nicht gefasst. »Jerry und Lola? Sie kommen auch? Weiß Lola überhaupt davon?«

»Keine Ahnung, Mathéo. Ich habe mit ihrem Vater erst vor einer halben Stunde telefoniert. Wie auch immer. Bitte, reiß dich jetzt etwas zusammen und geh und zieh dich um, die Gäste können jeden Augenblick eintreffen.«

Im »Kinderstockwerk« steht die Tür zu Loïcs Zimmer offen. Er hat seinen Sommeranzug an, den cremefarbenen, in den sie ihn zu solchen Anlässen immer stecken. Sein Gesicht wirkt darin noch blasser. Auch Consuela trägt ein – schlecht sitzendes – Cocktailkleid, in dem sie sich augenscheinlich unwohl fühlt. Sie kniet vor Loïc und richtet ihm gerade den Hemdkragen. Über den Kopf seines Kindermädchens hinweg wirft Loïc Mathéo einen verängstigten Blick zu. »Sie hat mir klebriges Zeug in die Haare geschmiert, damit sie vorne hochstehen!«

Mathéo schleudert die Schultasche in sein Zimmer und lehnt sich an den Türpfosten. »Sieht doch cool aus, Loïc!«, sagt er und bemüht sich, begeistert zu klingen. »Super Idee!«

Consuela dreht sich hektisch und gestresst zu ihm um. Sie hat sich viel zu stark geschminkt, ihre Hochsteckfrisur beginnt sich bereits aufzulösen. »Mathéo, schnell! Dich umziehen? Deinen Anzug?«

Er geht ins Badezimmer, damit Consuela nicht völlig durchdreht. »Ja. Und ja«, ruft er. »Ich komme in einer Minute nach.«

Die Partys seiner Eltern hat Mathéo immer schon gehasst. Aber normalerweise erhält er rechtzeitig genug eine Vorwarnung, um sich für den Abend etwas anderes vornehmen oder sich eine Entschuldigung ausdenken zu können, damit er früh verschwinden kann. Nach der obligatorischen halben Stunde, etwas Händeschütteln und dem Beantworten von einem Dutzend Fragen – nach der Schule, den Plänen fürs Studium und ob er denn eine Freundin habe – kann er normalerweise unbemerkt davonschlüpfen. Die Entschuldigung, er müsse noch Hausaufgaben machen, zog bisher immer. Aber heute geht das natürlich nicht: Er steht im Mittelpunkt der Party, sein Trainer wird da sein, die anderen Jungs aus der Mannschaft, und er wird die Glückwünsche und Schmeicheleien und das Lob über sich ergehen lassen müssen, als hätte er das alles irgendwie wirklich verdient. Als wäre das alles wirklich wichtig; als wären ihm die Meisterschaften oder die Olympischen Spiele oder seine ganze Karriere als Turmspringer inzwischen nicht vollkommen egal, jetzt, wo sein Leben in Stücke zerbricht.

In schwarzer Anzughose, dazu sein Gürtel mit Silberschnalle, und frischem, weißem Hemd, den Kragen offen, die Ärmel bis zu den Ellenbogen hochgekrempelt, schleppt sich Mathéo langsam die Treppe hinunter. Die von der Hitze der Körper, den Speisen und dem Parfüm erfüllte, schwüle Luft, das sanfte Summen der Stimmen, die Musik und die allgemeine Heiterkeit steigen zu ihm auf, um ihn zu begrüßen. Er setzt eine Miene auf, von der er hofft, dass sie eine lockere, entspannte Herzlichkeit ausdrückt. Ein leichtes Lächeln, nicht zu gezwungen; ein freundliches, offenes Auftreten; eine Haltung, die von ruhigem Selbstvertrauen zeugt. Alles in schmerzhaftem Widerspruch zur Unruhe und Verwirrung, die er innerlich empfindet.

Schließlich erreicht er das Ende der Treppe, und die Party tut sich vor ihm auf und verschluckt ihn mit Haut und Haaren. Das Erdgeschoss wogt vor Leuten, die bis hinaus auf die Terrasse schwappen: die Männer in leuchtenden, bunten Hemden, die Frauen an dem warmen Juniabend leicht bekleidet. Sein Vater hat die Regler der Musikanlage hochgefahren, und von überallher ertönt Musik. Mathéo nimmt warme, verschwitzte Händedrücke entgegen, antwortet mit laut erhobener Stimme auf Begrüßungen, lässt das unablässige Schulterklopfen über sich ergehen, füllt seine Lungen mit warmer, feuchter Luft und ist für das Glas Champagner dankbar, das man ihm reicht, während er sich den Weg in den Garten zu bahnen versucht, wo es hoffentlich kühler ist. Der Champagner prickelt in seinem leeren Magen, der Rauch der schweren kubanischen Zigarren seines Vaters sticht ihm in die Nase, und er spürt, wie der Schweiß sich ihm unter dem Hemdkragen zu sammeln beginnt. Angestrengt hört er weiter darauf, was die Gäste seiner Eltern zu ihm sagen, bemüht sich, auf ihre tausend Fragen zu antworten, bedankt sich für ihre überschwänglichen Komplimente.

»Na, da ist ja mein Goldjunge!« Perez schnappt ihn sich unerwartet, er ist von hinten gekommen, packt Mathéo mit festem Griff an den Schultern, schüttelt ihn kameradschaftlich.

Mathéo fühlt sich davon so überrumpelt, dass er seinem Trainer beinahe den Ellenbogen ins Gesicht gerammt hätte. Dann wird er von Coach Perez herumgewirbelt, kräftig umarmt und bekommt mehrere Klapse auf den Rücken. Die Gäste haben angefangen, einen Kreis um ihn zu bilden. Mit hochrotem Kopf und falschem Lachen versucht Mathéo vergebens, die Hand seines Trainers wegzuschieben, der ihm jetzt durch die Haare fährt und gar nicht aufhören will, ihm auf die Schulter zu klopfen.

»Meine Damen und Herren!«, verkündet er den Umstehenden. »Sie sehen hier den Goldmedaillengewinner der nächsten Olympischen Spiele vor sich. Eine makellose Performance in Brighton, kein einziger verpatzter Sprung – ein Sieg mit deutlichen vierzig Punkten Vorsprung! Insgesamt fünfundzwanzig Mal zehn Punkte. Perfekte Sprünge, einschließlich eines perfekten Twister, eines perfekten doppelten gehockten Saltos rückwärts aus dem Handstand und als krönenden Abschluss eines perfekten Big Front!« Die Gäste nicken und lächeln und gratulieren Mathéo höflich, doch allen ist klar, dass Perez bereits angetrunken ist. Auf seiner Stirn haben sich Schweißperlen gebildet. Sein Atem riecht nach Brandy. »In einem Jahr bei den Olympischen Spielen noch einmal so ein Set, und er schickt die Chinesen und Amerikaner mit eingezogenem Schwanz nach Hause!«

Mathéo zwingt sich mit zusammengebissenen Zähnen zu einem Lächeln, schüttelt verlegen den Kopf und versucht, sich aus Perez' Umklammerung zu befreien, um zu Zach und Aaron hinüberzugehen, die gelangweilt in einer Ecke stehen. Aber Perez fängt ihn vorher noch einmal ab: »Heute darfst du feiern, aber von morgen an gilt wieder striktes Alkoholverb…«

»Ich weiß.«

»Und sobald die Schule zu Ende ist … Wann ist das noch mal?«

»In zwei Wochen.«

»Gut, meinetwegen also in zwei Wochen. Also, in zwei Wochen fängt dann das richtig harte Training an. Das Olympia-Training.

Ich weiß gar nicht mehr … Hab ich dir den Trainingsplan schon gezeigt?«

»Mehrmals«, antwortet Mathéo mit verkrampftem Lächeln.

»Kein Urlaub, keine Partys, früh ins Bett, kein ungesundes Essen …« Perez fährt mit dem Arm durch die Luft, als würde er Punkte auf einer Liste abhaken. »Und das Wichtigste … Du weißt doch, was das Wichtigste ist, Mathéo?«

Mathéo schüttelt abwehrend den Kopf.

»Keine Freundin!«, trompetet Perez so laut, dass es alle hören können. »Keine Freundin und kein Sex!«

Die Köpfe im Raum drehen sich ihnen zu, die Leute kichern. Mathéo spürt, wie ihm das Blut in den Kopf schießt, er wendet sich von seinem betrunkenen Trainer ab und schiebt sich hastig durch die Menge. Perez wird er dadurch los, aber dafür läuft er den neuen Nachbarn in die Arme, die ihm ihre verschwitzten Hände zum Händeschütteln entgegenstrecken.

Der Abend kommt ihm wie eine riesengroße Inszenierung seiner Eltern vor, deren einziger Zweck darin besteht, sich vor den Gästen mit dem Meisterschaftstitel ihres Sohnes, ihrem großem Haus, ihrem Reichtum, ihrer perfekten kleinen Familie zu brüsten. Und die Gäste spielen wie Schauspieler brav ihre Rolle, feiern Mathéo und bewundern ihn, obwohl ihn die meisten der Anwesenden kaum kennen oder auch nur das geringste Interesse am Turmspringen haben. Sein Vater steht inmitten seiner Golfklubfreunde und Geschäftspartner, gibt sich jovial, ganz der Gastgeber mit Heimvorteil, schwenkt seine Zigarre und kippt einen Rotwein nach dem anderen. Er lacht über seine eigenen Witze und wird mit jedem Glas redseliger, unterhält seine Gäste mit detaillierten Schilderungen seiner letzten Geschäftsreise nach Kairo. Am anderen Ende des Raums hält seine Mutter Hof, die eine Hand in die

Hüfte gestützt, in der anderen eine Zigarette, mit der sie kleine, wirbelnde Rauchkringel in die Luft zeichnet; eine hochgewachsene, elegante Erscheinung. Sie wird von ihren Anwaltskollegen und ihren Freundinnen, die sie immer zum Business Lunch trifft, umringt. Die Weißweingläser glitzern von den abendlichen Sonnenstrahlen, die durch die großen Fenster auf die Gruppe im Erker fallen.

»Consuela? Consuela, mehr Wein!«, ruft seine Mutter über die Köpfe hinweg. Dicht an das Hausmädchen gedrängt befindet sich Loïc, hat nach ihrer Hand gegriffen und entlockt den Erwachsenen, die sich in ihrer übertrieben festlichen Kleidung vorbeischieben, eine Flut von Oohs und Aahs, ein unablässiges Über-die-Haare-Streicheln, ja manche scheinen geradezu Schlange zu stehen, um ihn bewundern zu dürfen, wie er da so blond und unschuldig und anbetungswürdig neben seinem Kindermädchen steht. Und obwohl Loïc daran gewöhnt ist, den Leuten zu allen möglichen Anlässen derart vorgeführt zu werden, sieht er alles andere als glücklich aus. Sein ernster Gesichtsausdruck und der gequälte Blick verstärken jedoch nur noch den Wirbel, der von den Gästen seiner Eltern um ihn gemacht wird. Als Consuela von seiner Seite verschwindet, scheint er einen Moment in Panik zu geraten, und Mathéo quetscht sich durch die Menge, um nach seiner Hand zu greifen. Loïc umklammert sie sofort und folgt dann seinem älteren Bruder durch das Gewimmel und Gewühle hinaus in den lichtgesprenkelten Schatten der Terrasse. Mathéo geht mit ihm noch weiter, bis ganz nach hinten in den Garten, zu einem Platz hinter den Rhododendronbüschen, wo beide sich ungestört hinsetzen können. Unterwegs hat er für ihn noch Blätterteigpastetchen und Saft mitgenommen.

»Hier.« Er setzt sich im Schneidersitz gegenüber von seinem

Bruder auf den Rasen, mit dem Rücken zum Rest der Party, und stellt den Teller und das Glas zwischen ihnen ab.

Loïc blickt mit einem dankbaren Lächeln zu ihm auf. Er wirkt unglaublich erleichtert. »Kannst du hier bei mir bleiben?«

»Na klar. Weißt du was? Ich hasse solche Partys auch.«

»Aber alle wollen mit dir reden«, sagt Loïc, den Mund voller Blätterteigpastete. »Alle mögen dich.«

»Mich mögen? Die meisten kennen mich doch gar nicht. Sie sind einfach nur hohl im Kopf. Sie haben mitgekriegt, dass ich bei den Meisterschaften gewonnen habe; das ist alles.« Mathéo schaut ins Gesicht seines kleinen Bruders und fragt sich das erste Mal, wie sich das Leben als sein jüngerer Bruder wohl anfühlt; wenn man derjenige ist, der zwar gehätschelt und getätschelt, ansonsten aber übersehen wird – von seinen Eltern, deren Freunden, sogar von Mathéo selbst.

»Es ist nicht echt, verstehst du?«, versucht er zu erklären. »Ihre Freundlichkeit, ihre Fragen, all das Blablabla. Ich tu die ganze Zeit nur so, als wäre ich erfreut oder würde mich geschmeichelt fühlen oder mich für diese Menschen interessieren. Das ist wie ein Spiel. Das Lasst-uns-alle-so-tun-als-ob-Spiel.«

»Gehen Mummy und Daddy deshalb so oft auf Partys?«, fragt Loïc. »Weil ihnen das Als-ob-Spiel so gut gefällt? Und du? Ist das Turmspringen für dich auch so ein Als-ob-Spiel? Oder magst du es wirklich gern?«

Die Frage erwischt Mathéo ohne Vorwarnung. »Nein!«, antwortet er hastig. »Ich mag es wirklich gern und ich …« Aber dann verstummt er. Zögert. Sagt sich auf einmal, dass er seinen Bruder ja gar nicht anlügen muss. Das erste Mal nimmt er sich Zeit für ihn und erzählt Loïc nicht nur, was er hören will, um ihn möglichst schnell loszuwerden. »Früher war ich mal ganz wild darauf«, sagt er leise und so, als würde er es sich in diesem Augenblick selbst erst eingestehen. »Es hat mir oft alles wehgetan, und manchmal war das Training echt hart, da ist mir ganz schwarz vor den Augen geworden. Aber dann bin ich immer besser geworden, weil ich so viel trainiert habe, und, na ja, es fühlt sich einfach toll an, wenn man etwas wirklich gut kann. Es ist schon ein ganz besonderes Gefühl, wenn man in irgendwas der Beste ist. Und wenn du einmal der Beste bist, dann willst du es auch bleiben. Du willst nicht, dass dieses Gefühl verschwindet. Aber dann kommen Jüngere nach, die noch härter trainieren, und deshalb musst du immer weiter hart an dir arbeiten, um möglichst lange der Beste zu bleiben.«

»Dann bist du der beste Springer auf der ganzen Welt?«, fragt Loïc mit weit aufgerissenen Augen.

Mathéo muss lächeln. »Nein, ich bin einer der Besten. Wahrscheinlich der Beste hier in England. Und das ist das Problem. Wenn du der Beste in deinem Land bist, fühlt es sich zuerst unglaublich toll an. Aber das vergeht irgendwann. Die Leute erwarten von dir, dass du jeden Wettkampf gewinnst; und wenn es nicht so ist, sind sie schnell sehr enttäuscht. Du willst dieses tolle Gefühl aber weiter haben. Du trainierst noch härter und versuchst, der Beste in ganz Europa zu werden und dann der Beste auf der ganzen Welt.«

Loïc hält seine zweite Blätterteigpastete in die Abendsonne und untersucht sorgfältig, ob darin auch keine Tomate ist. »Und das willst du jetzt werden? Der Beste auf der ganzen Welt?«

Mathéo nagt an der Unterlippe und blickt über die Schulter zu den Trauben von Menschen auf der Terrasse, deren Stimmen mit jedem Schluck Champagner lauter werden.

»Nein. Nicht mehr.«

Er überrascht sich damit selbst. Loïc kaut gleichmäßig und ungerührt weiter. »Warum nicht?«

»Weil …« Mathéo schluckt, er hat auf einmal eine trockene Kehle. »Weil ich nach dem Wettkampf am Wochenende gemerkt habe, dass ich gar nicht mehr Turmspringen will.«

»Aber du hast doch gewonnen!«

»Ja. Aber dann ist mir auf einmal klar geworden, dass mir das alles total egal ist. Mir ist total egal, was Dad oder Coach Perez von mir denken. Ich hab es so was von satt, verstehst du? Dauernd nur tun zu müssen, was andere mir vorschreiben.«

»Du willst mit dem Springen aufhören?« Loïc blickt ihn erschrocken an. »Dad … Dad wird sehr wütend sein …«

»Ja, wird er.«

»Vielleicht … wenn du ihm sagst, dass du jetzt schon groß bist und dass du nicht mehr alles gesagt bekommen möchtest«, schlägt Loïc vor. »Aber du musst es ihm ganz höflich sagen. R-re-spekt-lich.«

Mathéo lächelt, aber er spürt, wie es ihm die Kehle zuschnürt. »Wenn ich das nur könnte, kleiner Bruder. Ich wünschte, es wäre so einfach.«

In dem Moment ruft sein Vater von der Terrassentür aus nach ihm, er wirkt verärgert, deshalb steht Mathéo hastig auf. Er lässt Loïc allein sitzen, der sofort sein Smartphone herauszieht, um darauf zu spielen, und kehrt ins Haus zur Party zurück. Sein Vater stellt ihn irgendwelchen neuen Nachbarn vor. Die Hitze und der Lärm schlagen wieder über Mathéo zusammen. Danach schütteln ihm die Winchesters nacheinander schwungvoll die Hand, klopfen ihm auf den Rücken und lächeln ihn beflissen an, fragen nach seinen Olympiavorbereitungen und teilen ihm mit, dass ihr dreijähriger Sohn beim Kinderturnen Anzeichen von wirklich bemerkenswerter Beweglichkeit zeigt. Mathéo stürzt ein Glas Rotwein hinunter und lässt sich von einem vorbeikommenden Kellner bereitwillig nachschenken. Sein Blick schweift suchend über die Menge. Immer noch nichts von Jerry und Lola zu sehen, Gott sei Dank. Sie waren wohl so schlau und haben beschlossen, diesen Zirkus nicht mitzumachen. Die Lautstärke erreicht jetzt ihren fiebrigen Höhepunkt. Alle reden mit seltsamer, lebhafter Dringlichkeit aufeinander ein, und er spürt, wie in ihm ein wachsendes Gefühl der Verzweiflung hochsteigt, weil ihm alles so künstlich vorkommt. Weil er die schrille Stimme seiner Mutter, mit der sie sämtliche Gäste übertönt, auf einmal nicht mehr erträgt. Vor allem aber, weil er sich selbst wie ein Hochstapler fühlt, jemand, der vorgibt, ein gefeierter Sportler zu sein, während er in Wirklichkeit ein Nichts ist, weniger als ein Nichts. Ein Stück Scheiße mehr auf dieser beschissenen Erde. Ein Mängelexemplar von Mensch. Ausschussware, die weggewischt und ausgelöscht gehört. Mit einem Felsbrocken beschwert und ins Meer hinausgeschleudert. Vielleicht könnte die Welt dann ein ruhigerer, saubererer, gesünderer Ort werden. Während Mathéo sich mit den Gästen unterhält, trinkt, lacht und die Freunde seiner Eltern begrüßt, spürt er, wie er immer tiefer sinkt – so tief, dass er das Gefühl hat, ins Bodenlose zu fallen. Immer tiefer, bis er am absoluten Tiefpunkt angekommen ist. Es handelt sich um keinen dramatischen Zusammenbruch, sondern eigentlich um etwas sehr Banales. Es gelingt ihm nämlich nur nicht mehr, den Sinn in allem zu erkennen. Er fragt sich, warum sich auf einmal alles so krank, so übel und so falsch anfühlt. Ihm ist, als würde er irgendwo in einem Zwischenreich feststecken, weder tot noch lebendig, und er kann sich keinen schlimmeren Ort ausmalen. All diese Menschen – wie schaffen sie es, weiter mit ihm zu reden, ihn anzugrinsen, zu lachen? Spüren sie nicht seinen Schmerz, seine Trauer, seine Verzweiflung? Ist er ein so guter Schauspieler? So jämmerlich ist ihm zumute, dass er plötzlich gar nicht begreifen kann, warum die Welt sich nicht zu drehen aufhört, warum sie nicht mit ihm leidet. Verzweifelt versucht er, weiter die lächelnde Fassade aufrechtzuerhalten, und gleichzeitig würde er sich am liebsten gegen eine der Scheiben des Wintergartens schmeißen, sich von den scharfen Spitzen der Glasscherben die Haut zerfetzen lassen, damit er endlich auch äußerlich so aussieht, wie er sich innerlich fühlt. Mathéo starrt auf die rosa angemalten Lippen von Mrs Winchester, die sich öffnen und schließen, öffnen und schließen; er hört das tiefe, dröhnende Lachen von Mr Winchester, hört ihn seine dicke Zigarre paffen, hört seinen rasselnden Atem, und er will nur noch schreien: Aufhören! Aufhören! Aufhören! Alle miteinander aufhören! Die ganze Welt ist für ihn zu einem unablässig sich verschiebenden Spiegellabyrinth geworden, in dem er einsam umherirrt, panisch auf der Suche nach dem Ausgang zurück in sein wirkliches Leben, in dem die Menschen eine greifbare Substanz haben, sich natürlich verhalten, in dem sie ganz sind. Er hat das Gefühl, seit dem Moment, in dem er gestern früh in seinem verwüsteten Zimmer die Augen aufgeschlagen hat, einen nicht enden wollenden Albtraum zu durchleben. Wenn er nur daraus entkommen könnte, alles auslöschen könnte. Er will nur noch schlafen … Nein, verdammt noch mal, nicht schlafen – er will daraus aufwachen!

Nach einer Ewigkeit, wie ihm scheint, gelingt es ihm, dem Klammergriff der Winchesters zu entkommen. Seine Eltern haben ihm gerade den Rücken zugekehrt, deshalb entkommt er wieder hinaus in den Garten. Die Dämmerung hat sich herabgesenkt. Loïc ist von Consuela hinauf in sein Zimmer und ins Bett gebracht worden. Auf der Terrasse stehen nur noch ein paar Raucher herum, die Kühle der einfallenden Nacht hat den Rest der Gäste ins Haus getrieben. Ein großer, blasser Falter tanzt im Lichtschein der Lampe, flattert davon. Mathéo atmet in der frischeren abendlichen Luft auf, greift nach einer noch halb vollen Flasche Wein, sucht nach einem unbenutzten Glas, findet keines, fingert aus einem herumliegenden Päckchen zwei Zigaretten heraus. Ihm ist heute alles egal, ein Anflug von Leichtsinn und selbstzerstörerischem Verhalten hat ihn auf einmal befallen. Er hat genug davon, ununterbrochen auf seine körperliche Fitness zu achten. Von den Lichtern der Terrasse stiehlt er sich in den Halbschatten am Ende des Gartens fort, hinter eine der hohen Pappeln, lässt sich ins Gras fallen, zündet sich an einer der rings um den Rasen aufgestellten, glasbeschirmten Kerzen eine der Zigaretten an und lehnt sich dann mit dem Rücken gegen die Gartenmauer. Er trinkt einen Schluck Wein, führt die Zigarette an den Mund und inhaliert bis tief in die Lungenspitzen hinein.

Ein Schatten fällt über ihn, und er schreckt auf. Erstarrt. Versteckt die glühende Zigarette hinter dem Rücken und hofft, dass, wer immer es auch ist, ihn nicht bemerkt und zurück ins Haus geht.

»Was machst du so allein hier draußen?«

Er erkennt die Stimme erst, als sich Lolas Gestalt in sein Blickfeld schiebt. Lola hebt sich von allen anderen Gästen in ihren Anzügen oder Cocktailkleidern deutlich ab. Sie hat ihre Lieblingscargoshorts an, die Hosenbeine knapp übers Knie hochgekrempelt, dazu ein ausgewaschenes gelbes T-Shirt, an den Füßen Birkenstocks, um den rechten Knöchel ein Lederband. Ihre langen Haare reichen ihr bis zur Hüfte, ihre blasse Haut betont die rötlichen Sommersprossen auf ihren Wangen und ihre hellen, meergrünen Augen. Im Zwielicht der Dämmerung wirkt sie noch durchsichtiger, noch zerbrechlicher als sonst: Zärtlich streift Mathéos Blick über ihre Wangen mit den hohen Wangenknochen, den schmalen, langen Hals, fährt die zarte Linie ihres Schlüsselbeins entlang. Wie immer trägt sie kein Make-up und hat ihre Haare weder geföhnt noch groß auffrisiert – sie ist das schönste Mädchen, das er kennt, denkt er, und sie strengt sich noch nicht mal dafür an. Unter ihren Augen erahnt er leichte, violette Schatten. Ihre fast unwirkliche Schönheit rührt ihn so sehr, dass es ihm einen Stich versetzt. Nach seinem qualvollen gekünstelten Auftritt vor den Gästen seiner Eltern durchströmt ihn, als er sie sieht, auf einmal ein solches Glücksgefühl, dass er aufspringen und sie umarmen möchte. Spüren möchte, wie sie ihre Arme um seinen Körper schlingt. Er will durch sie spüren, dass er noch lebendig ist. Er will, dass sie ihn wieder in die Wirklichkeit zurückholt. Er will, dass sie ihn daran erinnert, wer er ist. Er wünscht sich so sehr, sie zu küssen, dass es wehtut.

»Mattie!« Sie lässt sich neben ihn fallen. »He, ich glaub, ich seh nicht recht – du rauchst?«

»Ja …« Er macht einen langen Zug an der Zigarette und ist schon darauf gefasst, von ihr dafür getadelt zu werden. Aber sie nimmt ihm die Kippe aus den Fingern und führt sie selbst an den Mund, inhaliert langsam. Dann lehnt sie sich ebenfalls an die Mauer zurück, bläst den Rauch in die Nachtluft. »Ist Perez auch da? Er bringt dich um, wenn er dich erwischt!« Sie kichert.

»Ja, treibt sich hier irgendwo rum. Aber ist mir so was von egal. Wo ist Jerry?«

»Noch im Fotostudio. Irgendeine Deadline. Ist ganz dringend. Aber viele Grüße. Ich soll dir mächtig gratulieren.«

»Tut mir leid wegen heute Nachmittag – ich weiß nicht, was da in mich gefahren war …« Er sucht nach einer Erklärung. »Und wegen dem hier auch. Du hättest nicht kommen müssen.«

Sie schaut ihn mit einem koboldhaften Lächeln an. Ihre Augen funkeln im Kerzenlicht. »Nein, das meinst du jetzt nicht ernst! Das alles hier verpassen, die Jubelfeier, die Geschäftspartner deiner Eltern, wie sie dir auf die Schultern klopfen und ›Hoch soll er leben!‹ singen?« Sie lacht, greift nach der Weinflasche und trinkt einen großen Schluck.

Er spürt, wie ihm ein Lächeln über die Lippen huscht. »Bist du nur gekommen, um dich über mich lustig zu machen – ausgerechnet jetzt, wo ich dich so sehr brauche?«

»Klar doch! Schaut aber so aus, als hätte ich das Beste schon verpasst – oder hockst du schon den ganzen Abend allein hier draußen herum?«

»Nein, hab mich gerade erst loseisen können. Du bist im absolut richtigen Moment gekommen.«

»Na ja, ich …« Sie zögert, zieht die Knie zu sich heran und stützt das Kinn darauf. »Ich war mir nicht ganz sicher, ob du mich wirklich dahaben willst.«

»Aber natürlich will ich das. Ich will immer, dass du da bist.« Er streckt die Hand nach ihr aus, berührt ihren Arm, streift mit den Fingern über ihre nackte Haut, fasst schließlich ihre Hand.

»Du … du hast so unheimlich wütend gewirkt, als du im Park davongerannt bist …« Ihre Finger liegen zögerlich in seiner Hand. Ihr Daumen bewegt sich sachte hin und her.

»Das war idiotisch von mir, Lola.«

Sie dreht den Kopf zu ihm und blickt ihn forschend an. »Aber was … warum?«

»Ich weiß es nicht … ehrlich.«

Lola scheint von der Antwort enttäuscht zu sein. »Das sagst du die ganze Zeit. Aber da ist doch irgendwas. Haben wir irgendetwas Falsches gesagt? Gestern bist du auch schon so davongestürmt.«

Er drückt die Zigarette aus, starrt auf den Boden und sucht nach den richtigen Worten. »Es war einfach dumm von mir«, setzt er an. »Einen Moment lang … einen Moment lang hab ich mich so gefühlt, als würdest du mich … als würdest du mich anklagen wollen … so als sei ich ein … ein Verbr…« Er bringt das Wort nicht heraus und verstummt.

»Als ob du was wärst? Ein Outlaw?« Lola hat die Augen weit aufgerissen. »Aber Mattie, das war doch nur ein Spiel! Warum … warum sollte denn irgendjemand auch nur eine Sekunde lang auf die Idee kommen, dass du im Ernst ein Verbrecher bist?« Sie lacht ungläubig auf.

Vielleicht, weil ich mich wie einer fühle? Weil es mir vor mir selbst graut? Vor der Person, in die ich mich verwandelt habe?

Aber das kann er Lola schlecht sagen – er versteht ja selbst nicht, was er damit meint.

Er zwingt sich, ihr in die Augen zu schauen. »Lola, ehrlich … ich weiß es wirklich selbst nicht. Es ist, als ob … als ob irgendwas mit mir los ist. Es geschieht etwas mit mir … und ich habe keine Ahnung, was. Als wäre da so was wie ein Schmerz, ganz tief in mir drinnen, und ich kann ihn nicht loswerden. Es hört einfach nicht auf. Verstehst du … verstehst du, was ich meine?« Er beißt sich auf die Unterlippe. Ihm ist, als würden sich von innen aus seinem Schädel Nadeln durch seine Augen bohren. »Kennst du das? Hast du dich auch schon mal so gefühlt? Vielleicht ist das so was wie eine Depression. Ein Gefühl von … Man fühlt sich so total allein. Irgendwie von allen anderen um einen herum abgeschnitten, als würde man nicht mehr richtig dazugehören …«

Sie schaut ihn mit ernster Miene und gerunzelter Stirn an. »Aber du bist nicht allein, und du gehörst zu uns allen dazu. Und du gehörst zu mir. Ich liebe dich, Mattie.«

Er atmet langsam aus, zieht sie sachte zu sich heran, lässt seine Hand unter ihre Haare gleiten und umfasst ihre Wange. Dann schließt er die Augen, und sein Mund bewegt sich auf ihren zu, und er küsst sie sanft und zärtlich, atmet ihren warmen Atem ein, saugt den Geschmack ihrer Lippen, ihrer Zunge in sich auf. Und plötzlich wird er von einer neuen Angst gepackt, so heftig und unerwartet, dass es ihn wie ein Schlag in den Magen trifft.

»Lola«, flüstert er zwischen ihren Küssen. »Bitte … bitte verlass mich nicht.«

»Ich würde dich doch nie …«

»Doch, das wirst du.« Er küsst sie mit verzweifelter Gier. »Eines Tages wirst du das tun.«

Lola befreit sich von ihm. »Mattie, ich …«

Er will sie noch einmal küssen, aber dieses Mal erwischt er nur ihren Mundwinkel.

Sie legt ihm eine Hand auf die Brust, schiebt ihn sanft von sich fort. »Und was ist mit dem, was du mir vor ein paar Tagen nachts am Fluss gesagt hast? Hast du es doch nicht so gemeint? Ich hab geglaubt, du willst für immer mit mir zusammen sein?«

»Schon, aber … das Leben ist nicht so, dass …«

»Warum sagst du das?«

»Weiß nicht.« Er müht sich innerlich ab, sucht nach einem Grund für seine plötzliche, unerklärliche Angst. »Weil … weil wir noch so jung sind. Wir gehen ja noch zur Schule.« Er beugt sich wieder zu ihr, sucht ihre Lippen. »Also, ich meine, mal ganz realistisch, wie viele Beziehungen aus der Teenagerzeit halten denn ein ganzes Leben lang?«

Lolas Hand wandert hoch zu seinem Gesicht, sie hält ihn immer noch auf Abstand. Ihre Augen bohren sich in seine. Verwirrt blickt sie ihn an. »Und was soll das alles hier dann? Wenn du so sicher bist, dass es zwischen uns nicht ewig halten wird, warum machen wir dann nicht gleich miteinander Schluss?«

»So hab ich es überhaupt nicht gemeint«, flüstert er verzweifelt. »Ich will nicht mit dir Schluss machen. Mein Gott, das will ich wirklich nicht. Ich ... ich versuche nur, realistisch zu sein. Eines Tages wirst du mich verlassen, das ... das weiß ich einfach und ...«

Da wird sie auf einmal wütend und stößt ihn von sich fort. »Hör auf damit! Warum sagst du das dauernd?«

Mathéo schaut sie an. »Tut mir leid, wenn ich ...«

Ihre Augen funkeln ihn verletzt und verstört an. »Wenn du das wirklich glaubst, dann können wir auch gleich ...« Sie will aufstehen.

»Nein!« Er packt sie am Handgelenk und zieht sie unsanft wieder zu sich herunter.

»Mattie!« Lola klingt entsetzt.

Er spürt, wie ihn die Dunkelheit erneut verschlingt. »Ich hab das alles nicht sagen wollen. Ich ... ich hab nur genug davon ...«

»Genug davon? Wovon?«

Er schluckt mehrmals. In seiner Kehle explodiert der Schmerz. »Genug davon, mich so zu fühlen! So als hätte ich etwas Schreckliches getan! Und als würde ich dich deshalb verlieren!«

Verzweifelt schnappt er nach Luft und verstummt. Schweigen breitet sich zwischen ihnen aus, so zum Zerreißen gespannt, dass es kaum zu ertragen ist. Er starrt an ihr vorbei in die Dunkelheit, zwingt sich dazu, den nächsten Atemzug zu machen, kurz und hastig. Er dreht den Kopf weg, um Lolas Blick auszuweichen. Spürt, dass seine Augen brennen. Ich brauche dich, würde er jetzt gern sagen. Du musst bei mir bleiben und mich festhalten und dafür sorgen, dass ich mich wieder lebendig und wirklich fühle. Ich brauche dich, weil du mir helfen musst. Du musst mir sagen, was mit mir falsch ist. Du musst mir helfen, wieder der Mensch zu werden, der ich war. Du musst mir erklären, was zum Teufel mit mir los ist! Aber er schafft es nicht – er bringt kein einziges Wort heraus. Er kann sich überhaupt nicht mehr rühren, starrt nur aufs Gras und atmet schwer. Hinter seinen Augäpfeln hat sich ein scharfer, stechender Schmerz eingenistet, seine Kehle brennt, ist wie zugeschnürt. Als Mathéo nach Luft ringt, spürt er gleichzeitig, wie die Tränen ihm in die Augen schießen, schneidend und messerscharf. Selbst mit größter Willenskraft kann er sie nicht mehr zurückhalten.

»Mattie?«

Er hört die Sorge aus ihrer Stimme heraus. Presst sich den Daumennagel auf die Unterlippe.

Lola streckt die Hand aus und berührt ihn. Er schüttelt abwehrend den Kopf und stößt ihre Hand fort, will ihren Trost nicht. Schwere, heiße Tränen sammeln sich in seinen Augen. Als ihm ein Tropfen seitlich die Wange herunterrinnt, entfährt ihm ein gepresster Schluchzer. Hastig wischt er die Träne mit dem Handrücken fort.

»Mattie!« Lola starrt ihn betroffen an. Ihm fällt auf, dass sich ihre Brust schnell hebt und senkt. Als würde sie allmählich in Panik geraten.

»Es ist nichts. Ich … ich bin nur …«

»Aber Mattie, das stimmt doch nicht! Irgendwas ist doch mit dir!«, stößt Lola atemlos und erschrocken hervor. »Sag endlich, was mit dir los ist!«

»Ich … ich … Keine Ahnung!«

»Hat dein Vater dich mal wieder blöd angemacht? War irgendwas beim Training? Oder … oder in der Schule?«

Mathéo schüttelt den Kopf und dreht ihn dann schnell weg,

als ihm eine weitere Träne herunterrinnt und dann noch eine; er presst die Handballen fest gegen die Augen und hält krampfhaft den Atem an, um vielleicht dadurch die Tränen stoppen zu können.

»Geht schon wieder vorbei«, sagt er und wischt sich mit den Handrücken erneut über die Augen. »Ich … ich krieg das schon wieder in den Griff. Wahrscheinlich bin ich gerade in irgendeiner schwierigen Phase.« Er lacht verzweifelt auf. Weitere Tränen laufen ihm die Wangen herunter.

»Eine ›Phase‹? Das nehm ich dir nicht ab. Du bist wegen irgendeiner Sache total wütend und verletzt, das spür ich doch.« Lola streicht ihm übers Gesicht. Ihre Stimme klingt weich und zärtlich, aber auch verzweifelt. »Warum willst du es mir denn nicht sagen?«

»Weil ich es selbst nicht weiß. Oh Mann – was für eine Scheiße!« Er reibt sich mit den Händen hektisch über das Gesicht, trocknet sich mit den Ärmeln die Wangen. »Vielleicht sollte ich einfach mal etwas spazieren gehen oder so, um mich wieder auf die Reihe zu kriegen. Vielleicht …«

»Schsch, jetzt erst mal ruhig. Bleib hier bei mir«, sagt Lola leise, die Finger fest um sein Handgelenk geschlossen. »Wir kümmern uns gemeinsam darum. Alles wird gut.«

»Ich … ich habe solche Angst, völlig durchzudrehen.« Er presst die Faust auf den Mund, um einen Schluchzer zu ersticken. »Das … das alles passiert einfach mit mir. Und ich fühle mich total hilflos!«

Lola legt ihm die Finger auf die Lippen, um ihn zum Schweigen zu bringen. »Hey, alles ist gut. Jeder fühlt sich mal hilflos. Du bist jetzt einfach nur wütend und durcheinander. Das passiert uns doch allen mal. Du bist nicht am Durchdrehen. Und selbst, wenn es so wäre, Mattie, es würde vorübergehen. Außerdem bin ich doch da, du bist nicht allein. Du und ich, Mattie. Es gibt doch uns beide.«

»Aber ich … ich hab so ein komisches Gefühl …«

»Ein komisches Gefühl?«

»Dass alles … dass sich alles verändert hat. Dass wir nicht mehr zusammenbleiben können.«

»Ach, Mattie, du grübelst zu viel. Kann es sein, dass du einfach übermüdet bist? Dass dir das Wochenende in Brighton immer noch nachhängt?«

Dass ihm das Wochenende in Brighton immer noch nachhängt … Ein Frösteln erfasst ihn. Das Wochenende in Brighton … Er hat das Gefühl, dass es ihn nie mehr loslassen wird. Nie mehr wird er wieder der sein können, der er vorher war. Es ekelt ihn vor ihm selbst. Rot blitzt vor seinen Augen auf, überflutet ihn. Der Geruch von Blut und Erde und Schweiß steigt ihm in die Nase. Das Hämmern von Füßen auf dem ausgetrockneten Waldboden. Er keucht so stark, dass seine Lungen gleich bersten werden. Mathéo presst die Finger fest gegen die Augen.

»Mattie! Schau mich an! Ich bin bei dir. Für immer. Ich liebe dich!« Lolas Stimme ist sanft und zärtlich. Zu zärtlich. Er nickt, fährt sich mit dem Unterarm übers Gesicht und erstickt einen weiteren Schluchzer. Dann schaut er sie an und bringt ein verlegenes, kleines Lächeln zustande.

»Komm mal her.« Sie neigt sich zu ihm, haucht die Wörter gegen seine Schulter, legt den Arm um ihn und drückt ihn fest an sich. Ihre Umarmung bewirkt, dass in ihm alles zerfließt. Er hält die Hände vors Gesicht. Zwischen seinen Fingern bilden sich Rinnsale, schwellen zu Bächen und Sturzbächen an; die Tränen tun ihm weh, der Kopf tut ihm weh, alles tut ihm weh. Er presst sein Gesicht gegen ihre Schulter, versucht, dem Ansturm der Gefühle Herr zu werden, versucht, sich der Flut entgegenzustemmen, aber es ist, als ob sein Körper seinen eigenen Willen hätte und ihn dazu zwänge, sich Lola zu öffnen, ihr zu zeigen, wie schlecht es ihm geht, obwohl es das Letzte ist, was er jetzt gerade tun möchte … Und allmählich, nach mehreren Minuten qualvoller, stummer Tränen, spürt er, wie der Druck in seiner Brust nachlässt und auch der Schmerz in seinem Kopf. Lola hält ihn immer noch fest umschlungen, ihren Kopf gegen seinen gelehnt, und langsam, ganz langsam beruhigt er sich wieder, beginnt er, sich wieder mehr wie er selbst zu fühlen. Den Schmerz – der immer noch da ist, aber viel schwächer jetzt – begräbt er tief in sich. Sehr tief. Dorthin, wo er hingehört.

SECHSTES KAPITEL

Er hat die Antwort gefunden. Auch wenn er es nicht schafft, seine Ängste zu unterdrücken, auch wenn er es nicht schafft, zu seinem Leben davor zurückzukehren, auch wenn er es nicht schafft, wieder zu dem zu werden, der er vor dem Abend in Brighton war ... kann er doch so tun, als ob. Er erinnert sich noch gut genug an sein altes Ich, um ihm äußerlich ähnlich zu sein, jedenfalls solange er dauernd auf Achse ist. Das harte Training – Sprungbrett, Sprunggrube, Trampolin, Akrobatik, Turnen und sein Work-out zu Hause – und die bis zur letzten Sekunde ausgefüllte Freizeit, die er mit seiner Clique und vor allem mit Lola verbringt, das alles signalisiert ihm selbst und den anderen: Er ist wieder in seinen Normalzustand zurückgekehrt, die schwarze Woge hat ihn nicht verschluckt, der dicke Schleier, unter dem er zu ersticken glaubte, hat sich gehoben. Er ist in die wirkliche Welt zurückgekehrt, jedenfalls macht er das sich und den anderen vor. Eine Welt, in der seine größte Sorge ist, den Big Front perfekt hinzubekommen. In der er Extra-Trainingsstunden einschiebt, damit seine Eltern mit ihm zufrieden sind. Eine Welt, in der er spät nach Hause kommt, um heimlich länger mit Lola zusammen sein zu können. Und im Moment scheint es zu funktionieren. Er achtet höllisch darauf, dass er so wenig wie möglich mit seinen Gedanken allein ist – zu seinem Work-out dreht er die Musik laut auf, vor dem Einschlafen telefoniert er noch mit Lola, er fängt sogar an, mit Loïc zu spielen, bis seine Eltern nach Hause kommen. Seit den Meisterschaften sind jetzt fast zwei Wochen vergangen, und das Schuljahr ist fast zu Ende. Die tiefschwarzen Gedanken hat er immer noch – es brodelt weiter in ihm, tief unter der Oberfläche –, aber er drückt sie mit aller Kraft nach unten.

Jerry hat bald ein Fotoshooting in Paris, deshalb beschließt Lola, eine Pyjamaparty zu geben. Schließlich hat sie das Haus ja nicht immer so ganz für sich allein.

»He, sind wir dafür nicht schon zu alt?«, protestiert Mathéo, als sie ihm am Mensatisch fröhlich von ihrem Plan erzählt.

»Keine Sorge, es wird alles ganz erwachsen ablaufen!« Lola kichert. »Ich werde kochen!« Sie wirft theatralisch die Arme in die Luft und schmeißt dabei den Pfefferstreuer um.

Mathéo fängt an zu lachen. »Du und kochen? Du kannst noch nicht mal essen, ohne Dinge durch die Luft fliegen zu lassen.«

Lola schiebt sich einen Löffel Joghurt in den Mund und streckt ihm ihre weiße Zunge raus.

»Wahnsinnig erwachsen, Lola!«

Da muss sie ebenfalls lachen und prustet dabei den Joghurt quer übers Tablett. Mathéo duckt sich unter den Tisch. »Guck dich bloß an! Du stellst eine Gefahr für die öffentliche Gesundheit dar!«

Lola verzieht ihr Gesicht zu einer Grimasse. Verzweifelt bemüht sie sich, erst einmal hinunterzuschlucken, bevor sie wieder losprustet. »Dann hör auf, mich zu reizen!«

»Ich mach überhaupt nichts. Du hast den Pfeffer umgeschmissen und mir eine Joghurtdusche verpasst!«

»Mattie!« Sie wischt sich die Lachtränen aus den Augen. »Du sollst dich nicht dauernd über mich lustig machen! Hör mir lieber zu!«

»Willst du wirklich, dass Hugo und Isabel es auf deinem neuen Schlafsofa miteinander tr…?«

»Hörst du mir jetzt endlich zu? So was gibt es bei mir nicht!«

»Gar nicht? Dann schwindet mein Interesse an deiner sogenannten Pyjamaparty aber rapide.«

Sie schlägt ihm auf den Unterarm. »Schluss damit! Ich hab mir gedacht, dass wir im Wohnzimmer ein paar Matratzen auf den Boden legen und dort die ganze Nacht Filme gucken.«

»Und uns unsere Nägel lackieren und gegenseitig Zöpfchen flechten?«

Lola muss wieder losprusten.

»Kannst du nicht wenigstens einmal hinunterschlucken, bevor du wie ein verrücktes Huhn losgackerst?«

»Das schwör ich dir, Mattie, auch wenn deine Haare zu kurz sind, um daraus Zöpfchen zu flechten – deine Fingernägel lackier ich dir, und wenn es das Letzte ist, was ich in meinem Leben tue!«

Als es dann so weit ist, hat Lola zum Glück andere Dinge im Kopf. Vor allem das Abendessen zu retten, bevor es ihr total anbrennt. Nach einem Vormittag mit Akrobatik und einem Nachmittag mit Sprüngen vom Zehnmeterturm geht Mathéo nur schnell zum Umziehen nach Hause, hinterlässt auf einem Zettel eine kurze Nachricht für seine Eltern und hofft, dass der Krach mit ihnen nicht zu schlimm sein wird. Mit einem Riesenhunger trifft er bei Lola in der Küche ein. Jerry ist bereits fort.

»Du kochst echt für uns, Lola?«, ruft Isabel ungläubig aus, als sie gemeinsam mit Hugo eintrudelt.

»Wir«, verbessert sie Mathéo. Er sitzt am Küchentisch und kämpft mit dem Korkenzieher. »Obwohl ich für das Karbon in der Luft nicht verantwortlich bin.«

»Jetzt macht mal 'nen Punkt«, ruft Lola vom Herd. »Klar, Izzy.

Was hast du denn gedacht? Dass ich euch nur Currywurst serviere?« Einer der Töpfe kocht fast über, und sie hebt schnell den Deckel ab. »Aua! Mist!«

»Brauchst du Hilfe?«, fragt Hugo und verkneift sich das Lachen.

»Nein. Ich schaff das allein. Lasst mich einfach nur machen – und unterhaltet euch erst mal ohne mich! Ach, egal!«

»Okay, okay, kein Grund zur Panik, Lola.« Isabel dreht sich zu Hugo. »Ich glaube, unsere Gastgeberin ist etwas gestresst, deshalb sollten wir ihr besser das Gefühl vermitteln, dass sie alles unter Kontrolle hat, sonst …«

»Aber ich habe alles unter Kontrolle!«, ruft Lola.

Mathéo macht eine Flasche Rotwein auf und deutet auf den Weißwein daneben. »Also, was wollt ihr trinken?«

»Whisky, bitte!«, verkündet Lola und bückt sich nach dem Kochlöffel, der ihr gerade auf den Boden gefallen ist.

»Ähm – besser kein Alkohol für dich, bevor das Essen auf dem Tisch steht, sonst setzt du noch das ganze Haus in Brand«, entgegnet Mathéo.

Lola streckt ihm daraufhin die Zunge raus. Isabel lacht und hält ihr Glas hin, sie will Rotwein. Hugo geht zum Kühlschrank, um dort zwei Bier herauszuholen.

»Und? Wie fühlt es sich so an, zusammen ein Abendessen für Freunde zu kochen? Als wäre man ein altes Ehepaar?«, fragt er.

Mathéo lässt sich eine Dose Bier geben, öffnet sie mit einem Zischen und legt die Füße auf den Tisch. »Unglaublich stressig«, antwortet er und trinkt einen großen Schluck.

»Ja, ja, ich merk schon, du bist mit deinen Nerven total am Ende, Mattie.« Isabel lacht.

»Ihr habt ja keine Ahnung! Sie hat mir doch tatsächlich mit einem Löffel auf die Finger geschlagen.«

»Einem Holzlöffel!«, ruft Lola, die immer noch am Herd hantiert, über die Schulter. »Er hat schon vorher alles aufessen wollen.«

»Ich bin hungrig, Mann. Ich hatte den ganzen Nachmittag Training!«

Lola bittet Mathéo, ihr beim Tischdecken zu helfen, und schließlich sitzen alle vier rings um den Küchentisch.

»Okay, und was soll das jetzt genau sein?« Hugo blickt leicht skeptisch auf seinen Teller.

»Ich glaub, das hat keinen Namen«, wirft Mathéo ein.

»Hmm. Vielleicht am ehesten noch Kartoffelpampe?«, schlägt Isabel vor.

»Aber da sind weiße Bohnen dabei«, merkt Hugo kritisch an, hält sich eine Gabel mit einem Wurststückchen, Bohnen und Kartoffelbrei vors Gesicht und beäugt sie misstrauisch.

»Ich hab das nach einem Rezept von Jamie Oliver gekocht!«, ruft Lola empört.

»Ähm, Schatz …?«

Sie dreht sich aufgebracht zu Mathéo. »Was denn?«

Er tut sich schwer, nicht loszuprusten. »Soll der Kartoffelbrei eigentlich so orange sein?«

»Oh, Mann, ich geb's auf. Das sind Süßkartoffeln – seht ihr das nicht?« Lola schüttelt in gespielter Fassungslosigkeit den Kopf. »Ihr seid vielleicht undankbare Gäste! Ich koch nie mehr was für euch!«

»Hey, hey, ich glaub, wir sollten jetzt mal auf dich anstoßen«, sagt Mathéo und wirft Lola ein versöhnendes Lächeln zu. Er hält seine Dose Bier hoch. »Auf die schönste und beste Köchin der Welt!«

»Absolut!«, ruft Isabel.

»Und darauf, dass wir die Schule jetzt bald endgültig hinter uns haben!«, ergänzt Hugo.

»Ja, unbedingt!«, ruft Isabel. »Nicht mal mehr eine Woche!«

»Hey, ich glaub, ihr kommt etwas vom Thema ab«, protestiert Lola.

Alle lachen und stoßen miteinander an. »Cheers! Auf Lola! Und auf die Schule!«

Eine warme Wolke von Liebe und Freundschaft umhüllt sie alle. Trotz der Matratzen vor dem Fernseher im Wohnzimmer – wie bei ihren Pyjamapartys von früher – herrscht auf einmal eine aufregende, erwachsene Atmosphäre.

Hugo plappert über die bevorstehenden Ferien. »Das erste Mal ohne meine Erziehungsberechtigten – da lassen wir es rocken!«, ruft er. »Matt, ich hoffe bloß, du hast deine Alten überreden können, dass sie dich auch mitkommen lassen. Wenigstens für ein paar Tage.«

»Nein, ich muss echt dranbleiben und in meinen neuen Trainingsrhythmus reinkommen«, antwortet Mathéo hastig. »Aber nächstes Jahr nach den Olympischen Spielen, dann ganz bestimmt!«

»Ach, so eine Scheiße!«, schimpft Hugo. »Nicht mal für ein Wochenende?«

»Nein, aber Lola kommt natürlich mit.« Mathéo schiebt es extra ganz beiläufig ein.

»Wirklich?«

Lola schielt ihn von der Seite an. »Ich hab gesagt, ich überlege es mir, mehr nicht.« Sie wirkt auf einmal etwas bedrückt.

»Ihr müsst ihr klarmachen, dass sie unbedingt mitkommen soll!« Mathéo sieht zwischen Hugo und Isabel hin und her. »Sie war noch nie in Südfrankreich, und es ist ihre einzige Chance, in diesem Sommer auch mal so richtig Sonne und Strand abzukriegen.«

»Lola, kommt mit! Wirklich! Du musst unbedingt mitkommen!«, rufen Hugo und Isabel.

Lola schielt weiter zu Mathéo. »Aber ich würde gern die Zeit mit dir …«

»Ich werd sowieso keine Zeit haben«, sagt Mathéo, als wäre das alles gar kein Problem. »Perez wird mich acht Stunden pro Tag schwitzen lassen. Danach bin ich fix und fertig, aber hallo!«

»Alles klar.« Hugo dreht sich zu Lola. »Du kommst mit!«

Lola blickt noch einmal zu Mathéo. »Wirklich?«

»Ja! Mach das – es ist wunderschön da!«

Lola lächelt und schaut dann die anderen beiden an. »Okay. Dann werd ich mir morgen früh gleich ein Flugticket buchen.«

»Ja! Super!« Hugo und Isabel freuen sich und klatschen. Mathéo bemüht sich, in die allgemeine Begeisterung einzustimmen.

Schon bald dreht sich das Gespräch um andere Dinge. Lolas Schulmusical. Das Kricketturnier, das Hugo ein letztes Mal an der Greystone organisiert. Er steht auf und demonstriert mit einem Besen einen besonders gekonnten Schlag, wobei er Isabel beinahe um einen Kopf kürzer macht. Lola warnt ihn lachend, wenn er nicht aufpasse, werde er eines Tages noch wegen Totschlags im Gefängnis enden. Alle lachen und reden durcheinander. Doch spürt Mathéo, wie er – erst unmerklich, und dann ganz und gar – aus der Unterhaltung aussteigt. Es ist, als ob sich in ihm auf einmal etwas verändert hat, wie ein Schalter, der umgelegt worden ist. Ein Gedanke, eine Erinnerung ist zurückgekehrt, und er fühlt sich plötzlich nicht mehr im Einklang mit den anderen. Als würden sie alle bestimmte Rollen in einem Stück spielen, und er hätte seinen Text vergessen. Es ist nicht mal, dass er sich von ihren Ferienplänen ausgeschlossen fühlt, an solche Opfer ist er gewöhnt. Doch wie aus dem Nichts kommt er sich plötzlich so vor, als wäre er der ewige Außenseiter, der sich die Nase am Fenster platt drückt und auf eine Welt blickt, von der er für immer ausgeschlossen ist. Die anderen sind bester Stimmung und quasseln in einem fort, aber ihm fällt es immer schwerer, ihnen zu folgen und sich ab und zu selbst an der Unterhaltung zu beteiligen. Die schrillen Stimmen der Mädchen überschlagen sich fast, und Hugo will überhaupt nicht aufhören zu reden, was es alles nicht einfacher macht. Ihre Wörter schießen durch sein Gehirn, dass ihm davon der Kopf wehtut. Ihm kommt alles so gedankenschwer vor, er wird davon richtig niedergedrückt und ist mit einem Mal fürchterlich müde. Erschöpft vom Witz und von der Schlagfertigkeit der anderen, müde von ihrem Theater, ihrer ewigen Selbstdarstellung. Erschöpft von der vielen vergeudeten Energie und der ganzen Scheinheiligkeit und dem Gefühl, dass er selbst irgendwo tief in seinem Innern etwas vor sich und den anderen versteckt hält. Und das tut er ja auch. Er spürt ganz genau, dass es so ist. Obwohl er sich nicht mehr daran erinnern kann, was er eigentlich verdrängt. Kann er sich nicht erinnern, oder will er sich nicht erinnern? Letztlich läuft es auf dasselbe hinaus. Brighton. Es ist Nacht. Das Knacken von Zweigen. Seine Fäuste, die auf jemanden einschlagen. Faust auf Knochen. Und Blut – immer wieder Blut, immer, immer Blut, hell und rot …

Lola scheint irgendwie zu spüren, wie es um ihn steht, und lächelt ihm aufmunternd zu, und da wäre er am liebsten mit ihr allein. Ihm wäre am liebsten, die anderen beiden würden auf der Stelle verschwinden. Während sie alle darüber diskutieren, welche Filme sie anschauen wollen, streckt Mathéo unter dem Tisch seine Hand nach Lolas Hand aus und schiebt seine Finger zwischen ihre. Ihm ist es plötzlich in der Küche zu heiß und zu eng. Klaustrophobie, dieses Wort fällt ihm dazu ein. Obwohl das Essen sich noch als ziemlich lecker herausgestellt hat, hat er keinen Appetit mehr. Lola redet und gestikuliert und entzieht ihm ihre Hand wieder; der kurze Augenblick von Nähe zwischen ihnen beiden ist vorbei.

Wie gern würde er ihre Hand noch einmal spüren. Aber sie hat bereits wieder nach ihrem Besteck gegriffen. Er schiebt seine Hand in den Spalt zwischen seinem Rücken und der Stuhllehne. Müdigkeit legt sich schwer über ihn. Körperliche Müdigkeit. Seelische Müdigkeit. Wie ein unsichtbares Gewicht lastet sie auf ihm. Als die anderen drei noch lauter werden, fällt ihm sein eigenes Schweigen umso stärker auf, und je mehr ihm seine Wortkargheit bewusst wird, desto stärker fühlt er sich gelähmt. Lola versucht immer wieder, ihn ins Gespräch einzubeziehen, aber es gelingt ihm nicht, im richtigen Moment mit einer Bemerkung einzusteigen. Vielleicht auch deswegen, weil er sich selbstquälerisch dauernd fragt, was die anderen wohl von ihm denken, so schweigsam, wie er dasitzt. Schlecht gelaunt, neben der Spur, etwas seltsam. Das denken sie bestimmt von ihm. Und genau das ist der Punkt. Sie haben recht. Absolut recht.

Isabel zaubert als Dessert Brownies hervor, und Mathéo greift unter dem Tisch erneut nach Lolas Hand, presst seine Handfläche gegen ihre. Zieh sie nicht weg, will er ihr damit sagen. Ich weiß nicht, was gerade mit mir geschieht. Ich weiß nur, dass ich dich jetzt brauche. Ich brauche dich.

Nach dem Essen spülen sie gemeinsam ab und gehen dann alle zusammen ins Wohnzimmer, kämpfen um die Matratzen, diskutieren immer noch darüber, welche Filme sie denn nun angucken wollen. Mathéo hat das Gefühl, als würde er alles aus sehr großer Entfernung beobachten. Am liebsten würde er sich irgendeine Entschuldigung ausdenken und einfach gehen. Aber er weiß, dass Lola ihm nicht glauben würde. Und dass sie wirklich wütend auf ihn wäre, wenn er sich noch einmal einfach so davonmachen würde. Unter großer Anstrengung gelingt es ihm, auf Fragen, die an ihn gerichtet sind, irgendwelche Antworten zu geben. Zu jeder anderen Teilnahme am Gespräch fühlt er sich vollkommen außerstande. Hugo ist schon viel zu betrunken, um noch irgendetwas mitzukriegen. Aber Isabel fragt ihn mehrmals, ob bei ihm denn alles in Ordnung sei, und Lola wirft ihm immer wieder alarmierte Blicke zu.

Schließlich lassen sich alle vor *Skyfall* auf die Matratzen plumpsen, und es kehrt einigermaßen Ruhe ein. Hinter den vorhanglosen Fenstern geht der Abend in die Nacht über. Mathéo liegt auf dem Bauch, hat den Kopf auf die Hände gestützt und starrt blicklos auf den Fernseher. Er spürt, wie es mit ihm immer schlimmer wird. Alles tut ihm weh. Er kann kaum still liegen. Fühlt sich gefangen. In einer Falle. Er will davonrennen, aber wohin? Er ist sich sicher, dass es überall und immer für ihn so sein wird – dass er in seinem eigenen Körper gefangen sein wird, in seinem eigenen Kopf. Der Schmerz, den er im Herzen und im Kopf verspürt, ist so stark, dass er zu einem körperlichen Schmerz wird. Er spürt, wie sich in ihm etwas windet und verknotet; wie es ihn beinahe zerschmettert, erwürgt und erstickt. Er ist dabei, den Verstand zu verlieren. Er ist nicht mehr er selbst. Er hatte geglaubt, alles sei wieder halbwegs in Ordnung. Aber plötzlich versteht er sich und die Welt nicht mehr. Hat irgendjemand sonst eine Ahnung davon, wie es sich anfühlt, in einem Zwischenreich zwischen tot und lebendig festzustecken? In einer Welt voller Qualen, in der die Gefühle, die man für immer auf Eis gelegt zu haben glaubt, allmählich wieder auftauen? An einem Ort eingesperrt zu sein, wo alles schmerzt, wo das eigene Denken nicht mehr stark genug ist, um die heranstürmenden Gefühle in ihren Winterschlaf zurückzuzwingen?

Irgendwann sind seine Arme zu schwach, um den Kopf noch länger abzustützen; er sinkt mit dem Gesicht auf die Matratze und bleibt reglos liegen. Etwas in ihm zerbricht. Und er ist hier gefangen, wortwörtlich – er kann nirgendwo anders hingehen, ohne einen großen Wirbel zu verursachen. Er fühlt sich wie ein Tier in einem Käfig, das nirgendwohin fliehen kann.

»Ich glaube, Mattie ist eingeschlafen«, hört er Isabel auf einmal sagen.

Er presst das Gesicht aufs Kissen und bemüht sich, langsam und regelmäßig zu atmen. Tief einatmen und ausatmen. Ja, am besten glauben sie, dass er eingeschlafen ist. Dann muss er sich wenigstens nicht mehr an ihrem Gerede beteiligen, muss nicht so tun, als ob ihre Gesprächsthemen ihn interessieren würden. Muss sich nicht dazu zwingen, über die Komödie, die jetzt auf den *James Bond* folgt, zu lachen.

»Matt?«

»Lass ihn, Hugo. Er ist total geschafft vom Training.« Lolas Stimme ertönt von der Matratze neben ihm.

Mehrere Augenblicke verstreichen. Hugo und Isabel geben wieder ihre Kommentare zum Film ab. Mathéo spürt, wie Lolas Haare ihm über den Arm streichen, er spürt ihren warmen Atem an seiner Wange. Er muss all seine Willenskraft aufbieten, um nicht zu reagieren, als er ihre Lippen auf seinem Mund spürt. »Ich liebe dich«, flüstert sie.

Er hält den Atem an. Ahnt sie etwa, dass er sich verstellt? Aber dann macht Hugo irgendeine blöde Bemerkung, Lola lacht und droht ihm mit einer Ohrfeige, eine Flasche Whisky wird herumgereicht. Der zweite Film geht zu Ende, Momente der Stille schieben sich zwischen ihr Gequassel, und allmählich wird das Schweigen immer länger. Nur noch aus dem Fernseher kommen Stimmen. Jemand schnarcht, höchstwahrscheinlich Hugo. Mathéo versinkt in der Matratze, von Traurigkeit überwältigt. Das Gefühl ist so stark, als wäre es ihm bereits bis ins Blut gegangen, wie eine

Droge. Die Trauer erfüllt seinen ganzen Körper und drückt ihn nieder …

Sie fängt an zu schreien. Richtig zu schreien. Die Art von Schrei, die mehr als ein Angstschrei ist. Es ist ein Horrorschrei. Der Schrei von jemandem, der weiß, was noch auf ihn wartet. Sie versucht zu entkommen, blutet nach einem Schlag auf den Hinterkopf, kriecht über den Dielenboden. Sie erreicht eine weiße Wand, ihre Hand tastet sich nach oben. Aber ein Schatten fällt über sie, er fängt sie wieder ein, sie entkommt ihm nicht. Er packt sie an den Haaren und zerrt sie den Flur entlang ins Badezimmer, in der eine bis zum Rand mit Wasser gefüllte Badewanne steht. Es spritzt, als er sie hineinstößt. Sie kämpft, tritt mit den Füßen, schlägt wild um sich, verspritzt in alle Richtungen Wasser, macht ihm das Hemd nass. Aber sein Griff um ihren Hals ist so fest wie ein Schraubstock, er drückt sie nach unten – und allmählich werden ihre Versuche, sich zu befreien, schwächer. Sie bewegt sich kaum mehr. Die letzten Luftbläschen steigen aus ihrer Nase zur Oberfläche auf. Still liegt sie da, das Gesicht weiß, die Lippen blau. Sie starrt ihn an, die Augen weit aufgerissen. Ungläubig. Von Grauen gepackt.

Er hört immer noch das Schreien, hört sie schreien. Aber jetzt mischen sich noch andere Laute darunter. Rufe. Ein Brüllen. Hände zerren ihn mal in die eine, dann in die andere Richtung, packen ihn an den Schultern und rütteln ihn. Er sieht in Augen und Gesichter. Über ihm sind Köpfe, mal näher, mal ferner, weit oben leuchtet grell eine Deckenlampe. Das Brüllen kommt jetzt von ihm, birst aus seinen Lungen und platzt in das Chaos des Raums, übertönt die anderen Stimmen.

»Matt, Matt, hör auf zu schreien! Du hast nur geträumt!« Hugo hat ihn an den Schultern gepackt, schüttelt ihn, zerrt ihn hoch und brüllt es ihm ins Ohr.

»Wach auf, wach auf!« Isabel wirkt verstört. Mit riesengroßen Augen starrt sie ihn an.

»Mattie, was ist los? Schau mich an! Schau mich an!«

Mathéo sitzt auf seiner Matratze im Wohnzimmer von Lola und Jerry. Er dreht den Kopf zu Lola und versucht, den Horrorschrei zu ersticken, der ihm aus der Kehle hervorbricht. Er hält den Atem an, bedeckt den Mund mit den Händen, versucht, dem Horror Einhalt zu gebieten, die Angst zu stoppen – und tatsächlich gelingt es ihm, mit dem Schreien aufzuhören. Aus seinem Mund dringt nur noch ein keuchender, japsender Laut.

Hugo und Isabel lassen sich auf ihre Matratzen zurücksinken, schauen ihn immer noch wie unter Schock an. Er spürt Lolas Hände an seinen Wangen, sie hält sein Gesicht fest, versucht, ihn davon abzuhalten, den Kopf noch länger hin- und herzuwerfen. Versucht, ihn dazu zu zwingen, sie anzuschauen.

»Mattie, schau mich an. Ich bin's. Lola. Es ist alles gut«, sagt sie. »Dir ist nichts passiert.« Der Tonfall ihrer Stimme ist sanft, leise und beruhigend, aber ihre Augen verraten, wie verstört sie ist. Sie streicht ihm langsam und sachte über den Rücken. Mathéo spürt, dass sein T-Shirt klatschnass geschwitzt ist.

»Nein!« Das Wort schießt wie eine Pistolenkugel aus ihm heraus. »Nein!«

»Was nein?«

»Es geht ihr gut! Es geht ihr gut!«

»Ja, es geht ihr gut.« Lola nickt mitfühlend. »Mit ihr ist alles in Ordnung. Und mit dir ist auch alles in Ordnung. Mit uns allen. Es geht uns gut.«

Er merkt, wie seine Atemzüge abgerissener werden, spürt, wie er zu zittern anfängt. Seine Wangen sind nass. Tränen laufen ihm über die Wangen. Halb erstickte Schluchzer zerreißen die angespannte, geschockte Stille.

Jetzt sagt Hugo etwas. »Hey, Kumpel, es war nur ein Traum!«

»Du bist jetzt wach«, sagt Isabel. »Du bist wach, Mattie! Es ist alles in Ordnung!«

»Mannomann!« Hugo klingt ehrlich erschrocken. »Was, verdammt noch mal, ist mit ihm los?« Er dreht sich zu Lola. »Kann er uns überhaupt hören?«

»Kannst du uns hören, Mattie? Das kannst du doch, oder?« Lola schaut ihn unverwandt an, als wollte sie ihn allein mit ihren Augen in das Hier und Jetzt zurückholen. »Du weißt doch, dass du jetzt wach bist, oder?«

Mathéo nickt, versucht weiter, das keuchende Schluchzen zu unterdrücken, das aus seinem Mund kommt.

»Mannomann«, sagt Hugo leise noch einmal. »Hat er irgendwas eingeworfen? Sollen wir jemanden holen? Einen Arzt oder so?«

»Komm runter, Mattie. Du musst davon runterkommen …« Lola versucht, ihn mit ihrer Stimme zu besänftigen. Sie sitzt neben ihm auf der Matratze, fährt mit den Fingern seine Wange auf und ab und hält ihn fest umarmt.

»Ich … ich will …« Er holt verzweifelt Luft. Seine Stimme gehorcht ihm nicht. »Ich will …«

»Was willst du?«, fragt sie ruhig zurück.

»Alles ver…, vergessen …« Er streckt die Hand nach ihr aus. »Ich will alles vergessen. Lola, bitte hilf mir dabei! Du musst mir dabei helfen!« Seine Stimme hört sich seltsam an: brüchig, leise, von Panik erfasst.

»Hey, verdammte Scheiße, was läuft hier …?«, fragt Hugo mit lauter werdender Stimme.

»Träumt er noch?« Isabel klingt immer verstörter.

»Mattie, wir schaffen das zusammen«, verspricht ihm Lola. »Ich helfe dir dabei, alles zu vergessen.«

Mathéo blickt in drei ausdruckslose Gesichter. Er begreift, dass sie keine Ahnung haben, wovon er redet. Er reibt sich fest über die Wangen und holt tief Luft. Es gelingt ihm, seinen Atem etwas zu beruhigen.

»Es war … es war nur ein Albtraum.« Luftholen. »Ich hab etwas Schlimmes geträumt. Kommt ja manchmal vor.« Trotzdem. Einen so fürchterlichen Albtraum hatte er noch nie. Alles war so lebendig und wirklich gewesen.

»Na klar, das kennen wir!«, ruft Isabel.

Mathéo schluckt mehrmals, ringt um oberflächliche Coolness. »Tut mir leid, dass ich euch aufgeweckt habe«, sagt er. »Aber es geht mir gut. Alles in Ordnung!« Seine Stimme klingt harscher und abwehrender als beabsichtigt.

»Wirkt aber nicht so.« Hugo hört sich immer noch schockiert an. »Was war das für ein Albtraum, verdammte Scheiße noch mal?«

Mathéo sinkt auf die Matratze zurück, hätte am liebsten, dass Hugo und Isabel einfach verschwinden würden. »Gebt mir noch etwas Zeit, okay? Es geht mir gut – ihr müsst deswegen nicht so ein Theater machen, verdammt!« Wut und Ärger steigen in ihm hoch. Am liebsten wäre ihm, sie würden alle verschwinden. Oder noch besser, er könnte einfach verschwinden. Er will nicht, dass sie ihn so erleben. Sie müssen jetzt nicht alle so betroffen tun. Das macht ihn noch wahnsinnig!

»Hey, Alter, mach mal locker! Wir versuchen dir ja nur zu helfen.«

»Ich brauche eure Hilfe nicht!«

»Mattie …« Lola hebt die Hand zu einem Friedenszeichen, mustert ihn dabei aufmerksam. »Keiner von uns will dir was Böses, okay?«

»Na, dann ist ja alles gut. Dann schlaft doch einfach weiter!« Er sieht in Lolas Augen, wie sehr er sie gerade verletzt hat, und möchte am liebsten wieder laut schreien. »Ich gehe jetzt in die Küche, um ein Glas Wasser zu trinken. Schlaft weiter!«

Mathéo stürmt aus dem Wohnzimmer, macht beim Hinausgehen das Licht aus und knallt die Tür hinter sich zu. Sofort setzt in dem Raum ein Durcheinander von Stimmen ein. Hugo verkündet, er habe Mathéo noch nie so erlebt, und beharrt darauf, den Notdienst zu rufen. Lola antwortet darauf, das würde alles nur noch schlimmer machen … In der Küche lehnt Mathéo sich gegen die geschlossene Tür und beugt sich schwer atmend nach vorn, die Hände auf die Knie gestützt. Er beißt sich auf die Unterlippe und presst die Augen zusammen, kämpft mit aller Kraft gegen das Bedürfnis an, sich auf den Boden fallen zu lassen und nur noch zu schluchzen. Er hat das Gefühl, durchzudrehen. In seinem Kopf blitzen lauter wütende, rote, zuckende und züngelnde Funken auf. Es drängt ihn danach, Dinge durch den Raum zu schleudern, Teller und Tassen zu zerschmettern, jemanden zu verletzen – Hugo einen Kinnhaken zu versetzen, Isabel eine Ohrfeige zu geben, Lola wehzutun, damit sie versteht, wie er sich fühlt. Er richtet sich schwerfällig auf, wischt sich mit dem Handrücken den Schweiß vom Gesicht. Er ist dabei, wahnsinnig zu werden. Etwas Böses, etwas wirklich Böses hat sich in ihm eingenistet und breitet sich in ihm aus. Von ihm geht eine Gefahr aus. Er sollte besser nicht mehr länger hierbleiben.

Als er hört, wie hinter ihm die Türklinke gedrückt wird, zuckt er zusammen und macht einen Satz von der Tür weg. Er versucht, sich ein Glas Wein einzuschenken. Aber von dem Rotwein landet nur der geringste Teil im Glas. Um den Fuß bildet sich eine kleine, dunkelrote Lache, wie Blut. Mathéos Finger zittern, werfen zuckende, tanzende Schatten auf die Tischplatte. Er spürt, wie Lola sich ihm von hinten nähert und ihn mit den Armen umschlingt.

»Nicht …« Er macht eine Bewegung, um sich von ihr zu lösen. Will sich aus ihren Armen befreien.

Sie hält ihn weiter fest, drückt ihren Mund in die Vertiefung zwischen seinen Schulterblättern. Atmet heiß gegen seinen Nacken. »Bitte, sag mir, was mit dir los ist, Mattie. Du bist jetzt schon seit Tagen so komisch, eigentlich seit Brighton, und ich hab das Gefühl, es wird immer schlimmer.«

Mathéo greift nach einem Schwamm, um den verschütteten Rotwein aufzuwischen, lässt ihn wieder fallen, fährt sich mit der Hand übers Gesicht. »Keine Ahnung …« Er verstummt. »Ich hab das Gefühl, dass ich allmählich durchdrehe, und zwar so richtig!«

Sie umarmt ihn noch fester und presst ihre Wange gegen seinen Rücken. »Mein Gott, du zitterst ja!«

Er greift nach der Weinflasche, setzt sie an die Lippen und schüttet den Wein in sich hinein. Rote Rinnsale laufen ihm aus den Mundwinkeln, über das Kinn und den Hals hinunter. Er schluckt, hustet und spuckt.

Lola lässt ihn los und versucht, ihm die Flasche aus der Hand zu nehmen. »Mattie, sei vernünftig! Was machst du denn da?«

Er macht einen Schritt zur Seite, hält die Flasche weit von ihr weg, lacht verächtlich. »Na, wonach sieht das wohl aus? Ich will mich besaufen. Bis ich ins Koma falle und den ganzen Scheiß hier vergessen kann …«

»Welchen Scheiß denn?« Lola schaut ihn jetzt nicht mehr besorgt, sondern erschrocken an, woraufhin er zusammenzuckt und vor ihr zurückweicht. Er stößt die Tür in den Garten auf, tritt in die Nacht hinaus, versucht, in der feuchten Kühle dort draußen alles loszuwerden, von sich abzuschütteln. Ihre Frage wischt er mit einer Handbewegung fort. Sie ist ihm gefolgt, steht jetzt vor ihm und reibt mit dem Zeigefinger nervös über die Unterlippe, wie immer, wenn sie bei irgendetwas nicht weiterweiß. Er will jetzt nur noch, dass Lola geht, dass sie ihn allein lässt. Er will nicht, dass sie sich um ihn Sorgen macht, das erträgt er nicht.

»Wohin gehst du?«

»Keine Ahnung!«

Die Dächer der Nachbarhäuser zeichnen sich dunkel und unwirklich vor dem Nachthimmel ab, wirken wie aufgeklebte Ausschnitte einer Collage. Wolken treiben vorbei. Am Ende des schmalen Gartens lehnt Mathéo sich mit dem Rücken gegen die feuchte Backsteinmauer und lässt sich daran auf die Erde hinuntergleiten, sitzt jetzt mit angewinkelten Beinen da. Sein Oberkörper sackt in sich zusammen. Er hebt die Weinflasche an den Mund und trinkt, als wäre es Wasser. Hofft, dass der Alkohol ihn betäubt. Lola setzt sich ihm gegenüber ins Gras und zieht die Knie bis unters Kinn. Ihr weißes Nachthemd schimmert im Mondlicht. Gespenstisch weiß, denkt er.

»Glaubst du, es hilft wirklich was, wenn du dich volllaufen lässt?«

Er trinkt gerade einen weiteren großen Schluck. »Ja! Vor allem, wenn du mir nachher mit der Flasche einen überbrätst, sobald ich sie leer getrunken habe!«, antwortet er halb lachend, halb hustend.

Lola lacht nicht mit. Umschlingt weiter ihre Knie, über die ihr Nachthemd wie ein Zelt fällt. Schaut ihn an. Er trinkt die Flasche leer, lehnt den Kopf zurück und schaut zu den Sternen auf, die sich hoch oben am Himmel ausdehnen und wieder zusammenziehen. Ausdehnen und wieder zusammenziehen. Es ist kühler als in den vorangegangenen Nächten.

Ihn fröstelt in seinem nass geschwitzten T-Shirt. Er hat das Gefühl, sich auf einem schwankenden Schiff zu befinden, mal mehr, mal weniger bei Bewusstsein. Ob dieses Wegdriften eine Ewigkeit anhält oder nur eine Minute dauert oder auch schon wieder vorbei ist, kaum dass es sich ereignet hat, ist ihm vollkommen egal. Auch dass es mitten in der Nacht ist. Wenn es keinen wirklichen Anfang und kein wirkliches Ende gibt, was bedeutet dann Zeit?

Schweigen umhüllt sie. Worte hängen unausgesprochen zwischen ihnen in der Luft, erschaffen einen Strudel von ungestellten und unbeantworteten Fragen. Mathéo spürt, dass Lola nicht weiß, was sie jetzt noch zu ihm sagen soll. Er spürt, dass sie nicht weiß, was sie jetzt als Nächstes tun soll. Ihn befällt das grauenhafte Gefühl, dass er sie verliert, dass die Kluft, die durch sein unverständliches Verhalten plötzlich zwischen ihnen aufgerissen ist, mit jeder Minute breiter und tiefer wird, dass Lola von ihm weggetrieben wird, hinaus auf die hohe See. Wie das Mädchen aus dem Traum schaut sie ihn mit weit aufgerissenen Augen an, versucht sie, sich mit ihren Blicken verzweifelt an ihm festzuklammern. Aber es hat keinen Zweck, das erkennt er jetzt. Wie sehr er sich auch anstrengt, sie festzuhalten, sie wird von ihm fortgerissen werden. Sie gehören nicht mehr länger zusammen. Das spürt er mit einer so absoluten Gewissheit, dass es ihm den Atem raubt. Er möchte sie anschreien, dass sie ihn nicht verlassen soll. Aber er weiß, dass es sinnlos ist. Genauso wie er weiß, dass sie ihn jetzt nicht erreichen kann, sosehr sie sich auch bemüht. Ihr Gesicht leuchtet blass im Mondlicht. Es schwebt vor ihm wie tief unter Wasser – wie in seinem Albtraum.

Allmählich lassen ihre Versuche, ihn noch zu erreichen, nach. Ihre Bewegungen werden langsamer. Die letzten Bläschen steigen aus ihrer Nase auf und zerplatzen an der Wasseroberfläche. Reglos liegt sie da und starrt zu ihm hoch, die Augen weit aufgerissen. Von Grauen gepackt.

SIEBTES KAPITEL

Am nächsten Tag geht Mathéo nicht in die Schule. Textet Perez, dass er sich schlimm erkältet hat. Kann Consuela davon überzeugen, in Greystone anzurufen und ihn zu entschuldigen. Sie scheint ihm zu glauben und will ihm mittags Suppe ans Bett bringen, aber er hat die Zimmertür abgeschlossen und schleicht sich erst abends, als alle bereits schlafen gegangen sind, in die Küche hinunter. Den ganzen Tag über versucht er vergeblich zu lesen, Musik zu hören, Computerspiele zu spielen, aber er kann sich auf nichts konzentrieren. Vor allem aber versucht er zu schlafen. Er sehnt sich danach, zu vergessen. Will die Gedanken, die Ängste, die Erinnerungen loswerden, die – das spürt er – jeden Moment die dünne Schutzschicht durchstoßen können, die sein Unterbewusstsein von seinem Bewusstsein trennt. Er will nicht mehr darüber nachgrübeln, was in Brighton passiert ist. Was da mit ihm passiert ist. Er weiß, es war etwas Schreckliches. Es ist dort etwas Schreckliches passiert. Und er ist schuld daran. Mehr als dieses Wissen erträgt er nicht. Manchmal glaubt er, eine aufdämmernde Ahnung davon zu haben, was geschehen ist. Wenn er der Sache aber genauer auf die Spur zu kommen versucht, wenn er sich ihr zu stellen versucht, entgleitet ihm alles wieder. Seine Gedanken drängen dann in eine andere Richtung, abgestoßen von dem Grauen, das in den düstersten Winkeln seines Ichs begraben liegt.

Am Morgen hatte er sich aus Lolas Wohnzimmer hinausgeschlichen und dabei den anderen nur etwas zugemurmelt, von wegen er müsse zum Training, und war danach eine Weile durch die Straßen geirrt. Später hat er Lola dann eine Nachricht geschickt und sich für sein Verhalten in der Nacht entschuldigt, alles darauf geschoben, dass er eben einfach zu viel getrunken habe. Doch er spürt, dass sie ihm nicht glaubt, und sie ruft ihn am Abend an, um sich zu erkundigen, wie es ihm geht. Er presst den Hörer fest gegen das Ohr, als könnte er dadurch ihre Nähe stärker spüren, den Klang ihrer Stimme ganz in sich aufnehmen, sein hohles Inneres mit der Wärme ihrer Worte füllen. Er vermisst sie so – er ballt die Hände zu Fäusten und beißt sich auf die Knöchel, so stark verspürt er den Drang, aufzuspringen und zu ihr zu rennen. Aber er darf es nicht, er darf es nicht. In seiner Brust klafft ein gähnendes, schwarzes Loch, eine schmerzende Leere an der Stelle, wo Lola sein sollte – neben ihm, in seinen Armen, an ihn geschmiegt. Er liebt sie. Wie kann es dann sein, dass ihn nachts diese Albträume plagen, in denen sie unter Wasser gedrückt wird und ertrinkt, ihn mit vor Grauen weit aufgerissenen Augen anschaut?

Am nächsten Morgen gibt es für ihn kein Entkommen. Seine Mutter muss später als sonst in ihre Kanzlei und beschließt trotz der Proteste von Mathéo, ihre beiden Söhne selbst zur Schule zu fahren. Loïc ist über diese unerwartete Wendung außer sich vor Freude und quasselt im Auto in einem fort. Vor seinem Schultor bleibt er extra noch einmal stehen und winkt. Als sie weiterfahren, dreht Mathéos Mutter sich mit einer scharfen Falte zwischen ihren perfekt gezupften Augenbrauen zu ihm um.

»Perez hat gestern Abend angerufen. Du warst nicht beim Training. Ich hab dich für heute noch mal entschuldigt.«

»Stimmt. Hab gespürt, dass bei mir eine Erkältung im Anzug war. Wollte nicht, dass es schlimmer wird. Danke.« Mathéo dreht den Kopf schnell weg, lehnt den einen Arm aus dem geöffneten Fenster und kaut auf seinem Daumennagel. Das Schweigen seiner Mutter verrät ihm, dass sie ihm nicht ganz glaubt.

»Hast du … hast du es Dad gesagt?« Er spürt, wie aus seiner Stimme Ängstlichkeit herauszuhören ist, was ihm nicht gefällt.

»Nein«, antwortet sie. »Ich dachte, du sagt es ihm selbst.«

»Ich wollte ihn damit nicht belästigen.« Seine Stimme bricht schrill und abwehrend aus ihm heraus. »Du weißt doch, was er immer für ein Theater macht, wenn ich mal ein Training verpasse.«

»Glaubst du nicht, dass er Verständnis dafür hätte, wenn es dir nicht gut geht?« Der Tonfall seiner Mutter ist jetzt etwas weicher. Sie klingt enttäuscht, beinahe verletzt.

Er zupft an einem Nagelhäutchen.

»Du wirkst in den letzten Tagen etwas … etwas abwesend«, fährt seine Mutter leiser fort. Mit ihren perfekt manikürten Händen bewegt sie das Lenkrad, sämtliche Laute im Innern des Autos erklingen gedämpft, fast samten. »Ist alles bei dir in Ordnung?«

Es haut Mathéo beinahe um, dass seine Mutter so plötzlich und unerwartet Anteilnahme zeigt, und einen Moment lang bringt er kein Wort heraus. Vielleicht bekommt sie doch mehr mit, als er meint. Obwohl sie wie eine Wahnsinnige dauernd nur arbeitet.

»Mattie« – so hat sie ihn seit einer Ewigkeit nicht mehr genannt – »wenn es da irgendetwas gibt, das dich bedrückt, dann hoffe ich, dass du es mir erzählst. Hab Vertrauen zu mir! Schließlich bin ich doch deine Mutter.«

»Da … da ist nichts«, antwortet er schnell und hasst sich für sein verräterisches Stammeln. »Ich … ich bin nur etwas erschöpft nach … du weißt schon, einfach nach allem, was …« Mit einem Mal ist sein Kopf total leer. Er fühlt sich, als würde er endlos durch den Raum fallen. Wie bei einem Sprung von einem unendlich hohen Turm, aber ohne kunstvolle Schrauben und Salti.

»Mum?« Er schaut sie an, holt Luft. Plötzlich will er ihr alles erzählen – alles. Von der Gedächtnislücke, wenn er an Brighton denkt. Vom Gefühl, dass dort etwas Fürchterliches passiert ist. Von seinen Albträumen. Dass er glaubt, in ihm habe sich unwiderruflich etwas verändert. Nein, dass er sich da ganz sicher ist.

»Qu'est-ce qu'il y a, mon chéri?« Seine Mutter hält vor seiner Schule an, nur noch wenige Schüler sind draußen vor dem Gebäude zu sehen. Er spürt, wie ihm das Blut in den Kopf schießt. Sich ihm die Kehle zusammenschnürt. Vielleicht … wenn sie ihn nicht »chéri« genannt hätte, wenn sie nicht so ungewohnt … fürsorglich dreingeblickt hätte, dann hätte er ihr das alles sagen können.

»Nein, es … Alles in Ordnung. Danke fürs Bringen. Dann bis heute Abend!«

Sie macht eine Bewegung, als wollte sie ihm über die Wange streicheln, aber er schnappt sich nur seine Tasche und ist aus dem Auto draußen, bevor sie ihn berühren kann. Er schlägt die Tür zu und winkt kurz, dann beeilt er sich, um noch rechtzeitig in den Unterricht zu kommen.

Obwohl er Lola nur einen Tag nicht gesehen hat, fühlt es sich für Mathéo so an, als wären es Wochen gewesen, und er fängt an, die Minuten bis zur ersten Pause zu zählen. Aber als es dann so weit ist, kann er Lola nirgends finden. Fast die gesamte Vormittagspause verbringt er allein auf einer der Zuschauerbänke am Cricket Pitch, ihrem üblichen Treffpunkt, und tut so, als würde er einem der Spiele zugucken, während er sie immer wieder auf dem Smartphone anzurufen versucht und dauernd nur auf ihrer Mailbox landet. Er macht sich im Schulgebäude auf die Suche nach ihr – in der Aula, in der Turnhalle –, aber nirgendwo scheint heute eine Musicalprobe stattzufinden. Unzählige Male streift er danach am Theatergruppensaal mit dem kleinen Fenster in der Tür vorbei – so lange, bis ein paar der Schüler es bemerken und die Köpfe nach ihm drehen. Mit einem verzweifelten Seufzer überprüft er jede Minute, ob sie ihm mit einer SMS geantwortet oder ihn vielleicht anzurufen versucht hat. Immer noch nichts. Allmählich wird er unruhig. Lola hat ihr Smartphone doch immer dabei. Wenn sie aus irgendeinem Grund nicht in die Schule gekommen wäre, hätte sie es ihm doch mitgeteilt. Und sie klang jedenfalls gestern Abend am Telefon ganz normal. Irgendetwas muss am Morgen passiert sein. Irgendetwas Ernstes, so schlimm, dass sie jetzt nicht einmal mehr drangehen kann. Ihm wird auf einmal schlecht. Eine fürchterliche Vorahnung überfällt ihn. Er wird sie nie mehr in seinem Leben sehen.

Als es endlich Mittag ist, schnappt Mathéo sich ein Essenstablett und stürmt zu dem Tisch ganz hinten in der Schulmensa, an dem Lola und er normalerweise immer zusammen sitzen. Aber er trifft dort nur auf Hugo und Isabel. Mit lautem Geklapper stellt er das Tablett ab und lässt den Blick suchend durch den gefüllten Saal gleiten, bevor er den Stuhl zurückzieht und sich daraufplumpsen lässt.

»Wo, verdammt noch mal, steckt sie?«

»Hallo! Auch schön, dich zu sehen!«

»Was?« Die Frage platzt laut aus ihm heraus. Mathéo muss sich dazu zwingen, einen Moment lang Hugo anzuschauen.

Er merkt, dass Hugo und Isabel sich Blicke zuwerfen. »Erde an Matt …« Hugo schnippt mit den Fingern nervig laut vor Mathéos Gesicht und versucht damit, Mathéos Aufmerksamkeit auf sich zu lenken.

»Wir sitzen hier direkt vor dir – kannst du uns sehen?« Isabel lacht. »Lola ist heute nicht da.«

»Was? Warum?«

Erst als sie ihn beide daraufhin überrascht anschauen, merkt er, dass er unangemessen laut geworden ist. Er holt tief Luft. »'tschuldigung. Ich … ich muss nur dringend was mit ihr besprechen. Habt ihr irgendeine Ahnung, wo sie ist?«

»Boah, ey – so dringend und wichtig?« Hugo lässt seine Augenbrauen auf und ab turnen, und Isabel prustet los.

»Wisst ihr jetzt, wo sie ist, oder wisst ihr es nicht?« So laut zu brüllen, war ein Fehler. Ein paar Schüler vom Nebentisch drehen die Köpfe zu ihnen.

»Mann, Kumpel, komm mal runter! Was ist denn los?« Hugo wirkt verärgert, aber auch besorgt.

»Nichts. Ich … ich versuche euch nur eine einfache Frage zu stellen, auf die ich …«

»Wir wissen es nicht«, mischt sich Isabel hastig ein. »Wir haben sie heute auch noch nicht gesehen. Wahrscheinlich hat sie einen Termin beim Zahnarzt oder so was und hat vergessen, uns Bescheid zu sagen. Hast du schon mal versucht, sie anzurufen?«

»Natürlich hab ich versucht, sie anzurufen!«

»Hey, jetzt mach mal locker, Alter!« Sogar der lässige Hugo reagiert allmählich nervös, weil ihm die Aufmerksamkeit, die sie auf sich ziehen, nicht gefällt. »Was ist denn los?«

Mathéo atmet einmal tief durch, versucht, seine Lautstärke auf einen normalen Tonfall zu bringen. »Ich hab gedacht, ihr seid mit ihr befreundet! Ist euch denn scheißegal, was mit ihr passiert?«

Hugo mustert ihn. »Hey, hey, hey, Kumpel! Vorsicht! Jetzt kehr nicht das Arschloch raus!«

»Warum?« Mathéo merkt, dass er wieder zu brüllen angefangen

hat, obwohl er doch ruhig bleiben wollte. »Weil ich der Einzige bin, den es kümmert, was mit Lola los ist, wenn sie nicht in der Schule aufkreuzt und ihr Smartphone abgestellt hat?«

»Sie kommt doch häufiger nicht, ohne es einem von uns vorher gesagt zu haben. Manchmal begleitet sie ihren Dad überraschend zu einem Fotoshooting, das weißt du doch …«

Er spürt, wie sein Herz einen Moment aussetzt. »Wie könnt ihr nur so gleichgültig sein? Und was, wenn ihr etwas zugestoßen ist?«

Hugo starrt ihn an. »Glaubst du nicht, dass du etwas paranoid bist, Mann? Oder echt extrem besitzergreifend, was deine Freundin betrifft?«

Mathéo bleibt daraufhin einen Moment die Luft weg. Dann ist er nur noch wütend. »Extrem besitzergreifend?« Er kriegt sich nicht mehr ein. »Scheiß auf euch!«

Er springt auf und stößt den Stuhl zurück, schleudert seine Gabel quer über den Tisch. Hugos Glas kippt um. An den Nachbartischen kommt Bewegung auf, weil alle neugierig die Köpfe drehen.

Hugo will darauf etwas erwidern, aber bevor er auch nur ein Wort sagen kann, hat Mathéo sich bereits seine Tasche geschnappt und ist aus der Mensa geflohen.

Scheiß auf sie, scheiß auf sie, scheiß auf sie! Er geht mit großen, hastigen Schritten im Klassenzimmer auf und ab, schlägt sich immer wieder die Faust gegen den Mund, presst mit den Knöcheln die Unterlippe gegen seine Zähne. Versucht, sich zu beruhigen. Atmet gleichmäßig ein und aus, wie vor einem schwierigen Sprung vom Zehnmeterturm. Sich jetzt bloß nicht über Hugos faule Sprüche und seine großspurige, ironische Art aufregen. Aber trotz aller Anstrengung geht ihm allmählich auf, dass er eigentlich nur eins geschafft hat: nämlich die Kluft zwischen seinen Freunden und sich selbst noch zu vergrößern. Sie haben hinter seinem Rücken über ihn geredet, seit er aus Brighton zurück ist, da ist er sich ganz sicher. Er spürt, dass sie sich ihm gegenüber seither anders als vorher verhalten – als könnte man ihm nicht mehr ganz trauen, als wäre er leicht instabil, irgendwie beschädigt, jedenfalls nicht mehr so richtig normal. Beinahe, als ob sie wüssten. Doch das kann nicht sein. Wer könnte es ihnen erzählt haben? Außer, sie haben es erraten. Außer, er hat sich durch sein Verhalten selbst verraten. Außer, sie haben die Schuld in seinen Augen gesehen … Vielleicht ist es ja das. Vielleicht hat Lola herausgefunden, was passiert ist, und … Und wenn sie das hat, dann wundert es ihn nicht, dass sie bei seinen Anrufen nicht mehr drangeht und heute nicht in die Schule gekommen ist. Dann wird sie ihn nie mehr sehen wollen. Niemals. Sie wird nicht mehr zu ihm zurückkommen. Nie mehr. Was soll er ohne sie bloß anfangen?

»Hey, Alter …« Beim Klang von Hugos Stimme in der Tür dreht sich Mathéo ruckartig vom Fenster fort. »Sie hat gerade in der Turnhalle mit den Proben angefangen.«

»Was?« Überrascht weicht er einen Schritt zurück, stößt sich die Hüfte am Fensterbrett. »Wie … Woher weißt du das?«

»Ein paar Siebtklässler in der Mensa haben es mir gerade erzählt. Aus irgendeinem Grund haben sie heute später angefangen.«

Mathéo sackt in sich zusammen, als würde auf einmal alle Luft aus ihm gesaugt, lehnt kraftlos am Fensterbrett, die Wut entweicht aus seinem Körper, er fühlt sich plötzlich ganz schwach. »Oh …« Er wird rot. »Oh, okay … ähm, ja, danke.« Er schaut auf den Boden und atmet bedrückt.

Hugo beobachtet ihn, mustert ihn besorgt. »Alles in Ordnung mit dir?«

Mathéo holt japsend Luft, versucht, ein beschwichtigendes Lächeln zustande zu bringen. »Ja, ja. Tut mir leid, dass ich dich so angefahren habe. Ich bin nur … Ich habe nur …« Er schüttelt mit stockender Stimme den Kopf, als er merkt, dass er selbst nicht in der Lage ist, für seinen Wutausbruch in der Mensa einen nachvollziehbaren Grund anzugeben.

Hugo schließt die Klassenzimmertür hinter sich und geht durch den Raum langsam auf ihn zu. »Matt, was ist los mit dir?«

»Nichts! Ich … ich bin nur … Nichts!« Er hält den Kopf weiter gesenkt und hebt abwehrend einen Arm, damit Hugo ihm nicht zu nahe kommt.

Hugo bleibt stehen. Lehnt sich gegen die Tafel. »Matt, ich mein's ernst. Du bist doch schon so viele Jahre mein Freund. Und plötzlich hab ich das Gefühl, ich kenn dich überhaupt nicht mehr. Du stürmst mitten in einem ganz normalen Gespräch davon. Dann dein verrückter Albtraum. Und außerdem schaust du echt scheiße aus …«

»Danke!« Mathéo zwingt sich dazu, Hugo ins Gesicht zu sehen, und lacht kurz auf.

Aber Hugo bleibt ernst. »Du weißt, wie ich es meine, Matt. Du schaust aus, als hättest du seit einer Ewigkeit nicht mehr richtig geschlafen. Machst du dir Stress wegen der Prüfungsergebnisse? Kann ich mir nicht vorstellen. Oder läuft es zwischen dir und Lola gerade nicht so gut?«

Mathéo zuckt innerlich zusammen. »Doch! Doch!«

»Okay – also doch was mit Lola. Erzähl schon, Alter, ich hab doch auch immer alles von mir und Izzy bei dir abgeladen und …«

»Es ist nicht so, wie du meinst, Hugo.« Mathéo spürt, wie er jetzt wieder lauter spricht. »Es ist … es ist scheißkompliziert, okay?«

»Erklär's mir, ich hör dir zu. Und ich bin schweigsam wie ein Grab.«

Mathéo presst sich gegen das Fensterbrett. Einen Moment lang hat er Angst, vollkommen die Beherrschung zu verlieren. Aber das darf er nicht, er darf nicht vor seinem besten Freund zusammenbrechen.

»Hugo, verdammt noch mal!« Er lässt seine rechte Faust auf das Fensterbrett krachen. »Hör auf damit! Hör auf, mir Fragen zu stellen, auf die ich dir keine Antwort geben kann.« Tränen schießen ihm in die Augen. »Scheiße, so ist es nun mal. Bitte, ich kann …«

Hugo blickt ihn geschockt an. »Hey, Alter, beruhig dich. Ich wollte es nicht noch schlimmer machen …«

»Dann hör auf damit, okay?«

Hugo hält beide Hände hoch. »Schon gut, schon gut! Immer schön locker bleiben, Matt. Tut mir leid. Ich wollte dir nicht zu nahe treten.«

Schwer atmend dreht sich Mathéo zum Fenster um, versucht, seine Erregung unter Kontrolle zu bringen. Er beißt sich auf die Unterlippe. Starrt auf das Kricketmatch, das unten auf dem Spielfeld gerade läuft. Blinzelt mehrmals hintereinander.

»Willst du, dass ich gehe?«, fragt Hugo noch einem längeren Schweigen.

Mathéo nickt stumm, traut sich nicht, noch ein Wort zu sagen.

»Na gut.« Hugo gibt sich geschlagen. »Aber wenn du … wenn du irgendwann mal mit jemandem reden willst … du weißt, dass ich dann für dich da bin, Alter, das weißt du doch, oder?«

Mathéo hält den Atem an, nickt und schließt die Augen.

Den Rest des Nachmittags hat er keinen Unterricht mehr, und um Hugo aus dem Weg zu gehen, treibt er sich hauptsächlich vor der Turnhalle herum, bis Lola endlich mit den Proben für ihr Musical fertig ist. Schließlich taucht sie auf, und er kann sie überreden, mit zu ihm nach Hause zu kommen. Er muss das unangenehme

Gespräch mit Hugo unbedingt aus dem Kopf kriegen. Außerdem hat Lola ihm gestern so unglaublich gefehlt – er will alles andere vergessen, will die alte Verbundenheit zwischen ihnen beiden wieder spüren. Hugos Fragen nagen immer noch schmerzhaft an ihm, deshalb bemüht er sich jetzt mit Lola umso mehr, so entspannt und locker wie früher zu sein. Über lauter harmlose Dinge mit ihr quatschen, mehr will er nicht.

Consuela hört nicht auf, geschäftig um sie herumzuwedeln, und sie schaffen es erst dann, sie loszuwerden, als sie sich nach draußen in den Garten verziehen und hinter den Rhododendronbüschen in die Sonne legen. Eine Weile lang reden sie locker über alles Mögliche, das Mathéo am Tag zuvor verpasst hat. Wie Hugo auf irgendeiner Schulabschlussparty sturzbetrunken war, zum Beispiel, und wie Isabel einen totalen Wutanfall bekam, als er »zufällig« eine seiner Exfreundinnen küsste. Dann fallen sie in der warmen Nachmittagssonne in ein einträchtiges, schläfriges Schweigen.

Mit halb geschlossenen Augen liegt Mathéo da, als ihm auf einmal etwas einfällt, das ihn am Morgen im Frühstücks-TV besonders amüsiert hat, und er muss auflachen. »Hey, das muss ich dir unbedingt erzählen …« Aber Lola rührt sich nicht, und als er die Augen öffnet, sieht er, dass sie mit dem Kopf auf seiner Brust eingeschlafen ist. Sie hat die Wange an ihn geschmiegt, die Arme locker um seinen Hals geschlungen, und nur ihre Schultern heben und senken sich regelmäßig. Ihre Lider mit den langen Wimpern sind fest geschlossen, ihre Nasenflügel beben leise bei jedem Atemzug, ihr Gesicht ist von der Sonne leicht gerötet.

Vorsichtig greift Mathéo nach ihrer Wasserflasche, die sie neben sich abgelegt hat. Er hält sie über ihr Gesicht und lässt ein paar Tropfen auf ihre Wangen träufeln. Sie zuckt leicht und wischt sie mit der Hand weg. Aber danach erwischt er ihre Nasenlöcher und schließlich ihr Ohr.

»Hey!« Sie hebt den Kopf und blinzelt zu ihm hoch, hält eine Hand schützend vors Gesicht, um das Rinnsal abzuhalten, mit dem er jetzt auf ihre Augen zielt. »Was zum …? Uah!« Sie richtet sich auf, wischt sich mit der Hand über ihr nasses Gesicht und schüttelt den Kopf, um das Wasser aus ihrem Ohr zu kriegen. »Du Mistkerl!«

Lola versucht, ihm die Flasche zu entreißen, aber vergebens; Mathéo dreht sich zur Seite und hält sie so weit weg, dass sie sie nicht erreichen kann. Dann drückt er die Flasche wie eine Wasserpistole, sodass Lolas Nacken nass wird.

Halb lachend, halb fluchend springt sie hoch und stürzt sich auf ihn. »Warte nur!«

Lola schnappt sich die Flasche und versucht, sich an ihm vorbeizuducken, aber er ist zu schnell und packt sie um die Hüfte, wringt ihr die Flasche aus der Hand. Als sie sie sich wiederholen will, wird sie von ihm von oben bis unten mit Wasser vollgespritzt und springt kreischend weg, rennt auf den großen Baum zu und fängt an hinaufzuklettern. Mathéo erwischt sie, als sie es gerade bis zum ersten Ast geschafft hat, und schüttet ihr den Rest des Wassers über Kopf und Bluse. Lola kreischt und wehrt sich, und schließlich gelingt es ihr zu entkommen, sie saust zurück ins Haus, knallt triumphierend die Türen des Wintergartens hinter sich zu und verriegelt sie von innen.

Nach einigem Gerufe und Gehämmere lässt Consuela ihn herein, mit einer Miene, die nichts Gutes verheißt. Loïc steht ängstlich hinter ihr. Mathéo nimmt immer zwei Stufen auf einmal, stürmt die Treppe hoch – und ganz oben im Badezimmer, da ist sie. Sie versucht gerade, sich mit seinem Duschhandtuch abzutrocknen.

»Deine Bluse ist ganz durchsichtig«, ruft er lachend, hievt Lola über die Schulter und trägt sie hinüber in sein Zimmer, wo er sie auf sein Bett plumpsen lässt. »Wenn du dich sehen könntest! Man muss sich ja für dich schämen, Miss Baumann!«

»Hahaha! Gib mir eins von deinen T-Shirts!«, faucht sie, kniet sich hin und blickt nach unten, um ihre Bluse aufzuknöpfen. Ihre nassen, zerzausten Haare fallen nach vorne und verdecken ihr Gesicht.

Er springt mit einem so mächtigen Satz neben sie aufs Bett, dass er sie beinahe umstößt. »Nein.«

Sie blinzelt zu ihm hoch, während er ihr hilft, sich aus ihrer nassen Bluse zu schälen. »Was willst damit sagen, du Ratte? Was heißt hier ›Nein‹? Willst du, dass ich für den Rest meines Lebens in Slip und BH herumspa…?«

Sein Mund trifft plötzlich auf ihren, sodass sie nicht mehr weitersprechen kann. »Nein«, keucht er zwischen zwei Küssen. »Ich finde, du solltest in überhaupt nichts herumspazieren. Nur meine rein private Meinung natürlich.«

Sie fängt zu lachen an, da beißt er sie in die Unterlippe, um sie zum Schweigen zu bringen, und plötzlich küssen sie sich wild und heftig. So intensiv, dass sie kaum Zeit haben, um Luft zu holen. Seine Hände legen sich um ihre Wangen, gleiten dann hoch in ihre Haare. Ihr Mund ist heiß und stark gegen seinen gepresst. Als ihre Küsse noch stärker, noch drängender werden, fast schmerzhaft, schlingt er den Arm um ihre Taille und zieht sie ganz nah zu sich heran, bis ihre Körper fest aneinandergepresst sind. Seine Hände umfassen ihren Nacken und Hinterkopf. Er küsst sie jetzt mit so wilder Gier, dass der Rest der Welt um ihn herum versinkt. Sie riecht nach Gras, Erde und Pfefferminze, ihre Lippen schmecken salzig, ihre Haare fühlen sich weich und feucht an.

Nie hätte er gedacht, dass ein einziger Kuss so randvoll mit Gefühlen sein konnte – mit Leidenschaft, aber irgendwie auch mit Verzweiflung, als wäre es zugleich der erste und der letzte Kuss auf der Welt.

Er zieht ihr endgültig die Bluse herunter, lässt sie den Rest tun, zieht sich selbst das T-Shirt über den Kopf, schleudert seine Sneakers fort, zerrt seine Jeans herunter. Dann sind sie auf einmal beide nackt, sie schleudern die Bettdecke auf den Boden, und ihre Körper werfen sich sofort aufeinander. Ein Kribbeln setzt bei ihm ein, er steht wie unter Strom. Es ist das erste Mal seit der Nacht mit ihrem Ausflug zum Bootshaus, und er begehrt sie in dem Moment so sehr, dass er fast das Kondom vergessen hätte. Sie erinnert ihn daran, schimpfend setzt er sich auf – und presst sich danach wieder hart auf sie, fährt mit den Lippen über ihre Brüste, küsst sie vom Nabel aufwärts bis zum Hals, sucht gierig ihre Zunge. Als sie seinen Kuss genauso gierig erwidert, kann er sich fast nicht mehr zurückhalten.

Lola schlingt ihre Arme um seinen Oberkörper und ihre Beine um seine, ihre Umklammerung ist stürmisch und leidenschaftlich. Er spürt, wie sich ihre Fingernägel in seinen Rücken krallen. Und dann geschieht es auf einmal: Sie hält ihn so fest an sich gepresst, dass er sich plötzlich wie gefangen fühlt – gefangen in ihrer Umklammerung, gefangen in ihrem Körper. Gegen seinen Willen festgehalten. Es überfällt ihn, ohne dass er sich dagegen wehren kann. Und er weiß, dass es kein Entkommen gibt. Keinen Ort, an den er davor fliehen kann. Keinen Ort, an dem er sich verstecken kann. Er kann nur erstarren und still liegen und zu verschwinden versuchen, sich in die Luft, die ihn umgibt, auflösen.

»Hey!« Eine Stimme – nicht diejenige, an die er sich erinnert – ruft ihn wie aus weiter Ferne, dringt in seinen Albtraum. »Hey!«

Atmen, Stille. »Es macht nichts. Du bist wahrscheinlich nur müde oder … oder … keine Ahnung …«

Er braucht einen Moment, bis er ihre Stimme erkennt, die Umgebung wiedererkennt. Lola. Aber etwas hat sich verändert. Ihm ist kalt. So kalt, dass er alle Glieder anspannen muss, um nicht am ganzen Körper zu zittern. Etwas stimmt nicht mit ihm, er ist nicht gekommen, die Spannung und Hitze, die ihn erfüllt hat, ist vollständig aus seinem Körper gewichen. Er hat sich in sich zurückgezogen, sein Penis hängt schlaff und nutzlos an ihm herunter. Er spürt nur noch die plötzliche Kälte, die plötzliche Furcht, die plötzliche Leere des Raums um sich herum.

»Verdammte Scheiße …« Er wälzt sich von ihr herunter, entfernt hastig das leere Kondom und greift nach der Bettdecke am Boden. Zieht sie über ihre beiden Körper. Bleibt eine Weile reglos so liegen, sucht dann auf dem Bett nach T-Shirt und Boxershorts und streift beides hastig über. Als er aufschaut, blickt ihn Lola genauso verstört an wie wahrscheinlich er sie. »Scheiße, ich … Tut mir leid, ich … Keine Ahnung, was mit mir los ist!«

»Schon in Ordnung, Mattie.« Lola zieht die Decke bis zum Kinn hoch, ihre Wangen sind gerötet. Unsicher und nervös schaut sie ihn an. Er presst die Faust gegen seinen Mund. Zittert.

»Liebling …«

Er zuckt zusammen. Die Berührung ihrer Hand brennt auf seiner Haut wie Feuer. Wie zum Selbstschutz hebt er abwehrend den Arm. »Lass mich – gib mir einen Moment!«

Sie weicht sofort zurück, lässt den Kopf aufs Kissen fallen. »Tut mir leid. Wollt ich nicht …«

»Nein, nein, du bist ja nicht schuld. Es ist nur … es ist nur …« Sein Herz rast. Er keucht. Will seinen Körper zwingen, mit dem Zittern aufzuhören. Okay, jetzt krieg dich mal wieder ein, sagt er zu sich selbst. So was passiert schon mal. Nur, dass es nicht funktioniert, was er sich da einreden will. Ihn packt das Grauen. Plötzlich weiß er. Er wird nie mehr in seinem Leben Sex haben können. Und es geht gar nicht anders, er muss sich von Lola trennen. Denn das hat sie nicht verdient. Einen Freund, der im Bett nichts taugt. Er wird Lola für immer verlieren, weil er ein Verlierertyp ist, der sie nicht befriedigen kann.

Undeutlich nimmt er wahr, dass Lola ihren Slip und ihren BH anzieht, zu seiner Kommode geht, um aus einer Schublade ein T-Shirt herauszuziehen. Sie streift es sich über. Dann setzt sie sich neben ihn auf die Bettkante, will nach seiner Hand greifen und wirkt verletzt, als er seine Hand sofort zurückzieht.

»Lola, ich habe … Ich muss ins Training. Ich bin schon spät dran und …«

»Mattie, bitte sei jetzt nicht so! Reg dich doch nicht auf!«

»Tu ich doch nicht!«

»Aber ich merk doch, dass du wütend bist …«

»Nein, nur zu spät dran, ich muss jetzt los.« Er schwingt die Beine über die Bettkante und steht auf, entzieht sich ihrer Umarmung.

»Mir ist doch egal, was da gerade war. Aber du bist mir nicht egal!« Tränen schießen ihr in die Augen. »Irgendwas stimmt nicht. Irgendwas ist doch mit dir los. Seit Tagen geht das jetzt schon so. Es beschäftigt mich. Ich mache mir Sorgen um dich. Warum erzählst du mir denn nichts?« Tränen laufen ihr die Wangen hinunter. Aber Mathéo dreht sich weg, geht über den Flur ins Badezimmer und bricht zum Training auf. Er zwingt sich dazu.

Auf dem Kalender in Mathéos Smartphone steht neben seiner Trainingseinheit heute ein dickes, rotes Ausrufezeichen. Und zwar schon seit mehreren Wochen – Perez hat genug Erfahrung als Trainer, um so etwas nicht von einem Tag auf den nächsten auf den Plan zu setzen. Ein solches rotes Ausrufezeichen bedeutet seit Jahren immer dasselbe: einen neuen Sprung. An diesem Nachmittag wird Mathéo zum ersten Mal einen neuen Sprung vom Zehnmeterturm ausführen. Einen Handstandsprung rückwärts mit dreifachem Salto gehockt. Er hat ihn seit Wochen als Trockensprung geübt. In der Schnitzelgrube drunten in der Turnhalle. Beim Sprung vom Fünfmeterturm mit Sicherheitsgurt. Aber heute wird er ihn das erste Mal frei vom Zehnmeterturm springen, ohne jede Absicherung. Kein Schaumstoff wird den Aufprall abmildern, wenn er nicht richtig eintaucht. Er wird sich aus der Handstandposition rückwärts vom höchsten Brett des Turms – höher als zwei Doppeldeckerbusse – in die Tiefe stürzen, erst mit einer kraftvollen Schraube, dann die Beine angezogen, Zehen gestreckt, die Hände die Unterschenkel umfassend, und wird so drei Salti vollführen. Und mit gestrecktem Körper wird er danach wie ein Pfeil ins Wasser eintauchen.

Mathéo weiß aus jahrelanger Erfahrung nur zu gut, dass der Gedanke daran, was bei einem Sprung alles schiefgehen könnte, das sicherste Rezept dafür ist, dass tatsächlich etwas schiefgeht. Aber nach dem Erlebnis mit Lola kann er gar nicht anders – er ist innerlich aufs Negative fixiert, düstere, selbstzerstörerische Gedanken steigen in ihm auf, die er nicht unterdrücken kann. Er ist zehn Minuten zu spät. Trotzdem lässt er sich im Umkleideraum Zeit, braucht länger als sonst, um das Handgelenk zu bandagieren, das er sich im Januar verletzt hat. Danach trödelt er unter der heißen Dusche herum und absolviert seine Stretching-Übungen und die Aufwärmsprünge mit einer Sorgfalt, die er normalerweise nur bei Wettkämpfen an den Tag legt. Das Training ist bereits voll im Gang. Sein Vater, der es sich, wann immer möglich, so einrichtet, dass er bei einem neuen Sprung von Mathéo dabei sein kann, schreitet ungeduldig vor der ersten Sitzreihe der Zuschauerbänke auf und ab. Wie üblich wirkt er in seinem Business-Outfit in der Schwimmhalle total fehl am Platz, obwohl er die Anzugjacke ausgezogen und den Krawattenknoten gelockert hat. Sein Gesicht glänzt vor Schweiß. Jetzt lehnt er sich über die Brüstung, die den Zuschauerbereich vom Rest der Halle abtrennt, und sagt mit ernster Miene etwas zu Coach Perez, zwingt ihn dazu, sich mit dem Rücken an die Wand der Brüstung zu lehnen und ihm den Kopf halb zuzuwenden, während er ihm zuhört. Gleichzeitig behält der Coach dabei die drei anderen Jungs der Mannschaft fest im Auge, die sich gerade bei den Sprüngen abwechseln, brüllt seine Anweisungen und lässt einen Pfiff aus seiner Trillerpfeife ertönen, wenn das Becken frei ist. Mathéo weiß ganz genau, wie das Gespräch zwischen den beiden in diesem Moment abläuft: Sein Vater wird Perez bedrängen, dass er Mathéo auffordern soll, sich jetzt mal ein bisschen zu beeilen; und Perez wird entgegnen, dass es besser ist, Mathéo dafür so viel Zeit zu lassen, wie er eben braucht. Nach einer Weile jedoch ist auch die Geduld des Trainers überstrapaziert. Er lässt drei kurze, schrille Pfiffe hintereinander ertönen. Alle halten sofort inne.

»Okay, dann wollen wir mal! Aaron, ab in den Aufwärmbereich, und tu dort was für deinen verkrampften Rücken! Zach und Eli, ihr übt auf den niedrigen Brettern weiter! Matt, wir gehen es jetzt an! Rauf auf den Zehnmeterturm zu deinem Dreifachsalto aus dem Handstand rückwärts!«

Wie immer, wenn einer von ihnen das erste Mal einen neuen Sprung versucht, halten sich die anderen nur halb an Perez' Weisungen und suchen sich einen Platz in der Schwimmhalle, von dem aus sie gut zuschauen können.

»Viel Glück, Alter«, sagt Aaron mit einem schrägen Grinsen, geht dann hinüber in den Aufwärmbereich und breitet sein Handtuch an einem strategisch günstigen Ort aus. Zach und Eli kommen auf ihn zu und geben ihm wie immer High-Five. Danach verziehen sich die beiden auf die Einmeterbretter, wo sie sich bequem ausstrecken und auf den Händen abstützen, um alles zu beobachten. Die Gruppe Mädchen, die im Becken nebenan Synchronschwimmen trainiert, dreht die Musik ab und versammelt sich mitsamt ihrem Trainer in und um den heißen Whirlpool. Mehrere Bademeister mit Sanitäter- und Rettungsschwimmerausbildung, alle in den gleichen Trainingsanzügen, tauchen wie aus dem Nichts auf und gesellen sich zu den beiden Kollegen, die bereits in der Halle ihren Dienst tun – Mathéo spürt ihre Gegenwart eher, als dass er sie sieht. Sie nehmen am Rand des Sprungbeckens Aufstellung. Auch die Freizeitsportler aus den Schwimmklubs unterbrechen ihre Bahnen, klettern aus dem Becken und suchen sich einen Platz mit guter Sicht. Die meisten, die regelmäßig ins Aqua Centre kommen, kennen ihn vom Sehen, sein Name ist ihnen ein Begriff. Und die, die ihn noch nicht kennen, werden durch all das Aufhebens neugierig, wollen wissen, was da los ist. Gleich wird Perez, wie es die Sicherheitsvorschriften verlangen, durch das Megafon seinen Namen nennen und verkünden, dass er jetzt vom Zehnmeterturm zum ersten Mal einen neuen Sprung ausführen wird. Und dann werden alle zu ihm hinschauen. Mindestens dreißig Augenpaare werden auf ihn gerichtet sein, wenn er unter der Dusche direkt am Becken heraustritt und sich mit einem kurzen Ruck das Wasser aus den Ohren schüttelt. Dreißig Augenpaare werden ihm folgen, wenn er sich bückt, um sein Ledertuch aufzuheben, wenn er zum Sprungturm hinübergeht und hinaufsteigt.

Verglichen mit einem Wettkampf, handelt es sich natürlich um ein kleines Publikum, aber dafür weiß hier jeder seinen Namen oder kennt ihn sogar persönlich. Viele haben ihn schon jahrelang beim Training beobachtet und springen sehen. Sie kennen seine persönlichen Stärken und Schwächen, sind mit seiner Körpersprache vertraut, wissen sofort, ob er sich vor einem Sprung selbstbewusst fühlt, ob er davor einen Heidenrespekt hat oder ob ihm davor so richtig graut. Manche kennen ihn sogar schon so lange, dass sie sich wahrscheinlich noch erinnern, wie er als Kind vor dem ersten Rückwärtssprung heulend davongerannt ist. Aber seither hat er gelernt, seine Emotionen zu kontrollieren – im Team ist er derjenige, der den Ruf hat, nie vor einem neuen Sprung zu kneifen. Die angespannte Erwartung ist deshalb viel größer, viel direkter auf ihn gerichtet, viel persönlicher als bei einem Wettkampf. Wenn er zum ersten Mal einen neuen Sprung wagt, ist er am verletzlichsten, exponiert er sich am meisten, kann er sich am wenigsten vor den Blicken schützen. Obwohl ihm von den Zuschauern sicherlich keiner etwas Böses will, weiß er ganz genau, dass die Anspannung in der Halle mindestens genauso viel mit der heimlichen Erwartung zu tun hat, er könne bei dem Sprung vielleicht scheitern, wie mit der Hoffnung, dass er ihm gelingt. Wie bei einem Stuntman, der etwas total Halsbrecherisches versucht, hoffen die Schaulustigen entweder auf einen spektakulären Stunt oder auf eine spektakuläre Katastrophe.

Normalerweise macht er sich über das alles nicht so viele Gedanken, aber normalerweise fühlt er sich auch gut vorbereitet, ist selbstbewusst, weiß genau, was er tut. Doch heute nicht. So nervös wie heute hat er sich schon lange nicht mehr gefühlt, eigentlich seit seiner Kindheit nicht mehr. Während er Sprosse für Sprosse die endlose Reihe von Leitern hochklettert, spürt er, dass sein Herz immer schneller schlägt. Er spürt, wie die Muskeln seiner Ober-

und Unterschenkel zu zittern anfangen; als er oben angekommen ist, fühlt er sich, als hätte er einen großen Berganstieg hinter sich. Die Luft hier oben kommt ihm dünner als unten vor, weniger mit Sauerstoff gesättigt. Er atmet schnell und flach. Er weiß, dass das alles eine Stressreaktion seines Körpers ist. Weiß, dass er den Stress in Entschiedenheit umwandeln muss, statt seiner Nervosität muss er dem Adrenalin eine Chance geben, sich in seinem Körper auszubreiten. Nur dann kann er den Sprung mit der Konzentration, die nötig ist, ausführen. Erfolgreich ausführen. Er kennt sämtliche psychologischen Tricks und Techniken, ist diese Situation mit den Sportpsychologen unzählige Male durchgegangen, seit Jahren schon. Aber heute fällt es ihm schwer, das alles umzusetzen. Die Synapsen in seinem Gehirn sind mit einem viel größeren Problem beschäftigt, bemühen sich krampfhaft, eine Erinnerung, die in ihm aufsteigen will, zurückzudrängen. Als müsste er etwas ganz anderes unbedingt bezwingen. Und dann ist für ihn beides auf einmal miteinander verwoben – wenn er es fertigbringt, den Sprung erfolgreich auszuführen, so sagt eine Stimme in seinem Gehirn, dann gelingt es ihm auch, eine ganz andere, quälende Erfahrung zu bewältigen. Als wäre das eine zum Symbol für das andere geworden. Aber darüber kann er jetzt nicht nachdenken. Darüber will er jetzt nicht nachdenken …

Er zwingt sich, nach vorne bis zur Kante der Plattform zu gehen. Schaut hinunter auf das Sprungbecken und das große Schwimmbecken dahinter. Auf die Menschen dort drunten. Heute kommen ihm die zehn Meter viel höher vor als sonst, das Wasser des Beckens unendlich weit entfernt. Die Plattform fühlt sich unter seinen nackten Fußsohlen schlüpfrig und glatt an. Er atmet tief durch und führt sich noch einmal den Sprung vor Augen, den er gleich ausführen wird, geht im Kopf jedes Detail des Bewegungsablaufs durch, versucht, jede Drehung und Wendung seines Körpers zu empfinden und vorwegzunehmen. Aber irgendetwas blockiert ihn dabei, irgendetwas steht ihm dabei im Weg. Schweiß bricht ihm am ganzen Körper aus. Er keucht. Wischt sich mit seinem Tuch übers Gesicht, presst das weiche Leder gegen die geschlossenen Augen, zwingt sich noch einmal zur Konzentration auf alle Phasen des Sprungs. Lässt die Bilder vor sich ablaufen. Jetzt schreitet er mit großen Schritten die Plattform ab, dabei schnell atmend und das Tuch zwischen den Fingern knetend – zehn Schritte in die eine Richtung, zehn Schritte in die andere. Noch einmal zehn Schritte bis zur Kante vorne, alles wird gut; noch einmal zehn Schritte zurück, bevor er die Sache in Angriff nimmt. Sein Herz schlägt rasend schnell, wie Maschinengewehrfeuer, so schnell. Es pumpt ihm das Blut in Adrenalinstößen durch die Adern, als flöge er bereits durch die Luft. Er kann seine eigenen halb geflüsterten Motivationssprüche hören, die er sich hastig vorsagt, schneller und immer schneller, bis sie alle zu einem einzigen Wort verschwimmen, das überhaupt keinen Sinn ergibt. Sein ganzer Körper bebt jetzt vor unkontrollierter Energie, das Nervensystem seines Körpers ist wie elektrisiert. Er spürt, wie jeder Millimeter von ihm vibriert. Er steht unter Hochspannung, fast ein Wunder, dass keine Funken aus ihm sprühen.

Anfeuerungsrufe dringen zu ihm empor. Von Aaron, Zach und Eli, von den Synchronschwimmerinnen, den Bademeistern, den Freizeitsportlern.

»Trau dich, Matt!«

»Du schaffst es, Alter!«

»Wir wissen, dass du es kannst, Mattie!«

»Du bist der Größte! Wir lieben dich alle!«

Gekicher von den Synchronschwimmerinnen. Doch die Stimme von Perez übertönt sie alle.

»Schalt jetzt alle deine Gedanken aus, Matt«, brüllt er in das Megafon, »und zähl rückwärts. Bring dich in Position. Geh in den Handstand und zähle von drei. Du hast den Sprung oft genug geübt. Dein Körper weiß, was er zu tun hat.«

Dein Körper weiß, was er zu tun hat. Dein Körper weiß, was er zu tun hat. Aber er will nicht. Er will nicht springen! Nein, nein, nein. Haben sie ihn denn nicht gehört? Hat er denn nicht laut genug geschrien? Hat er nicht gekämpft? Hat er nicht gefleht und gebettelt wie ein kleines Kind? Nein, bitte nicht. Ich will nicht. Ich mach auch alles andere. Nicht das, bitte nicht das, bitte aufhören. Bitte, bitte! … Sie schauen alle zu ihm hoch. Zu seinem Körper. Hoch oben, auf dem Sprungturm. Für alle zu sehen. Nur in der Badehose, fast nackt. Sein Körper ist ihren Blicken ausgeliefert. Er spürt, wie sie ihn alle anschauen. Wie sie ihn mit ihren Blicken zwingen wollen, das zu tun, was sie von ihm wollen. Ja, sein Körper weiß, was er zu tun hat. Wenn man es einmal gemacht hat, vergisst man es nie, vergisst man es nie, vergisst man es nie.

»Mathéo, jetzt reiß dich zusammen und spring endlich!« Sein Vater. Er ist über die Brüstung gesprungen, die die Zuschauerbänke vom Schwimmbereich trennt, und steht jetzt neben Perez am Beckenrand, beide mit verschränkten Armen, die Köpfe zurückgelehnt. Vereint in ihrer Frustration. »Du denkst zu viel nach! Dadurch behinderst du dich bloß! Mach einfach, verdammt noch mal!«

Er knetet weiter sein Tuch zwischen den Händen, geht immer noch hin und her, hin und her. Jedes Mal, wenn er die vordere Kante der Plattform erreicht, schreit etwas in seinem Kopf »Noch nicht!« und dann macht er kehrt und geht noch einmal zurück ans andere Ende. Nur noch einmal, und danach springt er. Nur noch einmal, nur noch eine Sekunde, und dann ist alles in Ordnung. Dann ist er bereit. Er fährt sich mit den Fingern durch die Haare, kratzt mit den Nägeln die Kopfhaut auf. Lauscht auf seinen gehetzten Atem, spürt seine Panik. Oh, mein Gott, oh, mein Gott, oh, mein Gott, oh, mein Gott …

Drunten ist es auf einmal sehr still geworden. Die Zuschauer halten kollektiv den Atem an, warten gespannt darauf, ob er springt oder hinschmeißt – den Sprungturm beschämt wieder runterklettert und im Umkleideraum verschwindet.

»Atme tief durch, Matt.« Perez' Stimme klingt freundlicher und weicher. Er weiß, dass es für Mathéo jetzt um alles oder nichts geht. »Schalt alle deine negativen Gedanken aus. Nimm es entspannt und locker. Wenn du es einmal geschafft hast, dann schaffst du es immer wieder.«

Dann schaffst du es immer wieder. Das erste Mal denkst du, du stirbst. Der Schmerz ist so groß, dass du dir wünschst zu sterben. Aber du stirbst nicht, und es passiert wieder, und dann wieder, und dann wieder …

Sie beobachten ihn alle, fühlen mit ihm, wollen, dass er springt – und er weiß, dass er keine Wahl hat. Nie eine Wahl hatte. Sein Körper gehört nicht länger ihm. Andere erzählen ihm, was er tun soll, und er gehorcht. Er gehorcht. Oder sie sind frustriert und enttäuscht von ihm. Oder sie werden wütend. Sehr wütend. Ja, er wird springen – und er wird dabei verletzt werden. So schlimm, dass es für die anderen unfassbar bleibt. So schlimm, dass er vielleicht nie mehr gesund werden wird.

Langsam geht er zur Kante vor. Bleibt stehen und holt tief Luft. Stellt sich breitbeinig in Position, beugt sich nach vorne und sucht an der Kante nach dem perfekten Griff. Verlagert das ganze Gewicht seines Körpers auf die Hände, die Arme, die

Schultern. Entlastet die Füße. Mit großer Konzentration hebt er die Füße von der Plattform. Jetzt nur kein Wackler, kein Umfallen. Wenn er in diesem Moment abrutscht, ist alles vorbei. Mit angewinkelten Beinen bringt er die gestreckten Füße in eine diagonale Linie mit seinem Kopf. Zieht dann die Hüfte nach oben und streckt die Beine langsam empor, bis der ganze Körper in senkrechter Position ist, von den Zehenspitzen hochgezogen. Er ist konzentriert und angespannt, ganz Muskeln, Kraft und Sehnen. Sein Rücken ist dem Wasser zugekehrt, gleich wird er sich in die Tiefe fallen lassen. Bereit dafür? Nie. Aber er zählt von drei rückwärts.

Drei: Ein Schlag von hinten, und er stürzt zu Boden. Sein Körper spannt sich an, er rührt sich nicht.

Zwei: Er wird an den Haaren gepackt, sein Gesicht gegen die feucht riechende Erde geschmettert. Er keucht und versucht, sich hochzustemmen.

Eins: Er wird fest auf den Boden gepresst, von einem Gewicht erdrückt, gegen das es keine Gegenwehr gibt.

Aber diesmal kann er entfliehen – er kann fliegen. Mit einem Kick aus seinen Handgelenken stößt er sich von der Plattform in die Luft. Fort, fort, fort. Wohin, ist ihm egal, solange er nur frei ist. Einen Sekundenbruchteil später erinnert er sich und setzt zu seinem ersten Salto an, sucht nach dem blauen Becken, aber es ist nicht da, wo es sein sollte. Stattdessen hat er die Kante der Plattform vor Augen, saust mit dem Kopf darauf zu. Nah, viel zu nah! Viel. Zu. Nah … WUMM!

So fühlt es sich also an, wenn man tot ist. Ging diesmal doch ganz leicht. Warum nicht schon das andere Mal? Er hatte lieber sterben wollen, hatte darum gefleht, sogar darum gebetet. Aber nein, da war nur der Schmerz, wieder und wieder. Als er jetzt zehn

Meter in die Tiefe stürzt, spürt er, wie die Welt von ihm abgleitet. Er prallt auf das Wasser. Wird hinuntergezogen. In die Finsternis. Er fällt immer weiter in die Tiefe, in die Tiefe. Spürt nur Erleichterung. Erlösung. Es ist alles vorbei. Nie wieder. Er ist frei. Er ist geflogen. Er hat gefunden, wonach er gesucht hat. Frieden.

ACHTES KAPITEL

In die Tiefe, in die Tiefe, in die Tiefe. Tief unter der Oberfläche. Er ist unter Wasser. Gefangen. Er sitzt dort fest. Er ertrinkt. Aber er hat weder die Kraft noch den Willen, sich freizukämpfen und an die Oberfläche zurückzukehren. Geräusche und Laute aus weiter Ferne: das Gemurmel von Menschen, die sich unterhalten, das Rattern von Rädern, rhythmisches Biepen von Maschinen, Musikfetzen, mit Gelächter durchmischt, irgendjemand schreit, jemand anders jammert vor sich hin. Fremde Stimmen mischen sich darunter. Er treibt und gleitet dahin. Ein Schaukeln. Jemand sagt seinen Namen. Er versucht, die Augen zu öffnen, aber seine Lider sind bleischwer. Nein, nein, nein. Er will nicht aufwachen. Er will für immer hier unten bleiben, schwebend. Sich im Ozean treiben lassen. Es gibt keine Zeit mehr. Die Welt kann ruhig ohne ihn weitermachen; er braucht darin keinen Platz mehr. Um ihn herum branden weiter Wörter und Sätze und Gesprächsfetzen. Stimmen zerren an seinen Ohren, hallen in seinem Schädel wider. Wenn sie nicht gleich aufhören, fängt er noch zu schreien an. Die Welt ist schrill und scharfkantig; sie schneidet ihm ins Gehirn. Er versucht, wieder in die Tiefe hinunterzugleiten. Seine Gedanken stottern und stocken. Als wären Drähte in ihm verglüht. Er spürt, dass er wieder dabei ist, in der Finsternis zu versinken, er kann sie berühren, kann sie sogar schmecken. Aber sein Denken schlingert mal hierhin, mal dorthin, rüttelt ihn immer wieder aus seiner Bewusstlosigkeit auf.

Er beginnt, an die Oberfläche aufzusteigen, zu kämpfen. Hält den Kopf blinzelnd und keuchend über Wasser. Einsprengsel. Von Leben und Aufbegehren. Er schlägt die Augen auf. Um ihn herum ein grellweißer Raum. Schmerzhaftes, kreischendes Licht. Er befindet sich in einem Universum von Schmerz, sein Kopf pocht. Schmerz durchzuckt ihn wie ein Blitz. Einen Augenaufschlag lang das verschwommene Bild seiner Umgebung, nur eine Ahnung davon. Er nimmt die Andeutung eines in der Nähe kauernden, menschlichen Umrisses wahr. Furcht pulsiert durch ihn hindurch. Er sieht plötzlich nur noch Splitter und Fragmente. Wie Treibgut in der Brandung. Gewaltsam versucht er, die Augen noch einmal aufzuschlagen, den Kopf zu drehen. Flammen flackern vor ihm auf, werfen ihren Feuerschein über alles, was er sieht. Er ist verwirrt. Orientierungslos. Alles, was er wahrnimmt, tut ihm weh.

Ein Laut dringt an seine Ohren, irgendetwas zwischen Stöhnen und Wimmern.

Eine Hand tätschelt beruhigend seinen Arm. Der Klang einer Frauenstimme. »Matthew?« Sie sagt seinen Namen falsch. »Alles ist gut. Kannst du mich sehen? Ja, gut so. Schau mich an! Weißt du, wo du bist?«

Allmählich klart sein Gesichtsfeld auf, ist schärfer gestellt. Er erkennt neben sich eine Frau, die wie eine Krankenschwester aussieht. Er liegt in einem Bett, rechts neben ihm biept eine Maschine. Seine rechte Hand fühlt sich dick und schwer an – als er hinschielt, sieht er, dass an ihr mehrere Schläuche befestigt sind, mit Heftpflaster festgeklebt. An seiner Zeigefingerspitze steckt ein Clip, und um seinen Oberarm ist eine Manschette gewickelt. Noch mehr Schläuche. Überall.

»Im Krankenhaus?« Seine Stimme klingt heiser und schwach. Seine Lippen sind trocken.

»Richtig. Du bist mit einer Kopfverletzung hier eingeliefert worden. Vor ungefähr einer Stunde. Erinnerst du dich daran, was passiert ist?«

Er versucht zu nicken. Stöhnt auf. »Das Training.«

»Ich hab dich nicht verstanden.«

»Der Sprung. Ich hab … ich hab nicht …« Er macht mit dem Finger eine Kreisbewegung. Sprechen kostet zu viel Kraft. »Der Salto«, bringt er mühsam heraus. Bilder schaukeln und wirbeln vor ihm durcheinander. Erinnerungsfetzen, die er aus dem Chaos in seinem Kopf herausfischt. Sein Gedächtnis fährt Achterbahn. Es gibt für ihn keine Zeit mehr. Keine Vergangenheit. Nur Gegenwart. Bilder über Bilder über Bilder, die einander umkreisen, sich vermischen, sich wieder voneinander lösen. Und dann verschwinden, nicht wirklicher als ein Traum.

Ein Riss in der Zeit, denn plötzlich befindet sich noch eine andere Person im Raum – ein Mann in einem weißen Kittel, der ihm mit einem Lichtstrahl in die Augen leuchtet. Er fordert Mathéo auf, mit dem Blick seinem Finger zu folgen. Mathéo schaut auf den Finger und danach auf das, was hinter dem Finger liegt, auf das Fenster, durch das die Sonne hereinscheint; auf etwas, das so weit weg ist, dass er selbst in der Ferne verschwindet …

Der Arzt geht wieder. Dunkle Punkte tanzen vor Mathéos Augen. Die Flecken werden größer und länger, verwandeln sich in Schatten, verwandeln sich in Bäume. Bäume jagen an ihm vorbei. Hohe und bedrohliche Bäume, die in den Nachthimmel emporragen. Er schließt die Augen, um das Bild loszuwerden, aber es wird dadurch nur noch eindringlicher, und er kann jetzt sogar das Knacken der Zweige unter seinen Turnschuhen hören, das keuchende, würgende Geräusch seines Atems. Er rennt. Er rennt, so schnell er kann, davon. Fort, nur fort. Auf der Flucht vor dem, was geschehen ist. Rennt davon, rennt davon, rennt davon. Und plötzlich erinnert er sich. Erinnert sich an alles. Der Abend in Brighton. Die Nacht, die alles für immer verändert hat. In der aus ihm einer wurde, dem man nur mit Grauen und Abscheu begegnen kann. In der er ein anderer Mensch wurde. Ein Mensch mit einem fremden Körper, in dem er seither gefangen ist ... Er hält den Atem an, drängt die Erinnerung gewaltsam fort, lässt sich wieder zurück in die Bewusstlosigkeit fallen, taucht wieder an einen Ort ab, wo sein Ich nicht mehr existiert ...

Er hört, wie sein Name gerufen wird, noch einmal und immer noch einmal, und zwingt sich schließlich, die Augen einen Spalt zu öffnen. Blinzelt erschöpft zu dem unscharfen Umriss neben ihm. Erkennt seine Mutter. Sie sitzt auf der Bettkante und streichelt ihm die linke Hand, an der keine Schläuche hängen. Redet irgendetwas von Kernspinaufnahmen seines Gehirns. An den Anfang des Gesprächs kann er sich nicht erinnern. Sein Vater und der Arzt befinden sich auch in der Nähe, als stämmige Schatten am Fenster. Leise und eindringlich füllen ihre Stimmen den Raum. Er würde das Geräusch am liebsten abstellen. Perez scheint auch dabei zu sein. Dem Gerede, das ihn umspült, entnimmt er, dass er eine zehn Zentimeter lange Platzwunde an der Stirn hat, mit zwölf Stichen genäht; dass er ein Schädel-Hirn-Trauma erlitten hat, aber keinen Schädelbruch; und dass auf dem EEG keine Anzeichen für eine Hirnblutung zu erkennen sind. Außerdem erfährt er, dass seine Lungen bereits mit Wasser gefüllt waren, bis Aaron und Perez ihn endlich herausgezogen hatten. Es war Mund-zu-Mund-Beatmung nötig, um ihn wiederzubeleben.

Seine Mutter, sein Vater, Perez und der Arzt hören überhaupt nicht zu reden auf. Ihre Wörter sind wie Wurfgeschosse, die von den Wänden abprallen. Manchmal zielen sie mit ihren Sätzen auf ihn, und er bemüht sich, so gut er kann, eine Antwort zu geben. Sobald er die Augen schließt, um allem zu entfliehen, bedrängen sie ihn noch lauter. Er will nur noch nach Hause. Er hasst Krankenhäuser – das letzte Mal musste er im Januar in die Notaufnahme, als er sich nach einer ungeschickten Landung in der Schnitzelgrube das rechte Handgelenk gebrochen hatte. Nach ein paar Stunden war er damals mit einem Gips wieder draußen. Aber jetzt ist es anders. Wenn er jetzt aus dem Bett aufzustehen versucht, herrscht ringsum helle Aufregung, und er wird mit festem Griff wieder zurück aufs Kissen gedrückt. Vom Schmerz ist ihm ganz benommen zumute.

»Wir müssen Sie ein, zwei Tage hierbehalten, Mathéo«, teilt ihm der Arzt mit. »Nur zur Beobachtung.«

Mathéo schließt die Augen. Die Gespräche ringsum gehen ohne ihn weiter und verlagern sich irgendwann nach draußen in den Korridor. Nach einiger Zeit kommen seine Eltern zurück, um ihm Gute Nacht zu sagen.

Die Zeit will überhaupt nicht verstreichen. Er hat das Gefühl, dass sein Kopf gleich explodiert. Immer wieder dämmert er weg – und wacht mit einem Ruck auf, wenn er spürt, dass es ihn wieder in die Tiefe hinabzieht. Dann registriert er jedes Mal erstaunt, dass er in einem Krankenhausbett liegt, mit einem dünnen, weißen Laken bedeckt, schweißnass und zitternd. Jedes Mal, wenn er die Augen schließt, sieht er die Kante der Sprungplattform auf sich zuschießen, und die Welt fängt an, sich um ihn zu drehen. Er fühlt sich gefangen, von einem unsichtbaren Gewicht niedergedrückt. Sein ganzer Körper wird davon nach unten gepresst. Er will sich bewegen, sich wieder in seinem eigenen Körper wohlfühlen, das klamme Laken von sich fortstoßen und nach draußen rennen. Er braucht Luft. Unbedingt frische Luft. Im Raum hängt schwer und stickig der Geruch nach Desinfektionsmitteln, das Licht ist immer noch an, wenn auch jetzt schwächer, und Mathéo möchte am liebsten schreien. Er bittet um ein Glas Wasser, doch die Krankenschwester teilt ihm mit, dass er bis zum Morgen nichts trinken darf. Der leere Infusionsbeutel mit der Kochsalzlösung wird durch einen neuen ersetzt, aber seinen Durst stillt das nicht. Er versucht, sich aufzusetzen. Sofort wird ihm schwindelig, und er lässt es bleiben. Ein Gefühl von äußerster Ohnmacht überkommt ihn, als er feststellt, dass er nicht einmal aus dem Bett aufstehen kann. In regelmäßigen Abständen betreten Krankenschwestern das Zimmer, überprüfen seine Temperatur, seinen Puls, seinen Blutdruck. Zuerst ist ihm zu heiß, dann ist ihm zu kalt. Er fühlt sich total erschöpft, kann aber trotzdem nicht einschlafen. Irgendwann muss er doch laut geschrien haben, denn eine Krankenschwester sitzt bei ihm, sagt ihm, dass mit ihm alles gut wird und dass er bald nach Hause kann. Er denkt darüber nach, was das heißt. Denkt darüber nach, ob es für ihn wichtig ist. Das Leben zieht sich aus ihm zurück. Er fällt ins Bodenlose. Seine Verzweiflung ist zu groß für ihn allein. Namenlose Furcht hat ihn gepackt. Er spürt nur noch ein Nichts.

Er muss dann doch eine Weile eingedämmert sein, denn als er das nächste Mal die Augen aufschlägt, wirkt alles verändert. Durch das Fenster, zu dem er den Kopf gedreht hat, dringt Sonnenlicht herein. Er spürt eine sanfte Berührung auf der Wange und hält den Atem an. Jemand hat nach seiner Hand gegriffen. Er wendet den Kopf.

»Oh, tut mir leid, mein Süßer. Ich hab dich nicht aufwecken wollen.«

Ihre Stimme. Ihre Augen. Lola schaut ihn zärtlich und besorgt an. Ihre Haare berühren ganz leicht seinen Unterarm. Sie sitzt bei ihm auf der Bettkante und beugt sich jetzt vor. Er spürt ihre warmen Finger auf seiner Wange. »Hallo, du! Guten Morgen! Ich hab mir gedacht, ich komm vor der Schule bei dir vorbei.«

Tränen brennen ihm in den Augen. Plötzlich Lola zu sehen, trifft ihn mit einer solchen Wucht, löst so starke Gefühle in ihm aus, dass er befürchtet, davon erst recht zusammenzubrechen. Er kann gar nicht glauben, dass sie wirklich da ist. Befürchtet, sie nur im Traum vor sich zu sehen, zu hören und zu spüren. Dass sie nicht mehr da sein wird, wenn er tatsächlich die Augen aufschlägt.

»Hey … Es wird alles gut, Mattie! Dir ist nichts passiert, zum Glück!« Sie lächelt ihn aufmunternd an, aber ihre Augen blicken ernst. »Nicht, Mattie … Jetzt muss ich gleich weinen!« Sie schließt kurz die Augen, hält einen Moment inne und öffnet sie dann wieder.

»Puuh, ich hab's ja nicht anders gewollt, oder?« Sie stößt einen theatralischen Seufzer aus. »Mich in so einen verrückten Draufgänger zu verlieben, dessen Freizeitspaß darin besteht, sich vom Zehnmeterturm zu stürzen und dabei Purzelbäume zu schlagen, als wäre er Superman auf Drogen. Ein Wunder, dass es so lange gut gegangen ist!«

Er unterdrückt ein Schluchzen und bringt mit Mühe einen kleinen Lacher zustande, presst die rechte Hand, an der die Schläuche hängen, auf die Augen. Ein Moment verstreicht. Er schluckt. Die Kehle brennt ihm wie Feuer.

»Tut mir … tut mir leid. Du weißt schon, wegen des Nachmittags …«

Sie zieht ihm die Hand behutsam von den Augen fort. »Red nicht so einen Unsinn, Mattie. Du brauchst dich für nichts zu entschuldigen.«

»Tut mir leid, dass ich einfach so verschwunden bin …« Er holt tief Luft und fährt sich noch einmal über die Augen.

»Du warst doch zu spät zum Training dran, und außerdem … Soll ich dir was erzählen? Ich bin jetzt Model! Sie haben mich für ein Cover gecastet!«

Er sieht sie verständnislos an.

»Ja«, fährt sie strahlend fort. »Dad hat mich gestern noch zu einem Fotoshooting mitgenommen, und ich bin dort halt so rumgestanden – und da hat mich die Chefredakteurin der *Vogue* gesehen und beschlossen, dass ich einfach das perfekte Covergirl für sie bin!«

»Was bist du?«

Ein Herzschlag lang Schweigen, ein verlegenes Lächeln, dann ruft Lola: »Ach, du meine Güte, ich glaub, dich hat's mit deiner Gehirnerschütterung echt ganz schön erwischt!«

Er blinzelt und lächelt ebenfalls verlegen. Nach einer Weile meint er: »Ähm, aber ich hab schon immer gesagt, dass du noch mal ganz groß rauskommst!«

»Na ja, um ehrlich zu sein, es ist zwar für ein Cover. Aber leider nicht von der *Vogue*. Dafür haben sie jemanden gebraucht, der reiten kann. Mich kannst du in zwei Wochen auf *Horse & Hound* sehen.«

»Ähm, also …« Er schließt die Augen einen Moment, um sich besser konzentrieren zu können. »Heißt das … sie hatten das Pferd und haben noch nach einem passenden Hund gesucht?«

»Du bist so unmöglich!«

Sie macht eine Geste, als wollte sie ihm in die Seite boxen. Sie ist wieder zu ihrem normalen, fröhlich frotzelnden Tonfall zurückgekehrt. Dann scheint sich mit einem Mal wieder eine Kluft zu öffnen. Aber er braucht sie, er muss sie ganz nah bei sich spüren, braucht ihre Berührung, einen Kuss, eine Umarmung, irgendetwas, das ihn in der Welt festhält. Er darf nicht wieder abdriften.

»Lola?« Er hört selbst, wie angsterfüllt er klingt.

»Alles in Ordnung, Mattie. Ich bin hier bei dir.«

Sie zieht die Beine hoch, um sich neben ihn zu legen, bettet ihren Kopf auf seine Brust, knapp unterhalb der Schulter.

»Sie sagen, dass du wahrscheinlich morgen entlassen wirst. Aber in die Schule brauchst du bestimmt nicht mehr zurück, und deshalb hab ich mir gedacht …« Sie richtet sich auf und schaut ihn schelmisch an. Dann verändert sich plötzlich ihr Gesichtsausdruck. »Hey …«

Eine einzelne Träne rollt ihm die Wange hinab. Er sieht sie an. Bringt kein Wort heraus.

»Mattie, was ist mit dir? Hast du so starke Schmerzen? Soll ich die Krankenschwester rufen?«

Mathéo schließt kurz die Augen, unterdrückt ein Schluchzen. »Nein, es … es ist was anderes … Ich weiß nicht, wie ich es beschreiben soll …«

Sie wischt mit ihren Fingern die Tränen fort, die ihm jetzt die Wangen hinunterlaufen. »Was ist es denn?«, fragt sie zärtlich und eindringlich. »Ach, mein Liebster, versuch es! Sag es mir! Erzähl mir, was los ist! Ich liebe dich, ich will es wissen!«

»Ich habe solche Angst.« Es bricht aus ihm heraus, fast gegen seinen Willen, ohne den Umweg über sein Gehirn zu nehmen. Er presst die Hände vors Gesicht, um ihre Reaktion nicht sehen zu müssen.

Ein langes Schweigen. Sie lässt die Pause zu und wartet ab. Er weiß, dass sie jetzt das Wort ›Angst‹ in ihrem Kopf hin und her wendet. Sich an sein merkwürdiges Verhalten in den letzten Tagen erinnert. Ihn zu verstehen versucht. »Vor dem Turmspringen?«

»Nein!«

Er glaubt, die Schockwellen zu spüren, die sich in der klimatisierten Luft zwischen ihnen ausbreiten und auf Lola übergreifen. Und er spürt die Furcht, die sie auf einmal befällt. »Wovor, Mattie?«

»Vor … vor …« Er atmet bewusst langsam ein und aus, um die immer stärker in ihm aufsteigende Panik zu bekämpfen. »Vor der Erinnerung.«

»Woran?«

»An etwas Schreckliches.« Er schließt die Augen. »Einen Albtraum … Ich war mir bisher sicher, dass es ein Albtraum war. Oder vielleicht wollte ich einfach nur glauben, dass es einer wäre. Aber als ich dann oben auf dem Zehnmeterturm gestanden und vor dem Sprung zu zählen angefangen habe, ist alles wiedergekommen …«

»Der Albtraum?«, fragt Lola besorgt und verwirrt. »Oder die Erinnerung an das Erlebnis, das du für einen Albtraum gehalten hast?«

Bilder zucken durch sein Gehirn. Ein Mann, leicht verschwommen nur. Seine eigene Faust, mit der er zuschlägt. Und Blut, jede Menge Blut …

»Mattie?«

Er öffnet mühsam die Augen, schaut sie an. »Ich hab so große Angst, dich zu verlieren …« Er hat lauter gesprochen, als er vorhatte. Schweigt wieder. Er spürt auf einmal, welche Macht Worte haben können. Als könnten sie ihre eigene Wirklichkeit erschaffen. Ihm ist fast so, als hätte er damit einen Fluch über sie verhängt, eine Prophezeiung ausgesprochen, die nicht mehr ungesagt und ungeschehen gemacht werden kann.

»Warum?« Erst einmal Atem holen. Sie scheint ihre Gedanken

zu sortieren. Streicht sich die Haare zurück und schaut aus dem Fenster. Mathéo versucht, sein rasendes Herz zu beruhigen. Die Mittel, die sie ihm im Krankenhaus gespritzt haben, müssen wohl wie eine Art Wahrheitsserum wirken. Der Schmerz in seinem Kopf, der Schock des missglückten Sprungs – alles zusammen muss sein Denkvermögen beeinträchtigt, seine normalen Abwehrmechanismen außer Kraft gesetzt haben. Er kann weder seine Gefühle noch die Worte, die aus seinem Mund kommen, kontrollieren. Eine neue, ganz andere Furcht ergreift ihn plötzlich: dass er vollkommen durchdreht, hier, jetzt, in diesem Augenblick, und dass er Lola wirklich alles erzählt. Alles, was sein Gehirn aus den düstersten Winkeln seines Ichs hervorgezerrt und ausgespuckt hat, als er oben auf dem verdammten Sprungturm in den Handstand gegangen ist und rückwärts gezählt hat. Er hat Angst, dass er mit einem einzigen Satz jetzt gleich ihre Beziehung ruiniert, dass ihr Bild von ihm sekundenschnell zerbricht. Dass er gleich, ohne es zu wollen, alles zerstört – die Erinnerung an jeden Kuss, jedes Geheimnis, jeden glücklichen Moment ihrer Liebe, alles, was gut war zwischen ihnen, jedes gemeinsame Erlebnis.

Ihre Stimme klingt merkwürdig fremd und fern, reißt ihn aus seinem Gedankenwirbel heraus. »Hast du … Ist es aus zwischen uns, Mattie? Hast du dich in eine andere verliebt?« Es handelt sich weder um eine Frage noch um eine Anklage. Eher um den gequälten Aufschrei von jemandem, der verzweifelt nach einer Erklärung sucht.

Er spürt, wie ihm plötzlich eiskalt wird; kalt und dann taub, als wäre aus seinem Körper auf einmal alle Substanz herausgesaugt, alle Empfindung, jedes Gefühl. Einen Moment lang ist er nahe dran, ihr alles zu sagen. Dann wäre er die Schuld los, er könnte wieder klar denken, hätte sich von dem Gewicht befreit, das heimlich auf ihm lastet. Aber dann malt er sich ein Leben ohne Lola aus. Die Schuld wäre immer noch da. Bloß, dass nicht nur sein Leben in Scherben läge, sondern ihres auch. Er malt sich aus, wie es ohne sie wäre – nie mehr ihr Lächeln, nie mehr ihr Gesicht zu sehen. Oder wie sie ihm die Zungenspitze herausstreckt, wenn sie ihn mit irgendetwas aufziehen will. Oder wie sie sich mit dem Zeigefinger über die Unterlippe streicht, wenn sie über etwas nachdenkt. Er malt sich aus, wie es wäre, wenn er nie mehr aus diesen grün-gold gesprenkelten Augen angeschaut würde, in denen es so lebendig auffunkeln kann. Wenn er nie mehr ihre Haare zärtlich an seiner Wange spüren würde. Er versucht, es sich vorzustellen, wie er sie allmählich vergisst. Das Gefühl vergisst, von Lola umarmt zu werden, von ihr gestreichelt zu werden, von ihr geküsst zu werden – und er schafft es nicht. Bringt das Wort nicht über die Lippen, das zwischen ihnen alles beenden würde. Deshalb schüttelt er nur den Kopf und schließt die Augen.

NEUNTES KAPITEL

Am nächsten Nachmittag wird er entlassen und verbringt die darauffolgenden Tage gelangweilt zu Hause, während seine Eltern bei der Arbeit sind und sein Bruder in der Schule. Consuela umschwirrt ihn wie eine lästige Fliege, und er versucht, sich ihrem ständigen Gejammere mit Vor-der-Glotze-Hocken und einem nachmittäglichen Nickerchen auf dem Wohnzimmersofa zu entziehen. Lola geht voll in ihrem Musical auf, deshalb beschränkt sich der Kontakt mit ihr auf spätabendliche Telefongespräche, tagsüber schicken sie sich nur ab und zu eine kurze Nachricht. Jeden Morgen aber überreicht ihm Consuela mit erstauntem Blick einen Origami-Kranich, den sie im Briefkasten gefunden hat. Auf dem Papiervogel steht immer nur sein Name. Erst wenn er ihn ganz auseinandergefaltet hat, kann er Lolas kurzen Brief lesen. Eine Geschichte aus der Schule. Oder wie es ihr am Vortag ergangen ist. Nur ein paar Zeilen in ihrer regelmäßigen, leicht geneigten Schrift.

Aaron, Zach und Eli haben ihm alle drei gute Besserung gewünscht. Perez ruft ihn täglich zweimal, manchmal sogar dreimal an, aber Mathéo geht nie dran und lässt ihn immer auf die Mailbox sprechen. Für ein paar Untersuchungen muss er noch einmal ins Krankenhaus, und man teilt ihm mit, dass er fast alles wieder ganz normal machen kann. Nur Turmspringen ist ihm noch eine Weile verboten – sehr zum Ärger seines Vaters, als Mathéo ihm das am Abend mitteilt. Doch der Arzt ist da strikt und hat Mathéo sogar eine Kopie des Krankenberichts ausgehändigt: Mit dem Training in der Turnhalle kann er zwar vorsichtig wieder anfangen, aber Sprünge ins Becken sind für mindestens zwei Wochen tabu.

Erleichtert textet Mathéo Perez diese Nachricht. Als er seinen Eltern davon berichtet, tut er so, als würde ihn das Verbot stören, aber eigentlich verspürt er nichts als Erleichterung. Er will nicht gleich wieder an einen komplizierten neuen Sprung denken oder an irgendetwas anderes, das mit dem Turmspringen zu tun hat. Wenn er einmal etwas Abstand davon hat, gelingt es ihm vielleicht auch, mehr Distanz zwischen sich und dem Horror in Brighton zu schaffen. Jetzt, wo er sich wieder daran erinnert hat, was dort passiert ist, muss er alles tun, um es endgültig zu vergessen. Es für immer aus seinem Kopf zu löschen. Es ganz tief in sich zu vergraben. Niemand darf jemals davon wissen, niemals in seinem ganzen Leben – oder es wird mit einem Schlag vorbei sein. Er muss den Kopf einfach vollständig davon freibekommen, sich das Blut von den Händen waschen und wieder zu seinem früheren Selbst zurückkehren.

Nach dem Gespräch mit dem Arzt liegen sechs unerträglich lange Stunden vor ihm, bevor er mit Lola reden kann. Es ist der letzte Schultag und der letzte Tag der Aufführung ihres Musicals. Sie hat ihm eingeschärft, ihn keinesfalls vor dem späten Abend anzurufen, falls sie aus unerfindlichen Gründen tatsächlich mal vergessen sollte, ihr Smartphone auszuschalten. Aber weil er sie jetzt schon seit Tagen nicht mehr gesehen hat und weil er ihr unbedingt mitteilen will, dass er die nächsten zwei Wochen – ohne sein normales, intensives Trainingsprogramm – viel mehr freie Zeit als sonst haben wird, probiert er jetzt einfach, ob er sie nicht doch erreichen kann.

»Heute Abend zur Vorstellung? Danach vor der Aula?« Lola klingt gestresst, aber glücklich. »Versprich mir, dass du kommst!«

Er grinst in sein Telefon. »Versprochen.«

»Zwei Wochen ohne Sprungtraining? Cool! Dann können wir ja – ach nein, Mist. Da flieg ich doch nach Südfrankreich. Aber, hey, dann kannst du jetzt ja vielleicht mitkommen!«

Er lacht nur trocken auf. »Na klar. Nur weil mir der Arzt noch nicht erlaubt hat, vom Zehnmeterturm zu springen, heißt das noch lange nicht, dass Perez mich völlig vom Training freistellt.«

Aber er verspürt auf einmal einen Stich, weil Lola nun tatsächlich ohne ihn fliegt. Neid, Eifersucht, was auch immer. Obwohl er ihr ja so zugeredet hatte. Das Ferienhaus von Hugos Eltern liegt direkt am Meer, inmitten einer wilden, fast unberührten Landschaft. Er hat sich dort immer unendlich frei gefühlt. Früher, als er noch nicht so viel trainieren musste und noch richtige Sommerferien hatte, war er mit Hugo jedes Jahr dort. Nachdem Mathéo aufgelegt hat, lässt er sich aufs Bett fallen und stellt sich das Haus hoch oben an der Felsküste vor, die Bucht mit dem langen Sandstrand – und Lea, Hugo und Isabel, die dort zwei Wochen lang vollkommen frei in den Tag hinein leben.

»Soll ich Ihnen fürs Abendessen bei was helfen, Consuela?« In der Küche ist alles blank geputzt und aufgeräumt, und es riecht statt nach Essen nur nach Putzmittel. Es ist bereits sechs, und Mathéo fragt sich einen Moment, ob Consuela das Kochen vergessen hat, so beschäftigt, wie sie mit Loïc und seinen Hausaufgaben ist.

»Heute kein Abendessen.« Sie hebt kurz den Kopf von Loïcs Rechenbuch. »Mrs Walsh angerufen.«

Mathéo holt sich einen Eistee aus dem Kühlschrank und nimmt sich die Keksdose, schlurft zur Frühstückstheke und lässt sich dort nieder. »Mom hat angerufen, um Ihnen zu sagen, dass es heute kein Abendessen gibt?«

»Ja«, antwortet Consuela, ohne weitere Erläuterung. »Loïc, jetzt wir versuchen die Sieben, ja?«

Loïc stützt gelangweilt das Kinn auf und bläht die linke Backe auf. »Was für eine Sieben denn?«

»Die Sieben!«

»Ich hab keine Ahnung, wovon sie redet, Mattie.« Genervt schaut Loïc zu seinem großen Bruder, und seine Augen bleiben an der Keksdose hängen. »Kann ich einen haben?«

Mathéo wirft ihm einen ermahnenden Blick zu. »Du sollst mit sieben multiplizieren. Sei nicht so unhöflich zu Consuela.«

»Aber kann ich einen haben?«

»Okay. Fang!« Er wirft seinem Bruder einen Schokokeks zu, und Loïc springt von seinem Stuhl auf, schnappt sich den Keks und stopft ihn sich sofort in den Mund. »Noch einen, noch einen! Diesmal schwieriger!« Er klatscht in die Hände und geht dann wie ein Torwart leicht in die Knie.

»Nein. Bitte, Mathéo! Wir lernen, Loïc, und Mrs Walsh gesagt, nichts zu essen vor dem Abendessen.«

Loïc reagiert darauf nicht, reibt die Hände gegeneinander, hüpft von einem Fuß auf den anderen.

»Okay, noch einer«, sagt Mathéo. »Aber dann ist Schluss!«

Loïc schlittert in Socken über die Marmorfliesen. »Boah! Jaaa! Erwischt!«, ruft er triumphierend.

»Loïc, jetzt bitte endlich dich hinsetzen!« Consuelas Stimme klettert hysterisch in die Höhe, deshalb deutet Mathéo auf den Stuhl, und Loïc kehrt resigniert zurück an seinen Platz.

»Sorry.« Mathéo blickt entschuldigend zu Consuela. »Aber wegen des Abendessens … Ich kann uns Spaghetti kochen.«

Consuela reißt alarmiert die Augen auf. »Nein, nein. Mrs Walsh gesagt, kein Abendessen.«

Mathéo trinkt einen Schluck Eistee und räumt die Keksdose weg. »Hat sie Ihnen gesagt, dass Sie nichts kochen sollen, weil sie Essen von einem Take-away mitbringt oder so was?«

Noch weiter aufgerissene Augen. »Nein, nein, Mathéo. Take-away nicht erlaubt.«

»Aber ich wollte nicht … Ich meine doch nicht, dass …« Er holt tief Luft, bemüht sich, seine Frustration nicht zu deutlich zu zeigen. Er muss unbedingt rausfinden, was es mit dem Abendessen auf sich hat, er will sich heute Abend mit Lola treffen, da darf ihm nichts dazwischenkommen. »Hat meine Mutter gesagt, warum es kein Abendessen geben soll?«, fragt er langsam und mit überdeutlicher Aussprache.

»Ja. Kein Abendessen.«

Loïc prustet in sich hinein, während er Zahlen in sein Rechenheft schreibt. »Kein Abendessen, kein Abendessen«, äfft er Consuela nach.

»Hat meine Mutter gesagt, dass sie selbst kochen will?« Mathéo versucht es noch einmal.

»Nein! Nein!« Consuela schüttelt heftig den Kopf, dieser Gedanke scheint sie zu entsetzen. »Mrs Walsh nicht machen heute Abendessen!«

Mathéo seufzt verzweifelt auf. »Heute Abend kein Essen?«

Loïc presst die Hand vor den Mund, um nicht laut loszulachen.

»Ja, Essen!«, ruft Consuela wütend. »Heute Abend Essen. Natürlich Essen.«

»Aber kein Abendessen …«

Loïc kriegt hinter vorgehaltener Hand einen Lachanfall. »Das ist wie aus einem Sketch von …«

»Sei still!«, Mathéo wirft ihm einen warnenden Blick zu.

»Essen, aber kein Abendessen?«, fährt er fort. »Essen heute Abend?«

»Ja! Natürlich Essen heute Abend!« Consuela schaut ihn an, als wäre er schwer von Begriff. »Du musst heute Abend Essen essen, Mathéo!«

»Ja, na klar – natürlich will ich heute Abend was essen«, murmelt Mathéo zu sich selbst. »Wo essen wir denn dieses Essen?«, versucht er es ein letztes Mal.

»Nicht im Haus.«

»Ein Picknick?« Loïc schaut auf.

»Nein! Nein!«, kreischt Consuela. »Schnell fertig machen deine Hausaufgaben, Loïc. Du dich umziehen, Mathéo, bitte!«

»Ja, aber umziehen wofür?« Er merkt, dass er allmählich laut wird.

»Um aus dem Haus zu essen! Guter Ort. Und ihr müsst anziehen gute Kleidung, Mrs Walsh sagen.«

Loïc legt den Stift hin und schaut Mathéo an. »Ach so, wir gehen …«

»In ein Restaurant«, sagen sie beide gleichzeitig. Endlich ist das Rätsel gelöst.

Ihr Vater feiert irgendeinen großen Deal und hat für sie alle einen Tisch im französischen Lieblingsrestaurant ihrer Eltern reserviert, durch dessen Fenster man auf die Themse schaut und wo viergängige Menüs serviert werden, bei denen jeder einzelne Gang wie moderne Kunst aussieht – und wo das Essen ewig braucht, bis es vor einem steht. Loïc ist übermüdet und quengelig, mag von der Speisekarte überhaupt nichts, ihre Eltern trinken ein Glas Wein nach dem anderen, und Mathéo glaubt schon fast nicht mehr daran, dass er sich noch rechtzeitig genug auf und davon machen kann, um Lola nach ihrer letzten Musical-Aufführung in der Schule abzuholen. Als sie endlich zu Hause sind, muss er noch warten, bis Loïc im Bett ist, Consuela sich verabschiedet hat und seine Eltern sich in ihr Schlafzimmer verzogen haben. Erst dann kann er die Treppe hinunterschleichen. Unten schlüpft er in seine Turnschuhe, öffnet dann die Terrassentür und tritt in den Garten hinaus. Als er die Schule erreicht, strömen gerade die ersten Darsteller in ihren Kostümen heraus. Stolz und aufgeregt reden sie auf ihre Eltern ein, die ununterbrochen filmen und fotografieren. Die Schulaula ist hell erleuchtet. Lehrer, Schüler, Eltern und Geschwister stehen beisammen und plaudern lebhaft und angeregt. Das Musical war ganz klar ein großer Erfolg, und er ist ungeheuer stolz, dass seine Lola das alles gestemmt hat. Sie ist einfach unglaublich.

Allmählich leert sich der Vorplatz. Mathéo verzieht sich in den Schatten und wartet. Hinter seinem Rücken hält er einen Rosenstrauß versteckt, doch als Lola erscheint, hat sie bereits lauter Blumen im Arm. Erschrocken kreischt sie auf und lässt die anderen Sträuße fallen, als er sie plötzlich von hinten um die Taille packt und herumwirbelt.

»Oh, Mann, du bist das! Ich hab mich fast zu Tode erschrocken. Willst du mich umbringen, du verrückter Kerl?« Aber sie lacht dabei – so laut, dass die letzten Schulangestellten und Lehrer, die gerade das Gebäude verlassen, den Kopf nach ihr drehen. Mathéo umarmt sie und küsst sie lange und leidenschaftlich, trotz des verhassten Mathelehrers, der gerade neben ihnen die Schultür abschließt.

»Es tut mir so leid, dass ich nicht kommen konnte. Ich musste den Abend mit meinen Eltern in diesem bescheuerten Restaurant verbringen und …«

»Total in Ordnung. Es hätte mich nur noch viel mehr gestresst, wenn du im Publikum gewesen wärst.«

Er lächelt in ihr strahlendes Gesicht. Ihre Augen leuchten. Sie ist noch ganz aufgeregt. »Dann war es ein Erfolg?«

»Und wie, und wie! Aber ich bin so froh, dass es jetzt vorbei ist. Keine verzweifelten Versuche mehr, motorisch unbegabten Kindern den Unterschied zwischen links und rechts beizubringen. Oder unmusikalischen Achtklässlern die richtigen Noten. Und du bist jetzt also endlich wieder ins Leben zurückgekehrt!« Ihre Wörter sind wie lauter kleine Schaumbläschen, die an die Wasseroberfläche steigen. Mathéo spürt eine Freude, Aufregung und Energie von ihr ausstrahlen, wie helles Licht.

»Dann musst du unbedingt mit uns nach Frankreich fliegen!«, ruft Lola, sammelt die Blumensträuße vom Boden auf und drückt sie ihm in die Arme. »Ich möchte so gern, dass wir … Nein, ich beantrage hiermit ganz offiziell, dass du wenigstens eine Woche mit mir wegfährst, bevor du wieder mit deinem blöden Training anfängst. Ich weiß nicht, aber vielleicht kannst du ja bei deinem MRT irgendwas schummeln, damit wir …«

»Lola! Wie soll ich da was schummeln können? Und außerdem würden sie mich dann erst recht nicht fliegen lassen!«

»Das ist mir egal. Denk dir irgendwas Verrücktes aus! Oder denk gar nicht! Tu so, als wärst du hirntot – das fällt dir bestimmt nicht schwer. Als du dir den Kopf angestoßen hast, sind bestimmt jede Menge IQ-Punkte draufgegangen!«

»Sag mal, wie viel Champagner hast du eigentlich schon getrunken?«, zieht er sie auf. »So beschwipst, wie du klingst?«

Sie boxt ihn in die Seite. »Zwei Gläser. Höchstens!«

»Na, da bin ich ja beruhigt. Dann quasselst du einfach nur deine ganz normalen Verrücktheiten daher.« Er umarmt Lola mitten auf der Straße und küsst sie wieder. »Du bist absolut wahnsinnig, übergeschnappt und abgehoben – und für die Rosen hast du dich auch noch nicht bedankt!«

»Was – für diese zerdrückten Dinger?«

»Sie sind nur deshalb so zerdrückt, weil du auf ihnen herumgetrampelt bist!«

Sie lacht wieder. Ein fröhliches, perlendes Lachen, das in die laue Nachtluft aufsteigt. »War doch nur Spaß! Sie sind wunderschön. Ich liebe dich – komm her!«

Sie sind vor Lolas Haus angekommen, und sie stellt sich auf die Zehenspitzen und küsst ihn so hingebungsvoll, dass diesmal er die Blumensträuße auf den Boden fallen lässt. Während Mathéo sich bückt, um die Blumen wieder aufzuheben, sperrt sie die Haustür auf und teilt ihm mit, dass sie als neuer Star am Regie-Himmel jetzt unbedingt einen Assistenten braucht, der ihr in Zukunft mit den vielen Blumensträußen und Trophäen hilft, und dass sie …

»Pst! Es ist schon fast zwölf! Dein Vater schläft bestimmt schon. Lass uns lieber zu mir gehen. Meine Eltern schlafen in einem anderen Stockwerk, und wir können uns durch den Gar …«

»Dad ist gar nicht da. Zum Glück! Sonst wäre er womöglich noch gekommen und hätte mich nach der Vorstellung auf der Bühne umarmt oder eine peinliche Rede gehalten oder so was.«

»Hat er's gar nicht gesehen?«

»Er war gestern da. War immer noch peinlich genug, als er danach so lange geklatscht und gerufen hat, bis ich auf die Bühne gekommen bin.« Sie stößt die Haustür auf und wird beinahe von Rocky umgeworfen, der aufgeregt bellend an ihr hochspringt.

»Und wann kommt er zurück? Lola, wirklich! Wir sollten lieber zu mir.«

Lola wirkt überrascht. »Aber warum denn? Wir haben doch hier das Haus ganz für uns allein. Okay, dein Bett ist hundertmal bequemer als meins, aber …«

»Und wenn dein Vater auf einmal hereinspaziert?«

»Wird er nicht. Er kommt erst morgen Abend zurück. Irgendein wahnsinnig wichtiges Fotoshooting für Calvin Klein oder so. Er hat mich angerufen und gesagt, dass er nicht wegkann. Deshalb befehle ich dir hiermit, mir bis dahin Gesellschaft zu leisten.« Sie nimmt Mathéo die Blumensträuße aus dem Arm und legt sie auf den Küchentisch.

»Bist du dir auch wirklich ganz sicher, dass er heute Abend nicht zurückkommt?«

»Ja! Wenn ich's doch sage! Und außerdem mag dich Dad. Hat er jemals was dagegen gehabt, dass du bei mir übernachtest?«

»Okay …«

»Platz, Rocky! Platz, du verrückter Hund! Ich fühl mich so, als hätte ich dich schon seit Jahren nicht mehr gesehen, Mattie. Deshalb gehst du jetzt nicht mehr fort!«

Sie langt nach dem Lichtschalter, aber bevor sie das Licht anmachen kann, hebt Mathéo sie hoch und setzt sie auf den Küchentisch. »Gut, denn das hab ich auch gar nicht vor!« Er schleudert seine Jacke fort, nimmt ihr Gesicht zwischen seine Hände und küsst sie.

»Warte. Ich muss erst noch die Blumen ins Wasser …«

»Nein. Ich kann jetzt nicht mehr warten.« Er küsst sie, gieriger. »Hat schon lange genug gedauert. Ich kann gar nicht glauben, dass wir uns so lange nicht gesehen haben!«

»Waren doch nur ein paar Tage!«, kichert sie.

»Schsch.«

Er versucht, sie wieder zu küssen, aber sie prustet immer noch. »Wir müssen nicht leise sein.« Sie gibt ihm einen Kuss. »Dad ist nicht da, deshalb können wir beide so laut sein, wie wir wollen.«

»Hältst du jetzt endlich den Mund?« Er küsst sie noch wilder, aber ihr Lachen ist so ansteckend, dass er mittendrin einfach aufhören muss, sich die kreischende Lola über die Schulter wirft und die schmale Treppe hinaufträgt, während Rocky ihnen hysterisch hinterherkläfft.

Das Licht der Straßenlampe vor dem Fenster fällt durch die geöffneten Vorhänge in Lolas Zimmer und taucht es in ein weiches Orange. Wie immer ist Lolas Bett nicht gemacht. Kleidungsstücke und Bücher sind über den Teppich verstreut. Kaum hat Mathéo sie aufs Bett geworfen, gleiten Lolas Hände auch schon unter sein T-Shirt, rutschen nach unten und bleiben mit warmem Druck auf seinen Hüften liegen. Er spürt, wie er immer erregter wird. Die Haare hängen Lola ins Gesicht, ihre Wangen sind gerötet, und sie ist so schön, so wunderschön. Mathéo küsst sie auf die Schläfe, die Wange, den Hals und die Brüste, schiebt ihr ungeduldig den Rock hinunter. Dann zieht Lola ihm das T-Shirt über den Kopf, knöpft seine Jeans auf und lässt ihre Hand unter den Hosenbund und unter den Gummizug seiner Boxershorts gleiten.

Doch auf einmal wehrt er sich, windet sich, um sich zu befreien, umfasst ihre Handgelenke, zerrt ihre Hände fort und richtet sich auf. »Lola, hör auf! Aufhören!«

Sie lacht. »Mattie, wenn das jetzt eine neue Masche beim Sex von dir ist …« Sie schlingt die Arme um ihn und zieht ihn wieder zu sich herunter.

»Nein, ich … ich meine es ernst!« Er hat das Gefühl zu ersticken. Lolas Hände liegen weiter auf ihm, berühren ihn, streicheln ihn.

»Aufhören, Lola!«, hört er sich selbst rufen. »Ich hab gesagt, aufhören!« Mathéo packt sie hart am Arm und stößt sie so weit wie möglich von sich fort. Es gibt einen dumpfen Schlag, als ihr Körper vom Bett auf den Boden fällt. Hart. Es dauert einen Moment, dann rappelt sie sich auf, presst sich mit dem Rücken an die Wand. Die Haare fallen ihr wild und zerzaust in die Augen, ihr wundgeküsster Mund ist leicht geöffnet, der Schock steht ihr ins Gesicht geschrieben.

Mathéo taumelt vom Bettrand zurück, er keucht. Seine Hände zittern, als er hektisch seine Jeans wieder zuknöpft, sein T-Shirt vom Boden aufhebt. Lola steht wie in Zeitlupe auf, greift nach ihrem Top und kämpft beim Überziehen mit den Ärmeln. Sie starrt ihn mit einem Ausdruck an, den er an ihr noch nie gesehen hat: einer Mischung aus Schock und Verstörung. Vor allem aber Furcht. Ihren linken Arm presst sie, wie um sich zu schützen, vor die Brust. Dann rutscht sie mit dem Rücken an der Wand entlang wieder auf den Boden hinunter, am ganzen Körper zitternd, als hätte sie furchtbar Angst vor ihm.

»Scheiße, ich wollte nicht … Verdammt, ich hab dich doch nicht … Bist du verletzt?« Seine Stimme klingt ihm fremd in den Ohren, zutiefst erschüttert und aufgewühlt. Er macht einen Schritt auf sie zu, streckt den Arm aus, um sie hochzuziehen, aber sie zuckt zusammen und gibt einen wimmernden Laut von sich. Ihre Augen sind weit aufgerissen.

»Lola, sag etwas! Bist du okay? Hab ich … hab ich dich verletzt? Was ist mit deinem Arm?«

Sie fasst sich an die linke Schulter und versucht unsicher, auf die Füße zu kommen, verzieht dabei vor Schmerzen das Gesicht.

»Warte. Warte doch! Rühr dich nicht. Lass es mich anschauen!«

Er will ihren Arm berühren, aber sie streckt abwehrend die andere Hand aus, lässt ihn nicht näher kommen. »Ich glaube …« Ein unterdrückter Schluchzer. »Ich glaube, du solltest jetzt gehen.«

»Lola, bitte … Es … es tut mir so leid. Es ist einfach passiert. Ich … ich hab es nicht so gemeint.«

»Du hast es nicht so gemeint?« Sie starrt ihn an. »Du hast mich so heftig von dir fortgestoßen, dass ich auf den Boden gefallen bin.« Ihre Augen füllen sich mit Tränen, und sie wendet sich von ihm ab.

»Verstehst du nicht?« Seine Stimme wird lauter. »Ich hab es nicht so gemeint. Lola, es tut mir leid … Ich weiß nicht, was in mich gefahren ist. Ich hab Panik gekriegt!«

Sie schaut ihn an, als wäre er verrückt geworden. »Du hast Panik gekriegt?«

»Ich hab gedacht …« Verzweifelt sucht er nach irgendeiner halbwegs glaubwürdigen Erklärung. »Ich hab gedacht … dass ich einen Einbrecher gehört habe!« Er spürt selbst, wie jämmerlich das klingt.

Lola schaut ihn nur an. Ihre Augen erinnern ihn an die eines verängstigten Tiers: wild vor Furcht, feucht glänzend vor Schmerz. »Geh! Verschwinde!«

»Lola, bitte …« Er versucht nicht mehr, sie zu berühren. »Bitte, kann ich mir deinen Arm und deine Schulter wenigstens anschauen? Bitte! Bitte, Lola. Ich kann nicht gehen, ohne zu wissen, ob bei dir auch wirklich alles okay ist!«

Sie streckt abwehrend beide Hände aus, damit er ihr nicht zu nahe kommen kann. Sie steht da, zitternd und nass geschwitzt. »Mattie, ich mein es ernst! Fass mich nicht an! Verschwinde!«

Er weicht ein paar Schritte zurück, lässt sich an der gegenüberliegenden Wand nach unten sacken, schlägt mehrmals mit dem Hinterkopf dagegen, schaut zur Decke hoch und schließt die Augen, um seine Tränen zurückzuhalten. »Lola, es tut mir so leid. Ich würde alles tun, um …«

»Wenn es dir wirklich leidtut, dann geh jetzt und lass mich allein!«

Er versucht, noch einmal etwas zu sagen, irgendetwas, aber es kommt kein Laut mehr aus seiner Kehle. Mit einem Ruck steht er auf, geht aus dem Zimmer und stolpert hastig die Treppe hinunter. Die Haustür knallt hinter ihm zu. Er ist allein in der nächtlichen Dunkelheit.

Fast die ganze Nacht lang liegt er schlaflos da. Ihm ist kotzübel. Kotzübel vor Scham. Kotzübel vor Selbsthass, vor Verachtung und Abscheu. Besser, er wäre bei seinem verunglückten Sprung wirklich gestorben. Besser, es wäre alles zu Ende gewesen. Lola, seine Freunde, seine Eltern, Loïc – sie wären alle besser dran ohne ihn. Es gibt nichts an ihm, was er nicht hasst. Alles tut ihm weh. Etwas Schreckliches ist passiert. Alles ist schrecklich. Warum hat er sie bloß so weggestoßen? Er muss völlig durchgedreht sein. Wird er jetzt richtig verrückt? Ist er wahnsinnig geworden? Er ist gewalttätig und gefährlich. Er will nicht nur sich selbst verletzen, sondern auch andere. Vielleicht kann er sich nie mehr davon erholen, was in Brighton mit ihm geschehen ist. Vielleicht ist er wirklich zu einem Monster geworden. Vielleicht ist das jetzt seine Strafe. Vielleicht, vielleicht …

Nach mehreren Stunden dieser seelischen Tortur hält er es nicht länger in seinem Bett aus. Er schiebt das Laken beiseite und tappt aus dem Zimmer. Auf Zehenspitzen schleicht er die Treppe hinunter, geistert er durch das dunkle Haus. Von der Eingangshalle ins Wohnzimmer. Im Mondlicht nimmt alles ein gespenstisch fahles Aussehen an. Er streicht unruhig durch die Räume, als wäre er ein gefangenes Raubtier. Fährt mit den Fingern die Wände entlang. Er fühlt sich wie in einem Käfig. Er möchte davonrennen, aber wohin? Egal, wie weit er davonläuft, er kann nicht entkommen. Seinem eigenen, hassenswerten Ich kann er nicht entkommen.

Er bleibt für immer in seinem eigenen Körper, in seinem eigenen Kopf gefangen. Diese Erkenntnis durchfährt ihn mit solcher Macht, dass er einen heftigen, körperlichen Schmerz verspürt. Etwas verschlingt und verknotet sich in seinem Körper, und er hat Angst, dass es ihn von innen allmählich auffressen wird. Hat Angst, dass er nie mehr er selbst sein wird, dass er seinen Verstand verliert. Hat irgendjemand da draußen in der Welt auch nur eine Ahnung, wie es sich anfühlt, bei lebendigem Leib tot zu sein? Denn das ist es. So fühlt es sich an. Genau so fühlt es sich an. Eine Schattenwelt der Qualen. Mit Erinnerungen, die in ihm abgekapselt waren und jetzt aufbrechen. Ein dunkler Raum, in dem alles schmerzt. Ohne die Kraft, in der wirklichen Welt zu funktionieren, aber auch nicht ohnmächtig genug, um wieder in einen Winterschlaf zu versinken. Er kauert sich auf den Fußboden, zieht die Knie ganz nah zu sich heran, legt den Kopf darauf und beginnt, hemmungslos zu schluchzen.

Wird er es jemals schaffen, dass Lola ihm verzeiht? Wie soll er ihr erklären, was in dem Moment mit ihm geschehen ist, wenn er es selbst kaum begreift? Erst kann er überhaupt nicht genug von ihr bekommen – von der Berührung ihrer Hände, von ihrem nackten Körper, der sich gegen seinen presst –, erst sehnt er sich danach, ihr so nahe zu sein, wie zwei Wesen sich nur sein können, will ihren Atem einatmen, verlangt nach ihrem Mund, ihren Lippen, ihrer Zunge, will in sie eindringen, begehrt sie so heftig und leidenschaftlich, dass er es keine Sekunde länger mehr aushält … Und dann fühlt er sich auf einmal wie eingesperrt, wie ein gefangenes Tier. Schmutzig, benutzt, hassenswert. In einen Albtraum von Horror, Ekel und Abscheu gestürzt. Sodass er nur noch seine Blöße bedecken, seine Nacktheit verstecken will. Nur noch fortwill von ihr, von ihm, dass er so weit wie möglich fortwill …

Ist es wirklich so schlimm mit ihm geworden? Zerstört die Nacht in Brighton, dieses eine Ereignis, jetzt sein ganzes Leben? Macht der Horror dieser einen Nacht jetzt auch seine Liebe zu Lola kaputt? Lola, das Beste in seinem Leben. Lola, die wunderschöne Lola. Lola mit ihrem Witz und Humor. Lola mit ihrer Wärme und Klugheit, ihrem Einfühlungsvermögen, ihrem Temperament, ihrer künstlerischen Begabung. Seine Lola, die ihn liebt – mit einer Liebe, die so stark und hell wie die Sonne an einem wolkenlosen Tag ist. Ihre Liebe trägt ihn, hält ihn am Leben, nährt ihn, befeuert ihn – mit Lola erträgt er die Abwesenheit seiner Eltern besser, den Leistungsdruck, das mörderische Training, das Lampenfieber vor den Wettkämpfen, die Anspannung bei neuen, schwierigen Sprüngen. Ihre Liebe hilft ihm, dem Erwartungsdruck vor Meisterschaften und vor den Olympischen Spielen besser standzuhalten, der ständigen Furcht vor einem Unfall, der noch schlimmer als vor ein paar Tagen ausgehen könnte. Mit Lola neben sich hat er keine Angst vor der Zukunft. Sie rettet ihn, wenn ihm die kleinen, aber schweren Sorgen zu viele werden, die jeden Tag an ihm nagen und kratzen und ihn beschädigen. Lola gibt ihm die Kraft, alles auszuhalten, immer weiterzumachen, sich nach jedem Stolpern wieder aufzurichten. Nur weil es sie gibt, schafft er es, alle Rollen zu spielen, die er bisher immer so erfolgreich gespielt hat: die Rolle des lockeren, coolen Typen und Mädchenschwarms in der Schule; die Rolle des pflichtbewussten, wohlerzogenen Sohns zu Hause; die Rolle des disziplinierten, bewunderten und erfolgreichen Turmspringers, jeden Tag beim Training, bei den Wettkämpfen und bei Interviews. So viele Masken, so viele Pflichten, so viele Erwartungen – so viele verdammte Erwartungen, die er dauernd erfüllen muss.

In ungefähr vier Wochen erfährt er die Prüfungsergebnisse, von denen abhängt, ob er wirklich den Studienplatz bekommt, mit dem er in einem Jahr fest rechnet. Den ganzen Sommer über finden Wettkämpfe statt, und es sind nur noch dreizehn Monate bis zu den Olympischen Spielen. Er hat das Gefühl, dass nicht nur seine Mitschüler, seine nächsten Freunde, seine Teamkameraden, sein Trainer und seine Eltern Höchstleistungen von ihm erwarten, sondern ganz England. Der Druck war in seinem Leben noch nie so groß, die Messlatte noch nie so hoch gehängt. Und er selbst war noch nie so zum Zerreißen angespannt, so bis ins tiefste Innere erschüttert. Fühlte sich noch nie so instabil. Er darf nicht zulassen, dass diese eine Nacht in Brighton das alles mit ihm macht. Was da passiert ist, hätte nie passieren dürfen. Er hätte es nicht zulassen dürfen. Da ist etwas Schreckliches passiert, wofür er nichts kann. Er muss diese Sache unbedingt aus dem Kopf kriegen! Er muss den Horror dieser Nacht ganz und gar vergessen, als wäre das alles nie geschehen, als hätte es diesen Bruch in seinem Leben nie gegeben. Er muss wieder zu dem werden, der er vorher war und der er immer noch ist. Mathéo, der Musterschüler, der Mustersohn, der Vorzeigesportler. Aber das alles kann er nicht ohne Lola. Er schafft es nicht, wenn er Lola nicht neben sich hat. Lola – und alles, was sie für ihn bedeutet. Seine andere Hälfte, ohne die er nicht leben kann. Lola, die Einzige, bei der er nie eine Maske aufsetzen muss. Bei der er einfach der sein kann, der er ist. Sie kennt ihn mit all seinen Schwächen, weiß um alle seine Ängste – und liebt ihn trotzdem. Er darf sie nicht verlieren, denn ohne Lola ist sein Leben leer und sinnlos. Ohne sie ist er ein Nichts. Weniger als ein Nichts: ein Schauspieler, ein Betrüger und Hochstapler, eine leere Hülle. Im Innern tot.

Erst als er das Geräusch von Schritten hört, kehrt er wieder in das Hier und Jetzt zurück, wird ihm bewusst, dass er in T-Shirt und

Pyjamashorts im Wohnzimmer vor dem Sofa auf dem Fußboden kauert; dass er auf der Suche nach etwas Wärme und Geborgenheit zitternd ein Kissen umklammert hat. Er glaubte, keinen Laut von sich gegeben und stumm in das Kissen geweint zu haben, das er gegen das Gesicht gepresst hält. Aber als er jetzt den Kopf hebt, stellt er verwundert fest, dass Loïc mit ernstem Gesicht am anderen Ende des Raums steht, am Fuß der Treppe. Zart und hellhäutig und weißblond steht er da und wirkt im Mondlicht fast wie ein Geist.

Erschrocken und beschämt starrt Mathéo seinen kleinen Bruder wortlos an. Seine Tränen kann er jetzt nicht mehr verstecken. Sein hemmungsloses, lautes Schluchzen muss der Grund gewesen sein, warum Loïc so unerwartet aufgetaucht ist. Loïc hat Angst vor Gespenstern und treibt sich sonst nie nachts im Haus herum, erst recht nicht bis hinunter ins Erdgeschoss und ohne das Licht anzumachen. Mathéo wird klar, dass er überhaupt keine Ahnung hat, wie lange Loïc da schon gestanden hat und Zeuge seines Heulkrampfs war. Er weiß, dass sein kleiner Bruder ihn noch nie hat weinen sehen … Das Schamgefühl, das ihn daraufhin befällt, ist so groß, dass er Loïc am liebsten anfahren und ihm sagen möchte, er solle gehen und ihn in Ruhe lassen. Er ist immer noch so aufgewühlt, dass er Angst hat, kein Wort herauszubringen. Sein Körper wird immer noch von heftigen, unkontrollierten Schluchzern geschüttelt. Er keucht, und seine Wangen sind nass von Tränen. Er presst die rechte Faust vor den Mund und versucht, das Schluchzen zu ersticken. Aber mit den nächsten Atemzügen bricht es wieder aus ihm hervor. Aus irgendeinem Grund macht Loïcs stille, schweigende Anwesenheit alles nur noch schlimmer. Wieder versucht Mathéo, seinen Atem unter Kontrolle zu bringen, reibt sich mit den Händen übers Gesicht, presst dann wieder die Faust vor den Mund und bemüht sich, ruhig genug Atem zu holen, um Loïc zu sagen, dass er wieder ins Bett gehen soll. Jedes Mal, wenn er sprechen will, werden seine Worte von Schluchzern zerrissen.

Loïc schaut Mathéo an. Seine Augen sind unverwandt auf das Gesicht seines Bruders gerichtet. Er wirkt ruhig. Sein oft so anklagender, trauriger Blick drückt tiefen Kummer aus. Aber er wirkt nicht geschockt oder verängstigt. Er geht ein paar Schritte auf Mathéo zu. Dann kniet er sich behutsam auf den Boden, als würde er sich einem wilden Tier nähern. Vorsichtig streckt er die Hand aus. Mathéo braucht einen Moment, bis er begreift, dass Loïc ihm ein zerknittertes Taschentuch hinhält. Er nimmt es, bringt immer noch kein Wort heraus und kann, statt Danke zu sagen, nur nicken. Er reibt sich damit über die Wangen, hält einen Moment krampfhaft die Luft an, atmet schließlich langsam aus und starrt auf die Fliesen des Marmorbodens zwischen ihnen.

Ein paar weitere halb verschluckte Atemzüge, dann flüstert er: »Danke.«

»Bitte.« Loïcs Stimme ist kaum lauter als ein Wispern, aber er klingt ruhig, viel reifer als sonst. »Willst du, dass ich gehe?«

Mathéo starrt weiter auf die Fliesen, atmet langsam durch den Mund ein und aus, versucht, sich darauf zu konzentrieren und so ruhig wie möglich zu werden. »N-nein. Bleib.«

»Ich glaub nicht, dass Mummy und Dad was gehört haben«, sagt Loïc, als könnte er die Gedanken seines Bruders lesen. »Ich bin aufgewacht, weil ich aufs Klo musste, und da war deine Tür offen, und ich hab gesehen, dass du nicht im Bett warst. Deshalb bin ich runter, um nach dir zu suchen.«

»Warum …« Ein Japser. »Warum hast du nach mir gesucht?«, fragt Mathéo mit schwerer Zunge, um irgendwas zu sagen.

»Weil ich Angst gehabt hab, dass du von zu Hause weggelaufen wärst.«

Mathéo sieht verwirrt auf, begegnet dem ruhigen Blick seines Bruders. »Warum … Wie kommst du darauf?«

»Weil du jetzt immer so traurig bist. Und in den Büchern, die ich lese, laufen die Kinder irgendwann von zu Hause weg, wenn sie immer traurig sind.« Die geflüsterten Worte hängen zwischen ihnen in der Luft und verwandeln sich in eine Frage – eine so schwere, ernste Frage, dass es Mathéo fast umhaut. Er wischt sich über die Wangen. »Aber wer … wer hat dir denn gesagt, dass ich traurig bin?«

»Niemand. Ich hab es in deinem Gesicht gesehen. Nach dem großen Wettkampf, den sie auch im Fernsehen gezeigt haben, als du da nach Hause gekommen bist, da warst du traurig. Und danach bist du immer trauriger geworden. Und dann hattest du immer die Albträume.«

Mathéo schaut Loïc an. »Albträume? Was für Albträume denn? Woher … woher weißt du das?«

»Erinnerst du dich nicht? Du hast laut geredet und geschrien, und manchmal hast du auch etwas geweint. Dann bin ich in dein Zimmer gekommen und hab deinen Namen gesagt, erst leise und dann immer lauter, bis du aufgewacht bist. Und du hast mir gesagt, dass ich ins Bett zurückgehen soll, und bist wieder eingeschlafen.«

»Scheiße …« Mathéo atmet einmal tief ein und aus. Was Loïc da gesagt hat, verstört ihn. »Wie oft war das denn?«

»Zwölf Mal«, antwortet Loïc, ohne zu zögern. »Ich hab gedacht, heute ist das dreizehnte Mal, aber diesmal war es kein Albtraum, weil – du bist ja wach.«

Mathéo starrt seinen Bruder schockiert an. »Hat … hat das noch jemand gehört?«

»Nein, nur ich. Weil ich mein Zimmer neben deinem habe, und außerdem höre ich alles. Ich wache immer auf, wenn im Haus irgendein fremdes Geräusch zu hören ist. Oder auch sonst, ich höre oft Sachen, die die anderen nicht hören. Ich hab es Mummy oder Dad nicht erzählt, weil sie dir dann bestimmt ganz viele Fragen stellen. Und das willst du vielleicht nicht.«

Mathéo presst das Sofakissen noch fester an die Brust und versucht, sich vorzustellen, wie Loïc nachts zu ihm ins Zimmer kommt, um ihn aus einem Albtraum aufzuwecken. Es gelingt ihm nicht. Aber er weiß, dass sein Bruder solche Geschichten nicht einfach erfindet. »Du … du hast gesagt, ich hab im Schlaf geredet … Was hab ich denn da gesagt?« Plötzlich packt ihn Furcht. Wer weiß, was Loïc da alles gehört hat.

»Unterschiedliche Sachen. Hab ich schon vergessen. Manchmal hast du laut gerufen, und manchmal hast du sehr traurig geklungen. Du hast ›Warum?‹ gefragt und hast gesagt: ›Bisher war doch alles gut zwischen uns‹ und ›Bitte nicht …‹. Und einmal …« Er zögert, beißt sich auf die Lippen und blickt zu Boden, als hätte er Angst, geschimpft zu werden. »… da hast du das F-Wort gesagt. Aber du hast nichts dafür gekonnt. Du hast ja nicht gewusst, dass du es gesagt hast, weil – du hast ja geschlafen!« Er nickt dazu, wie um es sich zu bestätigen. »Dafür kannst du doch nichts, Mattie.«

Loïcs Beteuerungen, dass er sich deshalb keine Vorwürfe machen müsse, rühren Mathéo fast zu Tränen. Er wechselt schnell das Thema: »Hab ich denn … Was war in meinen Albträumen los? Hast du da was mitgekriegt?«

»Nein. Aber du warst immer so wütend. Und du hast vor irgendwas Angst gehabt. ›Ich erzähle es niemandem, das schwöre ich‹ – das hast du auch gesagt.«

Mathéo spürt, wie sein Herz auf einmal rasend schnell schlägt. »Hab ich denn …« Er schluckt. »Hab ich mal einen Namen gesagt? Irgendeinen Namen?«

Loïc schüttelt den Kopf, und Mathéo schließt eine Sekunde lang die Augen und atmet erleichtert auf.

»Loïc?«

»Ja?«

»Versprichst du mir was? Versprichst du mir, dass du niemandem was davon erzählst? Nicht von den Albträumen, von nichts?«

»Ich verspreche es.« Loïc schaut Mathéo, ohne zu blinzeln, eine Weile lang in die Augen. Das erste Mal während ihres Gesprächs. Mathéo sieht in den Augen seines Bruders seine eigene Furcht gespiegelt. »Hat dir jemand was getan, Mattie? Hast du deswegen die ganze Zeit Albträume? Bist du deswegen so traurig?«

Die Fragen und der Blick seines Bruders bringen Mathéo durcheinander. »Hat dir jemand was getan?« Die Frage ist so einfach und direkt. Dass sie von seinem achtjährigen kleinen Bruder kommt, von Loïc – dem kleinen Bruder, den er immer mit dem Kindermädchen allein lässt, während er sich in seinem total beschäftigten Leben von einer Aktion in die nächste stürzt –, haut ihn einen Moment fast um. Wie viele Tage und Abende war er aus der Schule oder vom Training nach Hause gekommen und, immer zwei Stufen auf einmal nehmend, in sein Zimmer hochgerannt, um sich schnell umzuziehen und Lola anzurufen. Oder hatte hastig seine Hausaufgaben hinter sich gebracht und war dann runter in den Kraftraum verschwunden. Wie viele Abende hatte er Loïc einfach ignoriert – seinen eigenen Bruder, der immer nur im Erdgeschoss mit dem Kindermädchen herumhockte. Seinen Bruder, der ihn so gern noch eine Weile länger festgehalten hätte, mit Fragen nach der Schule oder nach dem Training. Der gern mal so tat, als bräuchte er dringend Hilfe bei den Hausaufgaben, nur um ein paar Minuten mit seinem Bruder zu ergattern. Lauter Strategien, um etwas mehr Aufmerksamkeit zu erhaschen. Um etwas mehr Zuwendung zu bekommen, nach der er sich so sehr sehnte. Wofür aber immer nur die schlecht englisch sprechenden Kindermädchen zuständig waren, während ihre Eltern entweder Geld verdienten oder ihr Gesellschaftsleben pflegten, Golf oder Tennis spielten oder sich in ihren Fitnessklubs auspowerten. Und Loïc, ihren jüngeren Sohn, nie so richtig beachteten. Bei jedem gemeinsamen Abendessen drehte sich das Gespräch, wenn es überhaupt um ihre Kinder ging, immer nur um Mathéo – Mathéos Training, Mathéos Wettkämpfe, Mathéos neue, komplizierte Sprünge, Mathéos Noten, Mathéos Leistungen, Mathéos Zukunft. Und obwohl das so war – obwohl er täglich kaum mehr als ein paar Sätze mit seinem großen Bruder wechselte –, hatte Loïc gespürt, dass mit ihm etwas nicht in Ordnung war. Hatte er gespürt, dass Mathéo sich verändert hatte, dass er »traurig« war. Und sich gesagt, dass irgendetwas passiert sein musste. Ohne dass jemand es wusste, selbst Mathéo nicht, war Loïc regelmäßig nachts in sein Zimmer gekommen, damit sein großer Bruder mit seinen Albträumen nicht allein war – ohne es überhaupt zu erwähnen. Und auch ohne es ihren Eltern zu erzählen, falls es Mathéo nicht recht war …

»Loïc?«

»Ja?«

»Jemand … jemand hat mir sehr wehgetan.« Pause. »Aber … aber jetzt ist es vorbei. Es ist alles wieder gut.« Er bemüht sich, ihn anzulächeln, was ihm allerdings nicht so recht gelingt. »Danke … danke, dass du es keinem erzählt hast. Danke, dass du jetzt gerade runtergekommen bist. Danke … danke, dass du in mein Zimmer rüber bist, wenn ich Albträume hatte.« Er holt Luft. »Was ich dir noch sagen will, kleiner Bruder – ich bin zwar immer total mit meinen Sachen beschäftigt, aber ich hab dich sehr, sehr lieb, weißt du das eigentlich?«

Loïc schaut ihn mit einem schüchternen Lächeln an. »Ich hab dich auch lieb.«

Mathéo schleudert das Kissen nach ihm, grinst und streckt den Arm aus. »Ich hab ganz vergessen – bist du eigentlich schon zu alt, um dich ab und zu mal in den Arm nehmen zu lassen?«

Loïcs Gesicht leuchtet auf. »Ich bin erst acht, Blödmann!«

»Dann komm mal her!«

Das Lächeln breitet sich über Loïcs ganzem Gesicht aus. Er rutscht auf den Knien zu Mathéo und kichert, als Mathéo ihn zu sich auf den Schoß zieht. Das erste Mal seit Jahren spürt Mathéo, wie sich der Körper seines kleinen Bruders an seinen presst. Loïc ist zart und schmal für sein Alter, leicht wie ein Vögelchen, und fühlt sich beinahe körperlos an. Aber seine Umarmung ist stark. Er riecht nach Seife und Kindershampoo. Eine Weile lang sitzen sie einfach nur da. Loïc drückt sich warm und schläfrig an Mathéo, bis ihm schließlich der Kopf schwer wird und seine Arme nur noch locker um Mathéos Hals liegen. Vorsichtig, damit Loïc nicht wach wird, steht Mathéo auf, nimmt ihn hoch und trägt ihn nach oben. In der Tür zu Loïcs Zimmer zögert er. Loïcs Kingsize-Bett erscheint für ein Kind lächerlich groß. Er geht hinüber in sein eigenes Zimmer, legt Loïc behutsam auf sein Bett, deckt ihn sorgfältig zu. Dann legt er sich neben ihn. Wenn er heute Nacht einen Albtraum hat, muss Loïc wenigstens nicht aufstehen. Er hält es sogar für wahrscheinlich, dass er mit seinem schlafenden kleinen Bruder neben sich die Albträume von sich fernhalten kann …

ZEHNTES KAPITEL

Am nächsten Tag wacht er spät auf. Loïc liegt nicht mehr neben ihm im Bett, wahrscheinlich sitzt er bereits unten beim Frühstück. Mathéo bleibt noch eine ganze Weile in seinem Zimmer und versucht alles, um Lola zu erreichen. Er ruft sie auf ihrem Smartphone an, textet ihr, schreibt ihr Mails – keine Antwort. Egal, ob sie zu Hause oder irgendwo unterwegs ist, ihr Smartphone hat sie immer griffbereit. Deshalb muss sie eigentlich sehen, dass er sie dauernd zu erreichen versucht. Er hinterlässt mehrere Nachrichten auf ihrer Mailbox, fleht sie an, ihn zurückzurufen. Das passt gar nicht zu Lola, sich so zurückzuziehen, nicht mit ihm reden zu wollen, den Kontakt ganz abzuschneiden. Aber sie bewegen sich jetzt auf völlig unvertrautem Terrain. Der Gedanke, dass er ihre Gefühle für immer verletzt haben könnte, dass die Kluft zwischen ihnen unüberbrückbar geworden ist und ihre Beziehung tatsächlich zu Ende sein könnte, erschreckt ihn zutiefst. Eine solche Vorstellung ist für ihn unerträglich … Aber so darf er nicht denken, denn sonst dreht er völlig durch. Er hat Angst, dass sie bereits mit jemandem darüber geredet hat, was gestern zwischen ihnen vorgefallen ist – vielleicht mit Isabel oder Hugo oder, schlimmer noch, mit Jerry –, und dass es sich schon überall herumgesprochen hat. Dass die anderen ihn jetzt für jemanden halten, der seine Freundin misshandelt. Aber vor allem hat er Angst, dass er Lola ernsthaft verletzt haben könnte. Etwas in ihm hat sich auf einmal gewehrt, er wollte sie plötzlich loswerden, er wusste selbst nicht, wie ihm geschah. Trotzdem – er hat sie so brutal fortgestoßen, dass sie hart auf den Fußboden gefallen ist und ihr danach Arm und Schulter wehgetan haben.

Immer wieder spult er die Szene im Kopf ab. Dabei hatte es so gut zwischen ihnen angefangen, sie haben miteinander rumgeknutscht, gelacht, waren glücklich miteinander. Und dann waren sie auch schon in ihrem Zimmer, auf ihrem Bett, und haben sich leidenschaftlich geküsst. Sein ganzer Körper sehnte sich nach ihr – sie hatten schon so lange nicht mehr miteinander geschlafen –, aber plötzlich ertrug er es nicht mehr, von ihr angefasst zu werden. Ja, ihm ekelte geradezu davor. Sobald er die Augen schloss, verwandelte sie sich in jemand anders – in jemanden, der ihn verletzen wollte, in jemanden, der sich daran aufgeilte, ihm wehzutun. Jemand, dem er vertraut hatte und der sich auf einmal in ein Monster verwandelte … Aber Lola ahnte natürlich nichts davon. Sie wusste nur, dass ihr Freund in der einen Sekunde noch mit ihr schlafen wollte und sie in der nächsten Sekunde brutal von sich gestoßen hatte. So brutal, dass sie vom Bett auf den Boden gefallen war. Sie wird doch nicht glauben, dass er das extra gemacht hat?! Sie wird doch nicht glauben, dass er sie verletzen wollte?! Aber wie kann er das wirklich wissen?

Mit dem Telefon in der Hand geht Mathéo unruhig im Zimmer auf und ab. Seine Verzweiflung wird immer größer. Er möchte am liebsten zu ihr rennen, sich vor sie hinstellen, ihr in die Augen schauen – und ihr die Wahrheit sagen. Möchte ihr erzählen, was mit ihm geschehen ist, ihr alles gestehen, ihr sein Innerstes öffnen. Vielleicht versteht sie ja. Aber das würde bedeuten, womöglich Jerry in die Arme zu laufen, falls er doch früher von seinem Fotoshooting zurückgekommen ist. Außerdem ist er sich ziemlich sicher, dass Jerry bereits von der Geschichte erfahren hat – Lola erzählt ihm immer alles, auch am Telefon. Jerry hat ihr bestimmt Fragen gestellt. Er spürt, wenn mit seiner Tochter irgendetwas los ist. Und Mathéo könnte sich jetzt auch gar nicht so leicht aus dem Haus stehlen. Egal, welche Entschuldigung er sich ausdenken würde – seine Eltern würden ihn nicht so ohne Weiteres davonlassen. Es ist Samstagvormittag, und alle sitzen beim gemeinsamen Frühstück auf der Terrasse. Durch die offene Balkontür kann er die vertrauten Laute und Geräusche hören.

Es ist ein warmer, freundlicher Tag, und der Gegensatz zu seiner eigenen inneren Verfassung könnte kaum größer sein. Die Sonne strahlt von einem tiefblauen Himmel herunter. Eine leichte Brise weht durchs Fenster herein, bewegt unmerklich die weißen Vorhänge. Das leise Geklirr von Gläsern, Tassen und Besteck verrät, dass das Frühstück draußen auf der Terrasse in vollem Gange ist. Consuelas hektische Ermahnungen dringen zu ihm herauf, sein Vater doziert langatmig über die Krise der Eurozone, und seine Mutter übertönt mit scharfer Stimme alle beide, tadelt auf Französisch Loïc, weil er so wenig isst, und gibt Consuela in perfektem Spanisch Anweisungen. Nur von Loïc ist nichts zu hören. Einen Augenblick lang befürchtet Mathéo, das Erlebnis letzte Nacht könnte ihn so durcheinandergebracht haben, dass er ihren Eltern vielleicht doch von seinen Albträumen erzählt hat – obwohl er Mathéo versprochen hat, es nicht zu tun. Es muss Loïc ziemlich erschüttert haben, seinen großen Bruder gestern Nacht so zu erleben. Völlig aufgelöst. Schluchzend wie ein kleines Kind. Wenn er daran denkt, errötet Mathéo. Andererseits hat Loïc schon die ganze Zeit gewusst, wie es ihm geht – jedenfalls mehr als die drei Erwachsenen am Tisch zusammengenommen. Und obwohl Mathéo ein diffuses Schuldgefühl empfindet, seinen kleinen Bruder da mit hineingezogen zu haben, verspürt er auch eine Erleichterung – fühlt er sich erleichtert, dass wenigstens ein Mensch weiß, wie es ihm wirklich geht; dass es wenigstens einen Menschen auf der Welt gibt, der sich wirklich Sorgen um ihn macht. Dass ein Mensch ahnt, welchen Horror er gerade durchlebt.

»Chéri, setz dich mit raus und frühstücke mit uns. Es ist schon spät. Hast du gut geschlafen?« Seine Mutter hat ihn sofort erspäht, als er die Treppe runterkommt. Keine Chance, sich heimlich durch die Haustür hinauszuschleichen.

»Ich hab keinen Hunger. Ich dreh erst mal ’ne Runde. Ich brauch etwas frische Luft und Bewegung.«

»Ach was, jetzt lass mal das Joggen. Und frische Luft gibt es hier auch.« Seine Mutter deutet mit einem perfekt manikürten Finger auf den Stuhl neben sich und macht Consuela ein Zeichen, dass sie ihm Kaffee einschenken soll. Mathéo weiß, dass er keine andere Wahl hat, und tritt aus der angenehmen Kühle des Hauses hinaus auf die Terrasse. Unter den Fußsohlen spürt er die Wärme der sonnenbeschienenen Dielen. Er ist hastig wieder in die Jeans und das T-Shirt von gestern Abend geschlüpft. Aber es kommt ihm so vor, als sei die Jeans seither länger und weiter geworden. Er braucht fast einen Gürtel, damit sie ihm nicht über die Hüfte rutscht. Trotz des riesigen Sonnenschirms sticht ihm das Sonnenlicht in die Augen. Er blinzelt. Eine unendliche Müdigkeit befällt ihn. Ein so strahlender Frühsommertag geht über seine Kräfte. Er rührt in seinem schwarzen Kaffee, lehnt sich in seinem Stuhl zurück und beobachtet das Familienfrühstücksritual. Alles ist so … so wahnsinnig vorhersehbar. Er weiß nicht, warum es ihn so aufregt, aber es regt ihn unerträglich auf – so sehr, dass es fast eine tragödienhafte Dimension annimmt. Der Tag wird ein Bilderbuchsommertag werden: Die Sonne sticht bereits am Vormittag vom blauen Himmel, eine einzelne Amsel flattert auf, nichts trübt die Idylle im Garten. Loïc ist noch in der Schlafanzughose, hat dazu ein schlabberiges T-Shirt angezogen und wirkt blass und übernächtigt. Die Haare hängen ihm ungekämmt in die Stirn. Mit ausdrucksloser Miene beobachtet er, wie Consuela ihm Marmelade aufs Croissant streicht. Loïc hasst Marmelade auf dem Croissant. Seine schmalen Schultern sacken resigniert zusammen. Ihr Vater ist bereits fürs Golfspielen angezogen und ganz in seine *Financial Times* versunken, von Zeit zu Zeit schiebt er immer dieselbe große blaue Wasserflasche fort, die ihm beharrlich im Weg steht. Ihre Mutter wird gleich zu ihren Fitnessstunden mit ihrem Personal Trainer aufbrechen. Aber auch in Leggings und weitem T-Shirt, das ihr über die leicht gebräunte Schulter rutscht, sieht sie noch elegant aus. Die Haare hat sie zu einem Ballerinaknoten zurückgekämmt. Um Punkt elf werden ihre Eltern in ihre Autos steigen und in ihre Klubs fahren. Consuela wird Loïc erst zu seiner Tennisstunde und danach zum Spielen zu einem anderen Kind oder in den Park begleiten. Den Abend werden ihre Eltern wahlweise auf einer Cocktail- oder einer Dinnerparty verbringen. Am Sonntag wird der Tagesablauf ungefähr derselbe sein. Jedes Mitglied der Familie wird seinen eigenen Wochenendverpflichtungen nachgehen, bis sie sich schließlich am Sonntagabend zum gemeinsamen Abendessen treffen, mit dem dann eine weitere sinnlose Woche ein Ende nimmt.

»Du siehst müde aus, Chéri!« Die Stimme seiner Mutter zerreißt das Geräuschgewebe aus klapperndem Besteck, raschelndem Zeitungspapier und dem Summen einer Fliege. »Hast du nicht gut geschlafen?«

»Alles okay«, antwortet Mathéo betont schwungvoll und schaut ihr in die Augen.

»Du siehst fürchterlich blass aus und hast Ringe unter den Augen. Mitchell, findest du nicht, dass unser Sohn blass aussieht?«

Sein Vater lässt die Zeitung kurz sinken und mustert Mathéo stirnrunzelnd. »Er liegt zu viel auf der faulen Haut. Das ist sein Körper nicht gewöhnt. Perez hätte mit ihm wenigstens etwas Akrobatiktraining in der Turnhalle ansetzen können.« Er wedelt die Fliege fort. »Wann kannst du mit dem Springen wieder anfangen, hat der Arzt gesagt?«

»Wenn die Fäden gezogen sind und auch das EEG befriedigend ausgefallen ist.«

»Und wann ist das?«

»In zwei Wochen.«

Sein Vater gibt einen frustrierten Seufzer von sich. »Perez wird wohl hoffentlich kaum der Meinung sein, dass du bis dahin überhaupt nicht trainieren sollst!«

»Was Perez meint, ist mir vollkommen egal.«

Sein Vater blitzt ihn zornig an. »Was redest du da für einen Unsinn?«

Mathéo holt einmal tief Luft und springt auf, um sofort wegrennen zu können. »Ich will Perez nie mehr in meinem Leben sehen!«, brüllt er und stürmt davon. In der Terrassentür dreht er sich noch einmal um und sagt einen Satz, von dem er nie geglaubt hätte, dass er ihn jemals sagen würde: »Ich höre mit dem Turmspringen auf, Dad!«

»Lola, bitte lass mich rein! Bitte, ich muss unbedingt mit dir reden. Nur reden, nichts weiter. Es ist wirklich wichtig – bitte, ich will dir erklären, was mit mir los ist!«

Nachdem er aus dem Haus gerannt ist, beschließt Mathéo, zu Lola zu gehen. Als Erstes überprüft er dort, ob Jerrys Auto tatsächlich immer noch nicht in der Einfahrt steht. Zum Glück tut es das nicht. Auch wenn er sich natürlich nicht sicher sein kann, wann Jerry zurückkommt. Fünf Minuten lang hämmert Mathéo danach an die Tür. Hört, wie Lola ihm von drinnen zuruft, sie habe keine Lust, mit ihm zu reden, und er solle sich verpissen. Sinkt nach vorne gegen die Tür, hält sich am Türklopfer fest, presst die Stirn gegen das Holz, weiß, dass Lola direkt dahinter im Hausflur stehen muss, denn ihre Stimme hat sich ganz nah angehört.

»Lola, mein ganzes Leben ist ein einziges Chaos. Wenn … wenn du mich danach nie mehr sehen willst, dann ist das okay. Also, ich meine, nicht okay, natürlich überhaupt nicht okay für mich, aber … aber ich könnte es verstehen. Ich versprech dir, ich lass dich danach in Ruhe. Ich … ich will nur wissen, wie es dir geht und ob … ob du verletzt bist. Lola! Ich muss mit dir reden, du hast ein Recht darauf, es zu wissen, du bist die Einzige, der ich es sagen kann – und wenn ich es nicht bald jemandem sage, dann drehe ich total durch! Ich … ich glaube, ich brauche … ich brauche Hilfe. Bitte, Lola, bitte!« Die Stimme versagt ihm, es gehen ihm die Worte aus, er kommt zu spät. Sie hat bereits beschlossen, ihn zu verlassen. Er wird den Rest seines Lebens ohne sie verbringen müssen. Wird nach einem Grund suchen müssen, überhaupt am Leben bleiben zu wollen. Er schließt die Augen und presst die Stirn gegen das Holz, vollkommen erschöpft. Der Stoff seines T-Shirts klebt ihm am Rücken. Plötzlich geht die Tür auf, und er fällt fast in den Hausflur.

»Hey, nicht hinfallen!« Sie hält ihn fest.

Blutrote Flecken schwimmen durch die Luft. Er spürt die kühle Berührung von Lolas Hand auf seiner, versucht vergeblich, sie festzuhalten. Einen Moment ist ihm, als stünde noch eine andere Person da, direkt hinter Lola, und er spürt, wie ein ängstliches Kribbeln ihm die Wirbelsäule entlangkriecht und sich durch seinen ganzen Körper ausbreitet. Er richtet sich mühsam auf und versucht, sein rasendes Herz zu beruhigen, aber die Furcht ist so wirklich, dass er sie beinahe schmecken kann.

Er stößt die Tür hinter sich zu und sperrt das grelle Mittagslicht aus. Erschöpft lehnt er sich gegen die Wand des schmalen Hausflurs.

»Was hast du mir zu sagen?«, fragt Lola. Sie hat die Hand sofort zurückgezogen, und sie stehen sich merkwürdig fremd gegenüber. Die Arme hat sie vor dem Oberkörper verschränkt, als wollte sie sich vor einem kalten Wind schützen, den nur sie spüren kann. Sie wirkt zerbrechlich und fast durchscheinend, ihre Augen sind riesengroß und rot geweint, mit dunklen Ringen darunter; die Ärmel ihrer blauen Strickjacke hat sie bis über die Hände gezogen.

»Hab ich dich verletzt, Lola? Ich … ich meine, körperlich?«

Sie antwortet nicht, dreht nur den Kopf ein wenig, und er kann in ihren Augen eine unendlich tiefe Traurigkeit sehen.

»Ich hab gedacht, du wolltest mir etwas sagen«, sagt sie nach einer Pause, macht einen Schritt zurück und schlingt die Arme noch fester um sich.

Zwischen ihnen ist eine fürchterliche Leere, und er traut sich nicht, die Hand auszustrecken, um diese Kluft zu überbrücken. Denn er hat Angst vor ihrer Reaktion. Es kommt ihm so vor, als würden sie an gegenüberliegenden Ufern eines Sturzbachs stehen und sich über das tosende Wasser hinweg ängstlich mustern.

»Ich … Tu ich auch noch«, stammelt er. »Aber zuerst muss ich deinen Arm sehen. Ich … ich muss sicher sein, dass ich dich nicht verletzt habe.«

Sie scheint noch weiter zurückzuweichen. So als hätte sie Angst vor seiner Berührung. »Wie du siehst, geht es mir gut«, sagt sie mit kalter Stimme. »Nichts gebrochen, alles in Ordnung.«

»Aber … aber dein Arm, Lola. Deine Schulter. Du bist doch so hart aufgekommen. Hat es … Das muss doch richtig wehgetan haben.«

Sie zögert einen Moment, presst dann die Lippen aufeinander, und er spürt, dass sie die Tränen zurückzuhalten versucht.

Da platzt es aus ihm heraus: »Verdammt noch mal, Lola, bitte … bitte lass es mich einfach sehen!«

Instinktiv streckt er die Hand aus, und sie weicht sofort zurück. »Nur ein paar blaue Flecken«, sagt sie leise.

»Kann ich … kann ich es mal sehen?«

»Nein.«

»Du … du musst mir glauben«, fleht er sie verzweifelt an. »Ich hab dich nicht verletzen wollen. So etwas würde ich doch nie wollen, das musst du mir glauben.«

»Sag mir, warum du mich fortgestoßen hast, und dann geh.« Lola laufen ein paar Tränen hinunter. »Ich möchte jetzt lieber allein sein.«

»Okay«, sagt er hastig. »Okay. Deswegen bin ich ja gekommen. Ich … ich …« Er wischt sich mit der Hand über sein verschwitztes Gesicht, fährt sich durch die Haare. Seine Beine wollen ihn auf einmal nicht mehr tragen. »Können wir … können wir uns irgendwo hinsetzen?«

Schweigend dreht sie sich um, und sie gehen miteinander in das kleine Zimmer vorne zur Straße raus. Rocky hat sich dort gemütlich auf dem Sofa niedergelassen, deshalb hockt Mathéo sich auf den Teppich und lehnt sich an der Seitenlehne an. Lola setzt sich mit untergeschlagenen Beinen in den Sessel vor dem Fenster.

Eine Weile lang herrscht drückendes Schweigen. Um Lolas Blick auszuweichen, aber auch um sich besser zu konzentrieren, hält Mathéo kurz die Hände vors Gesicht und presst die Fingerspitzen auf die geschlossenen Lider, so lange, bis er befürchtet, dass sein Kopf nur noch mit explodierenden, blutroten Sternen angefüllt ist. Du musst es ihr sagen, hämmert er sich ein. Du musst es ihr sagen. Du verlierst sie wahrscheinlich sowieso. Es gibt nur eine winzige Chance, wie du sie vielleicht dazu kriegen kannst, dass sie bei dir bleibt. Du musst es ihr sagen. Und zwar jetzt. Sofort. Bevor Jerry nach Hause kommt. Du darfst es keine Minute länger hinauszögern, sonst glaubt sie nämlich, dass es nur ein Trick von dir war, damit sie dich reinlässt. Und dann wird sie sagen, dass du sofort verschwinden sollst. Sie ist sowieso schon total wütend. Wütend und durcheinander und verletzt und ... Los! Sag es ihr! Verdammt noch mal!

»Mattie, wenn du nicht ...«

»Doch, doch!« Es ist fast ein Schrei, und er bemerkt, wie sie zusammenzuckt. »Ich muss nur ... Scheiße, ich hätte mir genauer überlegen sollen, wie ich es dir sage, bevor ich hierher ...«

»Ach ja? Damit deine Geschichte überzeugender klingt?«

»Nein! Damit ich nicht erst nach den richtigen Worten suchen muss, um dir zu beschreiben, wie ich mich fühle ... Also diese ganze beschissene ...« Es würgt ihn beinahe, und er kann nicht weiterreden. Verzweifelt hält er kurz die Hände vors Gesicht. Krieg dich ein. Du musst es ihr jetzt sagen. Jede Sekunde zählt. Sie entgleitet dir. Wie das Mädchen in der Badewanne. Sie ist misstrauisch geworden. Sie glaubt dir schon nicht mehr. Dabei hast du noch gar nicht angefangen. Wenn du noch länger zögerst, verlierst du sie für immer!

»Mattie, das ist mir echt alles zu viel. Bitte geh einfach!«

Er nimmt die Hände vom Gesicht. Seine Handflächen sind nass. »Lola, bitte ... du musst mir zuhören!«

»Dann sag endlich, was du sagen willst!«

»Versuch ich ja die ganze Zeit! Aber versprich mir, dass du mich danach nicht verachtest!«

Sie steht auf und geht zögerlich einen Schritt auf ihn zu. »Hast du … hast du mich betrogen?«

»Ja … Nein!« Jemanden betrügen – eine Sekunde lang ist ihm die Bedeutung des Wortes überhaupt nicht klar. »Oh, mein Gott …«

»Also doch.« Sie zuckt zusammen, als hätte jemand sie geschlagen. Dreht den Kopf weg und schließt die Augen. »Verschwinde! Raus hier!«

»Ich hab dich nicht betrogen!« Er springt auf, packt sie an den Schultern und hört, wie sie scharf die Luft einzieht. »Ich hab dich nicht betrogen! Hab ich nicht! Hab ich nicht! Es ist gegen meinen Willen passiert!« Er presst die Faust gegen den Mund, um einen Schluchzer zu unterdrücken.

»Lass mich los, Mattie! Lass mich sofort los!«, ruft sie.

»Nein! Du musst mir zuhören! Ich muss dir etwas sagen! Ich will, dass du mich verstehst!«

»Lass mich los!«

»Jetzt hör mir zu!«

»Ich will es nicht hören!« Sie versucht, ihn wegzuschieben.

»Du musst mir zuhören!«

»Nein! Lass mich los, Mattie, oder ich fang an zu schreien!«

»Es war ein Überfall!«

»Was?«

Er rüttelt sie an den Schultern. »Es war ein Überfall, okay? Ich bin gezwungen worden … bin gezwungen worden … bin dazu gezwungen worden … Scheiße!«

Sie schaut ihn nur an, plötzlich ist es ganz still geworden. »Wozu gezwungen worden?«

Er zwingt sich dazu, ihr in die Augen zu schauen, keuchend, sein

Puls rast, Schweiß rinnt ihm an den Schläfen hinunter. »Dazu … dazu … verdammte Scheiße, Lola … Dazu … dazu, Sex zu haben …«

Sie versucht, sich seinem Griff zu entwinden. »Aha, verstehe, du bist dazu gezwungen worden, mich zu betrügen! So war das also?« Lola sagt es spöttisch, mit schneidender Stimme. »Ein Mädchen hat sich wild auf dich geworfen?«

»Es war kein Mädchen. Es … es war ein Kerl. Er war größer als ich. Und viel schwerer. Ich habe mich gewehrt, aber er … Lola, es tut mir so unendlich leid. Er hat auf mich eingeprügelt, hat gedroht, mich umzubringen. Er hatte ein Messer, und deshalb hab ich ihm geglaubt. Ich hatte so eine Scheißangst, so eine Scheißangst. Ich hab mich nicht mehr dagegen wehren können, und deshalb … deshalb habe ich mich tot gestellt und ihn machen lassen!« Er spürt, wie ihm Tränen in die Augen schießen. Ein rauer Schluchzer entfährt ihm.

Ein grauenhaftes, unerträgliches Schweigen. Er lässt Lolas Schultern so plötzlich los, dass sie fast das Gleichgewicht verliert. »Du bist …« Sie bringt den Satz nicht zu Ende. »Du bist vergewaltigt worden?«

Er nickt. Tränen strömen ihm übers Gesicht.

»Wann?«, fragt Lola.

»Bei … bei den Meisterschaften in Brighton. Danach. Am Sonntagabend. Er hat gesagt, er bräuchte Hilfe …«

Er beobachtet, wie ihr Gesichtsausdruck sich wandelt: von Schock zu Horror und dann zu einer Mischung aus Angst und Verzweiflung. »Mattie! Oh, nein … oh, mein Gott … wie schrecklich …«

Er lässt sich wieder auf den Boden fallen und lehnt sich gegen das Sofa. Er hat gehofft, er würde sich erleichtert fühlen. Doch das tut er nicht. Er hat ausgesprochen, was geschehen ist, und Lola weiß jetzt, was ihn so bedrückt. Allerdings ist ihm auch klar, dass er dieses Geständnis nie mehr widerrufen kann. Es ist in der Welt, und er kann es nicht mehr auslöschen. Genauso wenig, wie er das Geschehen in jener Nacht selbst auslöschen kann – egal, wie tief er die Erinnerung daran in sich vergräbt. Es steckt in ihm und hat ihn seither wie ein Schatten begleitet. Aber erst mit seinem missglückten Sprung vom Zehnmeterturm – erst da war die Erinnerung blitzartig wieder zurückgekommen, und sein Gehirn hatte ihn gezwungen, sich der Wahrheit zu stellen; davor hatte er sich an nichts mehr erinnert, oder vielleicht hatte er auch nur zu viel Angst vor der Wahrheit gehabt ... Dass er an dem Abend in Brighton ein solcher Feigling gewesen war; er hatte einfach zugelassen, dass es passierte, dass etwas so Unvorstellbares passierte, und danach hatte er sich total betrunken, war irgendwann nach Hause gekommen – wie, wusste er nicht mehr – und hatte voller Wut sein Zimmer verwüstet – voller Wut auf sich selbst, dass er so etwas mit sich hatte machen lassen.

Lola steht immer noch da, wie erstarrt, und schaut ihn an. Und er begreift, dass sie ihn nie mehr mit denselben Augen wie vorher ansehen wird. Für sie wird er von jetzt an immer der sein, der vergewaltigt wurde. Für sie wird er immer das Opfer sein. Sein ganzes Leben lang.

»Oh, Mattie, nein ...«

Als er die Tränen in ihren Augen sieht, trifft ihn das mit voller Wucht. Sie hat Mitleid mit ihm. Sie fühlt mit seinem Schmerz mit. Dadurch fühlt er sich so schmutzig, so beschämt, dass er am liebsten davonrennen würde, aber er hat das Gefühl, in der Falle zu sitzen.

»Mattie ...« Lola beugt sich zu ihm herunter. Ihr Gesicht ist nass von Tränen, sie kniet sich vor ihm auf den Teppich und versucht, seine Hand zu nehmen.

Er zieht die Hand fort. »Lass mich!«

Sie will ihm über die Wange streichen.

Er wendet sich ab. »Bitte tu das nicht!« Dann schluchzt er und presst beide Hände vor den Mund, wie um sich selbst daran zu hindern, jemals wieder ein Wort zu sprechen.

»Mattie … oh, mein Gott … Sag mir … sag mir, was ich machen soll.«

Er kann ihr nicht antworten, schluchzt stumm weiter.

»Lass mich dich umarmen! Darf ich dich berühren? Ich will dich so gern umarmen …«

Er versucht, sie mit dem Ellenbogen wegzustoßen.

»Mattie, bitte!« Jetzt strömen auch ihr Tränen über die Wangen. Sie legt ihre Hand über seine, drückt ihm sanft die Finger. »Lass mich dich umarmen. Alles wird wieder gut. Sag mir, wie ich dir helfen kann …«

Mathéo fühlt sich auf einmal unglaublich erschöpft. Er lässt es zu, dass Lola neben ihn gleitet. Sie umschlingt ihn mit ihren Armen, presst ihn ganz fest an sich. Er spürt, wie sich etwas in ihm löst und lockert, so als würde er in unzählige winzige Stücke zerbrechen – und als könnte nur ihre Umarmung ihn davor bewahren, völlig auseinanderzufallen.

ELFTES KAPITEL

Sobald Mathéo die Gefühle, die ihn überfluten, wieder halbwegs im Griff hat, steht er auf, um zu gehen. Seine Eltern würden ihn zu Hause zum Lunch erwarten, behauptet er – und außerdem wolle er nicht, dass Jerry ihn in diesem Zustand erlebe. In Wahrheit aber will er fort, weil Lola jetzt allmählich ihren ersten Schock überwunden hat und anfängt, Fragen zu stellen. Sie will, dass er zur Polizei geht; sie will wissen, ob er einen Blick auf das Gesicht des Mannes werfen konnte, ob er ihn beschreiben kann, ob er ihn bei einer Gegenüberstellung identifizieren könnte. Sie fängt an nachzubohren; will wissen, ob der Vergewaltiger vielleicht einer seiner Konkurrenten war oder ein Zuschauer oder ein verrückter Fan von ihm, ein Stalker.

Er hat ihr schon viel zu viel erzählt.

»Ich kann jetzt nicht darüber reden. Ich muss los«, sagt er, reibt sich krampfhaft übers Gesicht, um die Tränen zu trocknen, und reißt sich von ihr los. Er hat gehofft, dass es ihn erleichtern würde, ihr davon zu erzählen – aber er spürt keine Erleichterung. Er hätte es ihr nie sagen dürfen. Aber was hätte er denn tun sollen?

Lola holt ihn im Hausflur ein. »Mattie, du hast schon viel zu lange gewartet. Wir müssen unbedingt zur Polizei gehen und …«

»Hast du mir nicht zugehört?« Er schüttelt ihren Arm ab. »Ich hab gesagt, dass ich nicht zur Polizei will – jetzt nicht und auch später nicht. Niemals! Es ist bereits viel zu viel Zeit vergangen, und ich hab keine Lust, das alles über mich ergehen zu lassen, die Vernehmungen und die Aussage vor Gericht und die medizinischen Untersuchungen und …« Er schnappt nach Luft. »Mal dir das doch mal aus, jedes Detail beschreiben zu müssen – immer wieder, den Polizisten, den Psychologen, vor Fremden in einem Gerichtssaal! Wie es passiert ist, dass … dass … dass …« Er schluckt und schließt einen Moment die Augen.

»Okay, Mattie. Okay, mein Liebster. Aber vielleicht könnten sie das Gespräch mit einem Psychologen ja aufnehmen und dann im Gerichtssaal nur das Video zeigen. Ich hab gehört, dass man das bei Minderjährigen so …«

»Lola, ich will es nicht! Ganz abgesehen davon, dass ich bis zum Zeitpunkt der Verhandlung schon volljährig wäre. Und so was ist doch ganz schwierig. Der Psychologe würde bestimmt versuchen, es mir anzuhängen. Von wegen, ich hätte es wahrscheinlich selbst gewollt, irgendwie drauf angelegt. Oder ich würde das alles erfinden, weil ich aus irgendeinem Grund wütend auf den Mann sei, weil er … weil er … ach, was weiß ich!«

»Aber keiner würde doch glauben, dass du so was provoziert haben könntest, ich meine, dich im Wald von einem Fremden vergewaltigen zu lassen!«

»Und wenn es kein Fremder war? Also ich … ich meine, wenn er behaupten würde, dass wir uns bereits gekannt haben?« Er spürt einen scharfen Schmerz in der Brust, wie einen Messerstich. Wenn er nicht aufpasst, verliert er jetzt gleich wieder die Kontrolle über sich. Aber er muss einen kühlen Kopf behalten, muss seine Gedanken sortieren. »Natürlich war es ein Fremder! Aber … aber …«

»Schsch, schsch.« Lola streichelt ihm das Gesicht. »Mein Liebster, warum sollte er denn behaupten, dass er dich kennt? Was würde ihm das bringen?«

»Dann könnte er den anderen weismachen, ich hätte es gewollt. Ich hätte ihn verführt. Und – und denk doch mal daran, was das für einen Wirbel in der Öffentlichkeit geben würde! Das wäre für die Journalisten ein gefundenes Fressen, und für alle anderen auch, im Internet, auf Facebook, überall! Ich wäre nur noch das Vergewaltigungsopfer. Nicht mehr der Sportler mit Medaillenhoffnung. Schluss mit dem Turmspringen. So weiterzumachen wie bisher, wäre total unmöglich. Bei jedem Interview würde ich danach gefragt werden. Die anderen Sportler, die Fans, die Fernsehzuschauer – alle wüssten es!«

»Schon gut. Schsch. Schon gut …« Lola streicht mit ihren Fingern zärtlich über seine Wange. »Aber deinen Eltern erzählst du es doch, oder?«

»Nein!«, brüllt er verzweifelt. »Sie würden mich zwingen, zur Polizei zu gehen!«

»Aber Mattie, du brauchst Unterstützung – du brauchst von irgendjemand Hilfe. Was du da erlebt hast, ist doch ganz, ganz furchtbar! Du kannst es nicht verdrängen und einfach so weitermachen, als wäre nichts geschehen!«

»Doch! Kann ich!« Mit großer Mühe gelingt es ihm, ruhig zu bleiben. »Ich hab es doch bisher auch schon geschafft. Am Anfang war es schwer, aber jetzt geht es mir wieder gut. Solange du nur bei mir bleibst und mich verstehst … Also verstehst, warum ich … warum ich … warum es zurzeit bei mir nicht so richtig klappt …«

»Aber Mattie …«

»Nein! Lola, versprich mir eins! Versprich mir, dass du niemandem davon erzählst! Wenn du mich immer noch liebst und wenn du mir helfen willst – kein Wort! Zu niemandem!«

»Natürlich liebe ich dich immer noch!« Sie fängt an zu zittern.

Ein Gefühl der Erleichterung durchströmt ihn. »Dann schwörst du es mir?«

»Ja.«

»Du erzählst es wirklich niemandem – auch nicht deinem Dad oder Izzy?«

»Nein. Großes Ehrenwort. Niemandem«, verspricht sie. »Aber Mattie …« Sie versucht, ihm noch einmal über die Wange zu streichen, doch er weicht ihr aus. Er kann auf einmal für nichts mehr garantieren, hat Angst vor dem, was er jetzt vielleicht sagen oder tun könnte.

»Ich muss wirklich los.« Er atmet noch einmal tief durch. »Wir reden später weiter, okay? Ich melde mich bei dir. Es … es tut mir alles so leid, Lola!«

Mit Tränen in den Augen schüttelt sie den Kopf. Er schaut sie noch einmal an, macht dann schnell die Tür auf und geht. Draußen sticht erbarmungslos die Sonne vom Himmel.

Wieder zu Hause, in der Sicherheit seines Zimmers, schließt er die Tür ab, zieht die Vorhänge zu und legt sich angezogen aufs Bett. Nach einer Weile wickelt er sich fest in seine Decke ein. Trotz der warmen Luft, die durch das Fenster hereinweht, zittert er am ganzen Körper. Lola weiß es jetzt. Wie lange es wohl dauern wird, bis sie mit einem Vergewaltigungsopfer keinen Sex mehr haben will? Und erst recht keine Liebesbeziehung? Was sich in ihrem Kopf jetzt wohl abspielt? Ob sie sich die Vergewaltigungsszene in allen Einzelheiten ausmalt? Und wie lange es wohl dauert, bis ihr Mitleid sich in Ekel verwandelt? Er vergräbt das Gesicht im Kopfkissen, weint hemmungslos. Versucht, sich mit dem Gedanken zu trösten, dass sie jetzt wenigstens weiß, warum er sie plötzlich fortgestoßen hat. Dass sie jetzt wenigstens weiß, es hatte überhaupt nichts mit ihr zu tun. Dass sie jetzt wenigstens eine Erklärung für sein seltsames Verhalten in der letzten Zeit hat. Aber Lola wird nicht so schnell aufgeben. Sie wird weiter Fragen stellen, wird mehr Einzelheiten wissen wollen, wird Antworten haben wollen, die er ihr nicht geben kann. Niemals geben darf. Bilder, Geräusche und Gerüche zucken ihm durch den Kopf, wirbeln durcheinander – als würde er in einer Achterbahn sitzen und durch die Welt geschleudert werden. Er hat rasende Kopfschmerzen und bemüht sich, ruhig zu atmen, ruhig zu denken, um die blitzschnell kreisenden Erinnerungen zu stoppen und aus seinem Kopf zu vertreiben. Keiner wird es erfahren, hämmert er sich ein. Niemals. Er kann Lola vertrauen. Er wird dieses Geständnis nie mehr in seinem Leben wiederholen müssen.

Die nächsten achtundvierzig Stunden verbringt er im Bett, vor sich hin dämmernd, immer wieder ganz wegdriftend, von Albträumen geplagt, aus denen er keuchend und zitternd und in kalten Schweiß gebadet aufschreckt. Er stellt sein Smartphone ab und teilt Consuela mit, dass er starke Kopfschmerzen hat. Er rührt kein Essen an und will auch nicht auf die Anrufe von Lola oder Hugo antworten. Sogar als Loïc ihn durch die Tür besorgt fragt, ob mit ihm alles in Ordnung sei, reagiert er nicht. Zum Glück sind seine Eltern wie immer sehr beschäftigt und diesmal auch am Sonntagabend bei Freunden eingeladen. Am Montagabend jedoch wird er von einem kurzen, harten Klopfen an der Tür aus dem Halbschlaf gerüttelt. Eindeutig seine Mutter.

»Ich bin schon im Bett«, ruft er hastig. »Aber morgen geht's mir wieder besser.«

»Mach die Tür auf, Mathéo, oder ich hole deinen Vater.«

»Nein, Mum, bitte nicht! Ich komm ja schon …« Er schmeißt die Bettdecke zurück, zieht ein T-Shirt über und schlurft zur Tür.

Kaum hat er den Schlüssel umgedreht, schwingt die Tür auch schon auf. Mathéo kehrt wieder in die Sicherheit seines Betts zurück, hockt sich mit angezogenen Knien darauf, den Rücken gegen das Kopfende gelehnt. Seine Mutter schließt hinter sich die Tür und macht das Licht an, zögert dann einen Moment, bevor sie sich am Fußende auf die Bettkante setzt. Eine Duftwolke umhüllt sie – nach teurem Parfüm und Rotwein. Sie ist stark geschminkt und trägt einen dunkelroten Lippenstift. Die Haare hat sie zu einem eleganten Knoten hochgesteckt. Sie muss soeben von einer Abendveranstaltung zurückgekommen sein. In ihrem paillettenbestickten kleinen Schwarzen mitsamt Kaschmirschal und eleganten High Heels wirkt sie in seinem unaufgeräumten Zimmer seltsam fehl am Platz. Er kann sich nicht daran erinnern, wann sie das letzte Mal hier war, und merkt, wie sie mit hochgezogenen Augenbrauen missbilligend das Durcheinander von Kleidungsstücken auf dem Fußboden und die Ansammlung leerer Kaffeetassen neben dem Bett zur Kenntnis nimmt. Schließlich bleiben ihre Blicke an ihm hängen, und ihm wird bewusst, wie ungewaschen und ungepflegt er in seinem zerknitterten T-Shirt aussehen muss. Einen Moment lang wünscht er sich, er könnte in der Wand verschwinden, und weicht den Augen seiner Mutter aus, indem er an einem lockeren Faden seiner Schlafanzughose zupft.

»Erzähl mir, was los ist!« Wie üblich ist sie knapp und direkt. Aber trotz ihres unwirschen Tonfalls hört er noch etwas anderes heraus – echte Sorge um ihn. Er spürt, wie sie die schützende Membran zu durchdringen droht, in die er sich seit zwei Tagen eingesponnen und vom Rest der Welt abgekapselt hat.

»Nichts, ich bin nur müde. Deshalb wollte ich auch früh ins Bett!« Seine Stimme klingt dabei unsicher.

Seine Mutter seufzt auf. »Consuela hat gesagt, dass du den ganzen Tag nicht aus deinem Zimmer rausgekommen bist. Sie macht sich Sorgen, weil du nichts isst.«

»Na, wenn sie die Einzige ist, kann es ja nicht so schlimm sein.«

»Mathéo, lass das! Natürlich mache ich mir auch Sorgen. Dein Vater und ich – wir machen uns beide Sorgen. Vor allem nach deiner Äußerung am Samstag beim Frühstück.«

»Ach so, deswegen! Hat Dad dich hochgeschickt, um mal zu checken, ob ich wirklich vorhabe, mit dem Turmspringen aufzuhören?«

Seine Mutter kräuselt genervt die dunkelroten Lippen, aber ihre Augen verraten, dass er sie damit gekränkt hat. »Ja, darüber haben wir auch geredet«, antwortet sie.

»Ist er ausgeflippt?«

»Ein wenig – du weißt doch, wie er ist. Perez hatte uns schon vorgewarnt, dass du nach so einem schweren Unfall vielleicht eine Zeit lang nicht mehr springen willst. Aber es passt so gar nicht zu dir, dass du auf einmal ganz aufhören willst. Der Sport hat doch immer eine so große Rolle in deinem Leben gespielt. Warum willst du das plötzlich alles aufgeben – nach so viel Training und so viel harter Arbeit? Nach all den Opfern, die wir dafür gebracht haben? Die du dafür gebracht hast. Jetzt, so kurz vor den Olympischen Spielen. Was ist los, Mathéo?«

Er schafft es nicht, ihr in die Augen zu schauen. Ihr darauf zu antworten.

»Ich weiß, dass dein Vater unglaublich viel von dir verlangt«, fährt seine Mutter fort. »Er hat eben diesen Ehrgeiz. Er will unbedingt, dass etwas aus dir wird. Ich bin da auch nicht anders. Du hast eine außergewöhnliche Begabung, und es wäre schade, wenn du sie nicht ausschöpfst. Du musst mir glauben, dass wir nur das Beste für dich wollen. Ja, ich weiß, dein Vater war früher oft hart und unnachgiebig, vor allem, wenn du Angst vor einem neuen Sprung hattest. Aber doch nur, weil er gesehen hat, wie begabt du warst und wie viel Spaß es dir gemacht hat zu gewinnen! Und die letzten Jahre hat er sich doch auch nicht mehr groß eingemischt. Wie viel du trainiert hast, das war doch eine Sache zwischen dir und Perez. Dein Vater hat sich da bewusst rausgehalten. Aber du hast dein Training und deine Leistung immer weiter gesteigert – noch bis vor Kurzem. Irgendwas scheint sich da jetzt verändert zu haben.«

»Na und? Menschen verändern sich. Ich hab fast mein ganzes Leben lang Turmspringen gemacht. Vielleicht hab ich jetzt mal Lust auf was anderes!«

»Es kommt nur so plötzlich«, erwidert seine Mutter nachdenklich. »Warum jetzt auf einmal? Bis vor ein paar Wochen war alles so wie immer. Du hast dich auf deine Wettkämpfe gefreut und natürlich auf die Olympischen Spiele im nächsten Jahr. Das ist ja auch alles aufregend. Und mit einem Mal, eigentlich seit Brighton, obwohl du da doch gewonnen hast, bist du wie ausgewechselt. Perez hat gesagt, dass du auf dem Zehnmeterturm eine richtige Panikattacke hattest und deshalb mit dem Kopf angestoßen bist …«

»Es war ein Unfall, ich hatte keine Panikattacke!«

»Na, wie du meinst.« Seine Mutter seufzt noch einmal. »Ich will jetzt nicht mit dir darüber streiten. Ich wollte dir nur sagen, dass dein Vater und ich uns Sorgen um dich machen. Irgendetwas ist doch mit dir los. Consuela sagt, dass du dich jetzt schon das dritte Mal so in dein Zimmer eingeschlossen hast. Deine Freunde rufen vor lauter Verzweiflung auf dem Festnetz an, weil sie dich anders nicht erreichen, aber du meldest dich nicht bei ihnen. Sogar Loïc scheint sich Sorgen um dich zu machen …«

»Loïc? Was hat er denn gesagt?«

»Warum? Nichts weiter. Aber er fragt dauernd nach dir. Und Consuela sagt, dass du überhaupt keinen Appetit hast. Ich habe am Samstag selbst gesehen, dass du stark abgenommen hast – deine Jeans hing ja nur so an dir herunter. Und du siehst aus, als hättest du eine Woche lang nicht mehr geschlafen.«

»Ich hab dir doch gesagt, ich bin einfach nur müde, deshalb …«

»Aber auf mich wirkst du gleichzeitig ganz aufgewühlt.«

Mathéo weicht ihrem Blick aus und spürt, wie ihm das Blut in die Wangen steigt. Er zieht noch einen Faden aus seiner Schlafanzughose und zupft dann an dem kleinen Loch herum, das über seinem Knie entstanden ist. »Ich … ich bin nicht …« Seine Stimme zittert, und er holt tief Luft.

Schweigen. Es hängt schwer zwischen ihnen in der Luft. Nach einer Weile versucht es seine Mutter noch einmal.

»Macht es dir immer noch zu schaffen, dass du dich beim Training verletzt hast?«

»Nein.«

»Es muss ein ziemlicher Schock für dich gewesen sein, dir den Kopf so anzustoßen.«

»Damit hat es nichts zu tun.«

Seine Mutter rutscht auf der Bettkante näher und greift nach seiner Hand. »Chéri, was ist los?«

Einen Augenblick lang malt er sich aus, er würde ihr jetzt alles erzählen. Er malt sich aus, wie es wäre, wenn er das Gewicht all dessen, was ihn bedrückt, auf ihre Schultern abladen und sie anschreien würde. Wenn er sie fragen würde, warum sie nie da war. Warum immer nur Perez und sein Vater ihn zu den Wettkämpfen begleitet haben, egal, ob in England oder im Ausland. Warum sie denn nie mitgekommen ist – wenn schon nicht, um ihn anzufeuern, so doch, um ihn zu beschützen, sich um ihn zu kümmern, um aufzupassen, dass ihm nichts passiert. Aber er weiß, dass es sinnlos ist. Deshalb schüttelt er nur den Kopf und dreht ihn weg.

»Willst du nicht mit mir reden?« Die Stimme seiner Mutter klingt bedrückt.

»Nein, das … das ist es nicht. Ich kann einfach nicht mehr dazu sagen. Ich weiß auch nicht, ob ich wirklich ganz mit dem Turmspringen aufhören will. Vielleicht brauche ich auch bloß eine Pause oder einen neuen Trainer.«

»Okay, das musst du entscheiden. Aber warum jetzt? Und was hast du plötzlich gegen Perez?«

»Er ist einfach verrückt, okay? Total besessen. Er hat gewusst, dass ich noch nicht so weit war. Ich hatte einfach kein gutes Gefühl bei dem Sprung. Aber er hat immer noch mehr Druck gemacht!«

Mathéo ist am Schluss richtig laut geworden und merkt, wie seine Mutter zusammenzuckt.

»Aber er ist seit fast sechs Jahren dein Trainer. Alle sagen, dass er der beste Trainer ist, den du hier haben kannst. Deshalb haben wir dich auch zu ihm geschickt. Du bist wie ein Sohn für ihn, hat er mir einmal gesagt. Er mag dich wirklich, Mathéo. Und er ist davon überzeugt, dass du bei den Olympischen Spielen ganz vorne landen kannst – das ist auch der Grund, warum er für dich immer wieder ein Extra-Training ansetzt, viel öfter als bei den anderen …«

»Und wenn ich kein Extra-Training will? Vielleicht habe ich davon ja genug!«, platzt es aus ihm heraus.

Seine Mutter wirkt überrascht. »Gibt es Probleme zwischen Perez und dir?«

»Nein, ich … Ich hab einfach nur genug davon, dass mir dauernd vorgeschrieben wird, was ich zu tun habe.«

Seine Mutter schlägt die Beine übereinander und seufzt. Er könnte wetten, dass sie sich jetzt nach einem Glas Wein und einer Zigarette sehnt.

»Vielleicht brauchst du einfach eine Pause«, sagt sie schließlich. »Urlaub. Eine Weile ausspannen.«

Plötzlich hört Mathéo ihr aufmerksam zu. Seine Mutter hat recht. Mal rauskommen. Fort von hier – von den Menschen, von den Erinnerungen. Sein Zimmer nicht mehr sehen. Seinen Vater, Perez. Am liebsten würde er fortgehen und nie mehr wiederkommen. Vor seinem eigenen Leben davonlaufen, dem wüsten Chaos, das die Nacht in Brighton in ihm hinterlassen hat. Vor seinem eigenen jämmerlichen Ich davonlaufen und irgendwo anders neu anfangen.

»Vielleicht wäre es ja doch eine gute Idee, wenn du eine Woche mit diesem Freund von dir in Urlaub fährst – du weißt schon, dessen Vater Unternehmensberater ist.«

»Hugo?« Er blickt sie erstaunt an. »Mit Hugo und den anderen nach Südfrankreich fahren?«

»Ja, da warst du doch früher auch immer so gern. Flieg mit den anderen hin, und erhole dich eine Woche, mein Liebling. Das brauchst du jetzt.«

»Aber Dad …«

»Ich rede mit deinem Vater. Er macht sich auch Sorgen um dich. Dein Unfall hat ihn ziemlich erschüttert, weißt du?«

»Eine ganze Woche? Perez wird die Krise kriegen.«

»Perez hat da gar nichts zu sagen. Wir sind deine Eltern. Wir entscheiden, was richtig ist.« Sie streicht ihm kurz über die Wange. »Du brauchst mal Pause, mein Liebling. Ruf Hugo gleich morgen früh an und regle alles mit ihm. Okay?«

Er nickt und spürt, wie die Anspannung in ihm endlich etwas nachlässt. »Danke«, sagt er.

ZWOELFTES KAPITEL

Es wird allmählich hell. Der Tag der Abreise verspricht ein strahlender, schöner Sommertag zu werden. Irgendwann in dieser schlaflosen Nacht spürte Mathéo eine unglaubliche Erleichterung seinen Körper durchströmen. Endlich kann er allem einmal für eine Weile entkommen – seinem Vater, Perez, dem endlosen Training. Jetzt liegt er ein paar Momente einfach nur da und beobachtet, wie die Sonne ihre ersten Strahlen durch den Schlitz im Vorhang schickt. Es kommt ihm so vor, als hätte er seit einer Ewigkeit auf diesen Tag und diesen Augenblick gewartet. Wie eine Fata Morgana in der Wüste war es ihm immer vorgekommen, außer Reichweite. Und jetzt wird es tatsächlich wahr, und niemand kann ihn mehr daran hindern. Er wird ab jetzt in die Zukunft schauen und das ganze Chaos hinter sich zurücklassen. Er gähnt, rekelt und streckt sich auf seinem Bett, schließt die Augen kurz und öffnet sie wieder. Schläfrig lässt er den Blick über die Bücher auf dem Schreibtisch wandern, den Stuhl, auf dem alles bereitgelegt ist, die neuen gerahmten Van-Gogh-Kunstdrucke an den weißen Wänden, den Rucksack auf dem Boden. Er wird zu einer Reise aufbrechen, er wird eine Woche am Meer verbringen, er wird die letzten Wochen wegspülen und als neuer Mensch zurückkommen.

Nachdem er sich geduscht und rasiert und sich im Spiegel betrachtet hat, schlüpft er in seine Lieblingsjeans, die so alt und ausgewaschen ist, dass seine Mutter sie ihm am liebsten verbieten würde. Der Stoff ist bereits ganz weich und dünn, der Saum ist total ausgefranst, und unter den Knien ist sie eingerissen. Sie war ihm immer schon etwas zu lang und krumpelte sich an den Knöcheln, aber jetzt sitzt sie ihm so locker, dass er einen Gürtel durch die Schlaufen ziehen muss, damit sie ihm nicht über die Hüften rutscht. Dazu zieht er sein ausgeblichenes, graues Lieblings-T-Shirt an und stellt fest, dass es ebenfalls länger geworden sein muss, die Ärmel hängen ihm locker um den Bizeps, und durch den dünnen Stoff zeichnet sich sein Schlüsselbein ab. Als er sich im Spiegel betrachtet, muss er zugeben, dass er wirklich ziemlich stark abgenommen hat. Er sieht blass aus. Die einzige Farbe in seinem Gesicht ist ein dünnes Blutgerinnsel, das Rot seiner aufgesprungenen Lippen. Außerdem noch die violetten Ringe unter seinen Augen. Er wirkt schmal, fast kränklich – und braucht dringend etwas Sommerbräune. An den Füßen hat er Sandalen. Statt seiner teuren, schmalen Uhr trägt er ein billiges, wasserdichtes Exemplar mit Plastikarmband. Ums andere Handgelenk hat er ein ledernes Freundschaftsband von Lola geknüpft. Seine dunkelblonden Haare sind inzwischen so stark rausgewachsen, dass ihm der zerzauste Haarschopf vorn bis über die Augen hängt, und an der Seite beginnen sie sich sogar zu locken, was ihm einen irgendwie künstlerischen Look verleiht. Seine Eltern würden sein gesamtes Outfit hassen – und dieses Wissen erfüllt ihn mit einer seltsamen Befriedigung.

Er packt schnell zu Ende, mustert noch einmal sein Zimmer und geht dann mit seinem großen Rucksack nach unten. Die chromglänzende Küche riecht wie immer nach Desinfektionsmittel – alles sieht so leer und steril wie in einem Musterhaus aus. Consuela ist noch nicht da, und sein kleiner Bruder schläft noch. Er blickt suchend umher, ob seine Eltern ihm vielleicht einen Zettel mit einem Gruß hingelegt haben. Fehlanzeige. Aber sie haben ihm für die Reise noch mal ordentlich Geld gegeben. Mathéo sucht nach einem Zettel und schreibt dann einen Brief an Loïc:

Hi, Bruderherz!

Dann bis in ein paar Wochen. Ruf mich an, wenn Du willst. Ich hoffe, Dein Tenniscamp wird toll. Werd bloß nicht zu gut, damit es nicht peinlich für mich wird, wenn ich dann haushoch gegen Dich verliere. Versuch, Dich mit ein paar von den anderen Jungs anzufreunden, auch wenn Du vielleicht keine große Lust drauf hast, auf irgendwen zuzugehen. Freunde zu finden ist nie leicht. Aber Du bist beim Tennis ein solches Ass, dass bestimmt jeder Dein Kumpel sein will. Und denk immer dran: Dort hast Du wenigstens vor BESTIMMTEN LEUTEN Deine Ruhe und kannst zur Abwechslung mal machen, was Du willst. Hier sind noch zehn Pfund für Süßigkeiten oder was auch immer. Erzähl aber Mum und Dad nichts davon – damit sie Dir dann nicht weniger geben. Ich hab auf meinem Schreibtisch mein iPad für Dich hingelegt. Aber denk dran, es erst in allerletzter Minute in Deine Tasche zu schmuggeln. Ruf mich mal an, falls Du mit Deinen vielen neuen Freunden Zeit dafür hast. Ich werd Dich vermissen. Und freu mich schon darauf, den neuen Tennischampion herauszufordern, wenn wir beide wieder zu Hause sind. Mach Dir keine Sorgen mehr, es geht mir gut.

M

Nachdem Mathéo und Lola am Flughafen aus dem Taxi geklettert sind, hasten sie zum vereinbarten Treffpunkt in der Haupthalle, wo das Gekreische der beiden Mädchen und das laute Hallo von Hugo eine Gruppe japanischer Touristen kurz in Aufregung versetzen. Auch Mathéo lässt seinen Rucksack fallen, umarmt Isabel, klopft Hugo auf den Rücken und stimmt in das allgemeine Gejohle ein. Weil keine Stühle mehr frei sind, hocken sie sich alle vier auf den Boden, wo sie eine kleine Insel inmitten der hin- und herwogenden Passagiere bilden. Einen Moment lang fühlt Mathéo sich so, als wäre bei ihm alles wieder ganz normal. Die Abflughalle bildet einen eigenen, ganz abgeschlossenen Kosmos für sich, sodass er sich bereits jetzt weit weg von zu Hause fühlt. In einer Ecke döst ein Obdachloser. Ein Mann vom Reinigungspersonal hinterlässt mit seinem Wischmopp auf dem Boden eine glänzende Spur. Über ihm leuchten die riesigen Anzeigetafeln mit den Abflugzeiten. Bei den meisten aufgeführten Flügen sind die Buchstaben und Ziffern schwarz und reglos, aber bei zweien blinkt es neongrün auf. Lola und Isabel reden gleichzeitig und steigern sich immer mehr in ihr Reisefieber hinein. Sie quasseln mit hohen, durchdringenden Stimmen immer weiter und weiter.

»Ich hab gar nicht schlafen können!«, ruft Lola ein paarmal hintereinander. Ihr Gesicht strahlt, die Augen hat sie vor Freude weit aufgerissen. »Dad hat darauf bestanden, dass ich um zehn ins Bett gehe, aber ich konnte einfach nicht liegen bleiben, und jedes Mal, wenn ich bei ihm aufgetaucht bin, hat er mich nach oben zurückgeschickt, bis ich gedacht habe, ich dreh noch durch. Die ganze Nacht hab ich wach gelegen und nur auf die Uhr gestarrt und die Minuten gezählt, bis …«

»Ich auch, ich auch!« Isabel boxt Lola in den Arm. »Ich hab

versucht, mich aus dem Haus zu schleichen, aber Mum hat mich erwischt und …«

»Und dann hat sie mich auch nicht schlafen lassen, weil sie mir alle fünf Minuten eine Nachricht geschickt hat!« Hugo stößt einen übertriebenen Seufzer aus. »Und sie hat mir ununterbrochen Links geschickt, und ich sollte mir auf YouTube angucken, was wir da unten unbedingt alles besichtigen müssen!«

»Ja, und schließlich haben wir geskypt«, fährt Isabel fort, »und Hugo hat mir erzählt, wo er überall schon war und wo wir zusammen hinmüssen und was er alles auch noch nicht kennt!«

»Ich hab dir auch ein paarmal geschrieben, Mattie, aber du hast nicht geantwortet!«, ruft Lola in gespielter Empörung. »Wie hast du es bloß fertiggebracht, heute Nacht zu schlafen?«

Obwohl Mathéo erleichtert ist, dass Lola so gut drauf ist und so fröhlich vor sich hin quasselt, spürt er in ihrem Verhalten etwas Angestrengtes, eine künstliche Überschwänglichkeit. Als würde sie sich verzweifelt bemühen, so zu tun, als wäre nichts geschehen, als hätte sich zwischen ihnen nichts verändert.

»Ich war total fertig!«, gesteht er und zwingt sich zu einem Lachen. Jetzt bloß kein Spielverderber sein. »Aber ich hatte schreckliche Albträume, in denen ich verschlafen habe, sodass ihr einfach ohne mich abgeflogen seid.«

»Puuh, das würden wir doch nie tun!« Lola schlingt einen Arm um ihn. »Wir hätten dich notfalls aus dem Bett gezerrt und in einen riesigen Rucksack gesteckt und …«

»Au!«, ruft er lachend, als Lola mit ihrem Armband in seinen Haaren hängen bleibt. »Aber im Ernst, es war schrecklich. Ich bin hochgeschreckt und sofort aus dem Bett gesprungen!« Der besseren Pointe wegen übertreibt er hemmungslos, und alle lachen viel lauter als nötig.

»Kann ich mir gut vorstellen, wie das bei Matt ausgesehen hat …« Hugo ahmt ihn nach, wie er erschrocken hochfährt, und es ist offensichtlich, dass sie alle miteinander völlig überdreht sind, ganz besoffen vor Begeisterung. Ihre Unterhaltung hüpft von Pointe zu Pointe, während sie durcheinanderreden und sich gegenseitig übertrumpfen. Dabei mitzuhalten, bedeutet für Mathéo eine riesige Anstrengung, und nur allmählich verlangsamt sich ihr Tempo etwas, beruhigen sich ihre Stimmen und nehmen wieder einen normalen Tonfall an. Praktische Fragen werden erläutert. Schließlich machen sie sich zum Check-in-Schalter auf und warten eine halbe Ewigkeit in der Schlange vor der Sicherheitskontrolle.

»Gate zwölf, Gate zwölf!«, kreischt Isabel plötzlich aufgeregt.

Alle Augen richten sich auf die Anzeigetafel vor ihnen.

»Scheiße, das ist ganz am anderen Ende! Beeilt euch!«, ruft Hugo.

Sie rennen mit ihren Rucksäcken bepackt den langen Korridor entlang, wobei sie immer wieder Boardingschlangen ausweichen müssen. Irgendwann fällt Isabel die Sonnenbrille auf den Boden. Dann verliert Lola fast einen ihrer Flipflops und läuft in Hugos Rucksack hinein, als der abrupt stehen bleibt.

»Da! Da ist es!«

»Nein, das ist Gate elf!«

»Da drüben, da ist zwölf – bist du blind?«

»Hey, jetzt mach mal halblang!«

»Kommt schon, weiter!«

»Scheiße! Wo ist meine Boardingkarte?«

Lachend und leicht hysterisch erreichen sie schließlich das richtige Gate, schaffen es sogar noch ganz vorne an die Schlange und trampeln schließlich durch den schmalen Korridor zum Einstieg des Flugzeugs.

Hugo ächzt, als er Isabels Rucksack ins Gepäckfach stopft.

»Mann, ist der schwer! Was hast du denn da alles drin? Steine?«

Mathéo hilft Lola, deren Rucksack genauso schwer ist.

Schließlich sind die Rucksäcke verstaut, und sie lassen sich in ihre Sitze fallen – Mathéo und Lola auf der einen Seite des schmalen Gangs, Hugo und Isabel auf der anderen.

Während das Flugzeug sich zu füllen beginnt und die anderen Passagiere nach ihren Sitzen suchen, sich aneinander vorbeiquetschen, drängeln und das Handgepäck in den Fächern verstauen, wird Mathéo still und schaut aus dem Fenster. Neben ihm beobachtet ihn Lola ängstlich aus dem Augenwinkel. Er tut so, als würde er es nicht bemerken, und versucht, eine so neutrale Miene wie möglich aufzusetzen. Es ist vier Tage her, dass er ihr von seinem Erlebnis in Brighton erzählt hat, und sie musste ihm versprechen, das Thema von sich aus nicht anzuschneiden, damit er nicht mehr daran denken muss – zumindest nicht während ihres Urlaubs. Aber als die Aufregung und das Adrenalin sich zu legen beginnen, kostet es ihn eine riesengroße Mühe, weiter so entspannt und fröhlich wie die anderen zu wirken. Er stützt den Ellenbogen auf der Gummidichtung des Kabinenfensters ab und kaut am Daumennagel, den Blick auf die graue Startbahn gerichtet und auf die langen, niedrigen Gebäude, die den Horizont säumen. Auf der anderen Seite des Gangs zeigen Hugo und Isabel keinerlei Ermüdungserscheinungen, sie quasseln in einem fort und lachen laut über ihre Witze. Mathéo schielt einen Moment zu ihnen hinüber, und ihm wird schmerzlich der starke Gegensatz zwischen ihnen und ihm selbst bewusst. Wie anders die Welt sich für die beiden anfühlen muss, und wie schwer es ist, aus dem Loch, in das er gefallen ist, wieder zu den anderen zurückzufinden.

»Bist du denn gar nicht aufgeregt?« Während die letzten Passagiere ihre Plätze einnehmen, wirft Isabel ihm einen fragenden Blick zu. Sie flicht sich gerade dünne Zöpfchen in ihren herausgewachsenen Pony. Mit großer Befriedigung kaut sie einen rosa Kaugummi, dessen Blasen sie laut zerplatzen lässt, was jedes Mal ein irritierendes Geräusch ergibt. In ihrer Stimme klingt ein leiser Vorwurf mit, so als gäbe er sich offensichtlich nicht genug Mühe.

»Klar bin ich das!« Er löst die Augen vom Fenster und zwingt sich, ihr zu antworten. »Und du?«, fragt er breit grinsend zurück und zieht dabei die Augenbrauen hoch, um seine Anteilnahme zu unterstreichen.

»Na, und ob!« Isabel lacht. Lauter als sonst, so kommt es ihm vor. Sie ist bereits jetzt braun gebrannt, hat ein enges, rotes Top an, unter dem ihr BH vorblitzt, und ihr kurzer Minirock ist mit winzigen Perlen bestickt, die lauter rote Herzchen ergeben. Als er den Kopf wieder wegdreht, kreuzt sich Mathéos Blick mit Lolas. Sie schaut ihn fragend an, als wollte sie wissen, ob es ihm denn auch wirklich gut geht. Er bringt ein beruhigendes Lächeln zustande.

Als das Flugzeug sich langsam in Bewegung setzt und auf die Startbahn hinausrollt, verschwinden die Flughafengebäude hinter ihnen. Leichter Morgennebel liegt über dem Gelände. Mathéo spürt, wie seine dünne Fassade einen Moment bröselt, und er holt tief Luft, starrt auf die Lichter der Startbahn, die unter dem Fenster verschwommen vorbeiziehen. Er beißt sich fest auf die Lippen und hält den Kopf weiter zum Fenster gedreht. Lolas Augen sind immer noch auf ihn gerichtet, das weiß er. Sie will gerade etwas sagen, da ruft Hugo von der anderen Seite des Gangs: »Hey, ihr zwei da drüben, lächelt mal ein bisschen! Es sind Ferien! Das mit der Schule ist für immer vorbei! Nie mehr Vokabeln oder Jahreszahlen lernen!«

»Außer ich muss meine Prüfung in Geschichte wiederholen!«

Lola setzt ein Lächeln auf und verzieht das Gesicht. »Noch fast vier Wochen, bis die Ergebnisse da sind!«

»Okay, okay – von jetzt an kein Wort mehr darüber, wir wollen noch nicht mal dran denken«, verkündet Hugo.

»Absolut einverstanden!«, stimmt Isabel zu.

Während die Stewardessen ihr übliches Ballett vorführen, atmet Mathéo auf. Er ist Lola dankbar, dass sie Hugo von ihm abgelenkt hat. Kurz darauf wird der Maschinenlärm zu laut, um sich noch unterhalten zu können. Was für eine Erleichterung, jetzt unterwegs zu sein – obwohl sie noch nicht einmal vom Boden abgehoben haben, hat für Mathéo die Reise bereits begonnen. Als sämtliche Durchsagen gemacht und die Lichter, die zum Anlegen des Sicherheitsgurts auffordern, angegangen sind, wird das Dröhnen der Motoren lauter. Das Flugzeug beschleunigt auf der Startbahn mit rasender Geschwindigkeit. Gleich wird es abheben. Es rattert und holpert, die Startbahn zieht beim Blick aus dem Fenster als verwischter Schemen unter Mathéo vorbei. Mit jeder Sekunde legt er eine größere Entfernung zwischen sich und zu Hause, zwischen sich und alle, die in London geblieben sind; mit jeder Minute streift er den alten Mathéo mehr ab, lässt er sein gequältes, beschädigtes Ich weiter hinter sich zurück.

Als sie ankommen, sticht die Sonne vom Himmel, es ist knallheiß und am Flughafen wimmelt es von Menschen. Die anderen sind wieder voll überschäumender Begeisterung, auch Lola hat sich anstecken lassen. Es herrscht ein Schieben und Drängen. In den Straßen steht der Verkehr, überall Hupen und Rufen. Ein einziges Chaos. Zum Glück hat Ana, die Haushälterin, sie am Flughafen abgeholt, und sie sitzen jetzt in einem klimatisierten Kleinbus, der durch alle Staus hindurch unbeirrt seinen Weg findet, bis sie schließlich die Autobahn erreicht haben und eine gute Dreiviertelstunde später auf einer schmalen Landstraße die Küste entlangfahren.

Mathéo lehnt den Kopf an die kühle Fensterscheibe und lässt die Landschaft an sich vorbeiziehen. Wie die meisten Basken tritt Ana kaum auf die Bremse, wenn eine Kurve kommt, und sei sie noch so haarnadelscharf. Auf der einen Seite leuchtet ein grünes Farbenmeer – Gestrüpp und Bäume in tausend Grünschattierungen, gesprenkelt mit roten und lila Blüten, die auf den Zweigen wie kleine Feuerwerke explodieren. Auf der anderen Seite windet sich tief unten in einer Schlucht ein Fluss dem Meer entgegen. Sie können das Meer jetzt riechen, ja ab und zu jenseits der Zedern und der Villen mit den roten Dächern sogar einen Blick darauf erhaschen. Die Brandung zieht in der Ferne eine weiße Schaumlinie, hinter der sich ein endloses Tiefblau erstreckt. London mit seinem Verkehr und seinen Abgasen ist eine Million Kilometer weit weg – hier ist es wildromantisch und atemberaubend schön. Und alles ist in ein so hartes, so klares und so weißes Licht getaucht, dass es fast in den Augen wehtut.

Das Auto klettert eine schmale Straße zu einem malerischen Dorf hoch, das voller hübscher, kleiner Cafés und Souvenirläden ist. Danach tauchen sie wieder in die üppige grüne Landschaft ein, die von mit Blüten übersäten Hecken durchzogen ist. In der Ferne erstrecken sich Hügelrücken. Nach einer Weile biegt Ana von der Straße ab, um langsam einen Feldweg in Richtung Meer hinabzukurven. Sie erreichen den Rand der Steilküste, die schroff zum Meer abfällt. Unter ihnen ist eine versteckte, kleine Bucht zu erkennen. Das Auto biegt in einen von Bäumen überwölbten, grünen Tunnel ein, und als sie daraus wieder auftauchen, liegt auf einmal das Haus vor ihnen.

Alles daran ist so unglaublich, wie Mathéo es in Erinnerung hat. Auch Isabel war mit Hugo bereits mehrmals hier. Aber für Lola ist es das erste Mal. Mathéo hat ihr schon viel davon erzählt, damit sie nicht vollkommen ausflippt. Trotzdem muss der Anblick sie jetzt gleich völlig umhauen, genauso wie ihn, als er das erste Mal hierhergekommen ist – und das, obwohl er davor mit seinen Eltern bereits in allen möglichen Luxushotels gewesen war. Eine geschwungene, in der Sonne grellweiße Zufahrt führt bis vors Haus, von weiten Rasenflächen gesäumt, auf denen Hugo und er immer Fußball und Federball gespielt haben. Das Gras ist frisch gemäht, die Büsche sind geometrisch beschnitten, und die Blumenrabatten leuchten ihnen entgegen. Auf der rechten Seite erstreckt sich der blau glitzernde Swimmingpool fast über die gesamte Länge des Gartens – bis dahin, wo die Felsküste in den Himmel hineinragt. Am hinteren Ende, das weiß Mathéo, kann man auf die kleine Bucht mit dem Sandstrand hinunterblicken, und bei Flut hat man dort das Gefühl, dass Pool und Meer ineinander übergehen. Daneben sind weiße Liegestühle und Sonnenschirme aufgestellt und scheinen auf sie zu warten. Auch ein Whirlpool, ein Grill und eine Bar befinden sich dort. Das Haus leuchtet in der Sonne strahlend weiß und hat zwar nur ein Stockwerk, ist aber sehr weitläufig angelegt. Im ersten Stock gibt es vier große Schlafzimmer für die Familie und für Gäste. Im Erdgeschoss gehen die Räume ineinander über – von der Eingangshalle gelangt man auf der einen Seite in den großzügigen Wohnraum und auf der anderen Seite in die Küche und in den Essbereich. Überall führen Flügeltüren auf die marmorgeflieste Terrasse, die rings um das Haus führt. Im Obergeschoss hat jedes der vier Zimmer einen breiten Balkon. Mathéo erinnert sich noch daran, dass Hugo und er nachts manchmal an den Säulen in den Garten hinuntergeklettert sind.

Lola hievt sich ihren schweren Rucksack aus dem Kofferraum auf den Rücken und schaut sich staunend um.

»Ehrlich, so was gibt's doch gar nicht! Ich glaub, ich träume!«, ruft sie aus, mehr zu sich selbst als zu den anderen. Mit großen Augen saugt sie alles in sich auf – das blendend weiße Haus, den üppig grünen Rasen, den blauen Pool und schließlich dahinter das Meer. »Mattie hat mir ja gesagt, dass es alles umwerfend ist. Aber das ist … das ist …« Sie verstummt, weil ihr die Worte fehlen, was völlig untypisch für Lola ist.

»Nicht schlecht, was?« Hugo grinst. »Meine Eltern haben sich das als Alterssitz gekauft, aber ich glaub nicht, dass sie so bald herziehen werden. Dad kann einfach nicht ohne seinen Job.«

»Du musst gleich mit mir in den Pool kommen, Lola«, kreischt Isabel aufgeregt. »Das Wasser hat immer die perfekte Temperatur, und er ist riesig, und der heiße Whirlpool ist echt super, vor allem nachts.«

»Warum führst du sie nicht herum und zeigst ihr alles?«, fragt Hugo mit Besitzerstolz. »Matt und ich tragen in der Zwischenzeit das Gepäck rein.«

Isabel rennt bereits über das Gras. »Komm mit, ich zeig dir als Erstes den Pfad hinunter an den Strand!«

Lola befreit sich von ihrem Rucksack und macht Anstalten, ihr zu folgen, schaut dann noch einmal zu Mathéo zurück und scheint einen Moment zu zögern. In ihrem weißen Baumwolltop und ihren Cargoshorts wirkt sie zerbrechlich, ihre nackten, langen Beine und schmalen Arme schimmern weiß, ihre kastanienbraunen Haare hat sie zu einem lockeren Knoten hochgesteckt. Mathéo verspürt auf einmal ein Schuldgefühl, wie eine Woge schlägt es über ihm zusammen. Lola sollte so fröhlich und sorglos wie die anderen sein, sich auf die gemeinsamen Ferientage freuen und mit ihnen feiern, dass die Schule zu Ende ist und ein neuer Lebensabschnitt anfängt. Stattdessen wirkt sie ängstlich und verletzlich, sie sieht blass und müde aus – wie von zu vielen schlaflosen Nächten, niedergedrückt von seinem eigenen, dunklen Geheimnis.

»Geh! Lass dir von Isabel alles zeigen!«, sagt er. »Ich muss unbedingt erst mal was trinken. Wir treffen uns dann drinnen.«

Einen Augenblick befürchtet er, dass sie mit ihm kommen will, aber dann ruft Isabel nach ihr, und sie dreht sich um, läuft über den Rasen davon. Ihre Flipflops klatschen gegen ihre Fußsohlen.

Mathéo holt die restlichen Rucksäcke aus dem Auto, bedankt sich bei Ana und folgt Hugo in den leer hallenden, kühlen Eingangsbereich der Villa.

»Welches Zimmer sollen Lola und ich denn nehmen?«

»Darum kümmern wir uns gleich«, antwortet Hugo. »Komm mit und lass uns was trinken – du wirkst, als könntest du ein Bierchen gut vertragen.«

»Aber ich kann doch schnell …«

»Lass mal! Komm mit!«

In der Küche holt Hugo zwei Dosen Bier aus dem Kühlschrank, drückt Mathéo eine davon in die Hand, und dann schlendern sie gemeinsam auf die Terrasse hinaus und weiter zum Swimmingpool, wo sie einen Sonnenschirm aufspannen und sich in zwei Liegestühlen niederlassen.

»Und – alles okay?« Hugo hat einen besorgten Gesichtsausdruck und konzentriert sich ganz auf die Bierdose, die er umständlicher als notwendig aufmacht.

»Ja. Warum?«

Hugo trinkt einen Schluck Bier. »Du und Lola, ihr wirkt beide so … Ach, keine Ahnung.« Er dreht den Kopf zu Mathéo und schaut ihn an. Seine Augen sind durch die Sonnenbrille, die er aufgesetzt hat, verdeckt.

»Wieso? Alles okay bei uns.« Mathéos Stimme klingt zögerlicher, als ihm recht ist. Er wischt sich mit der Hand den Schweiß von der Stirn und blinzelt auf die spiegelglatte Oberfläche des Pools. »Warum? Hat sie … hat sie irgendwas gesagt?«

»Nicht direkt …«

Er spürt, wie sein Herzschlag einen Moment stockt. »Was meinst du damit?«

Hugo zuckt übertrieben lässig mit den Achseln. »Gar nichts. Izzy hat nur so was angedeutet, dass Lola die letzten Tage wegen irgendwas fürchterlich aufgewühlt war. Und du wirkst so … ach, ich weiß nicht … niedergedrückt.«

Mathéo dreht kurz den Kopf weg, räuspert sich. »Hat … hat Lola gesagt, warum?«

»Nein. Wir haben uns nur gedacht, vielleicht hattet ihr Streit oder so was.«

»Warum sollten wir denn Streit haben?«

»Weiß ich doch nicht!«

»Haben wir auch nicht. Alles in Ordnung bei uns.« Mathéo schluckt, räuspert sich noch einmal. »Bei uns ist alles bestens, okay?«

»Okay.« Hugo zieht eine Augenbraue hoch, weil Mathéo so hart reagiert hat. Aber er sagt nichts. »Und – heißt das, es geht dir wieder besser?«

»Besser als wann denn?«, fragt Mathéo betont lässig, lehnt sich in seinem Liegestuhl zurück und setzt ebenfalls seine Sonnenbrille auf, um Hugos forschendem Blick auszuweichen.

»Als … na ja, du weißt schon … als wir das letzte Mal miteinander geredet haben.« Hugo wirkt so, als wäre ihm das alles unangenehm, fährt aber trotzdem fort. »Du ... du hast da irgendwie ziemlich down gewirkt ...«

»Ach was.« Mathéo schaut auf den Pool. »Ich bin nur echt etwas bedient zurzeit. Die Prüfungen. Die Meisterschaft. Und dann gleich wieder Training ...«

Hugo mustert ihn skeptisch, fragt aber nicht weiter, denn die Mädchen kommen über den Rasen lachend auf sie zugestürmt. An ihren Beinen klebt nasser Sand.

»Nein, nein!«, ruft Lola über die Schulter zu Isabel. »Wag es bloß nicht ... Meine Uhr ist nicht wasserdicht!«

Hugos Gesicht verzieht sich zu einem breiten Grinsen. »Dann wollen wir sie mal davon befreien!« Er stellt sein Bier ab, springt mit einem fiesen Grinsen auf und rennt den Mädchen entgegen. Das Krisengespräch mit Mathéo scheint er vergessen zu haben.

Den Rest des Nachmittags verbringen sie in und am Pool, spielen Wasserball, Frisbee und planschen auf Luftmatratzen herum. Als die Sonne nicht mehr grellweiß heruntersticht, sondern das Licht sich allmählich blassgold verfärbt, bringt Ana das Abendessen auf die Terrasse heraus. In nassen Badehosen und Bikinis versammeln sie sich um den Tisch und laden sich große Portionen Meeresfrüchte-Paella auf die Teller. Hugo holt noch mehr Bier aus dem Kühlschrank, Isabel macht eine Flasche Weißwein auf, und Mathéo ist bei allem eifrig dabei, redet, lacht, stößt mit den anderen an.

Später am Abend, als die Sonne fast untergegangen ist und die drei anderen drinnen Karten spielen, kehrt er noch einmal in den Garten zurück. Ein bläulicher Dunst hat sich über den Rasen gelegt. Das Wasser des Pools glänzt dunkel. Die Kerzen auf dem Terrassentisch flackern und werfen ein wildes Licht- und Schattenspiel an die Wand, bevor ein plötzlicher Windstoß sie auslöscht. Hinter den Hügeln verblasst das Licht. Die Sonne ist jetzt fast ganz verschwunden – nur ihr Widerschein glüht am Himmel noch nach, die Wolken sind von unten noch eine Weile blutrot erleuchtet, dann verlieren sich die Farben. Mathéo geht durchs Gras zum Pool und gleitet ins Wasser, das seinen Körper kühl, seidenweich und vertraut umfängt. Die spiegelglatte Oberfläche wird von leichten Wellen durchzogen. Er schwimmt eine ganze Bahn unter Wasser, bevor er wieder auftaucht, hängt sich dann mit verschränkten Armen an den Beckenrand und schaut aufs Meer hinaus. So lange, bis er glaubt, sich im Farbenspiel der Dämmerung zu verlieren. Die Schönheit dieses Augenblicks – und der Gegensatz zum Treiben der Menschen – erfüllt ihn mit einer solchen Trauer, dass er das Gefühl hat, davon tief unter Wasser gedrückt zu werden. Er kann so schnell und so weit davonrennen, wie er will, nichts wird ihn jemals wieder zu dem Menschen machen, der er vor der Nacht in Brighton war – das erkennt er jetzt. Die Welt wird für ihn niemals mehr so schön, so unberührt und unverdorben sein wie vorher. Man kann die Vergangenheit nicht ungeschehen machen; man kann nur lernen, mit ihr zu leben, auf irgendeine Weise mit ihr seinen Frieden zu schließen und in die Zukunft schauen. Er fragt sich, ob ihm das jemals möglich sein wird. Ob er jemals wirklich annehmen kann, was ihm widerfahren ist. Dass er so brutal misshandelt worden ist. Kann man wirklich lernen, so etwas zu verzeihen? Kann so eine Tat wirklich vergeben werden? Er schließt die Augen und legt die Stirn auf die Hände, das Wasser läuft ihm in den halb geöffneten Mund, und er fragt sich, wie er weiterleben kann; wie er so benutzt und beschmutzt und beschädigt, wie er sich fühlt, inmitten von so viel Schönheit weiterleben kann.

Als er Schritte hört, hebt er den Kopf und sieht, wie Lola auf ihn zukommt. Sie trägt ein ärmelloses, weißes Baumwollkleid über ihrem Bikini, ihre langen Haare glänzen immer noch nass. Auf den Schultern hat sie einen leichten Sonnenbrand. Sie setzt sich am Beckenrand neben ihn und blickt mit ihm hinaus aufs Meer. Auf der anderen Seite der Bucht sind funkelnde Lichter zu sehen.

»Ich glaub, ich muss heute früh ins Bett«, sagt sie. »Kommst du auch bald?«

Er nickt.

»Hugo hat uns ein gemeinsames Zimmer mit einem großen französischen Bett gegeben«, sagt sie leise, und ohne ihn dabei anzuschauen. »Soll ich ihn fragen, ob ich woanders schlafen kann?«

»Nein! Wie kommst du darauf?« Mathéo spürt, wie sein Herz schneller schlägt und das Blut ihm in die Wangen schießt. Ihr Vorschlag verletzt ihn. »Nur weil das mit mir passiert ist, heißt das doch noch lange nicht … heißt das doch noch lange nicht, dass ich … dass ich nicht …« Er kommt ins Stottern.

»Alles in Ordnung, das hab ich mir ja auch gedacht. Aber ich wollte es einfach noch mal von dir hören.« Sie beugt sich zu ihm, streicht ihm die nassen Strähnen aus der Stirn. »Mattie, du zitterst ja. Soll ich dir ein Handtuch holen?«

»Bleib da!« Er umfasst ihr Handgelenk, um sie zurückzuhalten. »Es ist hier so … so wunderschön!«

»Oh ja!«, ruft sie. »Ich hab zu Hugo vorhin gesagt, wenn mein Dad auch so ein Haus hätte, würde ich da nie mehr wegwollen.«

»Ich meine das Meer. Und den Himmel. Und das Licht. Es ist … es ist alles so wunderschön, und …« Er merkt, wie seine Stimme zittert. »Und ich habe das Gefühl, dass ich das alles bisher nie so richtig wahrgenommen habe.«

Lola schaut mit ernster Miene auf ihn herab. »Du bist echt urlaubsreif, Mattie.« Sie streichelt ihm die nasse Wange.

»Keine Ahnung …« Er kaut auf seiner Unterlippe. »Jetzt hier zu sein … nach dem, was passiert ist … das kommt mir so unwirklich vor. Irgendwie falsch.«

Mathéo steht in ihrem gemeinsamen Zimmer am Fenster. Er hat soeben heiß geduscht und ist in seine Schlafanzughose geschlüpft, deren Gummizug unangenehm an seinem beginnenden Sonnenbrand reibt. Er öffnet die Flügeltür und tritt auf den Balkon hinaus, hört, wie Lola aus dem Bad kommt, barfuß durchs Zimmer tappt und sich dann neben ihn stellt. Sie legt ihre Hand ganz sanft auf seinen nackten Rücken. Was ihm wie eine kleine, anrührende Geste der Solidarität vorkommt. Nichts Großes, nur eine leichte Berührung. Lola zieht die Hand wieder weg.

Eine Weile lang stehen sie einfach nur da, jeder in seine eigenen Gedanken verloren. Dann durchbricht Lola das Schweigen. »Willst du jetzt darüber reden?«, fragt sie leise, fast unhörbar.

»Nein.« Er sagt es nicht wütend, trotzdem kommt die Antwort wie aus der Pistole geschossen.

Eine Pause.

»Okay.« Sie fährt mit dem Finger an der Innenseite seines Arms entlang, greift nach seiner Hand und hält sie sachte in ihrer. »Dann sag es mir, Mattie. Sag mir, wie ich mich verhalten soll …«

Er starrt auf den Horizont, auf die Linie, wo das Meer den Himmel trifft. Atmet angespannt ein und aus. »So tun, als wäre nichts geschehen.«

»Wirklich? Willst du das?« Er hört das Zögern in ihrer Stimme.

»Ja, im Moment ist mir das am liebsten.«

»Okay … okay. Ich verspreche dir, dass ich es versuchen werde. Aber ich bin immer für dich da, das weißt du – also, falls du deine Meinung änderst und doch darüber reden möchtest. Oder falls du es deinen Eltern oder jemand anders erzählen willst. Oder falls du beschließt, zur Polizei zu gehen. Ich bin immer bei dir, Mattie. Hast du verstanden, was ich dir sagen will? Glaubst du mir?«

Er beißt sich auf die Zunge und nickt. Hält die Augen weiter auf den Horizont gerichtet. Drückt ihre Hand.

Nach einer Weile geht Lola zurück ins Zimmer, vom Meer weht eine frische Brise. Sie knipst das Licht aus, schlägt die Decke zurück und schlüpft unter das Laken. Ihre Haare liegen über das Kissen ausgebreitet. Sie scheint zu warten; hat sich auf die Seite gedreht, wartet und schaut ihn an. Mit großen, weiten Augen, die im Mondlicht glänzen.

»Mattie?«, fragt sie irgendwann mit weicher Stimme. »Bist du nicht müde?«

»Doch. Ich komme gleich.«

Er spürt, wie sie zögert, wie es in ihrem Kopf arbeitet. »Du musst nicht denken, dass wir … Also, ich meine, ich erwarte nichts von dir. Wir müssen nicht … du weißt schon … wir müssen nicht miteinander … Nicht, bis du wieder bereit dafür bist, falls du überhaupt jemals wieder …«

Er dreht sich zu ihr um und fragt erstaunt: »Was?«

»Nach dem, was geschehen ist, verstehe ich total, wenn du nicht mehr mit mir …«

Mathéo kommt hastig vom Balkon ins Zimmer, schließt die Flügeltür fest hinter sich und lehnt sich dagegen. »Du … du willst nicht mehr mit mir schlafen?«

Ihr Gesichtsausdruck ändert sich, und sie stützt sich auf dem Ellenbogen ab. »Natürlich will ich das! Ich hab nur gedacht, nach den letzten … ähm … Versuchen willst du vielleicht lieber eine Weile abwarten.«

Er dreht sich wieder zum Fenster, starrt in die Dunkelheit. Sein Herz pocht.

»Mattie?«

Er antwortet nicht.

»Ich will damit nur sagen, dass ich mich ganz nach dir richte.«

»Aber es ist doch nicht so, als … als könnte ich nicht mehr!« Seine Stimme ist unerwartet laut, und zugleich klingt er unsicher. Zittert vor Angst. Fühlt sich gedemütigt. Die Wahrheit ist, dass er es nicht weiß. Vielleicht kann er ja wirklich nicht mehr mit ihr schlafen. Beide Versuche seit der Nacht in Brighton endeten in einer Katastrophe. Vielleicht verweigert sein Körper von nun an jede Form von Sex. Zum Selbstschutz. Vielleicht wird er die Erinnerung an diese Nacht nie mehr los, und Sex bleibt für ihn für immer mit Schmerz, Ohnmacht und Wut verbunden, und er wird den Rest seines Lebens allein verbringen müssen, allein mit seinem grauenhaften, quälenden Geheimnis.

Er wendet sich halb zu ihr um. »Ich weiß, die letzten beiden Male waren für dich … nicht gerade angenehm. Wenn du also nicht mehr willst, dass wir … würde ich … würde ich das total verstehen.«

Der Ausdruck auf Lolas Gesicht lässt ihn zusammenzucken.

»Aber Mattie, natürlich will ich das! Du bist doch immer noch derselbe. Du bist du!«

»Ich will nicht, dass du aus Mitleid oder so was mit mir zusammenbleibst!«, sagt er heiser. »Wir … wir können ja trotzdem Freunde bleiben. Sehr gute Freunde.« Er lacht bitter auf.

Lola steht auf und macht ein paar vorsichtige Schritte auf ihn zu. »Du bist bereits mein bester Freund«, sagt sie ruhig. »Aber es hat sich nichts geändert zwischen uns, Mattie. Ich liebe dich noch genauso wie vorher. Sogar noch mehr, wenn das überhaupt möglich ist.«

Sie steht jetzt vor ihm, doch er hält sie mit ausgestrecktem Arm auf Abstand. Wenn Lola ihn jetzt berührt, verliert er vollkommen die Kontrolle über sich. »Aber … wie kannst du das noch? Nach allem, was passiert ist? Jetzt, wo du es weißt. Was … was ich zugelassen habe. Ekelt es dich nicht vor mir?«

»Nein, Mattie, warum denn? Du kannst doch nichts dafür!« Sie schaut ihn ernst und forschend an. »Du hättest es nicht so lange für dich behalten sollen.« Lolas Stimme zittert. »Die ganze Zeit so zu tun, als wäre nichts …«

»Das hab ich nicht bewusst gemacht. Ich konnte mich zuerst an nichts erinnern. Ich wusste nur, dass etwas Schreckliches passiert war oder dass ich etwas Schreckliches getan hatte, und erst kurz vor meinem verunglückten Sprung, als ich auf der Plattform stand …« Er schüttelt den Kopf, wie um die Erinnerung daran loszuwerden. Als er sie anzulächeln versucht, läuft ihm eine Träne über die Wange.

»Du hast überhaupt nichts getan, Mattie! Es war dieser total perverse Typ, der …« Sie redet nicht weiter, und er merkt, wie sie ebenfalls zu weinen anfängt. Als sie nach seiner Hand greifen will, zieht er sie hastig weg.

»Nicht, Lola. Es ist vorbei. Ich bin jetzt wieder okay.« Er holt mühsam Luft. »Jedenfalls hoffe ich es. Ich bin fest entschlossen! Ach, verdammt, ich weiß auch nicht …« Er wischt sich die Tränen weg.

»Mattie …«

»Alles in Ordnung.« Mit heiserer Stimme versucht er, sie zu beruhigen. »Ich … ich fühl mich nur so … so beschmutzt, verstehst du das? Egal, wie oft ich dusche und mich fest abrubble. Und ich habe Angst, dass ich mich jetzt immer so fühlen werde.«

»Aber das ist doch eine ganz normale Reaktion. Ich hab mich inzwischen etwas informiert, und alle sagen, dass es nicht so bleibt.« Sie will wieder nach seiner Hand greifen, doch er lässt es nicht zu.

»Nicht, Lola! Es geht mir gut. Ich bin einfach nur müde … War ein langer Tag heute!« Er fährt sich mit den Händen nervös übers Gesicht.

»Weiß ich doch, Mattie. Ich will dich einfach nur umarmen. Mach ich doch immer.«

Mathéo dreht sich zur Flügeltür und presst die Stirn gegen das Glas. »Gib … gib mir noch eine Sekunde!«

»Mattie, was du da durchgemacht hast, war ganz schrecklich! Das würde jeden vollkommen durcheinanderbringen!«

»Du … du kapierst nicht …« Er beißt sich auf die Lippen. »Ich war … ich war so ein … ein …« Er atmet schwer ein und aus. »So ein verdammter Feigling, dass ich …«

»Mattie! Wie kommst du denn darauf?«

»Ich hatte solche Todesangst, dass ich mich nicht gewehrt habe … Ich habe es mit mir machen lassen, Lola!«

»Aber was hättest du denn sonst tun sollen?«

»Ich … ich hab um mein Leben gebettelt! Ich wollte, dass er es macht, damit es vorbei ist!«

»Hör auf, Mattie!«, ruft Lola empört.

»Und als er dann angefangen hat und … und nachdem es dann vorbei war, hab ich mir gewünscht … Oh Gott, da wäre es mir lieber gewesen, er hätte mich umgebracht!« Ein Schluchzer entfährt ihm, und er presst die Stirn noch fester gegen die Scheibe. Stellt sich einen Moment vor, das Glas würde zersplittern. »Warum … warum habe ich ihn das machen lassen?«

Lola scheint plötzlich übermenschliche Kräfte zu besitzen, denn sie schlingt ihre Arme um seinen Oberkörper und zieht ihn von der Flügeltür weg zum Bett, trotz seiner Gegenwehr.

»Mattie, hör auf damit! Schau mich an.« Ihre Stimme ist ruhig, aber der Tonfall entschieden. Sie klingt wütend, umfasst seine

Handgelenke und zerrt ihm mit aller Macht die Hände vom Gesicht weg. Zwingt ihn, ihr in die Augen zu schauen.

»Was hättest du denn tun sollen? Du hattest doch gar keine andere Wahl! Egal, was du gesagt oder getan hättest, es wäre passiert. Du kannst nichts dafür, Mattie. Du kannst überhaupt nichts dafür! Hörst du mich?«

»Aber ich hätte …«

»Nein. Schau mich an, Mattie!« Ihre Stimme wird lauter. »Du kannst überhaupt nichts dafür. Du kannst überhaupt nichts dafür! Hörst du mich?«

Sie schreit jetzt fast vor Wut und Verzweiflung – und plötzlich dringt zu ihm durch, was sie sagt. Er schaut sie verwirrt an. Sie hat recht mit dem, was sie sagt. Sie hat absolut recht.

»Hörst du mich, Mattie? Ich will, dass du es mir nachsprichst: Ich kann nichts dafür. Sag es, verdammt noch mal!«

»Wir wecken noch die anderen auf …«

»Sag es!«

»Ich … ich kann nichts …« Ein Zittern durchläuft seinen Körper, und er fühlt sich auf einmal unendlich erschöpft, kaum in der Lage, ein einziges Wort zu sagen. »Ich kann nichts …«

»Sag es, Mattie.« Ihre Stimme ist leiser geworden. »Sprich es aus. Ganz tief in dir drin weißt du, dass es stimmt.«

»Ich kann nichts …« Er schließt die Augen und atmet einmal tief durch. »Ich kann nichts dafür!« Er presst die Lider fest zu und bemüht sich krampfhaft, einen Schluchzer zu unterdrücken. »Ich kann nichts dafür! Dieser verdammte, beschissene Typ! Ich kann nichts dafür! Ich kann nichts dafür!«

Wut und Scham, Schuldgefühl und Angst brechen sich in ihm Bahn – endlich, wenigstens in diesem Moment –, und als es geschehen ist, fühlt er sich unendlich leer und verletzlich und erschöpft; so erschöpft, dass er kaum noch aufrecht sitzen kann. Sein Oberkörper sackt gegen Lola, sein Kopf lehnt sich an ihre Schulter. Er presst sein Gesicht gegen ihren Hals, ihre warme Haut, ihre Haare. Seine Tränen durchnässen die Schultern ihres Nachthemds. So sitzen sie eine Weile da, Lola hat eine Hand auf seinen Kopf gelegt, mit der anderen streicht sie in kreisenden Bewegungen über seinen Rücken. Allmählich geht Mathéos Atem ruhiger, und im Zimmer breitet sich nächtliche Stille aus. Von draußen ist der regelmäßige Wellenschlag der Brandung zu hören, ein beruhigendes, besänftigendes Geräusch. Ihm ist, als ob die Wellen ihn reinwaschen würden. Er hört, wie auch Lola jetzt ruhig und gleichmäßig atmet. Unmerklich wiegen sie sich beide vor und zurück, als wäre ihr Bett ein kleines Boot weit draußen auf dem Meer.

DREIZEHNTES KAPITEL

Er fällt. Aus großer Höhe. Befindet sich im freien Fall durch die Luft. Er ist ohne Fallschirm aus dem Flugzeug gesprungen. Der Himmel strahlt über ihm, und wenn er auf der Erde auftrifft, das weiß er, wird es ein sehr harter Aufprall sein. So hart, dass es in seinem Körper jeden Knochen zerschmettert. So hart, dass ihm der Schädel aufplatzt. Seine einzige Hoffnung ist, dass es schnell passiert. Dass er nicht mehr bei Bewusstsein ist und den unerträglichen Schmerz nicht mehr spürt, bevor der Tod ihn mit sich reißt. Der Boden rast auf ihn zu, schlägt ihm ins Gesicht. Er wacht auf.

Mathéo ist total nass geschwitzt, und das T-Shirt klebt ihm am Körper. Er dreht den Kopf zu Lola. Sie schläft tief und fest. Vorsichtig steht er auf. Es ist noch früh am Morgen.

Im Bad zieht er sich aus und stellt sich unter die heiße Dusche. An den Schultern brennt die Haut ein wenig, wahrscheinlich hat er gestern zu viel Sonne abbekommen. Er seift sich am ganzen Körper ein, schrubbt hartnäckig, um den Schweiß loszuwerden. Bis er sauber ist … Beinahe sauber. Und dann steht er einfach nur da, presst die Stirn gegen die Kacheln und lässt sich das Wasser über Kopf und Rücken laufen.

Als er ins Zimmer zurückkehrt, schläft Lola immer noch, sie hat sich inzwischen auf den Bauch gedreht und beansprucht fast das ganze Bett. Mathéo schlüpft in frische Boxershorts und lässt sich dann auf der Matratze neben sie gleiten, passt auf, dass er sie nicht weckt. Den Kopf auf die Hand gestützt, liegt er neben ihr. Er schaut sie an. Ihre zerzausten kastanienbraunen Haare, ihren Rücken, ihr dünnes Nachthemd, das zerknitterte weiße Laken, in das sie bis zur Hüfte gewickelt ist. Sie ist so schön, wie sie da liegt, mit ihrer fast durchscheinenden, weißen Haut, unter der an den Schläfen ein zartes Muster an Adern zu erkennen ist. Sie wirkt so jung, so zart und so verletzlich. Wenn sie schläft, scheint sie kaum zu atmen, wie er ängstlich bemerkt. Wenn sie wach ist, hat sie dagegen so viel Energie, steckt sie so voller Lebensfreude. Alles, was sie sagt, drückt ihre Gefühle aus, ihre Gesten sind wild und unbändig, ihr Lachen ist laut und ansteckend. Manchmal kommt sie ihm immer noch wie ein kleines Mädchen vor, eine solche Lebenslust strahlt sie aus. Sie rennt ins Zimmer, anstatt normal hineinzugehen; knallt die Türen hinter sich zu, anstatt sie einfach zuzumachen; kreischt und kichert aufgeregt, anstatt nur zu lächeln. Das ist Lola. Lola, die vor fast zwei Jahren wie ein kleiner Feuerwerkskörper in sein Leben geplatzt ist. Lola mit ihrer Lebenslust, Spontaneität und Unbändigkeit. Ihre Begeisterung erfüllt die Luft um sie herum mit einem Knistern – sie braucht nur ein Zimmer zu betreten, schon drehen sich alle nach ihr um. Sie übt eine magnetische Anziehungskraft auf alle aus, die in ihrer Nähe sind, ihre Freude am Leben ist ansteckend, sie liebt die Menschen, man fühlt sich bei ihr wie von einem warmen Mantel der Freundschaft umhüllt, unter dem ganz viele Platz haben. Er kennt keinen anderen Menschen, der so ist wie sie. Durch ihre Augen hat er angefangen, die Welt neu und anders zu sehen. Viel lebendiger. Er weiß, dass er gemeinsam mit ihr alles überstehen wird. Eines Tages wird alles gut, wenn sie nur weiter bei ihm ist.

Lola dreht sich im Schlaf wieder auf den Rücken. Sein Blick wandert über ihr Gesicht, den Hals entlang, bis zu dem silbernen

Kettchen mit der Perle, die sich in das Grübchen zwischen den Knochen ihres Schlüsselbeins schmiegt. Er kann nicht anders, er beugt sich nach unten, um diese zarte, verletzliche Stelle ihres Körpers zu küssen.

Nachdem sie alle lange ausgeschlafen und herumgetrödelt und spät gefrühstückt haben, gehen sie zum Strand hinunter. Die Sonnenstrahlen haben inzwischen jeden Winkel des tiefblauen Himmels erreicht. Am Ende des Gartens geht der Rasen in Fels und Sand über, und sie klettern den steilen Pfad zum Meer hinunter – schmale, in den Fels gehauene, von Sand überwehte Stufen. Hohes Dünengras wächst zwischen den Felsspalten. Schroffe Spitzen und wilde Zacken ragen hervor, bis hinunter zur Bucht und zum blauen Wasser. Von oben wirkt das Meer fast glatt, trotz des weißen Schaums der Brandung, die am Rand der Bucht gegen die Felsblöcke schlägt. Die Luft ist heiß und trocken. Die Sonne sticht erbarmungslos vom wolkenlosen Himmel herunter.

Mathéo dreht sich um und streckt die Hand aus, um Lola beim letzten Stück des Wegs zu helfen. Als sie auf dem breiten Sandstreifen des einsamen Strands angelangt sind, halten alle einen Moment inne. Sie befinden sich an einem der schönsten Orte der Welt, goldgelber Sand erstreckt sich vor ihnen bis zur weißen Schaumlinie der auslaufenden Wellen. Die Sonnenstrahlen, die vom kobaltblauen Wasser zusätzlich reflektiert werden, blenden so hell, dass sie sich die Hand vor die Augen halten müssen. Das erste Mal, seitdem die Schule zu Ende ist, spürt Mathéo, wie alles von ihm abfällt: Er fühlt sich frei und leicht, endlich keine Schule, kein Training, keine Hausaufgaben mehr, endlich ist er vom Druck befreit, immer gute Noten zu schreiben, alle Wettkämpfe zu gewinnen. Es mag nur für kurze Zeit sein, aber hier kann er endlich einmal wieder er selbst sein, kann den Albtraum des vergangenen Monats hinter sich lassen, die Nacht in Brighton vergessen und das Grauen der immer wieder aufblitzenden Erinnerungen. Obwohl die düsteren Gedanken weiter da sind, spürt er, dass sie ihn nicht mehr so fest umklammert halten wie in London. Mit dem blendend hellen Meer vor ihm und dem unendlich tiefblauen Himmel über ihm haben sie ihre Macht über ihn verloren, dafür ist er zu sehr von der Schönheit ringsum überwältigt.

Wie auf Kommando rennen sie alle vier los, und wenige Augenblicke später stehen sie am Meeressaum, beobachten, wie die flachen Wellen auf dem Sand auslaufen, es ist wie ein Einatmen und wieder Ausatmen. Lola und Isabel kreischen jedes Mal auf, wenn das Wasser ihre Füße berührt, und sogar Mathéo und Hugo zögern, ob sie sich wirklich hineinwagen wollen.

»Verdammt, ganz schön kalt!« Hugo ist bis zu den Knien hineingewatet und verzieht das Gesicht, als er sich zu den anderen umdreht. »Puuh, Izzy, da gibt's nur eins!« Sie schauen sich kurz an, gehen beide ein paar Schritte zurück, zählen dann bis drei und rennen schreiend los. Hugo platscht als Erster ins Wasser und stürzt sich kurz darauf mit dem ganzen Körper ins Meer. Isabel folgt ihm etwas langsamer und stöhnt laut auf, als ihr eine Welle plötzlich bis zu den Hüften reicht. Mathéo blickt zu Lola, die sich in ihrem gelben Bikini zentimeterweise vorwärtswagt und die Arme schützend vor die Brust hält. Mathéo watet ihr hinterher, etwas zögerlich und unentschieden – nicht wegen des kalten Wassers, das ihm bisher kaum über die Knöchel reicht, sondern weil er immer noch braucht, um das alles in sich aufzunehmen. Der Himmel, das Meer und Lola. Ich liebe sie, denkt er. Ich liebe sie so sehr.

Dann ist er neben ihr, er lächelt ihr aufmunternd zu und ruft: »Los! Das können wir auch!«

Mathéo streckt die Hand aus. Sie ergreift sie, gemeinsam machen sie ein paar Schritte, und plötzlich wird das Wasser tiefer und reicht ihnen bis zum Bauch.

»Komm – kurz und schmerzlos!«, ruft er, lässt dann lachend ihre Hand los und stürzt sich kopfüber in die nächste Welle. Einen Moment lang zieht sich ihm vor Kälte alles zusammen, dann taucht er auf und dreht den Kopf zu Lola um, die immer noch zaudernd dasteht. Was für ein schönes Gefühl, wieder im Wasser zu sein. Er hat das Gefühl, dass das Meer ihn verwandelt. Die Wellen geben ihm wieder zurück, was er verloren zu haben glaubte. Er kann es spüren. Um ihn herum ist nur noch Blau, das Blau des Himmels und das Blau des Meeres. Mathéo fühlt sich wie neugeboren.

Er taucht noch einmal unter, packt Lolas Knöchel und zieht ihr mit einer ruckartigen Bewegung die Füße weg, sodass sie mit einem lauten Aufschrei ins Wasser fällt. Als er wieder steht, wischt er sich das Wasser aus den Augen und kann sie einen Moment gar nicht sehen, so sehr blenden ihn die Sonnenstrahlen, die weiß auf den Wellen tanzen. Dann taucht sie plötzlich keuchend neben ihm auf und greift nach seinem Arm, um sich festzuhalten. »Du Mistkerl!«, stößt sie hervor.

»Wie ich gesagt habe!« Er lacht. »Kurz und schmerz …« Er hört mitten im Satz auf, weil sie sich mit ihrem ganzen Gewicht gegen ihn wirft und ihn ins Wasser zurückschubst. Aber er schafft es gerade noch, sie zu packen, und reißt sie mit sich. Bevor sie es ihm heimzahlen kann, krault er schnell davon. Spuckend und kreischend schwimmt Lola ihm hinterher.

Als sie innehalten und sich umdrehen, ist der Strand schon ein ganzes Stück entfernt. Hugo und Isabel sind bereits ins knöcheltiefe Wasser zurückgekehrt, spritzen sich gegenseitig voll und werfen eine Frisbeescheibe hin und her.

Mathéo dreht den Kopf zu Lola. »Noch weiter?«

»Du bist wohl verrückt?«, ruft sie. »Wir sind schon viel zu weit draußen!«

Er holt tief Luft und taucht dann unter, stößt sich mit kräftigen Zügen tiefer und tiefer unter die Wasseroberfläche, dorthin, wo es bereits dunkler wird. Hoch über sich kann er Lola sehen, die auf der Stelle schwimmt und darauf wartet, dass er wieder auftaucht. Er stößt in regelmäßigen Abständen Luftbläschen aus, lässt sich wie schwerelos treiben, knapp über dem Meeresboden. Oben tanzt auf den Wellen das Licht, lauter glitzernde Sonnenpfützen. Er fühlt sich geborgen. Als könnte er für immer da unten bleiben.

Dann schießt er auf einmal hoch und spritzt Lola Wasser ins Gesicht.

Sie hustet und schnappt nach Luft. »He, du bist total durchgeknallt!«, ruft sie. Er lacht, als er ihre entsetzte Miene sieht, und freut sich darüber, dass es ihm gelungen ist, sie so zu erschrecken. Dann schwimmen sie beide zurück, bis sie wieder Boden unter den Füßen haben. Mathéo zieht Lola zu sich heran, hält sie fest umarmt, atmet in ihr Ohr, küsst sie auf den Hals, aufs Gesicht, bis Lola sich zu ihm dreht und sein Mund auf ihren trifft, auf ihre kalten, salzigen Lippen. Mit ihren Händen umfasst sie sein Gesicht. Wassertropfen von ihren nassen Haaren laufen ihm übers Gesicht. Zwischen zwei heißen, leidenschaftlichen Küssen öffnet Mathéo einen Moment die Augen und sieht, wie sich das Meer in ihren spiegelt und in ihren Wimpern winzige Tropfen wie Diamanten glitzern. Die blasse, sommersprossige Haut auf ihren Wangen und auf ihrer Nase ist leicht gerötet. Lolas Stirn glänzt nass. Er spürt, wie sie ihren Körper gegen seinen presst. Und er denkt: Ja, so ist es, wenn man lebendig ist. So fühlt es sich an. Er ist wieder ins Leben zurückgekehrt. Er liebt und begehrt Lola, und der Albtraum der vergangenen Wochen ist vorbei.

Er möchte diesen Moment am liebsten festhalten, will, dass er für immer andauert, will für immer hier so stehen, mit Lola in den Armen, will die Wärme ihres Körpers spüren, ihre nassen Haare, die über sein Gesicht streifen. Es ist ihm, als hätte jemand diesen Tag für ihn erschaffen, nur für ihn allein. Ein Geschenk, schöner, als er es sich jemals hätte wünschen können. Dass Lola und er sich eines Tages begegnen würden, war vorherbestimmt, das weiß er jetzt ganz sicher. Es musste einfach so sein, dass er sich in sie verliebte und sie sich in ihn. Er fühlt sich leicht und schwerelos – alle dunklen Gedanken sind ausgelöscht und durch ein Kribbeln in seinem ganzen Körper ersetzt, ein Staunen über die Schönheit der Welt und ein solches Glücksgefühl, dass ihm fast die Luft wegbleibt. Das erste Mal seit Langem spürt er nicht den geringsten Schmerz in seinem Körper oder in seinem Kopf – keinen Dolch, der sich zwischen seine Augen bohrt, kein Pochen in seinem Schädel, keine Übelkeit und Benommenheit, keine Unruhe und Nervosität. Der dichte, schwere Nebel, der ihn umgeben hat, hat sich in Licht und klare, blaue Luft aufgelöst. Eine schwere Last ist von ihm abgefallen, etwas Drückendes, Brennendes, Stechendes, das ihm in jede Pore eingedrungen war. Er fühlt sich, als wäre ein harter, fester Klumpen aus seinem Innern gespült worden, sein ganzer Körper entspannt sich. Endlich ist eingetreten, wonach er sich seit jenem fürchterlichen Morgen, als er in seinem verwüsteten Zimmer aufgewacht ist, so sehr gesehnt hat: Er hat seinen alten Körper abgestreift und ist in einen neuen geschlüpft. Er hat einen Ort gefunden, an dem er denken und fühlen und leben und atmen kann, ohne dass es ihn verletzt, ohne dass es ihn schmerzt. Er wusste schon gar nicht mehr, wie leicht, wie sanft, wie gut es sich anfühlt, wenn man keinen Schmerz mehr spürt. Er möchte Lola für immer und ewig so umarmen. Wenn er seinen Körper weiter mit ihrem verschmelzen kann, dann wird sie für immer das Dunkle und Schwere und Negative in ihm vertreiben, und er wird wieder ein normales Leben führen können …

Der Tag vergeht, und nach einem langen Frisbeespiel mit den anderen beiden auf dem trockenen, heißen Sand fällt Mathéo auf einmal auf, dass die Sonne nicht mehr so stark vom Himmel sticht. Das Licht hat sich verändert, die Luft ist unmerklich kühler geworden, und das Meer hat sich noch weiter zurückgezogen. Die Zeit steht auch hier nicht still. Nichts bleibt so, wie es ist. Als die Schatten, die ihre Körper werfen, noch länger werden, greifen sie irgendwann nach ihren Handtüchern und schlüpfen mit sandigen Füßen in ihre Sandalen und Flipflops. Mathéo hält die Augen die ganze Zeit auf Lola gerichtet. Er braucht sie. Braucht das Licht und die Energie, die sie ausstrahlt, um die Dunkelheit von sich fernzuhalten.

Als sie den schmalen Pfad zum Haus hochsteigen, geht Lola vor ihm. Sobald sie das Ende der Felsstufen erreicht haben, greift er nach ihrer Hand. Sandkörner reiben gegen seine Handfläche. Hugo und Isabel trotten über den Rasen gleich aufs Haus zu, aber Mathéo hält Lola noch einen Moment fest, will nicht, dass sie mit den anderen verschwindet. Er küsst sie.

Lola lächelt, als sie sich von ihm löst. »Du hast heute etwas Farbe abgekriegt«, sagt sie – und fährt dann nach einem kleinen Zögern fort: »Wie geht es dir?«

»Gut. Wirklich.«

Ein Lächeln überzieht sein Gesicht.

Am Abend sind alle noch überdrehter als sonst, als hätten die viele Sonne, das Meer und der Sand wie Aufputschmittel gewirkt. Nach dem Abendessen, bei dem sie aus dem Lachen gar nicht mehr herauskommen, spielen sie auf der Terrasse noch Strip-Poker. Wie immer verlieren Isabel und Hugo absichtlich. Hugo sitzt ohne T-Shirt da, hat aber noch seine Flipflops an. Isabel ist bereits bis auf den Bikini ausgezogen. Lola hat sich eine Weile mit allen möglichen Schmuckstücken behelfen können, und Mathéo musste seine Sandalen abgeben.

Als Lola die nächste Runde verliert, lacht Hugo triumphierend auf und nimmt ihr das Kettchen an ihrem rechten Knöchel ab. »Mehr Schmuck hast du jetzt nicht mehr, Baumann! Ich krieg dich schon noch aus deinem T-Shirt!«

»Nur über meine Leiche!«, erwidert sie.

Später liegt Lola bereits zusammengerollt im Bett und hat das Licht ausgemacht, als Mathéo aus der Dusche kommt. Der Raum ist vom Mondlicht und dem Geräusch der Wellen erfüllt. Er schlüpft vorsichtig unter das Laken, um sie nicht zu wecken, und streckt sich aus. Das Kopfkissen fühlt sich an seiner Wange angenehm kühl an. Nach einer Weile spürt er Lolas Atem an seiner Wange, und dann drückt sie ihre Lippen darauf – sie küsst ihn: winzige Schmetterlingsküsse, so leicht wie ein Hauch. Er wartet – hofft, dass die Küsse intensiver werden und nach unten wandern, sehnt sich danach, dass sie mit ihren Lippen seine berührt. Er seufzt und öffnet die Augen einen winzigen Spalt, gerade genug, um einen Moment lang in Lolas verwirrend grüne Augen einzutauchen. Er hebt das Kinn leicht an, um dann vielleicht einen Schmetterlingskuss auf den Mund zu erwischen. Die Küsse kommen näher, aber immer noch nicht nahe genug, er gibt einen leisen Laut von sich, ein ermutigendes Murmeln, und endlich streift ein Kuss seine Lippen. Ein Funke, ein Prickeln. Mathéo atmet langsam ein und aus, zwingt sich, abzuwarten, was Lola vorhat. Als er es nicht mehr aushält, dreht er sich zur Seite und hebt den Kopf, fährt mit dem Zeigefinger ihr Kinn entlang, um ihren Mund zu seinem zu führen. Er sehnt sich nach einem richtigen Kuss von ihr. Lola nimmt stattdessen seine Hand und küsst seinen Finger. Er sieht, wie ihre Lippen sich um ihn legen, und spürt ihre Zähne und danach ihre weiche, feuchte Zunge. Mathéo seufzt tiefer, spürt, wie von seinem Finger ein Kribbeln seinen ganzen Körper durchzieht. Er fängt vor lauter Sehnsucht und Begehren zu zittern an, er muss Lola jetzt küssen, unbedingt, alle seine Muskeln spannen sich an. Er hört seinen eigenen Atem, kurz und schnell, immer heftiger. Seine Lippen brennen. Ihm entfährt ein frustrierter Laut, als er sich zu ihr beugt und sie küssen will und sie hastig den Kopf abwendet, sodass er nur ihre Wange streift.

Mathéo holt tief Luft, aber diesmal so, dass der ganze Raum davon erbebt, und seine Stimme klingt heiser und verzweifelt. »Lola, hör auf! Lass mich dich küssen!«

Wieder ein Atemzug. »Lola, ich will dich küssen …«

»Ja? Wie sehr denn? Ganz dringend?«, fragt sie ihn lächelnd. Damit hatten sie sich gegenseitig immer aufgezogen, kurz nachdem sie sich kennengelernt hatten. Und wie damals spürt Mathéo jetzt eine so starke Anspannung in sich, dass er es fast nicht mehr aushält.

Er lacht leise auf. »So dringend, dass ich dich gleich beiße, wenn ich es nicht darf.« Ein Schauder läuft durch seinen Körper, so erregt ist er. Noch einmal lacht er, diesmal schüchtern und verlegen. »Hast du gemerkt, wie sehr?«

Sie küsst seinen Hals, und seine Anspannung wird noch größer. »Lola, nicht … Komm schon, bitte …«

Sie lächelt wieder, und ihre Küsse wandern seinen Hals hinauf, über sein Kinn, verweilen unterhalb der Lippen etwas … und dann trifft ihr Mund auf seinen, zärtlich und warm – und zugleich so gierig und leidenschaftlich, dass es ihn einen Moment die Augen schließen lässt.

Er fährt ihr mit den Fingern durch die Haare, antwortet auf ihren Kuss noch drängender und leidenschaftlicher. Er begehrt sie so sehr, dass sein ganzer Körper davon vibriert. Er hält ihr Gesicht zwischen seinen Händen und küsst sie jetzt mit einer Lust, die fast schon etwas Verzweifeltes hat. Lola streicht mit der Hand langsam seinen Rücken auf und ab, ihre Finger berühren ihn so leicht und zart wie Blütenblätter, dann wandern sie nach vorne auf seinen Bauch und gleiten langsam zu seinen Brustwarzen hoch. Bei ihren Berührungen zittert er. Ein Zittern, das sich durch seinen ganzen Körper ausbreitet, und als er sich so erregt und angespannt fühlt, dass er zu zerspringen glaubt, küsst sie ihn wieder – so wild, so stark und unbändig, dass er aufkeucht. Wie ein Blitz fährt es in diesem Moment durch ihn hindurch …

Sie reißen sich die Kleidungsstücke herunter, sein T-Shirt und seine Boxershorts, ihr Nachthemd, alles landet auf dem Boden. Nackt knien sie voreinander auf dem Bett. »Wow …«, ruft Lola atemlos und lachend.

Mathéo packt sie an den Schultern, zieht sie zu sich heran, küsst ihren Hals, ihr Ohr, ihre Wange, ihren Mund, presst Lola fest an sich.

»Mattie …«

Er küsst sie wieder, diesmal noch härter und gieriger, und versucht dann, sie auf die Matratze zu stoßen.

»Mattie, warte …«

Er kann nicht warten, nicht jetzt. Nicht nach den vergangenen

Wochen. Sie ist ganz bei ihm. Er ist ganz bei ihr. Sie sind wieder zusammen, und er lässt sie nie mehr fort.

»Mattie!« Sie legt ihre Hand auf seine Brust und schiebt ihn weg. In ihren Augen flackert es.

»Was? Das meinst du jetzt nicht ernst?! Ich soll aufhören?«

Lola hält weiter den Arm ausgestreckt, lässt ihn nicht näher herankommen. Ihre Haare hängen ihr wild ins Gesicht, ihre Wangen sind gerötet. Sie keucht und schaut ihn an. »Mattie«, sagt sie leise. »Schau mich an.«

Er zwingt sich, ihr in die Augen zu schauen. »Lola, bitte nicht. Ich will …« Er spürt, wie sich ihm die Kehle zusammenzieht.

»Nur etwas sanfter, Liebster, okay?«

»Okay …« Er holt Luft, beißt sich auf die Lippen, bringt ein kleines Lächeln zustande. »Okay. Lieber so?« Er streicht ihr über die Haare, streift mit den Lippen sanft ihre Wange, küsst sie dann weich und zärtlich und spürt, wie sie sich entspannt.

»Ja, genau so«, atmet sie erleichtert auf.

Lola behält die Augen offen und schaut ihn unverwandt an, während er auf sie gleitet und mit einem Seufzer in sie eindringt. Er zwingt sich, sich so langsam und sachte wie nur möglich zu bewegen, und schaut sie dabei ebenfalls unverwandt an. Nimmt Lola mit den Augen in sich auf, als wäre es das erste Mal. Es ist, als hätte er sie seit jener Nacht immer nur wie durch einen Schleier gesehen und als hätte dieser Schleier sich jetzt gelüftet, als wäre der dichte Nebel verschwunden und er könnte sie jetzt wieder frisch und neu betrachten. Er saugt all die winzigen Details in sich auf, die sie zu Lola machen; ohne die sie nicht die wäre, die sie ist. Einzigartig. Die sanfte Wölbung ihrer Augenbrauen, der weiche Schwung ihrer Wangen. Jede einzelne Wimper, dunkel und lang. Ihre dunkelgrünen Augen. Die unendlich vielen Sommersprossen auf ihren Wangen und ihrer Nase, die er immer schon einmal zählen wollte. Er bleibt über ihr Gesicht gebeugt und beginnt, sich rhythmisch zu bewegen, holt immer wieder tief Luft, um ruhig zu bleiben. Konzentriert sich auf den nass glänzenden Schweiß an ihrem Hals, ihre so weiche, so zarte, so weiße Haut. Die Perle an ihrem silbernen Halskettchen fängt das Mondlicht ein, sodass sie von innen zu leuchten scheint. Lolas kastanienbraune Haare sind wild und zerzaust auf dem weißen Kopfkissen ausgebreitet, ein paar gelockte Strähnen umrahmen ihr Gesicht. Sie hat ihre Hände auf seinen Rücken gelegt, gleitet mit ihnen zu seinen Schultern hoch, über den Nacken und den Kopf, wo sie mit ihren Fingern ein paar Locken zerteilt. Er schließt die Augen und atmet kurz und scharf ein, als ihre Hände dann weiter zu seiner Stirn wandern und sie mit ihren Fingernägeln die Umrisslinien seines Gesichts nachzeichnet – die Schläfen, die Wangen, das Kinn –, bis sie schließlich bei seinem Mund zusammentreffen. Sie kitzelt mit den Fingernägeln seine Lippen, bis er nachgibt und sie öffnet. Er fühlt etwas Kühles und Erfrischendes, wie Wassertropfen. Als er die Augen aufschlägt, lächelt Lola ihn an – und es rührt ihn bis tief ins Herz. In ihrem Lächeln liegt so viel Zärtlichkeit, so viel Verständnis, so viel Liebe, dass es ihm wehtut. Aber dieser Schmerz ist ein guter Schmerz, einer, durch den er sich geborgen und ganz und lebendig fühlt. Sie hat ihn aus seinem Albtraum herausgerissen, hat ihn wieder ins Leben zurückgeführt, hat das Eis seines gefrorenen Herzens zum Schmelzen gebracht. Er will ihr dafür Danke sagen, aber er bringt kein Wort heraus, deshalb bewegt er nur stumm die Lippen, und ihr Lächeln wird noch größer, als hätte sie ihn verstanden, als wüsste sie alles und hätte ihm alles verziehen … Dann schließt er die Augen, sie küssen sich erneut, und er kann nicht mehr an sich halten, presst seinen Körper gegen ihren, während er von Zuckungen geschüttelt wird. Danach schmiegt er den Kopf an ihre Schulter und keucht leise.

Als sie nebeneinander nackt auf dem Bett liegen, dreht Lola ihren Kopf zu seinem. Ihre Gesichter sind sich ganz nahe. Er hat kaum mehr genug Kraft, um zu sprechen. So erschöpft und zugleich so lebendig hat er sich noch nie in seinem Leben gefühlt. Sie hebt die Hand und fährt mit den Fingern seinen Arm entlang. »Mattie, mein Liebster, du zitterst ja …«

Er lächelt. »Alles in Ordnung.«

»Wirklich?«

Er kann gar nicht aufhören zu lächeln. »Ja. Viel mehr als nur in Ordnung. Viel, viel mehr.«

VIERZEHNTES KAPITEL

»Frühstück?« Mit nacktem Oberkörper und in Badehose, die Haare noch nass vom Pool, steht Hugo am Herd. Mit einer Bratpfanne in der Hand dreht er sich zu Mathéo um, als dieser aus dem Wohnraum in die Küche kommt. Es riecht nach gebratenem Speck.

»Oh, danke, aber ich glaub, ich will nichts.« Mathéo setzt sich an die Frühstückstheke, gegenüber von Isabel, die sich einen orangefarbenen Sarong umgewickelt hat. Sie hält ihm die Packung mit den Frühstücksflocken hin, aber er schüttelt den Kopf und nimmt stattdessen aus der Obstschale einen Apfel. Er muss sich zwingen hineinzubeißen. Er wünscht, die vergangene Nacht könnte für immer andauern, nur er und Lola in ihrer intimen Zweierwelt, und alle anderen Gedanken und Erinnerungen wären daraus verbannt. Aber jetzt ist der Morgen da, und er ist in die wirkliche Welt zurückgekehrt. Die Sonne scheint auf einmal viel zu grell durch die großen Fenster herein, ihr hartes Licht lässt die Chromflächen in der Küche unerträglich hell aufblitzen. Eine warme Brise weht durch die geöffneten Flügeltüren und trägt Rosenduft, den Geruch von Salz und frisch gemähtem Gras herein. Das Meer wirkt von hier oben spiegelglatt. Möwen gleiten in weiten Kreisen darüber. Der Himmel ist tiefblau und unendlich. Es liegt eine Stille in der Luft, als würde die Zeit angehalten. Als wäre die Wirklichkeit einen Augenblick ausgesetzt. Sogar Hugo und Isabel, die wie immer quasseln und lachen und sich gemeinsam über Hugos Kochversuche lustig machen, wirken irgendwie verwandelt – zu perfekt und zu selbstzufrieden, um wirklich zu sein.

»Mattie!« Isabels laute Stimme lässt ihn zusammenzucken. Beinahe fällt ihm der Apfel aus der Hand.

»Was denn?«

»Alles in Ordnung, Alter?«, fragt Hugo. Isabel und er schauen ihn beide mit leicht verwirrten Mienen an.

»Ja, warum?«

»Hugo hat dir gerade erzählt, dass wir nachher eine kleine Wanderung machen wollen«, erklärt Isabel, »und du hast so gewirkt, als ob du total woanders wärst. Irgendwie ganz weit weg.«

»Wo soll's denn hingehen?«

»Oben an der Steilküste entlang«, antwortet Hugo. »Izzy und ich haben das letzte Mal einen absolut genialen Picknickplatz ausfindig gemacht, von dem man einen super Blick hat. Und es ist auch gar nicht schwer, zum Wasser hinunterzuklettern. Also, pack die Badehose ein!«

»Cool«, sagt Mathéo mit einem breiten Grinsen. »Machen wir.«

Als Lola auch aufgestanden ist und gefrühstückt hat, packen Mathéo und Hugo in der Küche die Rucksäcke. Mathéo beobachtet durchs Fenster Lola und Isabel, die auf dem Rasen stehen und ins Gespräch vertieft sind. Isabel hat für den Ausflug eine leichte Hose angezogen, und Lola trägt ihre üblichen Cargoshorts, dazu ein weißes Top. Ihre Füße stecken in dicken Socken und Wanderstiefeln. Isabel hat Lola gerade ihr Fernglas gereicht und deutet auf den Picknickplatz, der sich ein gutes Stück entfernt auf einem Felsen der Steilküste befindet.

Dann schultern Mathéo und Hugo die Rucksäcke und marschieren los, die Mädchen folgen ihnen in einiger Entfernung etwas langsamer. Als sie das Ende der Zufahrt erreicht haben, biegen sie auf die unbefestigte Straße ab, die direkt an der Küste entlangführt. Die erste halbe Stunde lang führt der Feldweg fast ohne Steigung durch die Landschaft, schlängelt sich an Felsen vorbei und folgt dem Verlauf der Buchten, sodass sie immer das Meer neben sich haben. Es ist noch recht früh am Vormittag – dennoch sticht die Sonne schon, und es wird wieder ein heißer Tag werden. Ihr Plan ist, den Aussichtspunkt gegen Mittag zu erreichen und dort möglichst im Schatten ihr Picknick zu machen, wenn die Hitze am größten ist. Um danach die Steilküste hinunterzuklettern und im Meer zu schwimmen. Aber noch ist es in der klaren, trockenen Luft angenehm zu wandern. Mathéo fühlt sich, als wären sie allein im Universum – vor ihnen erstreckt sich eine leere Straße, es gibt ringsum keine Häuser, keine Menschen, keine anderen Laute als die Rufe der Möwen und das Rauschen der Brandung. Alles erscheint ihm auf einmal unwirklich schön – so klar und in so leuchtenden Farben, wie er es noch nie und nirgendwo erlebt hat. Ihm ist, als würde er in eine neu erschaffene Welt hineinwandern.

Manchmal durchläuft ihn ein leichtes Frösteln, weniger von der leichten Brise, die vom Meer herweht, als vor Aufregung und Erschöpfung. Er ist noch ganz erfüllt von der Nacht mit Lola, fühlt sich warm und schwer – und gleichzeitig ganz leicht und etwas benommen im Kopf, fast schwerelos, so als würde ihn nur das Gewicht seiner Wanderstiefel am Boden halten.

Eine Weile marschieren sie auf dem breiten Feldweg schweigend vor sich hin, fast als hätten sie Angst, die Stille zu durchbrechen, die sie umgibt. Lola geht mit schnellen, kräftigen Schritten ihrer langen Beine voraus, ihre kastanienbraunen Haare wehen hinter ihr her. Isabel und Hugo sind etwas zurückgefallen, halten Händchen und unterhalten sich flüsternd. Mathéo würde am liebsten

Lola einholen und ebenfalls nach ihrer Hand greifen – sehnt sich nach einer Berührung –, aber er will nicht aufdringlich und besitzergreifend wirken. Lola hat das Gesicht der Sonne zugekehrt. Sie scheint es zu genießen, dass sie gerade allein ist. Als Mathéo sie so vor sich sieht, verspürt er auf einmal eine merkwürdige, unerklärliche Sehnsucht. So schmal und zart sie auch ist, es steckt in Lola doch unendlich viel Energie. Mühelos marschiert sie vor ihm her, als könnte sie für immer so weitermachen.

Dann erreichen sie die Stelle, an der von der Straße ein schmaler Trampelpfad abzweigt. Von da an haben sie rauen, unebenen Boden unter den Füßen. Die Erde ist trocken und steinig und bröckelt immer wieder unter den dicken Sohlen ihrer Wanderstiefel. Die Sonne sticht inzwischen erbarmungslos vom wolkenlosen Himmel herunter. So nahe an der Abbruchkante der Felsküste gibt es keinen Schatten. Das Tempo von ihnen allen hat sich deutlich verlangsamt. Mathéo und Lola befinden sich jetzt hinter Hugo und Isabel. Der Weg durch den Wald beginnt. Die ersten zwei-, dreihundert Meter sind fast die schlimmsten. Sie müssen sich den Weg zwischen dem Gestrüpp hindurch regelrecht freikämpfen. Als sie dann allmählich höher steigen, werden die Bäume mit ihren efeubewachsenen Stämmen mächtiger. Ihre knorrigen Wurzeln breiten sich in alle Richtungen aus. Im Schatten ist die Luft kühler. Manchmal müssen sie auf alle viere gehen, um sich durch das Dickicht zu schlagen.

Nach ungefähr einer Stunde gelangen sie zu einer besonders steilen Stelle, sie müssen richtig klettern und halten sich an Farnen und Sträuchern fest, um nicht abzurutschen. Hugo hat es als Erster geschafft und verschwindet über die Felskante; nach ihm Mathéo und schließlich die beiden Mädchen. Oben entfährt Lola und Mathéo ein überraschter Ausruf. Sie befinden sich auf einem Plateau mit einem Felsvorsprung, der über das Meer vorragt. Pinien und Zedern werfen breite Schatten.

Der Blick ist wahrhaft atemberaubend. Fast senkrecht fällt die Steilküste bis zum Meer hinunter ab. Selbst für Mathéo ist der Blick in die Tiefe spektakulär. Am Fuß der Klippe schlagen die Wellen so stark gegen die Felsen, dass Gischt aufspritzt. Er versteht sofort, warum Hugo unbedingt hierher wollte. Sie können von hier aus über die ganze Bucht blicken, die gewundene Küstenlinie entlang und bis zum nächsten Dorf, dessen Häuser sich am Hügel in den Hang schmiegen. Spielzeugautos krabbeln die Serpentinen hoch, verschwinden nach einer Weile im Wald. In der anderen Richtung kann Mathéo in einiger Entfernung hinter Zypressen das Dach der Villa von Hugos Eltern ausmachen.

Hugo stapft zwischen Gestrüpp hindurch bis nach ganz vorne zur Felskante, stemmt die Hände in die Hüften und lässt den Blick in die Ferne schweifen. Dann dreht er sich mit einem triumphierenden Lächeln um. »Na, hab ich euch zu viel versprochen?«

Isabel lässt sich im Schatten einer einzelnen Pinie schnaufend auf den Boden fallen. Lola folgt Hugo und geht dann auf die Knie, um vorsichtig über die Kante nach unten zu blicken. Sogar Mathéo hält respektvollen Abstand.

»Ich sterbe vor Hunger«, verkündet Hugo. »Wollen wir jetzt gleich was essen, wie geplant? Und danach zum Wasser runterklettern?«

»Wie kommen wir denn da runter?«, fragt Lola skeptisch.

»Hier sind Stufen.« Hugo deutet zur Seite des Felsvorsprungs, wo der Stein so geschichtet ist, dass man tatsächlich den Eindruck haben kann, als würde eine breite Treppe nach unten führen. »Geht ganz leicht. Ich hab's schon ausprobiert. Ist, wie wenn man eine Leiter hinunterklettern würde.«

Lola kaut unsicher auf ihrer Unterlippe und zieht sich hastig von der Kante zurück. »Ich werd jedenfalls ein paar Fotos machen! Echt ein wahnsinniger Ort!«

»Mir ist hier ein bisschen unheimlich«, sagt Isabel. »Können wir nicht dahinten picknicken, wo mehr Bäume sind? Was ist, wenn der Fels plötzlich abbricht und ins Meer stürzt?«

»So ein Unsinn! Hier ist es völlig sicher«, antwortet Hugo und hüpft ein paarmal auf und ab, um sie zu ärgern. »Und wisst ihr, was? Ich hab gehört, dass früher ein paar Jungs aus dem Dorf hierhergekommen sind und gewettet haben, wer sich von da runterzuspringen traut. Einer soll sich dabei den Kopf am Felsen angeschlagen haben und gestorben sein.«

»Sie haben hier Klippenspringen gemacht?« Mathéo ist neugierig geworden.

»Nein, das waren keine Klippenspringer. Das waren nur ein paar Verrückte!«

»Hast du es auch mal versucht?«

»Ich?« Hugo lacht auf. »Glaubst du, ich bin lebensmüde? Aus dieser Höhe? Ich bin doch nicht du! Und guck dir mal unten die Felsblöcke an – da prallst du doch voll dagegen!«

»Nicht, wenn man Anlauf nimmt.«

»Ja, na klar!«

Während Hugo und Isabel unter den Bäumen eine Picknickdecke ausbreiten und Lola die Sandwiches aus seinem Rucksack auspackt, spürt Mathéo plötzlich, wie Hitze und eine nervöse Energie seinen Körper durchströmen. Die Luft um ihn herum scheint auf einmal voller Adrenalin zu sein. Gleichzeitig erfasst ihn ein so starker Schwindel, dass er davon ganz benommen ist. So ist es ihm nicht mehr ergangen, seit er vor vielen Jahren das erste Mal auf der Plattform des Zehnmeterturms gestanden hat. Wenn er nach unten blickt, dreht sich alles. Ihm wird fast schlecht. Erinnerungsfetzen an seinen letzten, missglückten Sprung blitzen in ihm auf – die schwüle, chlorgeschwängerte Luft, die Schreie vom Übungsbecken der Kinder, die laut hallende Stimme von Perez. Er erinnert sich daran, welche Angst er hatte, wie verwirrt und durcheinander er war. Er hatte gewusst, dass bei dem Sprung etwas schiefgehen würde. Er hatte es tief in seinem Innern geahnt. Und plötzlich, hier oben an der Felskante, ist dieselbe Nervosität wieder da, obwohl es hier keinen Trainer gibt, keinen ungeduldigen Vater, keine Punktrichter und auch keine kreischenden Mädchen. Es gibt hier niemanden, der ihn beurteilt oder unter Druck setzt; und er muss auch keine schwierige Abfolge von Schrauben und Salti hinlegen, bevor er eintaucht. Hier geht es nur darum, zu springen – es ist so einfach, dass es ihm beinahe lächerlich vorkommt. Ein pfeilgerader, einfacher Sprung, der aus dieser Höhe von einem Gefühl der Schwerelosigkeit begleitet wäre, einem Gefühl, als würde man fliegen … Damals, als er sieben Jahre alt war, verspürte er dieses Kribbeln ebenfalls. Bei jedem Sprung. Deshalb wollte er auch weitermachen und fing an, jede Woche zum Training zu gehen. Jetzt aber, zehn Jahre später, ist das Gefühl, sich in die Tiefe zu stürzen, für ihn etwas ganz Alltägliches geworden, fast noch vertrauter und normaler als Zähneputzen. Der Adrenalinrausch ist vorbei. Auch das Gefühl zu fliegen, das Gefühl, gleichzeitig überall und nirgendwo zu sein.

Als er sich hinsetzt, um die Wanderstiefel und dicken Socken auszuziehen, bemerkt er, wie die anderen ihm von der Picknickdecke aus einen leicht verwunderten Blick zuwerfen. Lola sagt etwas und streckt ihm ein Sandwich hin.

»Was machst du da?«, ruft sie, als er die Gürtelschnalle öffnet, aus seiner Jeans schlüpft und sich das T-Shirt über den Kopf zieht.

»Ich werde springen«, antwortet Mathéo ruhig und dreht das Gesicht der Brise zu, die vom Meer herweht. Er hat jetzt nur noch seine Badehose an.

Hugo hört mit vollem Mund zu kauen auf. »Was hast du gesagt?«

»Ich nehme Anlauf und springe.«

Hugo schnaubt und prustet los. Fragt dann, als Mathéo nicht mitlacht: »Das war jetzt nur ein Witz, oder?«

»Nein.«

Hugo zögert, als wäre er unsicher, ob er noch einmal auflachen soll oder nicht. »Heißt das, du willst dich umbringen?«

Lola wischt sich mechanisch die Hand an ihren Shorts ab. »Mattie, das ist jetzt nicht witzig.« Sie wedelt mit dem Sandwich. »Ei oder Schinken?«

Plötzlich hat er genug von ihnen. Hat die Nase voll. Sie machen sich über ihn lustig und nehmen ihn mit seinem Vorhaben nicht ernst. Aber hat denn einer von ihnen überhaupt irgendeine Ahnung – egal, ob vom Turmspringen oder vom Klippenspringen? Haben sie denn irgendeine Ahnung vom Risiko, das er jeden Tag eingeht, wenn er vom Zehnmeterturm springt, mit fast fünfzig Stundenkilometern in die Tiefe saust und dabei auch noch Schrauben und Salti vollführt? Sie wissen überhaupt nichts von den Schmerzen, wenn er auch nur eine Spur überdreht und beim Eintauchen mit der Schulter oder der Brust aufschlägt, sodass es ihm die Luft verschlägt, als wäre er gegen eine Wand geschleudert worden. Sie wissen nicht, wie es ist, wenn man vor Tausenden von Zuschauern aus dem Becken klettert – und sich dabei nicht anmerken lassen darf, dass man verletzt ist, weil man den anderen Springern keinen psychologischen Vorteil einräumen will. Wenn man zu verstecken versucht, wie total frustriert man ist, weil einem der Sprung, den man nach endlosen Trainingseinheiten schließlich perfekt beherrscht hat, ausgerechnet dann, wenn es darauf ankommt, misslingt – und die Journalisten einen am Tag nach dem Wettkampf in ihren Artikeln als »Versager« bezeichnen. Was wissen die anderen denn davon, wie es sich wirklich anfühlt – die vielen, vielen Stunden im Aqua Centre, wenn man einen neuen Sprung ausprobiert, ihn nicht hinkriegt, aus dem Becken und gleich wieder hinauf auf den Sprungturm klettert, um ihn noch mal zu versuchen, und noch mal, und noch mal – und immer wieder fehlerhaft? Was wissen sie denn von der Angst, die er hat – und die immer noch zunimmt, statt abnimmt, weshalb er sie wahrscheinlich nie besiegen wird? Was wissen sie von seinem winzigen Fehler beim Absprung, eigentlich nur ein Zittern, nichts, was mit bloßem Auge erkennbar wäre, doch ausreichend, um sich beim Salto den Kopf an der Plattform anzustoßen – sodass er bewusstlos nach unten sackte und hart auf der Wasseroberfläche aufprallte? Was wissen sie denn davon? Und was wissen sie davon, wie es sich anfühlt, wenn man von einem der wenigen Menschen, denen man vertraut hat, in den Wald gelockt, mit dem Rücken gegen einen Baumstamm gepresst, dann auf den Boden geworfen und vergewaltigt wird?

Plötzlich ist er wütend. Nicht nur wütend, sondern von Zorn erfüllt. Die anderen drei haben doch überhaupt keine Ahnung davon, was es bedeutet, in einer angespannten Situation die Nerven behalten zu müssen, haben keine Ahnung, wie es ist, wenn einen ständig Schmerz und Angst begleiten. Er wird es ihnen zeigen – wird ihnen vorführen, wie es wirklich ist. Wird sie den Schrecken hautnah spüren lassen. Dieses eine Mal werden sie das alles miterleben. Er schiebt den Kleiderhaufen zur Seite, geht dann ein paar Schritte zurück, um einen ausreichend langen Anlauf zu haben, fixiert einen Punkt am Horizont – und rennt dann los. Fünf große Schritte, die ihm vorkommen wie in Zeitlupe, ein Aufschrei von Hugo, und dann stößt er sich von der Felskante ab in die Luft und ins Leere.

Ihre Schreie folgen ihm wie ein Echo. Die Sonne sticht ihm in die Augen. Es gibt nichts anderes mehr als über ihm den tiefblauen Himmel und unter ihm das tiefblaue Meer, fast ununterscheidbar, sodass er sich einen Moment nicht sicher ist, wo oben und unten ist. Aber das spielt auch keine Rolle: Wie ein Pfeil, eine Rakete oder ein Geschoss saust er kopfüber nach unten. Er spürt, wie ihm der Luftwiderstand entgegenschlägt. Der Druck ist so stark, dass es sich anfühlt, als würde ihm das Gesicht vom Schädel weggerissen. Atem zu holen, ist unmöglich. Der Wind treibt ihn nach links ab, näher zu den Felsen im Wasser hin. Er hat nur noch das Rauschen der Luft in den Ohren. Die Wasseroberfläche scheint immer noch eine Unendlichkeit entfernt, er befindet sich im rasenden Fall, und gleichzeitig kommt es ihm vor, als wäre er reglos – er schießt nach unten, und zugleich bewegt er sich überhaupt nicht. Vielleicht landet er ja überhaupt nicht, oder vielleicht stirbt er beim Aufprall. Wenn er es nicht schafft, so angespannt wie ein Pfeil und zuerst mit den über den Kopf ausgestreckten Händen einzutauchen, dann wird es für ihn sein, als landete er auf einer Betonplatte. Und plötzlich ist es da, plötzlich hat er das Wasser direkt unter sich. Er presst die Augen fest zusammen, jeder Muskel in seinem Körper spannt sich an, Adrenalin und Angst durchströmen ihn, als er sich aufs Eintauchen vorbereitet.

Der Schock beim Aufprall ist brutal. Es kickt ihm den letzten Rest Sauerstoff aus dem Körper und erschüttert ihn bis ins Innerste. Aber er hat Glück: Er ist perfekt eingetaucht. Wenn es ihm nicht gelungen wäre, dann hätte man von ihm wahrscheinlich nur noch Trümmer aus dem Meer zusammenklauben können. Er schießt tiefer und tiefer ins Wasser hinunter, bis er allmählich langsamer wird. Als er sich umdreht, ist die sonnenbeschienene Wasseroberfläche weit, weit über ihm. Er muss schnell nach oben steigen, bevor er ohnmächtig wird, aber seine Beine scheinen taub geworden zu sein. Es dauert eine Ewigkeit, bis er aufgetaucht ist und den Kopf wieder über der Wasseroberfläche hat. Luft! Einen Moment kann er noch gar nicht einatmen, seine Lungen sind so leer gepresst, als wären sie kollabiert. Aber dann macht es ein seltsames, halb würgendes, halb keuchendes Geräusch, und er spürt, wie sein Brustkorb sich ausdehnt und wieder zusammenzieht. Mit zurückgelegtem Kopf treibt er auf dem Wasser und saugt Sauerstoff in sich ein. Sein Körper hat das Kommando übernommen und erledigt die Arbeit von allein, sein Gehirn ist eine Weile noch wie betäubt. Keuchend treibt er auf dem Rücken, bis er allmählich wieder zu sich kommt. In seinen Körper kehrt Leben zurück. Er spürt seine Arme, die ihm vom Eintauchen schmerzen. Seine Beine hängen immer noch wie tote Gewichte an ihm und ziehen ihn nach unten. Mühevoll bringt er mit den Armen ein paar Schwimmzüge zustande. Er hat zwischen den Zacken und Vorsprüngen eine ebene Stelle entdeckt – er muss es dorthin schaffen, sich dort hochziehen, und danach kann er sich zusammenrollen und braucht sich nie mehr zu rühren …

Es vergeht eine Weile. Er treibt immer noch auf den Wellen, versucht immer noch, die Felsen zu erreichen. Von oben ist lautes Schreien und Rufen zu hören, drei Gestalten klettern hastig und in Panik die Steilküste herunter. Die Wellen schlagen mit Wucht gegen das felsige Ufer. Er muss jetzt durchhalten, er braucht noch Kraft, er muss sich im richtigen Moment von der Brandung an die richtige Stelle spülen lassen. Daran hat er überhaupt nicht gedacht:

Dass er ja noch an Land kommen, am felsigen Ufer herausklettern, dass er überleben muss.

»Gib mir deine Hand! Gib mir deine Hand!«, brüllt Hugo.

Es dauert einige Sekunden, bis zu Mathéo durchdringt, was er tun soll; bis er herausgefunden hat, welcher Arm noch genug Kraft hat, damit er ihn hochheben kann. Aber kaum hat er es getan, umfasst Hugo bereits wie mit Schraubzwingen sein Handgelenk und zieht ihn hastig auf einen Felsblock hoch und dann noch weiter, bis sein ganzer Körper sicher aus dem Wasser ist.

»Verdammte Scheiße!« Hugo hat einen hochroten Kopf, keucht und schwitzt, die Haare kleben ihm an den Schläfen. »Verdammte, verfluchte Scheiße!«

Lola und Isabel haben den Abstieg jetzt auch geschafft. Mit hochroten Köpfen wie er, nass geschwitzt und keuchend vor Anstrengung stehen sie da. Beide zittern am ganzen Körper, und der Schreck steht ihnen ins Gesicht geschrieben.

»Alles in Ordnung bei ihm?«, hört er Isabel fragen.

»Na klar«, antwortet Mathéo und lehnt sich mit dem Rücken gegen den Fels. Eine Weile braucht er noch, bis seine Arme und Beine ihm wieder ganz so gehorchen, wie er will. »Das war der Wahnsinn! Der reine Wahnsinn!«

»Ja, kann man wohl sagen! Du bist ein verdammter Idiot, weißt du das?«, ruft Hugo. »Du hättest tot sein können! Wir haben dich eine Ewigkeit nicht auftauchen sehen! Wir waren uns sicher, dass du dir den Kopf angeschlagen hast und ertrunken bist!«

»Was?« Er fühlt sich immer noch angenehm benommen, verspürt jetzt im ganzen Körper ein leichtes Kribbeln und ist euphorisch, weil er einen so makellosen Sprung hingelegt hat. Und weil er überlebt hat! Er ist doch keine solche Null! Er versteht nicht, warum sie ihn jetzt so geschockt anschauen.

»Du hast gewusst, wie gefährlich es ist!« Hugo schreit ihn immer noch an, sein Gesicht ist jetzt nicht mehr hochrot, sondern fast schon violett. »Du kennst dich doch aus! Du hast es gewusst! Tu nicht so! Du hättest gegen einen Felsen prallen oder falsch auf dem Wasser aufschlagen können, und dann wärst du tot gewesen! Du hast es gewusst, aber du bist einfach gesprungen! Es war dir scheißegal!«

»Ich wollte euch nur zeigen, wie … Ich wollte es euch vorführen. Mein Gott, ich wollte es einfach mal ausprobieren …«

»Es einfach mal ausprobieren?«, schnaubt Hugo. »Lola wollte dir nachspringen! Ich konnte sie gerade noch festhalten. Sie stand so unter Schock, dass sie einen Schritt über die Felskante machen und sich nach unten stürzen wollte!«

Lola … Er dreht den Kopf nach ihr um, aber sie hat ihm den Rücken zugekehrt. Isabel hat ihr den Arm um die Schultern gelegt. Sie scheint zu weinen.

»Lola, jetzt sei nicht albern. Es geht mir gut!« Mathéo lacht nervös auf, und Hugo schimpft weiter auf ihn ein.

»Glaubst du, dass das witzig ist? Glaubst du wirklich, dass das alles nur ein verdammter Witz ist?«

Mathéo sieht Hugo an, und einen Moment glaubt er, dass Hugo ihm gleich einen Kinnhaken versetzen wird – sieht er bereits, wie Hugos rechte Hand sich zu einer Faust ballt, sieht er, wie seine Augen sich zu schmalen, dunklen Schlitzen verengen …

Dann ist auf einmal Isabel da, greift nach Hugos Handgelenk, zieht ihn fort. »Komm, Hugo. Das ist jetzt nicht der richtige Moment für einen Streit. Lass uns zurückgehen.«

Hintereinander klettern sie schweigend die Steilküste hoch, bis sie wieder oben auf dem Felsvorsprung angelangt sind. Die anderen packen die Picknicksachen wieder in die Rucksäcke, und

Mathéo schlüpft in T-Shirt und Jeans, danach in seine Socken und Wanderstiefel. Erst da bemerkt er, dass sein rechtes Bein vom Knöchel bis zur Hüfte aufgeschrammt ist. Auf einmal erinnert er sich daran, dass er kurz vor dem Auftauchen etwas gespürt hat. Als sei er an etwas entlanggeglitten. Ein Fels. Er ist nur knapp neben einem Felsen ins Wasser eingetaucht und hat sich beim Auftauchen das Bein daran aufgeschrammt. Es hätte tatsächlich böse für ihn enden können. Hätte er beim Sprung den Felsen erwischt, wäre er sofort tot gewesen.

Er schultert seinen Rucksack, und gemeinsam machen sie sich auf den Rückweg, erst den steilen Hang hinunter und dann auf dem schmalen Trampelpfad bis zum Feldweg. Hugo und Isabel haben ein ziemliches Tempo vorgelegt und gehen jetzt Händchen haltend vor ihm, bereits in einiger Entfernung. Sie scheinen in ein ernstes Gespräch versunken zu sein. Als der Schock des Sprungs in ihm nachzulassen beginnt und sein Gehirn allmählich wieder normal arbeitet, fällt ihm auf, dass Lola noch kein Wort zu ihm gesagt hat. Mit schweren Schritten geht sie knapp vor ihm, den Kopf gesenkt, mit hängenden Schultern. Die Haare fallen ihr ins Gesicht. Ihn und alles andere um sich herum scheint sie vergessen zu haben, wirkt ganz in ihre eigene Welt versunken.

Er geht etwas schneller und greift nach ihrer Hand. »Hey!«

Bei der Berührung seiner Finger zuckt sie zusammen, als hätte sie einen Stromstoß bekommen, und zieht ihre Hand abrupt fort. Sie beschleunigt ihre Schritte, um die Entfernung zwischen ihnen beiden wieder zu vergrößern.

»Müde?«, fragt er leise und will noch einmal nach ihrer Hand greifen. Diesmal stößt sie ihn so heftig von sich fort, dass er beinahe stolpert.

»Lola, mein Schatz, was ist los?«

»Nenn mich nicht so.«

Ihre Worte treffen ihn wie ein Faustschlag in die Magengrube. »Wie … wie meinst du das?«

Ihre Hand fährt hoch, um ihn rechtzeitig abzuwehren, falls er noch einmal versuchen sollte, sie zu berühren. »Lass mich … Fass mich nicht an, Mathéo. Lass mich einfach in Ruhe, okay?«

Bei ihrem Ton zuckt jetzt er zusammen. »Lola, es tut mir leid, wenn ich dir einen Schreck eingejagt habe.«

»Auf deine Entschuldigung pfeif ich«, erwidert sie. »Aber wenn du dich das nächste Mal umbringen willst, dann mach es bitte, wenn ich nicht dabei bin, damit ich mich nicht aus Versehen auch noch hinterherstürze. Okay?«

»Wie kommst du denn darauf? Ich hab nicht versucht, mich umzubringen.« Aber plötzlich wird ihm klar, dass das nicht ganz stimmt. Hatte nicht ein Teil von ihm tatsächlich sterben wollen, einfach alles auslöschen wollen, damit er nicht weiterleben musste? Ein Sprung aus solcher Höhe von einer Klippe hinab ins Meer war wie russisches Roulette spielen – das wusste er. Also, warum hatte er es dann trotzdem getan? Vielleicht, weil es einfacher gewesen wäre, als sich dem Leben weiter zu stellen? Ein klarer Schnitt, und dann nichts mehr?

»Wie du meinst. Wenn du weiter so tun willst, als ob nichts geschehen wäre, als ob jetzt alles wieder okay wäre … Wenn du mir weiter verbieten willst, die Verge… den Angriff auf dich zu erwähnen, mach ruhig. Aber ohne mich.« Lola beeilt sich, um zu den anderen beiden aufzuholen, und Mathéo hat weder die Kraft noch den Mut, sie aufzuhalten oder darauf etwas zu erwidern.

Als die Villa in Sicht kommt, schleppen sie sich alle nur noch müde voran. Mathéo ist das Schlusslicht, er fühlt sich von seinem Sprung so erschöpft, hat Schmerzen im Rücken, und sein aufgeschürftes Bein tut ihm weh – am liebsten würde er sich einfach am Straßenrand hinsetzen und nicht mehr aufstehen. Lola hat den ganzen Rückweg nicht mehr mit ihm geredet und erreicht jetzt als Erste das Grundstück von Hugos Eltern – er sieht sie bereits über den Rasen auf das Haus zugehen. Isabel fängt zu laufen an, um sie einzuholen, sobald Hugo und sie durch das Tor sind. Hugo wartet in der Auffahrt auf Mathéo, immer noch wütend.

»Ich geh noch mal schwimmen«, ruft Mathéo ihm zu und macht sich trotz seiner Müdigkeit noch einmal zum Meer hinunter auf. Einen Streit könnte er jetzt nicht verkraften. Besser, Lola ist eine Weile für sich und reagiert sich ab.

Er sieht, wie Hugo zögert, dann mit den Achseln zuckt und nach drinnen geht.

Als Mathéo am Fuß der Steilküste angelangt ist, wandert er bis ans andere Ende der Bucht, humpelnd wegen der Blasen an seinen Füßen. Sein aufgeschürftes Bein juckt, und im Gesicht hat er einen Sonnenbrand. Er lässt sich auf den feuchten, harten Sand fallen. Die großen Felsblöcke bilden an der Stelle einen geschützten, schattigen Bereich, der weder von der Straße noch vom Garten einsehbar ist. Die Ebbe hat eingesetzt, und nur ab und zu schwappt noch eine auslaufende Welle über seine Wanderstiefel. Dann rollt er sich auf die Seite und benutzt seinen Rucksack als Kissen. Von unten ist es angenehm kühl. Erschöpft schließt er die Augen, es tut gut, etwas im Schatten zu sein, die Nachmittagssonne brennt immer noch erbarmungslos herunter …

Er wacht von einem scharfen, harten Geräusch auf, das aus seinem Innern zu kommen scheint und in seinem Schädel widerhallt. Ihm wird klar, dass er mit den Zähnen klappert. Es ist dunkel und empfindlich kühl. Die Sonne muss schon seit Längerem untergegangen sein. Der Mond scheint und taucht das Meer in der Ferne in ein unwirkliches Licht. Er setzt sich langsam auf. Er zittert am ganzen Körper, seine Muskeln sind steif. Im Nacken spürt er ein schmerzhaftes Stechen, sein T-Shirt und seine Jeans sind feucht. Ihn fröstelt. Eine Weile sitzt er einfach nur da, die Knie angezogen, während die Erinnerungen an den Nachmittag langsam in ihn einsickern. Von seinem geschützten Ort zwischen den Felsen schaut er über den feuchten, harten Sand, der dunkel glänzt, auf die dünne weiße Schaumlinie der auslappenden Wellen, so weit draußen, dass er sie kaum noch wahrnehmen kann. Er schaut auf die Uhr. Es ist Viertel nach zehn. Das heißt, dass er ungefähr sechs Stunden geschlafen hat. Einen Moment wundert er sich, dass die anderen nicht nach ihm gesucht haben – aber dann fällt ihm wieder ein, wie wütend sie auf ihn waren, weil er von der Klippe ins Meer gesprungen ist. Er hat wirklich Glück gehabt. Was für ein Todessprung! Hugos wütender Vorwurf, er habe sich umbringen wollen, fällt ihm ein – und er fragt sich wieder, ob es vielleicht stimmte. Wollte er das vielleicht wirklich? Sich umbringen? Oder wollte er sich nur beweisen, dass er immer noch ein Weltklasse-Turmspringer ist, genauso willensstark und entschlossen wie vor der Nacht in Brighton? Er weiß darauf keine Antwort. Er friert, ihm tut alles weh … Er kann jetzt nicht nachdenken. Er hatte es nicht geplant, das weiß er ganz sicher. Aber er hat sein Leben bewusst aufs Spiel gesetzt, darüber ist er sich auch im Klaren. Hat es in der Hoffnung aufs Spiel gesetzt, dass er vielleicht … dass er vielleicht allem entfliehen kann. Dem Geständnis, das er bereits gemacht hat, aber auch dem Geständnis, das er irgendwann noch machen muss. Dem Geheimnis, das er noch lüften muss: ein so schreckliches Geheimnis, dass es seine Welt umstürzen und eine Familie zerstören wird. Menschen auseinanderreißen wird, die sich lieben. Leben für immer beschädigen wird, nicht nur seines.

Als er die felsigen Stufen der Steilküste hochgestiegen ist und den Garten des Anwesens erreicht, leuchten ihm die hellen Lichter der Villa und das fluoreszierende Türkisblau des erleuchteten Swimmingpools entgegen. Er klopft sich den Sand ab und verschränkt die Arme vor der Brust, um sein Zittern zu bändigen. Dann überquert er den Rasen und geht ums Haus herum. Er stößt die Haustür auf. Im Wohnraum erwartet ihn eine Szene, auf die er nicht gefasst ist. Hugo sitzt auf dem Sofa und hält Isabel im Arm. Im Sessel gegenüber hält Lola ein Kissen fest an die Brust gedrückt. Sie hat rot geweinte Augen. Es herrscht Stille. Kein Gerede, kein Lachen, keine DVD, kein Alkohol. Nicht einmal ein Kartenspiel. Alle drei sitzen reglos und schweigend da, als er hereinkommt, und starren ihn an.

»Hi«, sagt er heiser. Die Arme hält er immer noch fest vor dem Oberkörper verschränkt, doch die Kälte scheint sich in ihm festgesetzt zu haben. »Was … was ist denn los?«

»Wo warst du?«, fragt Hugo mit einer für ihn untypischen Mischung aus Unruhe und Erschöpfung in der Stimme.

»Bin am Strand eingeschlafen.«

»Wir haben uns Riesensorgen um dich gemacht«, sagt Isabel. Aber sie klingt nicht wütend – es schwingt bei ihr eine große Traurigkeit mit.

»Tut mir leid, ich wollte nicht, dass ihr …« Sein Blick wandert zu Lola, die sofort den Kopf wegdreht.

Er spürt, wie sein Herz schneller schlägt. Etwas hat sich verändert. Die Wut über sein rücksichtsloses Verhalten am Nachmittag ist verschwunden. Hugo und Isabel wirken geschockt und scheinen merkwürdig auf Distanz zu ihm zu gehen – als würden sie ihn fast misstrauisch mustern.

»Setz dich«, sagt Hugo steif. »Ich hol dir was zu trinken. Kaffee?«

»Nein, alles in Ordnung«, antwortet Mathéo und wendet sich zurück zur Treppe. »Ich … ich geh nur kurz nach oben und dusch mich erst mal. Sonst habt ihr hier lauter Sand.«

»Bleib. Setz dich. Wir müssen miteinander reden.« Hugo springt auf und stellt sich ihm in den Weg. »Ich glaube …« Er wirft einen Blick zu Isabel. »Wir glauben, du solltest deine Eltern anrufen …«

»Warum?« Sein Puls beschleunigt sich blitzartig. »Ist ihnen etwas passiert?«

»Nein«, sagt Isabel, »es geht nicht um sie. Es geht um dich, Mattie. Wir glauben, dass du Hilfe brauchst. Wir glauben, du solltest es deinen Eltern erzählen …«

»Was?« Er stößt die Frage rau und schroff hervor.

»Ihnen sagen, was passiert ist«, antwortet Isabel. »Du musst es ihnen sagen. Ich meine die Sache …« Sie schluckt. »Die Sache mit der Vergewaltigung.«

Mathéo bekommt plötzlich keine Luft mehr, und der Boden beginnt, unter ihm zu schwanken, sodass er das Gleichgewicht verliert und gegen die Wand taumelt. Hugo starrt ihn mit Entsetzen und Abwehr im Gesicht an, während sich in Isabels Miene Schock und Mitleid mischen. Mathéo schaut zu Lola, die den Kopf immer noch weggedreht hat.

»Du … du hast es ihnen erzählt?«

Ein Moment des Schweigens, bei dem es ihm einen Stich ins Herz gibt, dann wendet sie sich zu ihm. Tränen laufen ihr die Wangen hinunter. »Ich musste es tun, Mattie! Erst hast du dich halsbrecherisch von der Klippe gestürzt, und dann warst du verschwunden! Wir haben überall nach dir gesucht und am Strand nur deine Wasserflasche gefunden. Ich hab solche Angst bekommen, ich hab gedacht, du …«

»Aber du hast mir geschworen, nichts zu sagen!«

»Sie wollten mir erst nicht glauben!« Ihre Stimme wird lauter. »Hugo und Izzy wollten mir erst nicht helfen, nach dir zu suchen, weil sie nicht geglaubt haben, dass du dir vielleicht wirklich etwas antust! Erst stürzt du dich von der Klippe, und dann verschwindest du total von der Bildfläche. Was hättest du denn an meiner Stelle geglaubt, Mattie? Was sollte ich denn machen?«

Nur die Wand, an die er sich lehnt, hält ihn noch aufrecht. Er hat weiche Knie bekommen. »Lola, du hättest doch bloß sagen … Warum …? Verdammt …« Er kann nicht mehr weiterreden. »Du hast es mir geschworen. Geschworen!«

»Matt, hör zu! Kein Grund, dich so aufzuregen. Wir erzählen es niemandem.« Hugo kommt auf ihn zu, streckt ihm die Hand hin. »Es tut mir wirklich aufrichtig leid, dass dir so etwas passiert ist. Ich … ich … Mir vorzustellen, wie sich so etwas anfühlen muss …«

»Ich brauch euer Mitleid nicht!«

»Wir bemitleiden dich nicht, wir wollen nur, dass es dir wieder gut geht!« Auch Isabel kommt jetzt auf ihn zu. Er hat das Gefühl, von ihnen eingekreist und in die Zange genommen zu werden. Er fühlt sich wie in einer Falle und muss sich zwingen, nicht auf die beiden loszugehen. »So etwas – sexueller Missbrauch, meine ich – hinterlässt ein starkes Trauma«, fährt sie fort. »Du brauchst Hilfe. Du musst es deinen Eltern sagen und allen anderen, die dich lieben …«

»Ich hab es dem einzigen Menschen gesagt, den ich wirklich liebe – und sie hat mich verraten, verdammt!« Ein Schmerz durchzuckt ihn – der Schmerz dieser Worte sticht wie tausend Messer, fährt ihm durch den ganzen Körper. Ein Gefühl, viel schlimmer, als nach dem Sprung von der Klippe ins Wasser einzutauchen. Viel, viel schlimmer, als mit dem Kopf gegen die Plattform des Zehnmeterturms zu prallen. Sogar noch schlimmer, als das, was ihm in Brighton angetan worden ist. Damals hatte er sterben wollen. Aber nie mehr Lola zu sehen war für ihn eine so unerträgliche Vorstellung gewesen, dass er sich ins Leben zurückgekämpft hatte. Mathéo hält beide Hände vors Gesicht und presst die Fingerspitzen auf die geschlossenen Lider. Er will jetzt nur noch fort von ihnen allen. Ihm dreht sich alles im Kopf – er könnte nicht einmal mehr sagen, wo sich die Treppe oder die Haustür befindet.

Hugo legt ihm die Hand auf die Schulter. »Matt, alter Freund, es tut mir so leid. Warum hast du es mir denn nicht gesagt? Etwas Schlimmeres kann ich mir nicht vorstellen. Ich hätte dich zur Polizei begleitet. Ich hätte den Kerl gestellt und ihm die Seele aus dem Leib geprügelt …«

Mathéo stößt Hugo mit aller Kraft von sich fort. »Rühr mich nicht an, okay? Rühr mich, verdammt noch mal, nicht an!«

»Wir wollen dir doch nur helfen, Matt! Wir wollen nur, dass es dir wieder gut geht!«

»Ich brauche eure verdammte Hilfe nicht! Wenn es nach mir gegangen wäre, hättet ihr es nie erfahren. Niemand hätte es jemals erfahren!«

»Aber du kannst doch nichts dafür, Matt …«

»Allerdings! Dafür kann ich nichts!«

»Warum hast du es uns nicht gesagt? Dafür musst du dich doch nicht schämen …«

»Als ob ich das nicht selbst wüsste!« Aber Hugo hat recht. Er schämt sich. Eine heiße Scham erfüllt ihn. Er fühlt sich schmutzig und schwach und erbärmlich. Fühlt sich wie eine Ware, benutzt. Vergewaltigt, missbraucht. Ist seither nicht mehr derselbe. Er weiß, dass auch ihre Freundschaft nie mehr so sein wird wie zuvor. Hugo, sein bester und ältester Freund, wird an ihn von nun an immer als »mein Schulfreund, der vergewaltigt wurde« denken. Aber noch viel schlimmer, noch viel, viel schlimmer ist die fürchterliche Gewissheit, dass sein Geheimnis jetzt keines mehr ist. Wenn Lola es nicht für sich behalten konnte, dann die anderen beiden erst recht nicht. Es wird sich herumsprechen, es wird Gerüchte geben, nichts wird mehr so sein, wie es war – seine anderen Freunde werden es erfahren, seine Teamkameraden, vor allem aber seine Eltern. Und es werden Fragen gestellt werden. Die Geschichte von dem Abend in Brighton, die er Lola erzählt hat, handelte von einem Fremden – vielleicht ein geisteskranker Fan –, der ihn in den Wald gelockt hatte. Aber wie lange würde man ihm das abnehmen? Selbst wenn er sich weigern wird, zur Polizei zu gehen, werden die Leute Fragen stellen, werden Antworten haben wollen, werden anfangen, über alles Mögliche zu spekulieren … Es wird noch andere geben, die den Mann gesehen haben. Wenn irgendwer anfängt, Nachforschungen anzustellen und im Brighton Aquatic Centre herumzufragen, wenn sie die Puzzleteile dann zusammensetzen und Bezüge herstellen, dann … dann werden sie ihn finden. Ihn. Den Mann, der ihn vergewaltigt hat. Und das darf unter keinen Umständen passieren.

»Matt – verdammte Scheiße, du hyperventilierst ja! Hey, komm wieder runter!« Hugo will ihm noch einmal die Hand auf die Schulter legen, aber Mathéo stößt ihn jetzt wirklich mit aller Kraft fort. Während Hugo zurücktaumelt und gegen eine Lampe kracht, rennt Mathéo davon. Die Treppe hoch. Ins Schlafzimmer. Ins Badezimmer. Er reißt sich die feuchten, mit Sand verklebten Kleidungsstücke vom Körper und dreht die Dusche voll auf. Das eiskalte Wasser brennt ihm auf der sonnenverbrannten Haut, auf den blauen Flecken von seinem Sprung, den Abschürfungen an seinem Bein. Der Wasserstrahl prasselt wie mit tausend Nadelstichen auf ihn nieder. Sand, Salz und Schweiß werden davon heruntergeschwemmt. Trotzdem fühlt er sich schmutziger denn je. Nackt und entblößt. Er sackt gegen die gekachelte Wand. Heiße Tränen und eiskaltes Wasser laufen ihm übers Gesicht.

FUENFZEHNTES KAPITEL

Nachdem er die ganze Nacht unruhig geschlafen hat und immer wieder wach geworden ist, gibt Mathéo es irgendwann endgültig auf. Vorsichtig schält er sich aus dem Bett, fort von Lolas warmem schlafenden Körper, und zieht sich in der schwer lastenden Stille des Zimmers an. T-Shirt, Jeans, darüber noch ein Hoodie. Dann schlüpft er in seine Sandalen und schleicht die Treppe hinunter. Leise fällt die Haustür hinter ihm ins Schloss.

Ums Haus herum sind noch die Nachtlichter an, aber als er das Ende des Gartens erreicht hat und am Rand der Steilküste steht, sieht er, dass die Morgendämmerung angebrochen ist. Der Himmel und die Wellen sind violett verfärbt, und am Horizont ist ein dünner Lichtstreifen zu erkennen. Die Luft ist kühl und feucht, leichter Dunst liegt über dem Wasser. Mathéo zieht den Reißverschluss seines Hoodies hoch und klettert dann die steilen Felsstufen zum Strand hinunter. Unten angekommen, umschmeichelt der Sand seine Füße, eine leichte Brise begrüßt ihn, und alles ringsum ist von einem Blauton umspült. Die von der Flut übrig gebliebenen Pfützen glänzen. Das Meer hat bereits wieder anfangen, sich zurückzuziehen.

Die Felsblöcke, zwischen denen er am Tag davor eingeschlafen war, stehen reglos wie Statuen im Zwielicht. Mathéo klettert auf den höchsten und setzt sich dann so, dass er gleichzeitig aufs Meer hinausschauen und mit den Augen der im Dunst verschwimmenden Küstenlinie folgen kann. Er atmet tief ein, füllt die Lungen mit der kalten, salzigen Luft und beobachtet, wie die Nacht allmählich in den Tag übergeht. Der Himmel färbt sich am Horizont immer stärker orangerot ein – fast so, als wäre ein Kind mit Fingerfarbe darübergefahren, denkt Mathéo – und wölbt sich darüber erst lichtblau, dann tiefblau, dann dunkelviolett. Der Dunst hebt sich. Wie dunkle Schattenrisse zeichnen sich die Felsen, Sträucher und Bäume der Küstenlinie ab. Die Wellen laufen flüsternd mit einer weißen Schaumlinie am Strand aus, kräuseln sich in der Ferne. Weiße Lichtflecken tanzen auf dem nie zur Ruhe kommenden Wasser. Alles ist in Bewegung, alles wandelt sich ununterbrochen – und Mathéo ist von der unglaublichen Schönheit dieses Augenblicks überwältigt. Das Meer vor ihm atmet rhythmisch ein und aus, der Morgendunst umhüllt ihn wie ein Mantel, und er wünscht sich, er könnte sich in der Szenerie auflösen und darin verschwinden, könnte ganz Teil dieses atemberaubenden Naturschauspiels werden, nichts mehr fühlen, keinen Schmerz mehr spüren. Zu leben aufhören.

Möwen beginnen oben über dem Rand der Steilküste zu kreisen und zerreißen die Stille mit ihren scharfen, klagenden Lauten. Und da nimmt Mathéo auf einmal noch etwas anderes wahr – ein kratzendes, nagendes, raschelndes Geräusch, das von unten kommt. Er lauscht angespannt und erwartet irgendein Tier, aber dann hört er ein schweres Atmen, und kurz darauf sind Lolas Kopf und Schultern zu sehen, die ebenfalls auf den Felsblock geklettert kommt.

Er streckt die Hand aus und zieht sie zu sich herauf. »Woher weißt du, dass ich hier bin?«

Mit gerötetem Gesicht steht sie vor ihm, wischt sich die Hand an der Jeans ab und zuckt mit den Achseln. »War so eine Ahnung.«

»Oh.«

Sie setzt sich neben ihn, zieht die Knie heran und legt das Kinn auf den Unterarmen ab. Ihr Gesicht hat sie dem orangeroten Farbstreifen am Horizont zugewandt. Die Sommersprossen auf ihren Wangen scheinen in den letzten Tagen noch mehr geworden zu sein, ihre Haut hat im frühen Morgenlicht einen rosa Schimmer, als hätte die Sonne sie geküsst. Als die Brise vom Meer stärker wird, durchfährt sie ein Schauder. Es weht ihr ein paar Strähnen vors Gesicht.

»Willst du meine Jacke?«

»Aber dann ist dir doch kalt.«

»Ach, was«, sagt er und hängt ihr seinen Hoodie um. »Besser?«

»Danke.«

Sie schweigen. Die Möwen stoßen über ihren Köpfen weiterhin ihre Klagelaute aus. Eine gefühlte Ewigkeit lang sitzen sie nebeneinander da und schauen aufs Meer hinaus. Ab und zu schielt Mathéo zu Lola hinüber und würde am liebsten den Arm um ihre Schultern legen, näher neben sie rutschen und sie an sich drücken – aber er traut sich nicht. Sehnsucht und Schmerz in ihm sind so groß, dass der gesamte Raum um ihn herum davon erfüllt ist, bis in den Himmel hoch, bis weit hinaus an den Horizont.

»Bist du hierhergekommen, weil du allein sein willst?«, fragt Lola schließlich leise.

»Ja … Ich meine, nein.«

»Dann geh ich lieber.« Sie will aufstehen. »Ich wollte nur nachsehen, ob bei dir alles okay ist.«

»Lola, bitte nicht.« Er streckt die Hand aus, um sie aufzuhalten, und berührt einen Augenblick ihren warmen Unterarm. Als Lola sich wieder setzt, muss er sich zwingen, ihren Arm loszulassen.

»Dann ist es das nicht?«, fragt sie und schaut dabei wie vorher auf das Meer hinaus. »Alles in Ordnung, meine ich?«

Eine Pause. Er weiß nicht, was er ihr darauf antworten soll – er will ihr die Wahrheit sagen, aber wie immer fällt es ihm schwer. Nach einer Weile dreht sie den Kopf und schaut ihn fragend an.

»Nein.« Er lächelt sie unsicher an, wie um sich für das Zittern in seiner Stimme zu entschuldigen. Aber sie lächelt nicht zurück. Er sieht die Trauer in ihrem Gesicht. Sie wirkt bedrückt und sorgenvoll. Bei der sanften Berührung durch ihre Hand zuckt er zusammen. Hastig zieht er seinen Arm weg und blickt aufs Meer hinaus.

»Bist du immer noch wütend auf mich, weil ich es ihnen gesagt habe? Auch nach unserem langen Gespräch gestern Nacht?«

Er holt tief Luft und schüttelt den Kopf.

»Nein?«, fragt Lola ungläubig.

»Nein.« Es ist nur ein Flüstern, deshalb ist er sich nicht sicher, ob sie es gehört hat. Er schaut weiter auf den Horizont, auf den goldenen Lichtfleck, der jetzt dort zu erahnen ist. In ihm beginnt sich ein harter, schwerer Klumpen zu lösen, und er muss wieder tief einatmen, um nicht von seinen Gefühlen überwältigt zu werden. Er blinzelt mehrmals, um die aufsteigenden Tränen niederzukämpfen.

»Warum willst du dann nicht, dass ich deine Hand halte?«

Weil ich mich in Tränen auflöse, wenn ich es zulasse.

Er schluckt mühsam und presst die Handflächen gegen den scharfen, kantigen Fels. »Es ist nur … Lola, ich will, dass du eines immer weißt …« Er spricht nicht weiter.

Obwohl er es nicht schafft, sie dabei anzuschauen, weiß er, dass sie ihn jetzt aufmerksam mustert. »Was denn?«

»Es ist mir wirklich wichtig, dass du dich immer daran erinnerst, dass ich … Egal, was noch kommt, ich will, dass du weißt … ich hab dich immer geliebt.« Er dreht jetzt den Kopf, um sie anzuschauen. »Ich habe dich immer geliebt, Lola. Mehr als … mehr als ich gedacht hätte, dass man einen Menschen auf der Welt lieben kann.«

»Mattie …« Sie streckt die Hand nach ihm aus, zögert und zieht sie wieder zurück. »Ich liebe dich auch. Aber warum sagst du das jetzt?«

»Weil du es mir glauben musst.« Sein Atem geht schneller. »Es ist unglaublich wichtig, dass du es mir glaubst, Lola. Okay?«

»Okay …« Sie klingt vorsichtig. »Aber ich verstehe immer noch nicht. Was meinst du mit: Ich habe dich immer geliebt? Liebst du mich denn jetzt nicht mehr?«

»Doch. Natürlich.«

»Warum soll ich mich dann daran erinnern?« Sie lächelt ihn vorsichtig an. »Du bist doch da!«

Er schaut in ihr schönes Gesicht, das ihm vertrauensvoll zugewandt ist. Ihm pocht das Blut in den Schläfen. Er antwortet nicht.

»Mattie …« Auf ihrer Stirn bildet sich eine kleine, senkrechte Falte. »Was ist los? Willst du … willst du mit mir Schluss machen?«

»Nein! Jedenfalls …« Er schnappt nach Luft. »Das will ich nicht. Überhaupt nicht!«

Das Lächeln ist aus ihrem Gesicht verschwunden. »Warum fühlt es sich dann auf einmal so an, als wäre das hier ein Abschied zwischen uns?«, flüstert sie heiser.

Er dreht das Gesicht wieder zum Meer, spürt auf einmal einen ungeheuren Druck im Kopf. »Man kann sich nie sicher sein, was die Zukunft bringt«, meint er unbeholfen.

»Aber wir haben doch alles miteinander besprochen und geplant. Unser gemeinsames nächstes Jahr in London, mein Job in der Buchhandlung, damit ich mit zu den Olympischen Spielen fliegen kann.« Er spürt, wie sie ihn anschaut, als versuchte sie, seine Gedanken zu lesen, um zu verstehen, was ihn auf einmal umtreibt.

»Dinge ändern sich«, sagt er. »Manchmal geschieht etwas, das …«

Er spürt, wie sie neben ihm erstarrt. »Mattie, was willst du mir damit sagen? Was ist los mit dir?«

Er schüttelt den Kopf, schaut weiter in die Ferne, beißt sich auf die Lippen. »Nichts …«, sagt er dann. »Es ist nur … Ich habe so ein Gefühl, Lola. So eine Ahnung, dass …« Er redet nicht weiter.

»Was?«, bedrängt sie ihn. »Was für eine Ahnung?«

»Dass alles nicht mehr lange so bleiben wird.«

Stille. Ein tödliches Schweigen. Selbst die Möwen über ihnen geben keinen Laut mehr von sich.

»Gestern … dein Sprung …« Lolas Stimme klingt brüchig. »Du hättest dabei sterben können … Mattie, verdammt noch mal, schau mich an!«

Er schüttelt den Kopf und beugt sich zur Seite, als sie seine Wange zu streicheln versucht.

»Du jagst mir Angst ein, Mattie.« Lola gerät zunehmend in Panik. »Sag mir endlich, was los ist! Hast du irgendwas vor? Willst du … willst du dir etwas antun?« Ihre Stimme hat einen schrillen Ton angenommen.

Mathéo bekommt einen Moment fast keine Luft mehr. »N-nein«, stottert er dann. »Ich weiß überhaupt nichts mehr. Nur, dass ich nicht mehr so weiterleben kann!«

Ihre Fingerspitzen streichen über seine Hand. »Willst du mir nicht endlich alles erzählen?«

Er schüttelt den Kopf, beißt sich wieder auf die Lippen. »Lola, ich liebe dich so sehr.«

»Ich liebe dich auch, Mattie ...«

»Aber es wird nicht reichen, es reicht niemals! Du hast ja keine Ahnung, was ...« Er bricht in Schluchzen aus und hält die Hände vors Gesicht.

»Mattie ...«

Lola berührt seinen Arm, doch er zieht ihn weg, springt auf und klettert hastig den Felsbrocken hinunter, ohne darauf zu achten, dass er sich dabei an den Handflächen und am Arm die Haut aufschrammt. Auf dem harten Sand fängt er zu rennen an, bis zum anderen Ende der Bucht, wo an einem hölzernen Steg Hugos Boot angebunden ist, mit dem sie früher oft aufs Meer hinausgerudert waren.

Mathéo klettert über die Felsen, auf den Steg hinaus. Hinter sich hört er ein Keuchen und schnelle Schritte. »Mattie, bleib stehen! Ich mach doch alles mit – egal, was! Willst du nach Hause fahren? Willst du zur Polizei?«

»Nein!« Er geht jetzt mit großen Schritten weiter, dreht sich nur einmal kurz zu ihr um. »Weißt du, was ich will? Ich will fort! Nie mehr nach London zurück!«

Lola läuft weiter, sie hat ihn jetzt fast eingeholt. »Aber warum?«

Hugos Ruderboot schaukelt auf den Wellen, zieht am Tau und schlägt dann wieder gegen den Pfosten des Stegs. Ein metallisches, klapperndes Geräusch ist zu hören.

»Damit wir zwei zusammen sein können. Nur wir zwei.« Die Idee packt ihn plötzlich. »Hey, warum nicht? Scheiß auf die Olympischen Spiele! Ich fang sowieso erst nächstes Jahr mit dem Studium an, du kannst bei dir auch alles verschieben, und wir ziehen gemeinsam ein Jahr um die Welt!«

Ihre Miene entspannt sich, als er ihr das vorschlägt. »Wirklich?

Das willst du gern machen? Einfach mit mir auf und davon?« Sie lächelt ihn an, scheint es aber ganz klar für einen Scherz zu halten.

»Ich mein es ernst. Was hält uns denn davon ab? Jede Menge Leute machen so was.« Er blickt auf Hugos Boot hinunter.

»Du bist total verrückt, Mattie!« Lola lacht, und ihre Augen glänzen im Morgenlicht. »Aber weißt du was – nach den Olympischen Spielen und wenn wir beide mit der Uni fertig sind, dann sollten wir so was unbedingt machen!«

Sie scheint immer noch zu glauben, dass er es nur im Scherz gesagt hat, und Panik steigt in ihm auf. »Ich mein es wirklich ernst, Lola. Ich will nicht vier Jahre warten. Lass uns jetzt gleich aufbrechen!«

»Okay!« Sie lacht. »Wohin soll die Reise denn gehen?«

»Jetzt mal ohne Scherz, Lola.« Er spricht plötzlich leise und eindringlich. »Ich gehe nicht mehr zurück. Ich kann nicht.«

Mathéo steigt ins Boot, erst mit einem Fuß und dann, als er das Gewicht sorgfältig ausbalanciert hat, mit dem anderen. Er ist schon dabei, den Knoten zu lösen, als Lola sich über ihm aufbaut: »Mattie, was tust du da?« Obwohl sie so fragt, funkeln ihre Augen plötzlich vor Abenteuerlust. »Wir können doch nicht einfach Hugos Boot nehmen!«

»Das dauert noch Stunden, bis die aufstehen!«

»Aber der Wind ist kräftiger geworden!«

»Ach was – es ist ein wunderschöner Morgen!«

Nach einem Moment des Zögerns ergreift sie seine ausgestreckte Hand, steigt vorsichtig ins Boot und setzt sich auf das feuchte Sitzbrett am Heck. Mathéo grinst und lässt das schwere Tau auf den Boden fallen. Dann hängt er auf beiden Seiten die Ruder ein, setzt sich auf das Brett in der Mitte des Boots, stemmt die Füße gegen den Boden und beginnt zu rudern. Ein paar Ruderschläge später haben sie sich bereits ein gutes Stück vom Steg entfernt und bewegen sich von der felsigen Küste fort ins offene, weite Meer hinaus. Es ist, als würden sie direkt in den Sonnenaufgang hineinrudern. Weiter draußen sind die Wellen höher, das Boot hebt und senkt sich, und Lola hält sich mit beiden Händen an der Sitzbank fest, um nicht zu sehr hin- und herzurutschen. Aber ihre Augen glänzen, er spürt, wie aufgeregt sie ist, als sie in die aufgehende Sonne blickt.

»Wow, Mattie! Der Himmel … die Farben auf dem Wasser … wie schön das alles ist!«

Er lächelt und dreht sich kurz nach dem Farbenspiel um, bevor er mit derselben Energie wie vorher weiterrudert – bald hat er in einen ruhigen, gleichmäßigen Rhythmus gefunden. Lola deutet weiter auf den Sonnenaufgang und will, dass er das Spektakel auch genießt, aber er ist ganz zufrieden damit, zu rudern und so schnell wie möglich einen großen Abstand zwischen sich und die Küste zu legen. Er beobachtet, wie der Himmel sich rosa färbt und wie die ersten Sonnenstrahlen Lolas Gesicht umspielen. Ihre kastanienbraunen Haare leuchten. Sie hebt die Arme, wie um sich zu rekeln, doch dann wirft sie den Kopf zurück und ruft: »Ich bin frei!«

Er lacht. Ja, so ist es. Sie sind frei! Es gibt nur noch sie beide – keinen Hugo und keine Isabel mehr, mit ihren ernsten, sorgenvollen Mienen. Keinen Vater mehr, keinen Coach, überhaupt sein Leben in London nicht mehr …

Lola lässt die Arme wieder fallen, sie muss sich am Bootsrand festhalten, als sie von einer großen Welle getroffen werden. Einen Moment hebt es sie sogar von ihrem Sitz, und sie kreischt überrascht auf. Der Wind scheint stärker geworden zu sein.

Mathéo wird von einem plötzlichen, unerwarteten Glücksgefühl überschwemmt. Dem Glücksgefühl, vollkommen frei zu sein. Ein eigenes Boot zu haben und ins offene Meer hinauszurudern, aus eigener Kraft. Dem Glücksgefühl, die Morgensonne warm auf dem Rücken zu spüren und das Meer in tausend Farben schillern zu sehen. Zugleich wirkt das Blau trotz der Wellen tiefer, klarer und durchsichtiger als sonst. Die Küste, die ihm bereits fern vorkommt, ist in goldenes Licht getaucht. Sie treiben beide dahin, nur Lola und er, schweben im leeren Raum. Eine Schar Möwen fliegt über ihre Köpfe hinweg, und eine davon bleibt direkt über ihnen eine Weile in der Luft stehen. Lola streckt einen Arm zu ihr hoch und lacht.

»Willst du mit mir in die Welt hinausrudern?«, fragt er sie.

Lola lächelt. »Ach …« Sie seufzt. »Ich wünschte, wir könnten es …«

»Dann lass es uns doch machen.«

»Jetzt?«

»Ja!«

Sie lacht.

»Wirklich.«

Sie schaut ihn an. »Mattie …«

»Ich kann nicht zurück nach London, Lola.« Plötzlich pocht ihm das Herz schneller. »Du hast ja keine Ahnung. Ich weiß nicht, was ich tun soll!«

»Du kannst zur Polizei gehen. Aber du musst gar nichts, wenn du nicht willst.«

»Doch, das hab ich ja vor!«, platzt es auf einmal aus ihm heraus. »Verdammt, Lola, du kapierst nicht. Das hab ich ja vor. Ich muss es tun. Bevor er jemand anderem Gewalt antut!«

Sie starrt ihn an, auf einmal unfähig, sich zu rühren. »Jemand anderem Gewalt antut … Du meinst, so wie dir?«

»Ja.«

»Dann lass uns gleich nach London zurück. Du musst zur Polizei und ihnen eine genaue Beschreibung geben.« Sie dreht den Kopf Richtung Küste und fährt dann erschrocken herum. »Mattie, wir sind schon viel zu weit hinausgerudert. Wir müssen sofort umkehren.«

»Nicht nur eine Beschreibung geben. Ich will ihn anzeigen.«

»Scheiße! Mattie, ich mein es ernst. Du musst umkehren.«

»Hörst du mir überhaupt zu? Ich werde ihn anzeigen!«

Lola schaut ihn an und erschaudert. Ihre Hände umklammern das Sitzbrett. »Wen anzeigen?«

»Den Mann … den Mann, der mich vergewaltigt hat.«

»Du kennst ihn? Du weißt, wer es ist?«

»Ja!«

In diesem Moment kracht eine hohe Welle gegen die Bootswand und überschüttet sie mit Wasser, sodass sie beide sofort klitschnass sind. Starker Wind ist aufgekommen.

»Kehr um! Kehr um!«, schreit Lola alarmiert, beugt sich vor, damit er anhält und das Boot wendet. Aber vielleicht wäre es besser für sie beide, denkt Mathéo, einfach weiterzurudern … Lolas Gesicht ist auf einmal ganz nah vor seinem, und es ist ihm, als könnte er plötzlich alles viel schärfer und genauer sehen, als wäre hier draußen auf dem Meer, in dieser wilden Freiheit, ein Schleier von seinem Leben gelüftet worden.

»Mattie!«, brüllt Lola.

Ihr entsetzter Schrei reißt ihn in die Wirklichkeit zurück. Mathéo bleibt fast das Herz stehen, als das Boot sich stark nach einer Seite neigt und er bei seinem Wendemanöver beinahe ein Ruder verliert. Er hat das Boot jetzt gedreht, aber die Ebbe zieht sie trotzdem aufs Meer hinaus. Er kann rudern, so viel er will, er kommt gegen den Rückstrom nicht an. Sie treiben immer weiter aufs Meer hinaus.

»Verdammt!« Seine Arme fühlen sich mittlerweile wie Blei an. Er hebt einen Moment die Ruder aus dem Wasser, um seinen Muskeln eine Pause zu gönnen. »Ich kann nicht mehr!«

Lola will, dass sie die Plätze tauschen. »Lass mich! Ich löse dich ab!«

»Nein, Lola! Das schaffst du nicht. Die Strömung ist zu stark … Ich mach gleich weiter …«

»Mattie, wir müssen weiterrudern. Wir dürfen nicht aufhören!« Ihre Stimme ist gespenstisch ruhig, aber als er aufblickt, entdeckt er Panik in ihren Augen.

»Lola, es ist alles gut! Ich schaff das! Ich bring uns beide zurück ans Ufer! Versprochen!«

Lola kniet jetzt auf dem Boden des Boots, hat ihre Hände über seine gelegt und hilft ihm, gegen die Strömung anzurudern. Gemeinsam kämpfen sie gegen die Wellen an.

»Verdammte Scheiße!«

»Ruder weiter, Mattie, ruder weiter! Immer weiter. Wir schaffen das!«

»Was hab ich mir nur dabei gedacht? Ich muss verrückt geworden sein …«

»Alles gut, Mattie. Denk jetzt nicht darüber nach. Du bist stark. Wir schaffen das. Wir müssen nur …« Eine weitere Welle kracht ins Boot und wirft Lola um. Als sie sich wieder aufrichtet, sieht Mathéo, dass ihre Unterlippe blutet.

»Lola, leg dich auf den Boden und halt dich fest! Runter mit dir!«

Sie schaut ihn mit weit aufgerissenen Augen an und tut dann, was er sagt.

»Alles wird gut!«, ruft er ihr verzweifelt zu.

Die nächste große Welle trifft ihn mit solcher Wucht, dass er von der Ruderbank gerissen wird. Einen Moment lang bekommt er keine Luft mehr. Das Boot schwankt jetzt gefährlich. Lola tut, was sie kann, um es immer wieder auszubalancieren. Aber die Wellen brechen weiter über ihnen zusammen, und es schwappt immer mehr Wasser herein. Mathéo richtet sich auf und rudert verzweifelt weiter. Lola presst sich auf den Boden und feuert ihn an. Salzwasser läuft ihr übers Gesicht.

Mathéo zittert jetzt am ganzen Körper – ob vor Furcht, vor Kälte oder vor Erschöpfung, könnte er nicht sagen. Alle paar Ruderschläge dreht er den Kopf, um zu sehen, ob das Ufer schon näher gekommen ist – es muss einfach! Doch er vergeudet damit nur kostbare Zeit und Energie. Lolas Anfeuerungsrufe dringen an sein Ohr: »Ruder weiter! Du schaffst es, Mattie! Du schaffst es!«

Aber er wird immer langsamer, und die Kräfte verlassen ihn allmählich. Alle seine Muskeln sind hart und verkrampft. Das Boot wird weiter hin- und hergeworfen, an beiden Seiten schwappt Wasser herein, und es wird immer schwerer. Er hat Angst, dass sie irgendwann untergehen. Immer wieder schlägt eine Woge über ihnen zusammen, spült über sie hinweg und lässt sie nach Luft schnappend zurück. Die Gischt trifft ihre Gesichter wie mit Nadelstichen, und sie können ein paar Augenblicke lang fast nichts mehr sehen. Mathéo fühlt sich so erschöpft, das Boot ist mit Wasser vollgelaufen, und sie sind beide klitschnass. Er muss gegen den Impuls ankämpfen, Lola zu packen und sich mit ihr ins Wasser zu stürzen, um ans Ufer zurückzuschwimmen. Doch er weiß, das Boot jetzt zu verlassen, wäre das Gefährlichste, was sie tun könnten. Trotzdem kommt es ihm so vor, als wäre es die einzige Überlebenschance, die sie noch haben. Die Muskeln in seinen Schultern und Armen schmerzen unerträglich. Er beißt die Zähne zusammen. Ich kann sie nicht ertrinken lassen, ich kann sie nicht ertrinken lassen, wiederholt er sich immer wieder. Bald wird daraus ein verzweifeltes Flehen.

Dann schießt das Boot eine Woge hoch – und kracht so plötzlich wieder hinunter, dass er mit der Schläfe gegen das Ende der Ruderstange stößt. Benommen sackt er auf den Boden des Boots. Während die Gischt auf ihn niederprasselt, steigen Erinnerungen an einen ganz anderen Kampf in ihm hoch, einen ganz anderen Schmerz – und alles in ihm wehrt sich gegen diese Erinnerungen …

Es ist Zeit vergangen. Mathéo schlägt die Augen auf. Er liegt im Boot, neben ihm die Ruder, nass und glänzend. Sanfte Wellen lassen den Boden leicht schaukeln. Das Boot scheint sich von selbst zu bewegen. Der Wind hat sich gelegt. Der Himmel über ihm ist tiefblau, und die Sonne sticht herab. Er blinzelt und hebt dann den Kopf. Lola watet durch hüfthohes Wasser und zieht das Boot am Tau hinter sich her. Sie hievt sich auf den Holzsteg. Dann befestigt sie das Tau mit einem dicken Knoten an seinem Metallring.

Mit großer Willensanstrengung gelingt es ihm aufzustehen, aus dem Boot zu klettern und Lola über den Steg, den Strand und dann die Steilküste hinauf bis zur Villa zu folgen. Vom Pool ist Kreischen und Gelächter zu hören, aber Lola geht direkt ins Haus und die Treppe hoch. Er folgt ihr benommen weiter. Sich unter die Dusche zu stellen, ein T-Shirt und Boxershorts anzuziehen, kostet ihn seine letzte Energie. Dann lässt er sich aufs Bett fallen.

Als er spürt, dass die Matratze sich unter ihm leicht senkt, dreht er den Kopf. Lola sitzt im Schneidersitz neben ihm, vor sich einen Erste-Hilfe-Koffer.

»Lola, bist du verletzt?« Er stemmt sich mühsam hoch und lässt die Augen über sie gleiten. Bis auf die kleine Wunde an ihrer Lippe kann er nichts erkennen.

»Alles okay bei mir. Aber du, Mattie …« Sie saugt hörbar die Luft zwischen den Zähnen ein. »Halt still, damit ich mir das mal genauer anschauen kann.«

»Hey, ich werd's überleben.« Lola ignoriert seine Antwort, beträufelt einen Wattebausch mit Jod und tupft damit seine Schläfe ab.

Er weicht reflexartig zurück.

»Autsch. Tut mir leid, Liebster. Aber du hast da eine schlimme Schramme.«

Er versucht stillzuhalten. »Scheiße, ich hätte da nie hinausrudern dürfen … Entschuldige! Ist zum Glück ja noch mal gut gegangen.«

Er kann auf ihrem Gesicht keine Wut erkennen. Als sie sich vorbeugt, um eine weitere kleine Aufschürfung abzutupfen, spürt er ihren Atem an seiner Wange. Er schaut ihr in die Augen, aus denen sie ihn besorgt und voller Zuneigung anblickt.

Mathéo dreht den Kopf. »Das reicht jetzt aber.«

Ihre Mundwinkel verziehen sich zu einem kleinen Lächeln. »Jetzt sei kein Weichei, und lass es mich säubern!«

Doch es ist nicht der körperliche Schmerz, vor dem er zurückweicht. Sie so nahe bei sich zu spüren, ihre Hand auf seinem Gesicht, den sanften Druck ihrer Fingerspitzen an seiner Schläfe, den weichen Wattebausch auf seiner Stirn … Er hat Angst davor, gleich in Tränen auszubrechen.

Lola hält auf einmal inne und zieht ihre Hand mit alarmiertem Gesichtsausdruck fort.

»Es ... es ist nur das Jod«, sagt er hastig. »Das sticht so in den Augen.«

»Aber das hier ist doch nur Wasser ...«

»Trotzdem ...« Seine Stimme zittert. »Das ... das sticht auch in den Augen!«

Sie zieht ihre Hand weg und schaut ihn fragend an, während er die Zähne zusammenbeißt und seine Tränen wegzublinzeln versucht. Lola schiebt den Erste-Hilfe-Koffer fort und streckt die Hand aus. »Komm mal her.«

»Alles okay bei mir.« Er will aufstehen, aber Lola drückt ihn behutsam wieder zurück aufs Bett.

»Nein, komm mal her. Hierher zu mir.«

Er lässt sich wieder aufs Bett zurücksinken, und sie zieht seinen Kopf auf ihren Schoß. »Weißt du, was ich gedacht habe, als wir von der Strömung aufs Meer hinausgespült worden sind?«

»Nein.«

»Ich hab gedacht, wenn ich jetzt sterbe ... Also, wenn ich da draußen hätte sterben müssen, wenn ich im Meer ertrunken wäre, dann wäre es wenigstens mit dir zusammen gewesen.«

Verwirrt schaut er in ihr Gesicht hoch, in ihre glänzenden Augen. »Verdammt noch mal, Lola! Ich hätte dich nie ertrinken lassen!«

Ihre Unterlippe zittert eine Sekunde. »Einen Moment lang habe ich sogar gedacht, dass du vielleicht ... Vielleicht wolltest du ja ...«

»Ertrinken?«

»Du hast doch davon geredet, dass du fortwillst. Fort und nie mehr zurückkommen. Du wolltest doch unbedingt weg. Von allem. Da hab ich gedacht, dass die Vergewaltigung bei dir … Also, dass du dich vielleicht deshalb umbr…«

»Nein!« Jetzt kann er die Tränen nicht mehr zurückhalten. »Nein, Lola, ich will nicht mehr sterben. Ich will leben – und ich will für den Rest meines Lebens mit dir zusammen sein!«

»Aber das will ich doch auch!« Sie schaut ihn zärtlich an. »Komm zurück zu mir, Mattie. Komm zurück. Erzähl mir, was geschehen ist. Halt mich nicht mehr so auf Abstand. Sag es mir, Mattie. Bitte, sag es mir …«

SECHZEHNTES KAPITEL

Er muss eingeschlafen sein, denn als er die Augen aufschlägt, ist Lola fort und das Zimmer mit dem dicken, tintenblauen Licht der Dämmerung erfüllt. Mathéo setzt sich immer noch schlaftrunken auf, reibt sich fest über die Augen. Die Flügeltür auf den Balkon hinaus ist offen, und es weht eine frische Brise herein. Er zwingt sich aufzustehen, und tritt kurz auf den Balkon. Es hat aufgefrischt. Das Meer ist eine bewegte, dunkle Fläche, auf der einzelne Schaumkronen tanzen. Der Himmel ist vom Sonnenuntergang rosa verfärbt. Unter ihm im Wohnraum sind die Lichter an, und er kann Stimmen hören. Er überlegt, ob die anderen wohl schon zu Abend gegessen haben, und glaubt einen Moment, Duftschwaden von Pizza oder Spaghetti bolognese zu riechen. Nach den Anstrengungen am Morgen hat er einen Riesenhunger und will das Abendessen auf keinen Fall verpassen. Er tappt ins Bad, geht aufs Klo und spritzt sich kaltes Wasser ins Gesicht. Danach angelt er sein T-Shirt und seine Jeans vom Boden, schlüpft immer noch leicht benommen hinein und fährt sich vor dem Spiegel mit der Hand durch seine zerzausten Haare. Dann geht er nach unten.

Als er in den Wohnraum kommt, sitzen Hugo und Isabel nebeneinander auf dem Sofa, Lola ihnen gegenüber im Sessel, alle haben Teller auf den Knien, und er spürt sofort, dass sie gerade über ihn geredet haben. Seinen Namen hat er zwar nicht gehört, aber er kennt den Ausdruck auf ihren Gesichtern – die Verlegenheit und das Schuldbewusstsein, wie wenn man auf frischer Tat ertappt wird. Ihre beunruhigten, besorgten Mienen. Das mitten im Satz verstummte Gespräch, das plötzliche Schweigen.

»Wir haben dich gar nicht runterkommen hören.« Hugos Stimme klingt beinahe anklagend.

Mathéo holt erst einmal Luft. Er muss den Gegensatz zu dem Gefühl von Ruhe und Frieden, mit dem er vor wenigen Augenblicken aufgewacht ist, erst verarbeiten.

Es gelingt ihm, eine lockere Antwort zu geben. »Entschuldigung! Ich hätte vielleicht anklopfen sollen«, sagt er leichthin, um die Peinlichkeit der Situation nicht noch zu verschärfen. Schnell das Thema wechseln. Er will jetzt nicht nachbohren ... Lola kann ihm später alles erzählen. Bestimmt müssen alle erst noch die Nachricht von gestern verdauen. Aber das ist okay, für ihn ist es bereits Vergangenheit; er hat die Sache für sich abgehakt, und jetzt ... Er schaut zu Lola und lächelt sie an.

»Wir haben uns nur Sorgen um dich gemacht ...« Sie erwidert sein Lächeln nicht.

»Ich bin schuld«, sagt Hugo langsam und mit einem merkwürdig tiefen und bedeutungsschweren Tonfall. »Der Vorschlag stammt von mir.«

»Kein Problem«, meint Mathéo achselzuckend. »Solange ihr mir noch etwas von der Lasagne aufgehoben habt.« Er lächelt Hugo an.

»Dann bist du einverstanden?« Hugo wirkt überrascht.

»Womit?«

»Na, worüber wir gerade gesprochen haben«, antwortet Hugo. »Dass wir morgen nach London zurückfliegen und zur Polizei gehen.«

Mathéo erstarrt. »Was?«

»Nicht weiter wichtig. Wir können morgen darüber reden«, sagt Lola hastig und wirft den beiden anderen einen Blick zu.

»Aber wenn wir morgen zurückfliegen wollen, dann müssen wir uns jetzt um unsere Flugtickets kümmern«, erwidert Isabel.

Mathéo weicht einen Schritt zurück und stößt gegen einen Pfeiler, lehnt sich dagegen, weil ihm auf einmal ganz benommen zumute ist. »Aber warum? Warum sollen wir morgen zurückfliegen?« Sein Puls beginnt zu rasen. Er blickt zu Lola, doch sie dreht den Kopf weg und scheint Hugo aufzufordern, an ihrer Stelle zu antworten.

Hugo steht langsam auf. »Hör zu, Matt. Lola hat uns erzählt, dass du weißt, wer ... dass du weißt, wer es war. Das ist jetzt verdammt ernst, Alter. Wenn du es uns nicht erzählen willst, dann sag es wenigstens der Polizei oder deinen Eltern. Außer es war ...« Hugo bringt den Satz nicht zu Ende und schweigt einen Moment. »Außer es war dein eigener ... verdammte Scheiße ... dein eigener ...«

»Nein, das mach ich nicht ... Und er war es nicht ...« Mathéo spricht nicht weiter und atmet hastig ein, viel zu schnell. Er zittert. »Außerdem ist es vorbei. Das ist für mich Vergangenheit. Ich will es nicht wieder aufwühlen, Hugo. Ich werde nicht mit der Polizei oder irgendjemand sonst reden!«

»Aber Matt, das geht nicht. Das kannst du nicht machen! Da treibt sich dieses Ungeheuer rum, und du weißt, wer es ist! Du musst zur Polizei gehen!«

Lola springt auf. »Bitte, Hugo, lass uns jetzt nicht streiten! Wir wollten uns doch vernünftig darüber unterhalten und ...«

»Glaubst du, das weiß ich nicht?«, brüllt Mathéo dazwischen. »Glaubst du, ich muss nicht jede Sekunde, die ich wach bin, daran denken, dass dieser Verrückte, dass dieses ... dieses Ungeheuer wieder jemanden überfallen könnte?«

»Dann, verdammt noch mal, tu was dagegen!«, schreit Hugo.

Lola zieht an Hugos Arm. »Bitte nicht. Wir hatten vereinbart, dass wir in aller Ruhe darüber reden wollen.«

Mathéo spürt, wie ihm der Schweiß ausbricht. Plötzlich hat er das Gefühl, dass sogar der Pfeiler, gegen den er sich gelehnt hat, schwankt. »Du … du …«, keucht er und starrt Lola an. »Ihr habt das gemeinsam besprochen? Du willst mich auch dazu zwingen, zur Polizei zu gehen?«

Sie blickt ihn schuldbewusst an. »Nicht zwingen, Mattie. Aber es ist doch … Du hast doch selbst gesagt, dass … Du wolltest es doch selbst tun!«

»Vielleicht habe ich mich umentschieden? Ich weiß einfach nicht, was ich tun soll! Und du hast gesagt, dass du auf meiner Seite bist – egal, wofür ich mich entscheide. Ich hab gedacht, du verstehst mich! Ich hab gedacht, ich kann dir vertrauen!«

Sie sind jetzt alle drei aufgestanden, stellen sich ihm als Gruppe entgegen. Drei gegen einen. Lola, seine große Liebe, zwischen ihnen.

Lola löst sich von Hugo und Isabel und kommt auf ihn zu. »Aber darum geht es doch nicht, Mattie! Es geht doch nicht darum, dass hier irgendjemand auf der Seite von irgendjemandem ist!«

Es gelingt Mathéo zu fliehen, bevor sie bei ihm ist. Aus dem Zimmer, durch die Eingangshalle und zur Haustür hinaus. Durch den Garten, übers Gras, bis zur Kante der Steilküste und dann die unebenen, rutschigen Stufen hinunter, hinunter, hinunter zur Bucht.

Es ist wieder Ebbe, und das Meer hat sich so weit zurückgezogen, dass hier unten kaum mehr etwas davon sichtbar ist. Der dunkle Sand scheint sich endlos vor ihm zu erstrecken. Mathéo sprintet los, aber dann spürt er die Anstrengung vom Morgen in den Knochen und verlangsamt sein Tempo.

»Mattie, was machst du? Mattie, warte auf mich, verdammt noch mal!« Er hört, wie Lolas Flipflops hinter ihm auf den Sand klatschen, hört ihr Keuchen, hört die Panik in ihrer Stimme.

»Mattie, warte auf mich, bitte! Hör mir eine Sekunde zu!«

Er merkt, wie sie mit ihrer Hand nach seiner zu greifen versucht. »Du hast mit ihnen darüber geredet? Du stimmst Hugo bei seinem Schwachsinn zu?«

»Aber ich mach mir doch solche Sorgen um dich!«

»Hugo hat von überhaupt nichts eine Ahnung! Von überhaupt nichts! Er weiß doch gar nichts!«

»Aber er macht sich auch Sorgen! Er ist doch dein Freund! Und er hat recht, Mattie! Wir müssen nach Hause, wir können uns nicht für immer hier verstecken! Was dir passiert ist, war schrecklich – und du musst es unbedingt deinen Eltern erzählen. Du hast doch gesagt, dass du den Mann kennst. Wenn es so ist, dann musst du zur Polizei gehen und ihn anzeigen.«

Mathéo läuft weiter und blickt über die Schulter zu Lola, die hinter ihm herrennt. Der Wind weht ihr die Haare ins Gesicht, ihre Wangen sind vor Aufregung gerötet, in ihren Augen glänzen Tränen.

»Lola, du verstehst immer noch nicht! Zur Polizei gehen? Das wäre eine Katastrophe – eine verdammte, riesengroße Katastrophe!«

»Aber du müsstest gar kein Gerichtsverfahren über dich ergehen lassen. Du kannst auch einfach nur zur Polizei gehen, ihnen sagen, dass du keine Strafanzeige erstatten willst, ihnen trotzdem den Namen nennen …«

»Ich geh nicht zur Polizei!«

»Dann schreib ihnen einen Brief. Wenn dir der Mann draußen

vor dem Aquatic Centre aufgelauert hat, dann gibt es bestimmt noch andere, die das bestätigen können.«

»Du hörst mir nicht zu! Ich geh nicht zur Polizei! Niemals! Warum bist du auf einmal gegen mich?«

Lola hat ihn eingeholt und geht jetzt mit schnellen Schritten neben ihm. Er bemerkt die Entschlossenheit in ihrem Gesicht, sieht, wie ihre Brust sich hebt und senkt. Sie keucht, während sie mit ihm mitzuhalten versucht. »Du brauchst gar nicht persönlich dort erscheinen! Schreib einen Brief – anonym –, und ich bring ihn für dich zur Polizei! Was die dann mit der Information anstellen, ist ihre Sache, aber du hast wenigstens etwas getan, um zu verhindern, dass der Mann noch andere vergewaltigt!«

»Warum hörst du mir denn nicht zu? Ich will nichts tun!«

»Aber Mattie, kapierst du denn nicht? Hugo hat recht – der Mann wird es wieder versuchen! Vielleicht ist es schon passiert! Wenn du nichts unternimmst, treibt er sich weiter frei herum! Denk daran, was du durchgemacht hast! Willst du, dass das andere auch erleben müssen? Das kannst du doch nicht wollen! Magst du das auf dem Gewissen haben?«

Sie haben den Meeressaum jetzt fast erreicht. Es weht ein kräftiger Wind. Die weiß schimmernden, flach auslaufenden Wellen erobern bei jedem Ausatmen ein Stück mehr vom Strand zurück. Die Flächen glänzen im letzten Abendlicht wie dunkles Glas. Er wird einfach weitergehen – weitergehen, bis er das Wasser erreicht hat; er wird das zarte, weiße Gespinst des Schaums zerstören und weitergehen, bis es seine Füße bedeckt, ihm bis über den Knöchel reicht, bis der Saum seiner Jeans sich damit vollsaugt; er wird weiterwaten, bis es immer tiefer wird, bis die mit der Flut ansteigenden Wellen ihn unter Wasser ziehen, bis das Wasser ihn nicht mehr loslässt und seinen Körper ganz umhüllt.

»Mein Gewissen? Mein Gewissen? Was weißt du denn schon davon?« Mathéo dreht sich wütend um, geht jetzt rückwärts vor ihr her, sodass er ihr ins Gesicht schauen kann. Wasser spritzt ihm gegen die Beine. »Ich fühle mich wie tot, Lola!«, brüllt er und deutet dabei auf sein Herz. »Hier drinnen, wie tot! Mir wäre lieber, er hätte mich umgebracht!«

»Aber … aber warum?«

»Genau deshalb. Weil ich seinen Namen nicht sagen kann. Der Polizei nicht und niemandem! Und ja, wenn ich ihn nicht sage, muss ich damit leben, dass der Mann wahrscheinlich auch noch andere verge… vergewaltigen wird.« Das Wasser umspült jetzt seine Füße. Eine Welle hat ihm den Stoff seiner Jeans bereits bis zum Knie hoch durchnässt. Lola ist stehen geblieben und hat die Arme fest um den Oberkörper geschlungen.

»Aber Mattie«, ruft sie, »ich versteh dich nicht! Wenn es so ist, warum gehst du dann nicht zur Polizei? Warum sagst du ihnen dann nicht seinen Namen?«

»Weil dieser Mann, Lola … Mein Gott, er hat eine Familie! Eine Familie, die danach kaputt sein wird. Zerstört!«

Sie müssen jetzt beide schreien, um sich zu verstehen. Der Wind weht so kräftig, dass er an ihren Haaren und Kleidungsstücken zerrt und sie beinahe umwirft. Mathéo spürt die immer mächtiger anbrandenden Wogen in seinem Rücken.

»Sag es mir, verdammt noch mal! Wer ist es?«, brüllt Lola.

»Ich kann es nicht … ich kann es dir nicht sagen!«

»Aber wenn er eine Familie hat, dann musst du erst recht zur Polizei gehen! Seine Kinder könnten ebenfalls in Gefahr sein!«

»Deshalb hab ich ja …« Er beißt sich auf die Lippen, fährt sich mit der Hand durch die vom Wind zerzausten Haare. »Deshalb weiß ich ja auch nicht, was ich, verdammt noch mal, tun soll!«

Er presst sich die Hände vor den Mund und macht noch ein paar Schritte rückwärts, steht jetzt knietief im Wasser. Er dachte, es würde alles gut werden. Er dachte, er könnte alles in sich begraben und irgendwie davonkommen. Er dachte, Lola wäre an seiner Seite, sie würde nie etwas davon erfahren und sie würden gemeinsam irgendwo ein neues Leben anfangen. Er würde nie darüber reden müssen, er würde es nicht noch einmal durchleben müssen.

Lola macht vorsichtig ein paar Schritte auf ihn zu. »Mattie, ich liebe dich. Bitte quäl dich doch nicht so. Die Familie dieses kranken Typen muss dich doch nicht kümmern.«

»Lola, du verstehst mich nicht! Die Familie dieses Mannes kümmert mich – kümmert mich mehr als alles andere! Mehr als mich selbst!«

»Was?« Sie watet durch das flache Wasser zu ihm, nimmt seine Hand zärtlich in ihre, zieht ihn mit sich zurück auf den harten Sand. »Ich versteh nicht, was du meinst, Mattie. Was willst du damit sagen?«

Mathéo schaut sie unter Tränen an und weiß, es ist der Zeitpunkt gekommen. Jetzt ist es so weit. Jetzt wird es geschehen. Es gibt kein Zurück mehr. Keine Möglichkeit, der Wahrheit zu entfliehen. Ihm fällt nichts mehr ein, womit er sich aus der Affäre stehlen könnte. Keine Entschuldigung. Er hat keine andere Wahl mehr. Wahrscheinlich hatte er die sowieso nie. Wahrscheinlich hätte alles, egal, wie er sich nach der grauenhaften Nacht in Brighton verhalten hätte, unausweichlich zu diesem einen Punkt geführt. Zu diesem grauenhaftesten aller Momente. Er hat sich mit aller Kraft dagegen gewehrt und ihm zu entfliehen versucht – ohne zu begreifen, dass es kein Entkommen gibt. Dass er darüber keine Macht hat. Nach der Nacht in Brighton gab es kein Zurück, es konnte zwischen ihnen nie mehr so sein wie vorher. Es war bereits alles entschieden. Sein Leben war unumkehrbar ein anderes geworden. Der Augenblick würde kommen. Unausweichlich. Unvermeidbar. Vielleicht noch eine Weile hinauszuzögern, aber nicht lange. Nur bis jetzt. Er senkt den Kopf und spürt einen stechenden Schmerz. Etwas zerbricht in ihm, für immer – er weiß, dass es nie mehr zu reparieren sein wird.

Mathéo hebt den Kopf und schaut Lola in die Augen. In ihre sanften, liebevollen, grünen Augen. Nie hätte sie sich träumen lassen, dass er einmal ihr Leben zerstören, ihre Welt in Trümmer schlagen und sie unheilbar verletzen würde. Er holt tief Luft und weiß, dass gleich die Welt untergehen wird. Seine Welt. Ihre Welt. Spürt, wie ihre Liebe – ihre warme, leidenschaftliche, bedingungslose Liebe – sie noch einen letzten Augenblick umhüllt. Zwischen ihnen schwebt. Bevor sie brutal zertrampelt wird. Mathéo schaut Lola an.

»Du, Lola, du bist seine Familie.«

SIEBZEHNTES KAPITEL

Lola bleibt ein paar Sekunden lang wie erstarrt stehen. Mit reglosem Gesicht, immer noch lächelnd. Dann fängt sie an, langsam, sehr langsam rückwärtszugehen.

Mathéo taumelt auf sie zu, mit Beinen, die ihm bleischwer vorkommen. Er zittert am ganzen Körper.

»Dad? Mein … mein Vater? Willst du … willst du damit sagen, dass mein Vater dich vergewaltigt hat?« Ihr Gesicht ist so aschfahl, so blass von dem Schock, dass er Angst hat, sie wird gleich ohnmächtig.

Er macht vorsichtig einen weiteren Schritt auf sie zu. »Lola, ich schwöre dir, ich werde es niemandem erzählen. Du hattest recht. Ich musste es dir sagen. Du musst es wissen, falls er … falls er jemals versucht, dir auch etwas anzutun. Mein Gott, ich weiß überhaupt nichts mehr. Ich hab danach gedacht, dass er schwul sein muss, aber ich weiß nichts, ich versteh das alles nicht, vielleicht ist er ja …«

Sie gibt einen leisen Laut von sich wie ein gefangenes Tier, ein Wimmern; weicht vor Mathéo zurück und beginnt zu würgen, als müsste sie sich gleich übergeben. »Willst du damit … willst du damit sagen, dass mein Dad ein … ein Vergewaltiger ist? Einer, der im Wald über Jungs herfällt?«

Er rührt sich nicht, schaut sie nur an und spürt ihren Schock wie am eigenen Leib. »Lola, ich … Es tut mir so leid!«

»Du bist ja total durchgeknallt!«

»Lola, ich wollte es dir doch nicht sa…«

»Wie kannst du dir nur so was Krankes ausdenken?!« Sie muss wieder würgen, weicht dann noch weiter zurück und starrt Mathéo an, als hätte er sich in ein Monster verwandelt.

»Nein, Lola! Du musst mir zuhören. Es ist wahr. So etwas würde ich mir doch nie ausdenken. Lola, du kennst mich doch …«

»Du bist komplett durchgeknallt! Das ist ja krank … total krank!«

Er macht einen Schritt auf sie zu, will sie berühren, in den Arm nehmen – aber sie weicht entsetzt vor ihm zurück.

»Lola! Ich hab ihn gesehen, ich hab ihn so klar und deutlich vor mir gesehen, wie ich dich jetzt sehe. Er war es. Da gibt es keinen Zweifel. Er hat noch nicht mal sein Gesicht zu verbergen versucht und …«

»Nein!«, schreit sie plötzlich mit einer Stimme, die lauter als das Kreischen der Möwen ist. Ein schriller, harter, verzweifelter Schrei. »Hör auf, hör auf damit! Ich will es nicht hören! Du bist total durchgeknallt, Mattie! Ich weiß nicht, was man dir angetan hat, aber es hat dir völlig das Hirn aus dem Schädel gepustet!«

»Lola, nein. Ich bin nicht verrückt. Es war so, wie ich sage. Ich bin vergewaltigt worden. Und es war Jerry. Ich hab es dir sagen müssen, weil du nicht mehr nach Hause darfst. Ich weiß nicht, ob er irgendwelche Drogen genommen hatte oder ob er so was wie einen psychotischen Schub hatte oder – oder ob es so was wie eine Veranlagung bei ihm ist. Ich weiß es nicht. Aber ich weiß, dass er gefährlich ist und …«

»Nein! Mattie! Du bist nicht mehr der, den ich kenne! Das hast du nicht gesagt! Nimm es sofort zurück! Sag mir etwas, damit ich … Oh Gott, das darf doch alles nicht wahr sein. Du bist wirklich krank. Bitte, Mattie, bitte … Du darfst keine solchen Scherze machen!«

»Lola, das ist kein Scherz. Und ich bin nicht krank. Ich kann es nicht zurücknehmen. Weil es die Wahrheit ist. Du darfst nicht zu ihm zurück, du bist da nicht sicher!«

»Mattie …« Sie beginnt zu schluchzen, beugt sich nach vorne und presst die Arme ganz fest an die Brust. »Warum machst du das? Warum sagst du so etwas? Warum, Mattie? Warum? Warum?« Sie schreit es heraus. Die Tränen laufen ihr übers Gesicht. »Hasst du mich? Hasst du Dad? Warum tust du uns das an? Was willst du damit erreichen?«

»Ich hasse deinen Vater für das, was er mir angetan hat. Aber nicht dich, Lola. Niemals könnte ich dich hassen! Ich liebe dich – das weißt du!«

Er geht mit ausgestrecktem Arm auf sie zu, aber sie macht hastig weitere Schritte zurück, wie ein wildes Tier, das jederzeit zur Flucht bereit ist.

»Warum dann das alles?«, schreit sie.

»Ich musste es dir jetzt sagen – ihr wolltet ja unbedingt, dass ich zur Polizei gehe! Sie würden mich vernehmen. Natürlich würde ich sie anlügen, aber die kennen sich doch aus, die hätten sofort gemerkt, dass ich jemanden zu decken versuche, jemanden, den ich kenne! Sie würden alle Menschen vorladen, die mir nahestehen, darunter auch Jerry – und Perez, der mich damals mit Jerry hat weggehen sehen. Sie würden bestimmt noch andere Zeugen finden, die Jerry an dem Abend in der Nähe des Aquatic Centre gesehen haben … Begreifst du nicht, Lola? Wenn ich es dir jetzt nicht gesagt hätte und wenn ihr mich gezwungen hättet, zur Polizei zu gehen, dann würde dein Vater ins Gefängnis kommen!«

»Aber das ist alles eine Lüge!«

»Das ist keine Lüge, Lola! Mir wäre lieber, es wäre eine! Du hast ja keine Ahnung, wie sehr ich mir wünsche, dass …«

»Schau mich an!«, schreit sie. »Schau mich an und sag mir ins Gesicht, dass mein Vater dich vergewaltigt hat!«

Mathéo hält ihrem Blick stand. »Dein Vater hat mich vergewaltigt, Lola …« Als sie sich angewidert abwendet und weiter vor ihm zurückweicht, verstummt er. Wie hat er auch nur einen Augenblick lang glauben können, dass er Lola die Wahrheit sagen könnte, ohne sie zu verlieren? Selbst wenn das schier Undenkbare passieren sollte, selbst wenn sie Jerry die Wahrheit direkt ins Gesicht sagen und er ihr gestehen würde, was er getan hat – wie könnte sie jemals ihm, Mathéo, verzeihen, dass er die wichtigste Beziehung in ihrem Leben kaputtgemacht hat? Lolas Vater ist alles für sie. Er war ihre einzige Bezugsperson, er hat sie großgezogen, er hat sich immer um sie gekümmert, er war immer für sie da, sie teilte alles mit ihm, er war ihr bester Freund.

»Du weißt, dass Dad keiner Fliege etwas zuleide tun könnte!«, ruft Lola. »Du kennst ihn! Er mag dich! Er war immer nett zu dir! Wie kannst du nur so etwas behaupten!« Sie wird von Schluchzern geschüttelt. Tränen laufen ihr über die Wangen. Sie schlingt die Arme noch fester um sich, wie um sich gegen seine Worte zu schützen. »Und was ist mit mir? Ich hab dir vertraut! Ich hab dich geliebt!«

»Ich liebe dich auch, Lola!«, brüllt er mit heiserer Stimme. »Deshalb sage ich es dir ja auch! Ich wollte es gar nicht, ich hatte mir so fest vorgenommen zu schweigen. Bis mir heute klar geworden ist, dass ich dich dadurch in Gefahr bringe! Ich will nicht, dass du verletzt wirst, nur weil ich schweige!«

»Du willst nicht, dass ich verletzt werde?«, schreit sie schluchzend zurück. »Du hast alles zwischen uns kaputtgemacht, Mattie!

Du hast gerade das Schlimmste, das Schrecklichste, das Allerfurchtbarste gesagt, was ich mir vorstellen kann!«

»Aber es ist wahr! Lola, du musst mir glauben. Du darfst nicht zurück. Und du darfst ihn nicht damit konfrontieren – das wäre zu gefährlich!«

Sie starrt ihn an, voller Abscheu. »Wie kommst darauf, dass ich das tun würde? Hast du auch nur eine Sekunde lang geglaubt, ich würde darüber nachdenken, ob an deinen widerlichen Anschuldigungen vielleicht was dran ist? Dass ich dir mehr vertrauen würde als meinem Vater?«

Auf einmal packt ihn große Furcht. »Lola, das darfst du nicht tun! Du darfst nicht zurück! Bleib bei mir! Ich kümmere mich um dich. Ich sorge für dich. Ich tu alles, damit es dir gut geht. Das schwör ich dir!«

»Für wie blöd hältst du mich eigentlich? Ich will dich nie mehr sehen, Mattie! Das kann ich dir nie verzeihen! Oh Gott, oh Gott …« Sie beugt sich nach vorn, würgt und kotzt. Als sie sich wieder aufrichtet, wirkt ihr Gesicht blass und wächsern, fast durchsichtig. »Ich verstehe das einfach nicht …«, flüstert sie. »Warum machst du das? Ich hab dir vertraut, Mattie. Ich hab dir mehr vertraut als irgendjemandem auf der Welt!« Ihr zarter Körper wird von heftigen Schluchzern geschüttelt. Sie presst eine Hand auf den Mund, dreht sich um und geht davon.

Mathéo folgt ihr und versucht, sie festzuhalten.

»Fass mich nicht an!«, schreit sie schrill und entsetzt.

»Lola, bitte!«, fleht er sie mit Tränen in den Augen an. »Geh jetzt nicht weg! Verlass mich nicht! Das wollte ich nicht – ich nehme es zurück, ich nehme alles zurück …«

»Das kannst du nicht! Du kannst es nicht zurücknehmen!«, schreit sie. »Kapierst du nicht? Begreifst du denn nicht, was du da getan hast? Du hast meinem Dad so ziemlich das Widerlichste und Schlimmste vorgeworfen, was man sich denken kann! Wie willst du das zurücknehmen? Und du bist überzeugt davon, dass es wahr ist – das seh ich dir doch an! Du glaubst es wirklich!«

»Ich glaube nur an uns, Lola! An uns! Wir beide! Das ist das Einzige, was für mich zählt!«

»Wir, uns – das existiert nicht! Das hat es nie gegeben! Alles zwischen uns war eine Lüge! Du behauptest, mein Vater hätte dich überfallen und vergewaltigt – und trotzdem schläfst du mit mir? Trotzdem tust du so, als würdest du mich lieben?«

»Ich hab nicht nur so getan, Lola! Keine einzige Sekunde. Das schwör ich bei meinem Leben, Lola! Ich hab dich vom ersten Augenblick an geliebt! Ich liebe dich immer noch!«

Sie schnappt nach Luft, hält einen Moment inne, versucht, sich zu beruhigen. »Und das soll ich dir glauben?«, fragt sie mit leiserer Stimme, aus der Wut und Schmerz herauszuhören ist. »Wenn du aus irgendeinem vollkommen kranken Grund tatsächlich davon überzeugt wärst, dass Dad dich vergewaltigt hat, dann würdest du mich nicht mehr lieben! Wie kann jemand die Tochter eines Vergewaltigers lieben?«

»Aber du bist doch nicht dein Vater!«

»Mein Vater ist für mich mein Ein und Alles! Er ist mein Leben! Er und ich, wir gehören zusammen, wir sind eine Familie. Ich habe seine Gene – er ist ein Teil von mir!«

»Trotzdem bist du ein eigener Mensch!«

»Ich bin seine Tochter! Wenn du dir schon einbildest, dass er ein Vergewaltiger ist – glaubst du dann auch, dass er noch andere außer dir vergewaltigt hat?«

»Mein Gott, Lola! Das weiß ich nicht, aber er könnte so etwas jederzeit wieder tun! Und ich weiß, dass du seine Tochter bist und dass er dich liebt, trotzdem … Es besteht die Gefahr, dass er … dass er auch dir etwas antut! Kapierst du nicht, ich musste dich einfach warnen!«

Lola scheint für einen Moment den Atem anzuhalten, schnappt dann hörbar nach Luft und stößt einen spitzen, scharfen Schrei aus.

»Lola, wir stehen das gemeinsam durch. Ich helfe dir dabei. Du musst mir glauben. Egal, was dein Vater getan hat, ich liebe dich genauso sehr wie vorher!«

»Lieben?«, brüllt Lola. »Du nennst das Liebe? Es war alles eine Lüge – alles zwischen uns, jede Sekunde, jeder Moment, den wir gemeinsam erlebt haben, jede Berührung. Ich hasse dich, Mathéo!«

»Lola, bitte nicht!« Er ringt nach Luft, ist blind vor Tränen. »Sag das nicht! Du meinst es doch nicht so!«

»Doch! Bei meinem Leben, das schwör ich dir! Wenn ich dich nur nie kennengelernt hätte! Für mich bist du tot!« Sie klingt hysterisch, als sie das schreit, und stolpert hektisch rückwärts, immer weiter von ihm fort.

»Nein!«, brüllt er verzweifelt. »Das meinst du nicht so. Das meinst du nicht so, Lola. Nein! Das kann nicht sein!«

»Doch, tu ich! Mir wäre lieber, du wärst beim Sprung von der Klippe umgekommen. Für mich bist du tot, Mathéo Walsh! Für mich bist du tot!«

Der Hass in ihrer Stimme trifft ihn wie Messerstiche ins Herz. »Nein!«

Lola steht jetzt reglos da und presst die Hände vors Gesicht. Ein langer Moment vergeht. Keiner von ihnen beiden spricht ein Wort. Dann lässt Lola die Hände sinken. »Ich werde packen und den ersten Flug zurück nach Hause nehmen«, sagt sie. »Ich werde mich beeilen. Aber komm nicht ins Haus zurück, bevor ich verschwunden bin.«

»Nein, Lola …«

»Ich mein es ernst, Mathéo. Wenn du mir folgst, erzähle ich Hugo alles und rufe die Polizei.«

Er schüttelt den Kopf. »Nein«, will er noch einmal sagen, doch er bringt keinen Ton heraus. Tränen strömen ihm die Wangen hinunter. Er hat das Gefühl zu ersticken. Hat das Gefühl zu ertrinken.

Sie macht noch einen Schritt zurück, scheint zu zögern, dann wird ihr ganzer Körper von einem brutalen Schluchzer geschüttelt. »Leb wohl, Mattie.«

Er will ihr folgen, aber er kann die Beine nicht bewegen. Sie ist fort. Über den Strand davon, zum Haus zurück, von der Dämmerung verschluckt.

Kraftlos sinkt er auf den nassen Sand. »Lola!«, hört er sich schreien. »Lola!«

Er schaut ihr nach, solange er noch etwas von ihr sehen kann. So lange, bis sie über die Kante der Steilküste verschwunden ist. Dann sackt er in sich zusammen und schluchzt hemmungslos, harte, grässliche Schluchzer, die durch seinen ganzen Körper fahren; bei denen es ihn würgt, als müsste er sein Leben aus sich herauskotzen. *Du hättest mich umbringen sollen, Jerry. Du hättest mich umbringen sollen. Besser, ich wäre gleich tot gewesen …*

Als er das Aquatic Centre in Brighton nach der Siegerehrung und der Pressekonferenz verlässt, ist es bereits spät. Perez und die anderen wollen noch in eine Pizzeria, aber Mathéo hat keine Lust, mitzukommen. Er ist dafür nach dem Wettkampf zu erschöpft und will gleich zurück ins Hotel und Lola anrufen, um ihr zu erzählen, dass er die Meisterschaft gewonnen hat. Noch während er sich von Perez und den anderen verabschiedet, fällt ihm ein Mann auf, der vor dem Gebäude nervös auf und ab geht.

»Jerry?«, ruft Mathéo, und ein Lächeln breitet sich auf seinem Gesicht aus. »Jerry! Was machst du denn hier? Ich hab gedacht, du kannst nicht kommen! Wow, was für eine Überraschung! Ist Lola auch da?«

Jerry weicht seinem Blick aus. »Es ist etwas passiert. Ich brauche deine Hilfe!«

Und dann läuft er so schnell die Straße entlang, dass Mathéo, der immer noch völlig überrascht ist, automatisch neben ihm herjoggt. »Was ist denn los?«, fragt er. »Doch nichts mit Lola?«

»Sie ist ausgerutscht und unglücklich gestürzt.«

Mathéo erschrickt und läuft weiter neben Jerry her, der in eine Seitenstraße einbiegt, an deren Ende eine Ausfallstraße überquert und dann plötzlich in den Wald hinein verschwindet. Sie sind am Rand von Brighton angelangt. Es ist dunkel. Sie rennen jetzt beide.

»Ist es schlimm?«, fragt Mathéo atemlos, der Lola bewusstlos vor sich sieht und nicht versteht, warum Jerry sie allein gelassen hat. »Hast du einen Krankenwagen gerufen? Ist er bereits unterwegs?« Aber Jerry antwortet nicht.

Nach ein paar Minuten erreichen sie eine Lichtung voller Gestrüpp. Auf einmal bleibt Jerry stehen. Er dreht sich zu Mathéo. Sein Gesichtsausdruck wandelt sich. Er wirkt plötzlich … Mathéo könnte gar nicht genau sagen, wie. Besorgt um seine Tochter jedenfalls nicht.

»Wo ist Lola?«, fragt Mathéo verunsichert. Irgendetwas kommt ihm komisch vor. Jerry wirkt angespannt und seltsam nervös. So hat Mathéo ihn noch nie erlebt. Normalerweise lächelt er immer und ist freundlich. Jetzt ist sein Gesicht merkwürdig verzerrt. Schweißperlen stehen ihm auf der Stirn.

»Alles okay, Jerry?«, fragt Mathéo und macht einen Schritt auf ihn zu. Da hebt Jerry plötzlich den Arm und umklammert mit festem Griff Mathéos Schulter.

»Lola ist nicht hier, sie ist in London. Auf diesem Abschlussball in der Schule. Ich hab ihr erzählt, dass ich heute Abend ein Fotoshooting habe. Damit wir endlich einmal allein sind, nur du und ich!« Er grinst. »Großartig gesprungen heute, Mattie. Ich bin stolz auf dich!«

Mathéo öffnet den Mund, um etwas zu antworten, aber er bringt kein Wort heraus. Ist Jerry betrunken?

»Ähm … danke.« Mit einem verlegenen Lächeln versucht er, etwas Abstand zwischen sich und Jerry zu bekommen, und dreht den Kopf zurück in die Richtung, aus der sie gekommen sind. »Aber wenn Lola nicht da ist, was machen wir dann hier?«

»Ich wollte mal ungestört mit dir plaudern. Warum plötzlich diese Eile?« Jerry kommt ihm wieder ganz nah – so nah, dass Mathéo seinen feuchten Atem an der Wange spürt. Jerrys Geruch steigt ihm in die Nase, nach kaltem Schweiß und Shit. Jerrys Hand gleitet von Mathéos Schulter über seinen Hals zu seiner Wange, an der sie liegen bleibt. »Ich bin mit dir hierher, damit wir beide ungestört sind. Damit ich dir mal so richtig gratulieren kann.«

Mathéo macht einen Schritt zurück und stößt Jerrys Hand weg. Was läuft hier? Ist Jerry verrückt geworden?

»Hey, du …«, sagt Jerry mit merkwürdig weicher Stimme, geht wieder auf Mathéo zu und fasst ihn ums Handgelenk. »Ich will doch nur einmal meinen Liebling umarmen, weil er heute alles so gut gemacht hat!«

Mathéo kann in der Stille ringsum seinen eigenen Atem hören, schnell und unregelmäßig. Sein Herz pocht wie wild. »Jerry, ich glaub, du hast etwas zu viel getrunken oder … oder gekifft …«

Als Jerry ihn auf einmal in eine enge Umarmung zieht, zuckt er zusammen.

»Jerry!«

»Was denn?! Darf ich meinem Lieblingsjungen nicht mit einer Umarmung gratulieren?«, fragt Jerry, die Arme eng um Mathéo geschlungen, der ihm daraufhin auf die Schulter klopft und sich schnell aus der Umarmung lösen will. Aber Jerry drückt ihn noch fester an sich. »Immer mit der Ruhe, Mattie. Warum so hastig? Wir haben doch beide so lang auf diesen Moment gewartet.«

»Ich ... ich weiß nicht, wovon du redest.« Mathéo versucht, Jerry wegzustoßen. »Bitte lass mich los. Ich glaub, du hast zu viel getrunken und ...«

»Hey, jetzt komm schon! Tu nicht so! Ich hab doch die vielen kleinen Signale bemerkt«, fährt Jerry fort. »Ich hab doch genau gespürt, dass du meine Tochter nur als Vorwand benutzt, um mich zu sehen. Um so oft und so lange wie möglich in meiner Nähe zu sein. Gib schon zu, dass du immer versuchst, so viel Zeit wie möglich mit mir allein zu verbringen; die kleinen Schwätzchen, nur zwischen uns beiden, in meinem Musikschuppen hinten im Garten ...« Er flüstert jetzt in Mathéos Ohr, presst sein Gesicht gegen Mathéos Hals.

»Verdammte Scheiße, lass mich los!« Der Schock hat sich bei Mathéo in Wut gewandelt, und er versucht, sich aus Jerrys Umklammerung zu winden. »Du bist ja total durchgeknallt! Ich bin immer nur wegen Lola gekommen! Ich hab nie ... Ich bin nicht ...«

»Hey, du brauchst nicht schüchtern zu sein.« Jerry fängt an zu keuchen und hält Mathéo mit aller Kraft fest. »Es ist ganz normal, dass man in seiner Jugend etwas herumexperimentiert. Und weil ich älter bin, kann ich dir viele Dinge zeigen. Ich kann dir beibringen, wie ...«

»Perverser Arsch!«, brüllt Mathéo außer sich vor Wut. Er versucht, Jerry das Knie in die Eier zu rammen, erwischt stattdessen nur seinen Oberschenkel. Doch heftig genug, dass Jerry zurücktaumelt.

Da ändert sich in Jerrys Gesichtsausdruck etwas, und bevor Mathéo davonrennen kann, wirft er sich auf ihn. Er packt ihn an der Kehle und stößt ihn mit brutaler Kraft gegen den nächsten Baumstamm.

Mathéo braucht einen Moment, bis er reagiert. Und auch dann gelingt es ihm gerade mal, Jerrys Griff an seiner Kehle etwas zu lockern, sodass er besser atmen kann.

»Aha, ich merke, du bist einer von der Sorte, die es gern hart mag.« Jerrys Gesicht verzieht sich zu einem fiesen Grinsen. »Das macht dich an, was?«

»Du verdammtes perverses Arschloch!«, stößt Mathéo keuchend hervor und fängt zu schreien an.

Jerry presst eine Hand über Mathéos Mund, und plötzlich ist sein Grinsen verschwunden. »Oh, nein, dieses Spiel spielen wir hier nicht«, sagt er. »Mir zwei Jahre lang Hoffnungen zu machen und dann auf einmal nicht wollen. Sich jetzt plötzlich zieren!«

»Ich habe nie …«, versucht Mathéo herauszupressen. »Ich habe nie …«

»Jetzt hör mir mal gut zu«, sagt Jerry leise, das Gesicht ganz, ganz nahe vor Mathéo. »Ich habe ein Messer.« Und während er mit der einen Hand weiter Mathéos Kehle gepackt hält, langt er mit der anderen nach unten in seine Hosentasche und zieht daraus ein Klappmesser hervor, dessen Klinge er aufspringen lässt. »Wenn du noch einen Mucks von dir gibst oder versuchst wegzurennen, oder das kleine, unschuldige Opfer spielst, dann bring ich dich um! Hast du mich verstanden?«

Mathéo will darauf etwas antworten, aber Jerry drückt ihm die Luftröhre ab. Schwarze Flecken tanzen ihm vor den Augen. Er bringt nur ein Nicken zustande.

»Gut.« Jerry lockert seinen Griff etwas, hält dafür jetzt die Klinge an Mathéos Kehle. »Zieh dich aus!«

Mathéo japst nach Luft. Im Rücken hat er den Baumstamm, und vor ihm steht Jerry mit dem Messer. Als er sich unmerklich zur Seite schieben will, spürt er, wie die Klinge ihm am Hals die Haut aufritzt.

Da fängt er auf einmal wie ein Wasserfall zu reden an: »Jerry, tut mir leid. Ich hab mich da wohl falsch verhalten. Ich wollte nie … Aber wir finden schon eine Lösung. Ich zahl dir so viel, wie du willst. Ich habe meine Kreditkarte dabei. Du kannst sie haben. Ich geb dir meine PIN-Nummer. Oder wir gehen zusammen zu einem Bankautomaten, und ich …«

»Halt's Maul! Ich will dein Geld nicht, das weißt du genau. Zieh dich aus! Oder ich schneide dir die Kehle durch!«

»Aber … aber warum?« Mathéo überkommt mehr und mehr das Gefühl, dass das alles gar nicht wirklich sein kann. Dass er sich mitten in einem Albtraum befindet. Höchste Zeit, daraus aufzuwachen. »Jerry, ich bin's, Matt. Der Freund deiner Tochter. Mathéo. Lolas Freund!«

Als Antwort darauf schlitzt Jerry ihm mit einer schnellen Bewegung das T-Shirt auf. Mathéo hört sich aufschreien. Mit nackter Brust steht er jetzt vor Jerry, der ihm immer noch die Kehle zudrückt und ihn mit dem Rücken gegen den Baumstamm presst. Die Spitze der Klinge ist direkt auf sein Herz gerichtet.

»Du … du willst mich vergewaltigen?«, hört Mathéo sich verwundert fragen. Er erkennt kaum seine eigene Stimme wieder, so unsicher und zitternd ist sie.

»Runter mit den Jeans!«

Er hört sich flehen. »Jerry, bitte … Wir kennen uns doch. Das willst du nicht wirklich. Ich hab dir nie … Hoffnungen machen wollen. Ich … ich mag dich wirklich, aber nicht so. Bitte tu das nicht. Bitte. Ich mach alles für dich. Egal, was. Aber bitte tu das nicht!«

Jerry fängt an, ihm mit dem Messer über dem Herz die Haut aufzuritzen, und brüllt: »Halt's Maul und Hose runter! Ich sag's nicht noch mal!«

»Nein!«, schreit Mathéo plötzlich zurück. »Du bist verrückt! Das werde ich nicht!« Er stößt mit aller Kraft gegen Jerrys Arm, das Messer rutscht ab, und sie kämpfen miteinander. Mathéo packt Jerrys Handgelenk und verdreht es, sodass er das Messer fallen lässt. Doch dann tritt Jerry ihm in den Magen, und als Mathéo nach vorne sackt, rammt er ihm das Knie gegen den Unterkiefer. Mathéo taumelt einen Moment. Als Jerry nachsetzen will, gelingt es ihm jedoch, den Hieb abzuwehren und ihm stattdessen selbst gegen die Brust, die Schulter und ins Gesicht zu schlagen. Er spürt, wie seine Faust auf Knochen trifft. Ein Krachen und ein Aufschrei. Jerry taumelt zurück. Blut schießt ihm aus der Nase.

Mathéo rennt davon. Aus der Lichtung in den Wald hinein, über Wurzeln, durchs Unterholz. Die Straße, die Straße … Rennt er überhaupt in die richtige Richtung? Er hat die Orientierung verloren, zögert einen Moment, stößt mit dem Fuß gegen einen Stein, stolpert und fällt hin. Als er sich aufrappeln will, packt Jerry ihn bei der Schulter und schlägt seinen Hinterkopf mehrmals gegen den Boden. Er bringt mich um, denkt Mathéo, er bringt mich um. Ich sterbe. Ich sterbe hier im Wald. Lola! Weiß Lola, dass ihr Vater … Finsternis verschluckt ihn.

Als er wieder zu sich kommt, liegt er auf dem Bauch. Die Arme sind ihm auf den Rücken gedreht. Sobald er sie zu bewegen versucht, zuckt ihm ein heftiger Schmerz durch die Schultern. Seine Handgelenke sind so fest aneinandergebunden, dass es ihm ins Fleisch schneidet. Jerry dreht ihn auf den Rücken, und Mathéo tritt dabei nach ihm, aber erwischt nicht einmal seinen Oberschenkel. Bevor er es noch einmal versuchen kann, presst ihm Jerry mit aller Kraft das Knie auf die Brust. Mathéo bekommt Angst, dass er ihm alle Rippen bricht. Er kriegt kaum mehr Luft. Wahrscheinlich wird er gleich wieder ohnmächtig. Jerry beugt sich dicht über ihn und setzt ihm das Messer an den Hals. Mathéo spürt, wie ihm Blut warm über die Haut rinnt.

»Das ist deine letzte Chance, oder ich bring dich um«, sagt Jerry, und in diesem Moment, als er ihm direkt in die Augen sieht, begreift Mathéo, dass Jerry etwas genommen hat, dass er total zugedröhnt ist. Er weiß nicht, was, aber die Pupillen sind extrem geweitet. In so einem Zustand ist er zu allem fähig. Sogar zu einem Mord. Wenn Mathéo überleben will, wenn er nur die geringste Chance haben will zu überleben, dann muss er tun, was Jerry von ihm verlangt. Vielleicht, wenn Jerry spürt, wie schwach Mathéo ist, dass er ja nur ein Teenager ist, der ihm nicht gefährlich werden kann, vielleicht lässt er ihn dann am Leben …

Mathéo wehrt sich nicht mehr, macht sich starr und beobachtet, wie Jerrys Hand auf seinem Bauch nach unten gleitet, unter seine Jeans und den Gummizug seiner Boxershorts. Er zwingt sich, nicht aufzuschreien, und schließt ganz fest die Augen, als er spürt, wie Jerrys kalte, raue Hand sich um seinen Penis legt.

Mit der einen Hand streichelt er ihn, drückt er ihn, massiert er ihn; mit der anderen Hand fummelt er an Mathéos Gürtel herum und an den Knöpfen seiner Jeans. Nach einer Weile scheint Jerry frustriert zu sein und steht auf, reißt Mathéo erst die Turnschuhe herunter, dann die Jeans und dann die Boxershorts. Mathéo hält die Augen weiter geschlossen. *What doesn't kill you makes you stronger*, sagt er sich und würde am liebsten zynisch auflachen. Derjenige, der sich diesen Spruch ausgedacht hat, ist bestimmt nie vergewaltigt worden. Mathéo bemüht sich, seine Gedanken woandershin wandern zu lassen, so weit wie möglich weg von seinem Körper, er muss sich jetzt innerlich mit irgendetwas beschäftigen. Was mich nicht umbringt, macht mich stark. Woher stammt das? Von wem stammt es? War das nicht in einem Song? Er versucht, sich an die Melodie und an den Text zu erinnern – er weiß noch, dass er den Song in voller Lautstärke auf seinem iPod gespielt hat, nachdem er das erste Mal bei einem Wettkampf einen Sprung so richtig verpatzt hatte. Er hat auf seinem iPod eine ganze Playlist mit Songs, mit denen er sich nach einem verpatzten Sprung wieder aufbaut. Bestimmt kann er sich noch an andere erinnern …

Jerry zerrt ihn an den Haaren und an der Schulter wieder auf den Bauch. Mathéo versucht, sich auf das trockene Laub, die Erde und die Steinchen zu konzentrieren, die er unter sich spürt, als sich ein erdrückendes Gewicht auf ihn presst. Jerry hat sich mit seinem ganzen Körper auf ihn gelegt, die Gürtelschnalle seiner Hose drückt gegen seine Knochen. Jerry bleibt angezogen, aber er hat seinen Hosenschlitz aufgemacht – Mathéo spürt, wie etwas Hartes, Warmes, Feuchtes an seiner linken Pobacke reibt. Jerry keucht jetzt, presst fester und dringt dann gewaltsam in Mathéo ein. Ein betäubender Schmerz durchzuckt ihn. Er spürt, wie in ihm etwas zerreißt, und hört sich schreien.

Während Jerry weitermacht, sich auf und ab bewegt und immer tiefer in ihn eindringt, entflieht Mathéo in seinen Kopf. Taucht in Erinnerungen ein. Erinnerungen an Menschen, die er mag. Lola, Loïc, seine Mutter, sein Vater, Hugo, Isabel. Der erste Sommertag in diesem Jahr fällt ihm ein, als sie nachmittags zu viert im Park waren. Lolas Kreischen, als sie sie über dem Wasser hin- und hergeschwungen haben, gedroht haben, sie hineinzuwerfen … Was war noch, was war da noch? Karten spielen im Gras, Lolas Kopf auf seinem Schoß. Ja, das ist gut. Ihre Sommersprossen, die Sonne auf ihrem Gesicht. Ihre grünen Augen. Wie sie ihn angeschaut hat und wegen der Sonne blinzeln musste. Sie sagt etwas, aber er kann sie nicht hören. Jerrys Grunzen übertönt alles. Der Schmerz ist so heftig, so etwas hat er noch nie erlebt – er wird davon gleich ohnmächtig werden, er wird davon sterben. Konzentrier dich stärker, verdammt noch mal! Lola. Wie sie lacht. Ihr Lachen und wie sie dabei ihre Nase kräuselt und wie ihre Augen leuchten. Warum hat sie da gelacht? Er muss sich unbedingt daran erinnern. Unbedingt. Lach weiter, Lola, sagt er zu ihr. Lach weiter, damit ich mich daran erinnern kann.

Und dann ist es auf einmal vorbei. Das Gewicht hebt sich von seinem Körper, und Jerry steht auf. Er zieht seinen Hosenschlitz zu und bückt sich, um sich den Dreck von den Knien zu wischen.

»Du wirst davon niemandem ein Sterbenswörtchen sagen. Hab ich nicht recht, Mattie? Denn du weißt, dass du es genauso gewollt hast wie ich. Schon immer, von Anfang an.«

Mathéo will antworten, aber seine Stimme gehorcht ihm nicht.

»Antworte mir, verdammt!«

»Nein … nein, ich werde niemandem etwas sagen.« Seine Stimme zittert. Er hört sich an wie ein kleines Kind.

»Du siehst Lola nie mehr wieder, wenn du jemandem davon erzählst.«

»Ich … ich weiß. Ich werde es niemandem erzählen.«

»Und es hat dir doch Spaß gemacht, oder?«

»Ja … ja, hat es.« Tränen schießen ihm in die Augen.

»Wenn du es irgendjemandem erzählst, dann vergrab ich dich in einem Erdloch. Und du hast ja auch noch einen kleinen Bruder. Hübscher kleiner Junge, genau wie du …«

»Jerry, ich … ich werd es niemals irgendjemandem erzählen. Ich … ich schäme mich viel zu sehr dafür. Ich werde nie … Bitte, du musst es mir glauben. Es ist für mich so, als wäre es nie geschehen. Ich schwöre es, Jerry. Ich schwöre es.«

Jerry wischt sich den Schweiß von der Stirn und grinst. »Es wird unser kleines Geheimnis bleiben.«

»Ja … ja. Ganz genau.«

Jerry bückt sich, um mit seinem Klappmesser das Klebeband durchzuschneiden, mit dem er Mathéos Handgelenke zusammengebunden hat. Dann dreht er ihn mit dem Fuß um.

Er stößt ein kurzes Lachen aus, als er auf Mathéos nackten Körper herunterschaut. »Zieh dich an, Mattie«, sagt er. »Und sorg dafür, dass keine Spuren zurückbleiben!« Es klingt beinahe fröhlich.

»Ja. Ja, natürlich …«

Und dann ist Jerry im Wald und in der Dunkelheit verschwunden.

ACHTZEHNTES KAPITEL

»Aber ihr müsst doch einen Streit gehabt haben! Was, verdammt noch mal, hast du zu ihr gesagt? Sonst wäre sie doch nie einfach so allein los!« Hugo geht in der fast leeren Abflughalle des Flughafens zwischen den Sitzen auf und ab, das Smartphone in der Hand. Seit Lola sich ein Taxi bestellt hat und davongefahren ist, versucht er vergeblich, sie zu erreichen. Der Provinzflughafen ist nicht sehr groß, und nach einer kleinen Umfrage beim Check-in-Personal hat Hugo herausgefunden, dass Lola noch einen Platz im letzten Flieger erwischt hat, der an dem Tag nach London gestartet ist. Bestimmt hat sie den Flug jetzt schon fast hinter sich, während die anderen drei mit ihren hastig gepackten Rucksäcken jetzt hier am Flughafen gestrandet sind und auf den ersten Flug warten, der am nächsten Morgen geht.

Mathéo redet kein Wort, was Hugo und Isabel allmählich rasend macht. Ihm wäre ja selbst lieber, er könnte ihnen irgendeine lahme Entschuldigung liefern, von wegen sie hätten sich eben am Strand gestritten – aber sein Gehirn ist unfähig, Sätze zu bilden; sein Mund kann keine Wörter mehr formen. Ihnen irgendwas vorzuflunkern, wäre wahrscheinlich gar nicht so schwer gewesen, aber seit er sich vom Strand zum Haus zurückgeschleppt hat, befindet er sich in einer Art Trance: Jede Bewegung muss von ihm sorgfältig gesteuert werden, sein Körper ist nicht mehr in der Lage, sich von selbst zu bewegen. Er sitzt am Ende einer langen Reihe von

Metallstühlen, den Rucksack zwischen den Füßen abgestellt, und starrt durch die Glaswand auf die regennasse Startbahn hinaus, in der sich die Lichter ringsum spiegeln. Ein großes Flugzeug rollt langsam auf Startposition. Mathéo beobachtet, wie die Maschine durchstartet und schnell an Geschwindigkeit gewinnt, sodass sie nach kurzer Zeit bereits über dem Boden zu schweben scheint, bis sich die Vorderreifen zuerst von der Startbahn lösen und sie wirklich abhebt. Und als wäre es nichts, schwebt das Flugzeug dann auch schon in der Luft, steigt immer höher, wird kleiner und kleiner, bis nur noch ein exotischer Silbervogel zu sehen ist, und schließlich verschwindet es in der Nacht. Er glaubt noch lange, den Motorenlärm der Triebwerke im Ohr zu haben, genauso wie er immer noch Lolas Schrei am Strand hört und ihr sein – ansonsten auf Leerlauf gestellter – Kopf in Gedanken nachzueilen versucht. Sie muss jetzt schon zu Hause sein, bestimmt hat sie Jerry angerufen, dass er sie abholt, und der hat sie gleich gefragt, hat bestimmt sofort gespürt, dass etwas vorgefallen sein muss. Und sie hat es ihm erzählt, ist außer sich vor Schock, Verletztheit und Wut sofort damit herausgeplatzt. Jerry weiß es bereits. Und er wird nicht das Risiko eingehen und abwarten, ob Mathéo tatsächlich zur Polizei geht – er wird hastig ein paar Taschen packen und sich mit Lola auf und davon machen. Vielleicht unter dem Vorwand, dass er nicht will, dass Mathéo ihr noch einmal über den Weg läuft. Aber er wird verschwinden, da ist Mathéo sich ganz sicher. Und Lola mit ihm.

Sein Herz schlägt schneller, der Gedanke, dass er Lola vielleicht nie mehr wiedersehen wird, ist ihm unerträglich. Alles um ihn herum beginnt, sich zu drehen, und einen Moment wird ihm ganz schwarz vor Augen. Er hört, wie er flach und hastig atmet, und schließt die Augen, versucht, die aufsteigende Panik zu bekämpfen.

»Hey, was ist los mit dir?« Hugos Stimme dröhnt in der leeren Halle laut zu ihm herüber. »Geht's dir nicht gut?«

Mathéo zwingt sich, die Augen wieder zu öffnen. Er blickt Hugo und Isabel an, die ihm gegenüber in ihren Sitzen hängen.

»Doch.« Er bringt nicht mehr als ein heiseres Flüstern zustande.

»Warum versuchst du sie dann nicht anzurufen?«, fragt Hugo. »Du brauchst dich ja nicht groß zu entschuldigen, wenn du nicht willst, ist mir auch egal, was da zwischen euch vorgefallen ist – nur um zu wissen, dass es ihr gut geht!«

Mathéo schaut seinem Freund einen Moment lang direkt ins Gesicht. Dann schüttelt er den Kopf.

»Oh, Mann! Was ist das bloß für eine Scheiße hier?!«, ruft Hugo verzweifelt. »Es hätten so schöne Ferien sein können! Ich hol mir jetzt einen Kaffee!«

Aus dem Augenwinkel sieht Mathéo, wie Hugo aufsteht. Kaum ist er fort, setzt Isabel sich neben ihn.

»Mattie?« Sie schaut auf seine Hände, die er nervös wringt, um sein Zittern zu verbergen. Er holt tief Luft und atmet langsam aus, die Augen auf den grauen Teppich der Abflughalle gerichtet.

»Mattie, mach dir keine Sorgen! Zwei Frauen am Check-in haben uns doch bestätigt, dass Lola den letzten Flug nach London erwischt hat. Und du weißt, was für ein gutes Verhältnis sie zu ihrem Vater hat, sie hat ihn bestimmt angerufen, und er hat sie am Flughafen abgeholt. Ganz bestimmt ist sie jetzt zu Hause. Wahrscheinlich geht keiner ans Telefon, weil sie ein langes Gespräch miteinander haben und dabei nicht gestört werden wollen. Ich bin sicher, sie braucht nur etwas Zeit, bis sie sich wieder beruhigt hat – und dann kannst du bei ihr zu Hause vorbei und dich entschuldigen oder mit ihr noch einmal darüber reden oder was auch immer.« Isabel macht eine Pause und legt ihre Hand über seine. »Es wird alles gut, Mattie. Lola hat selten einen richtigen Wutausbruch, und wenn es trotzdem mal so ist, dann kriegt sie sich immer ziemlich schnell wieder ein, und du weißt, dass sie niemandem lange böse sein kann. In ein paar Tagen ist bestimmt alles vergeben und vergessen.«

Isabels Mitgefühl, das so plötzlich und unerwartet kommt, wirft Mathéo fast um. Er schluckt, weicht ihrem Blick aus und presst seine Hände so fest wie möglich gegeneinander.

»Meine Güte, du zitterst ja!« Isabel klingt aufrichtig besorgt. »Ich bin mir wirklich ganz sicher, dass Lola gut zu Hause angekommen ist.«

»Ich … ich weiß.« Er zieht seine Hände unter ihrer Hand hervor und verschränkt die Arme fest vor der Brust, als das Zittern jetzt auch seinen ganzen Körper erfasst. Unmerklich wiegt er den Oberkörper vor und zurück. »Ich … ich bin nur … Ich … ich mache mir nur Sorgen, dass wir das nicht miteinander durchstehen, und …« Die Stimme versagt ihm, und er fängt heiser zu husten an. Er starrt vor sich auf den Boden. Seine Augen brennen, und er hat Angst, vor Isabel auf einmal in Tränen auszubrechen.

»Unsinn! Das ist nur so was wie ein kleiner Stolperstein. Darüber kommt ihr leicht hinweg«, sagt Isabel ganz sanft. »Du hast diese … diese fürchterliche Sache erlebt. Und Lola macht sich Riesensorgen um dich, das weiß ich. Sie hat uns dauernd gefragt, was sie denn tun kann, um dir zu helfen, und in der Villa hat sie immer mit meinem Laptop im Internet recherchiert, was da über Leute geschrieben wird, die auch so etwas wie du durchgemacht haben und wie sie damit später zurechtkommen, wie sie dieses Trauma überwinden können. Sie hat sich echt über alles informiert, auch über mögliche Beratungsstellen und Therapieangebote, sie war sogar auf einem Chat für betroffene Angehörige und hat Bücher bestellt! Erzähl ihr nur bitte nichts davon – sie hat keine Ahnung, dass ich das weiß. Aber im Ernst, sie redet die ganze Zeit nur von dir und davon, dass sie es nicht erträgt, dass irgendein kranker Typ dich so verletzt hat. Sie gibt sich selbst die Schuld daran, dass du dich ihr nicht sofort danach anvertraut hast, und sie macht sich Riesenvorwürfe, dass sie an dem Wochenende nicht in Brighton dabei war …« Als sie das Gesicht zu Mathéo dreht, um ihn direkt anzuschauen, schlägt ihr Ton um – sie klingt alarmiert. »Mattie!«

Er möchte am liebsten aufstehen und sich in einer Toilettenkabine einsperren, aber er kann sich nicht rühren. Mit vorgebeugtem Oberkörper, die Ellenbogen auf die Knie gestützt, sitzt er da und starrt auf den Boden, fährt sich mit der Hand übers Gesicht, damit sie es nicht sieht.

»Ach, du meine Güte … und ich hab noch nicht mal ein Taschentuch … Mattie, Scheiße, ich hab's nicht noch schlimmer machen wollen. Ich wollte doch nur, dass du weißt, wie sehr sie dich liebt und dass sie alles tun würde, damit es dir wieder besser geht! Oh, Mist, soll ich Hugo holen?«

Mathéo schüttelt den Kopf, und ein schluchzender, kleiner Laut entfährt ihm. Sein Gesicht brennt, und es strömen ihm unablässig Tränen über die Wangen. Er kommt gar nicht damit nach, sie wegzuwischen. Isabel hat ihm den Arm um die Schulter gelegt und fängt an, ihm mit der Hand über den Rücken zu streichen. Endlich bringt er einen Satz heraus.

»Nein, nicht … Ich … Alles in Ordnung, ich bin nur müde!« Er reibt sich mit beiden Händen übers Gesicht, das Herz schlägt ihm bis zum Hals – er muss sich unbedingt von ihrer Berührung freikämpfen.

»Weiß ich doch«, sagt Isabel. »So ein Streit ist einfach anstrengend, und du machst dir Sorgen um Lola, da ist es ganz normal, dass du jetzt etwas neben der Spur bist. Ich kenne Lola. Ich weiß, wie sehr sie dich liebt und wie glücklich sie mit dir ist, und ich glaube nicht, dass sich das durch irgendetwas auf der Welt ändern wird!«

Mathéo versucht, durch Husten den nächsten Schluchzer zu unterdrücken, springt auf und deutet stumm auf das Toilettenzeichen am Ende der Halle. Als er blind davonstürmt, ruft Isabel ihm etwas nach.

Zum Glück ist auf der Herrentoilette niemand. Im Spiegel über den Waschbecken blickt ihm ein tränenüberströmtes Gesicht entgegen. Er schlägt mit der Faust hart gegen den Wasserhahn, und der Schmerz, der ihn daraufhin durchzuckt, bringt ihn wieder zu sich selbst zurück. Die nächsten Minuten steht er übers Becken gebeugt da und spritzt sich kaltes Wasser ins Gesicht.

Als er zu den fast leeren Sitzreihen in der Abflughalle zurückkehrt, dreht er das Gesicht zum Fenster. In der spiegelnden Scheibe sieht er verschwommen Hugo mit einem Tablett kommen, auf dem drei Pappbecher stehen. Isabel springt auf, geht ihm entgegen, in ein paar Metern Entfernung bleiben beide stehen. Sie beugt sich zu ihm, leise unterhalten sie sich miteinander, schielen dabei ab und zu zu ihm her. Danach nehmen sie ein paar Sitzreihen entfernt Platz und halten respektvollen Abstand.

Mathéo konzentriert sich ganz auf das Flugzeug, das gerade im Landeanflug ist, und versucht das, was Isabel gerade zu ihm gesagt hat – wie sehr Lola ihn liebt –, in den hintersten Winkel seines Herzens zu verdrängen. Das Flugzeug scheint eine Ewigkeit lang reglos am Nachthimmel zu hängen. Mathéo hat das Gefühl, als wäre die Zeit stehen geblieben. Er weiß, dass sich alles verändern wird. Dass sein Leben und das von Lola nie mehr so sein werden wie vorher. Seit der Nacht in Brighton weiß er nicht mehr, wer er ist. Sein altes Leben ist zu Ende. Aber er weiß auch noch nicht, wohin sein neues Leben ihn führen wird. Er befindet sich in einem Niemandsland. Er fühlt sich wie ein frei schwebendes Atom im Äther, und obwohl der Gedanke ihn erschreckt, erkennt er auf einmal mit äußerster Klarheit, dass ihn nur der Zufall hierhergeführt hat. Es gibt keinen Sinn und keine Ordnung in der Welt, alles ist nur Zufall; und von irgendeinem Augenblick in der Gegenwart die Zukunft vorhersagen zu wollen, ist vollkommen sinnlos, reine Energieverschwendung. Ihn befällt auf einmal die Gewissheit, dass er sich von den Folgen dessen, was heute geschehen ist, nie mehr erholen wird. Er kann es nie mehr ungeschehen machen, und er spürt, wie sich in ihm etwas verändert, wie etwas in ihm außer Kontrolle gerät. Ein Abgrund öffnet sich in ihm. Er hat Angst, völlig durchzudrehen. Es ist das erste Mal in seinem Leben, dass er spürt, was es wirklich heißt, verrückt zu werden. Es zieht ihn in die finstersten Winkel seines Innern hinab. Verunsichert und verstört erkennt er, dass es viele unheimliche Wirklichkeiten gibt.

Als sie am nächsten Morgen an Bord des ersten Flugzeugs gehen, das nach London fliegt, hat Mathéo sich wieder so weit im Griff, dass er halbwegs funktionieren kann. Er hält den Blick starr geradeaus gerichtet, konzentriert sich immer nur auf eine Sache – den Boardingschalter, die Rückenlehne des Vordersitzes, das Fenster mit den Regentropfen – und blendet alles andere um sich herum aus. Er fühlt sich wie betäubt. Wenn Hugo ihn etwas fragt, bringt er es nicht fertig, den Kopf zu ihm zu drehen. Innerlich flüstert er in einem fort: Ich werde nicht verrückt. Es ist alles in Ordnung. Wir kriegen das hin. Es ist alles in Ordnung. Ich fliege nach Hause zu Lola. Es geht gut aus mit uns beiden. Was passiert ist, ist passiert. Aber es geht gut aus. Ich liebe dich, Lola. Ich liebe dich so sehr. Wenn ich es mir dauernd sage, musst du es doch spüren. Ich weiß, dass du es spürst. Ich liebe dich, Lola. Ich liebe dich, ich liebe dich …

Im Taxi vom Flughafen zur Stadt spürt er, wie etwas vom Grauen der vergangenen Nacht von ihm abfällt. Es ist ein klarer, strahlender Morgen, sie sind wieder zu Hause, und er erinnert sich daran, was Lola ihm am Strand entgegengeschrien hatte: dass sie niemals ihrem Vater davon erzählen würde. Dass sie Mathéos schlimme Anschuldigungen niemals glauben kann. Und ihm wird auf einmal klar, dass das die Rettung ist. Denn dann wird nichts geschehen. Jerry wird nicht in Panik geraten und mit ihr abhauen. Sie wird nicht für immer aus seinem Leben verschwinden. Und Jerry kann doch seiner Tochter nichts antun – was für ein absurder Gedanke! Nein, das kann er nicht. Mathéo wird Lola erklären, dass das alles auf eine posttraumatische Störung zurückzuführen sei, dass er am Strand verstört und verwirrt und total durcheinander war – er wird ihr egal was erzählen, um seine Behauptung, Jerry habe ihn vergewaltigt, zurückzunehmen. Und mit der Zeit wird Lola ihm verzeihen. Das wird sie, das muss sie, denn ohne sie kann er nicht leben. Ohne sie hat sein Leben keinen Sinn.

Eine Weile steigert er sich sogar in die Phantasie hinein, es wäre gar nicht Jerry gewesen, der ihn vergewaltigt hat. Dass der Täter ein Mann war, der Jerry zufällig nur sehr ähnlich gesehen hat. Wie viele schlaflose Nächte hat er sich das schon gewünscht, hat er innerlich gefleht, es möge doch jemand anders gewesen sein – egal, wer. Nur nicht Lolas Vater. Was, wenn es tatsächlich ein Fremder war? Es gibt keine objektive Wirklichkeit, sagt er sich immer wieder, es gibt nur das, was wir als Wirklichkeit wahrnehmen. Und wenn er in seinem Kopf, in seiner Erinnerung Jerry durch eine andere Person ersetzt, dann kann alles wieder so sein wie vorher.

Alles muss wieder so werden wie vorher. Vielleicht, wenn er nur fest genug daran glaubt … Er war nicht er selbst, als er diese Anschuldigungen gemacht hat. Er war schon die ganze letzte Zeit nicht mehr er selbst. Das hat Lola genau gespürt. Sie wird ihm verzeihen. Sie wird ihm eine zweite Chance geben. Sie kennt ihn, sie versteht ihn, sie liebt ihn, so wie ihn vor ihr noch nie jemand geliebt hat und ihn wahrscheinlich auch nie mehr jemand lieben wird. Sie ist sein Leben. Lola, die so zärtlich, so liebevoll, so nett, so lustig, so voller Lebensfreude ist. Er kann sie nicht einfach so gehen lassen. Er will sie nicht einfach so gehen lassen.

Das Taxi hält am Straßenrand. Sie sind vor Lolas Haus angekommen. Alles wirkt ruhig und friedlich. Mathéo hört, wie Hugo einen erleichterten Seufzer ausstößt.

»Siehst du, sie ist zu Hause«, sagt er und deutet auf das große Fenster, hinter dem die Umrisse von Lolas rotem Rucksack zu erkennen sind. »Willst du, dass wir mit reinkommen?«

»Nein, nein.« Riesengroße Erleichterung breitet sich in Mathéo aus. Er stolpert aus dem Taxi, schultert umständlich seinen Rucksack. »Danke, Hugo. Tut mir echt leid wegen dem Urlaub.«

Hugo seufzt. »Schon gut. Tut mir leid, was dir da passiert ist, Alter. Aber zurückzufliegen und zur Polizei zu gehen, ist das einzig Richtige. Viel Glück mit Lola! Ruf mich an, wenn sich alles etwas beruhigt hat, okay?«

Das Taxi fährt los. Hugo und Isabel verschwinden in ihm um die nächste Straßenecke, und einen Moment lang steht Mathéo nur da und nimmt die Stille der Straße in sich auf, das ferne Gezwitscher von Vögeln, den Geruch nach Baum und grünem Laub, den die Eiche neben ihm verströmt. Alles ist so normal. Alles ist so ruhig und still. Er spürt, wie sein Herz allmählich wieder in seinem normalen Rhythmus schlägt, wie er langsam und gleichmäßig atmet. Selbst wenn Lola vorgehabt hätte, ihrem Vater alles von dem Streit zwischen ihnen zu erzählen – es war gar nicht möglich. Jerry scheint bei einem Fotoshooting zu sein, denn sein Transporter mit der Ausrüstung steht nicht in der Einfahrt. Rocky kommt hinter dem Haus hervorgerannt, bellt und wedelt hinter dem Gartenzaun mit dem Schwanz. Alles wie immer. Wenn Jerry mit Lola auf und davon wäre, hätten sie Rocky mitgenommen, und auch das Küchenfenster stünde nicht offen … Gott sei Dank.

Er weiß, dass er sich genau überlegen muss, was er zu ihr sagen will. Wie er ihr erklären will, warum er ihr am Strand solche Dinge entgegengebrüllt hat, dass er da ganz außer sich war und dass er das alles zurücknimmt. Aber jetzt will er sie nur so schnell wie möglich sehen, will ihr zeigen, dass er wieder zur Vernunft gekommen ist. Sie soll wissen, dass er da gestern nur kurz ausgetickt war. Heute ist alles wieder in Ordnung, und er versteht selbst nicht mehr, warum er Jerry beschuldigt hat. Er wird es auch nie wieder tun. Der Mann im Wald hat sich in einen Fremden verwandelt – jemand, den er davor noch nie gesehen hatte.

Mathéo geht zum Haus, ruft Rocky zu, dass er nicht mehr bellen soll, und drückt dann auf die Klingel.

Rocky winselt jetzt um seine Aufmerksamkeit, und Mathéo bückt sich, um ihn hinter dem Zaun zu streicheln. Keine Antwort auf sein Klingeln. Drinnen im Haus ist nichts zu hören. Aber darauf war er gefasst – Lola ist bestimmt immer noch wütend auf ihn. Er ruft durch das Küchenfenster ihren Namen.

»Lola, ich bin's. Es tut mir leid. Es war allein meine Schuld. Ich hab die letzte Zeit alle möglichen wirren Albträume. Ich weiß nicht, was mein Gehirn mir da für einen Streich gespielt hat. Mach auf. Dann erklär ich dir alles!«

Weiterhin keine Antwort, deshalb klettert er über den Zaun in den Garten, um unter dem Rosmarintopf den Ersatzschlüssel hervorzuholen und sich selbst ins Haus zu lassen.

»Ich bin's!«, ruft er die Treppe hinauf. »Nur fünf Minuten, ja? Bitte hör mich an, Lola, okay? Es ging mir gestern nicht gut, irgendwas ist da in meinem Kopf ausgerastet. Muss wohl mit dem posttraumatischen Stress zu tun gehabt haben, oder so was. Aber jetzt ist alles wieder in Ordnung. Ehrlich.«

Rocky folgt ihm ins Haus. Mathéo nimmt den Rucksack ab, stellt ihn auf den Boden und ruft dann noch einmal: »Lola, ich weiß, dass du in deinem Zimmer bist. Lass uns miteinander reden. Ich weiß, dass du wütend auf mich bist, und du hast auch alles Recht der Welt dazu. Aber ich war total durcheinander, ich weiß nicht, was da mit mir passiert ist. Es tut mir leid! Bitte, hör mir zu! Ich wollte dir nur sagen, wie schrecklich leid es mir tut. Es wird nicht wieder vorkommen, das versprech ich dir!«

Seine Stimme schallt durch das stille Haus. Nach einer Weile geht er die Treppe hinauf. Lolas Zimmertür ist zu. Er klopft, ruft wieder ihren Namen. Drückt die Türklinke, obwohl er damit rechnet, dass die Tür abgeschlossen ist. Zu seiner großen Überraschung geht sie auf. Lolas Cargoshorts und das Top, das sie gestern angehabt hat, liegen auf dem Bett. Ihre Flipflops stehen davor. Aber keine Lola.

Er dreht sich überrascht im Türrahmen um und ruft wieder: »Lola?«

Die Badezimmertür ist sonst meistens offen. Auf einmal hört er, dass über ihm in den Leitungsrohren das Wasser rauscht, und er klopft am Badezimmer. »Lola?«

Immer noch keine Antwort. Er lauscht, ob er in der Dusche Wasser laufen hört. Nichts. Plötzlich fängt sein Herz zu rasen an.

»Lola, bitte sag mir nur, ob du da drin bist. Ich warte auf dich! Lass dir ruhig Zeit ...«

Keine Antwort. Er drückt die Klinke. Abgeschlossen. »Lola, jetzt sag doch was! Komm schon ...«

Warum antwortet sie nicht? Nicht einmal, um ihn anzubrüllen, dass er gehen soll?

Er hebt schon die Hand, um noch einmal zu klopfen, da spürt er unter den Füßen etwas Merkwürdiges. Der Teppich. Ganz nass. Mit Wasser vollgesogen. Wasser, das unter der Badezimmertür hervordringt.

Er denkt nicht lange nach, sondern macht ein paar Schritte zurück, nimmt Anlauf und schmeißt sich mit dem ganzen Gewicht seines Körpers gegen die Tür. Der Riegel lockert sich aus seiner Verankerung in der Wand, aber er löst sich nicht ganz heraus. Mathéo tritt mit aller Kraft gegen die Tür. Schmeißt sich wieder und wieder dagegen. Irgendwann ein splitterndes Geräusch, und die Tür bricht endlich auf. Mathéo stolpert über die Schwelle, schlittert über den Boden, auf dem das Wasser steht, stürzt auf die Badewanne zu. Aus dem Hahn tröpfelt es nur, aber die Badewanne ist voll, das Wasser läuft über und in der Wanne ... in ihr ... in ihr ...

»Lola!«

Sie liegt unter Wasser getaucht in der Wanne, ihre langen Haare umschweben sie wie ein dunkler Heiligenschein, sie scheint zu schweben, ihr Körper ist weiß, ihre grünen Augen schauen ihn an. Eine Sekunde lang ist es, als würde die Zeit stillstehen – sie blinzelt nicht, setzt sich nicht auf, reagiert überhaupt nicht. Mathéo wartet einen Moment, wartet darauf, dass sie mit einem großen Spritzer auftaucht. Wartet darauf, dass sie ihn auslacht, weil es ihr gelungen ist, ihm einen solchen Schreck einzujagen. Aber sie rührt sich nicht. Da erfüllt auf einmal ein Entsetzensschrei den Raum, so ohrenbetäubend, so rau und wild, dass er von einem Tier zu kommen scheint. Er greift mit beiden Armen in das kalte Wasser, packt sie unter den Achseln und zieht sie heraus. Sie kommt ihm ungewöhnlich schwer vor, ihre Glieder hängen kraftlos an ihr herunter, ihr Kopf kippt nach hinten. Als er auf dem nassen Boden ausrutscht, fällt sie auf ihn. Einen Augenblick lang kommt es ihm so vor, als wollte sie ihn umarmen. Ihre nassen Haare bedecken sein Gesicht. Mathéo schiebt Lola von sich hinunter und dreht sie um. Ihr Hinterkopf schlägt auf den Fliesen auf. Ihr Gesicht ist weiß, reglos, leblos. Er schreit mehrmals laut um Hilfe, beugt sich dann über sie und presst beide Hände auf ihren Brustkorb. Wasserbläschen bilden sich auf ihren Lippen. Ja! Er kann es aus ihr herauspumpen. Er kann das Wasser aus ihren Lungen herauspumpen. So viel kann sie doch nicht eingeatmet haben. Er pumpt und pumpt und pumpt – horcht auf ihren Herzschlag, fühlt ihren Puls. Nichts. Er probiert es wieder. Ihr Gesicht ist wächsern, ihre Lippen sind dunkelviolett. Er versucht es mit Mund-zu-Mund-Beatmung, doch aus ihren Mundwinkeln rinnt nur etwas Wasser. Er setzt sie auf und klopft ihr auf den Rücken, damit Wasser herausläuft, aber ohne Erfolg. Dann legt er sie wieder hin, drückt wieder auf ihren Brustkorb, noch fester jetzt, und wenn er ihr dabei die Rippen bricht. Er muss ihr Herz wieder in Gang bringen, muss es schaffen, dass sie wieder atmet. Er weiß, welche Wiederbelebungsmaßnahmen man anwenden muss, er hat das gelernt. Bei ihm selbst ist das auch schon gemacht worden, und es hat geklappt. Gleich wird sie zu husten anfangen – so ist das in solchen Fällen, so war das bisher immer, so sollte es sein –, aber warum passiert es nicht? Er fährt mit der Herzmassage fort, drückt und drückt und drückt, aber nur ein dünnes Rinnsal kommt aus ihrem Mund. Kein Herzschlag, kein Husten, kein Atmen. Nichts. Nichts. Nichts.

Zeit vergeht. Er muss alles, was er kann, bereits unendlich lange versucht haben – das weiß er, weil seine Arme inzwischen so schwach sind, dass er kaum mehr Druck auf ihr Herz ausüben kann. Ihr Körper ist immer noch schlaff und blau und kalt ... so kalt. Es muss ein Kreislaufschock sein. Er kann nichts ausrichten. Sie braucht professionelle Hilfe.

Als die Rettungssanitäter kommen – er kann sich nicht daran erinnern, sie gerufen zu haben –, müssen sie ihn gewaltsam von ihr wegzerren. Ihre Sprechgeräte knistern und summen, sie sind in größter Eile, einer ruft kurze Befehle, und sie drängeln sich alle gleichzeitig im Badezimmer. Sie haben ihr ganzes Equipment dabei: Apparate, Pumpen, Defibrillatoren – Gott sei Dank! Sie werden ihr Herz wieder zum Schlagen bringen, das Wasser aus ihren Lungen pumpen, sie mit Sauerstoff versorgen. Aber allmählich lässt die Aufregung und hektische Betriebsamkeit nach. Mathéo sieht, wie einer der Sanitäter nur noch dasteht und Lola anschaut. Die Wörter »Schlaftabletten« und »ertrunken« und »seit Stunden tot« schwirren durch den Raum. Er fängt an, zu protestieren und zu schreien. Warum haben sie aufgehört? Warum hustet sie nicht? Warum dauert das alles so lange? Was – verdammt – ist hier los?

Dann tragen sie sie auf einer Bahre hinaus – ein gutes Zeichen, ihr Zustand hat sich so weit stabilisiert, dass sie ins Krankenhaus transportiert werden kann. Dann muss sie inzwischen ohne Hilfe atmen können. Er will den Sanitätern hinterher, er muss ihr doch im Rettungswagen die Hand halten, ihr über die Haare streichen, ihr versichern, dass alles gut wird. Aber sie haben sie mit einer weißen Plastikplane abgedeckt, nicht nur ihren Körper, sondern auch ihr Gesicht. Ihr Gesicht. Lolas Gesicht, Lolas schönes Gesicht. Er kann ihr Gesicht nicht mehr sehen! Warum machen sie das? Sie kann doch dann nicht mehr atmen, kann nichts mehr sehen! Er muss unbedingt zu ihr, er kämpft darum, zu ihr zu gelangen, aber er wird von jemandem festgehalten, der so stark ist, dass er sich nicht mehr rühren kann.

»Sie ist tot, mein Junge. Wir haben alles getan, was wir konnten. Aber ihr Herz hat schon lange zu schlagen aufgehört. Nichts hätte sie mehr retten können. Niemand.« Einer der Sanitäter steht jetzt vor ihm, sein Gesicht leuchtet wie ein Vollmond. »Gehören Sie zur Familie? Gibt es irgendjemanden, den wir benachrichtigen können?«

»Sie ist nicht tot.« Seine Stimme ist laut und hart und fremd. »Das kann nicht sein. Sie ist nicht tot.«

»Doch, mein Junge. Tut mir leid. Sie ist bereits seit ein paar Stunden tot.«

Und dann tragen sie Lola unter der weißen Plastikplane und auf der Bahre festgeschnallt fort.

Er versucht, aufzuspringen und ihr nachzurennen, aber er wird immer noch von dem Sanitäter festgehalten. »Sie ist nicht tot! Sie ist nicht tot!«, schreit er. »Verdammt noch mal – sie ist nicht tot!« Aber sie hören nicht auf ihn, und die Bahre mit Lola – der lebensfrohen, klugen, lustigen, zärtlichen Lola – verschwindet um die Biegung im Treppenhaus.

»Lola, nein!«, schreit er. »Es tut mir leid, es tut mir so leid. Ich hab es nicht so gemeint. Ich liebe dich! Komm zurück, Lola, komm zurück! Ich liebe dich! Komm zurück!«

Komm zurück, komm zurück, komm zurück … Er sagt die Worte bereits seit einer Ewigkeit vor sich hin, wie ein Mantra, und kann sie nur noch flüstern, weil ihm inzwischen die Stimme wegbleibt. Einer der Sanitäter hat ihm eine Spritze in den Arm gegeben, deshalb kann er sich kaum mehr rühren und sitzt, gegen die Tür von

Lolas Zimmer gelehnt, einfach nur da. Der Mann, der ihn festgehalten hat, geht vor ihm in die Hocke und fragt ihn nach seinem Namen, seinem Alter und der Telefonnummer seiner Eltern.

Ein anderer Sanitäter taucht mit weißen Gummihandschuhen an den Händen aus dem Badezimmer auf, sagt etwas von einem Vogel und hält seinem Kollegen etwas aus Papier hin. Einen blassblauen Origami-Kranich. Mathéo braucht einen Moment, dann reißt er, obwohl er von der Spritze ganz benommen ist, dem Sanitäter den Kranich aus der Hand. Mit ungeschickten Händen faltet er ihn auf. Zuerst können seine Pupillen gar nicht fokussieren, aber dann erkennt er Lolas gleichmäßige, leicht schräg geneigte Handschrift.

Mattie, es tut mir alles so leid. Du hast die Wahrheit gesagt. Dad hat es mir schließlich gestanden. Ich versteh das alles nicht, ich weiß nicht mehr, was ich fühle oder wer ich bin. Aber es tut mir so leid, mein Liebster, dass er Dir das angetan hat. So unendlich leid. Und es tut mir so leid, dass ich Dir nicht geglaubt habe, dass ich Dir so hässliche Dinge an den Kopf geworfen habe, die schon gestern, als ich sie gesagt habe, nicht wahr waren. Es tut mir so unendlich leid – wenn es mich nicht gegeben hätte, dann wäre das alles nicht passiert. Ohne mich hätte er Dein Leben nicht so zerstört. Wenn wir uns nie begegnet wären, dann wäre Dir das nie zugestoßen, aber so egoistisch das jetzt vielleicht klingen mag, ich bring es nicht über mich, mir das zu wünschen. Ich liebe Dich, Mattie. Ich habe Dich vom ersten Moment an geliebt. Ich werde Dich immer lieben. Du bist das Beste in meinem Leben. Du bist der wunderbarste, liebste, großartigste Mensch, den ich kenne. Ich war mit Dir immer so glücklich. Glücklicher, als ich es verdient habe. Ich war glücklich, auf der Welt zu sein und mein Leben zu leben, weil es Dich darin gab, weil ich Dich geliebt habe und

weil Du mich geliebt hast. Und von Dir geliebt zu werden war das Schönste überhaupt auf der Welt. Ohne dieses Gefühl will ich nicht mehr leben. Du hast mein Leben lebenswert gemacht, Mattie, mit Dir war ich so glücklich, so glücklich, wie man überhaupt nur sein kann. Glücklicher geht es nicht. Ich hoffe, Du warst mit mir auch glücklich, bevor das alles passiert ist. Mein einziger Wunsch ist nur noch, dass es Dir wieder besser geht, mein Liebster. Du musst ihn vergessen – und dafür musst Du auch mich vergessen. Wenn ich tot bin, kannst Du ein neues Leben beginnen. Du kannst wieder lieben, und keiner wird Dich mehr so brutal verletzen. Ach, wenn ich nur alles auslöschen könnte, was Du wegen mir hast erleben müssen. Aber wenigstens wirst Du ohne mich eines Tages alles vergessen können. Lass es hinter Dir zurück, Mattie, schau nach vorn, lebe! Ich glaube, so ist es das Beste für uns beide, es ist der einzige Weg. Ich kann nicht weiterleben mit dem, was mein Vater Dir und mir angetan hat. Ich kann nicht weiterleben. Ich würde immer daran denken müssen, dass Du das alles erleiden musstest, weil ich Dich geliebt habe, und das ertrage ich nicht. Wir können nicht mehr zusammen sein. Aber ich kann auch nicht weiterleben ohne Dich. Deshalb ist es so am besten. Eines Tages wirst Du mich verstehen. Ich habe keine Angst vor dem Tod, Mattie. Mein eigenes Leben ist mir nicht mehr wichtig. Nur noch Du bist mir wichtig. Ich will, dass Du ein langes, glückliches Leben hast, und ohne mich wird es für Dich leichter sein. Bitte sei glücklich, mein Liebster! Bitte verliebe Dich wieder! Lebe Dein Leben, so wie Du es leben willst! Lebe es, so wie wir es uns gemeinsam erträumt haben! Lebe es für uns beide! Lebe es für mich!
Ich liebe Dich.
Lola

EPILOG

Es ist wieder Sommer geworden. Ein weiterer Sommer ist angebrochen, und sein zweites Studienjahr geht zu Ende. Mathéo sitzt am Rand des Campusgeländes im Gras, am Teich, nahe am Wasser. Zwischen den Vorlesungen verteilen sich die meisten Studenten auf den weiten Rasenflächen, in Pärchen oder in Gruppen. Jungs, die die Arme besitzergreifend um die Schultern ihrer Freundinnen gelegt haben, lauter kleine Grüppchen, die Pizza essen, Cola trinken und das Ende der Prüfungen feiern. Es ist ein besonders warmer Junitag, der erste richtige Sommertag in diesem Jahr – ein Wetter, bei dem man die Schuhe abstreift, um den weichen, kühlen Boden unter den Fußsohlen zu spüren. Die Sonne ist eine durchsichtige, goldgelbe Kugel hoch oben am Himmel, die den Campus mit ihren Strahlen kitzelt und mit irrsinniger Lebenslust erfüllt. Seine Freunde haben sich etwas entfernt im Schatten einer Eiche niedergelassen – sie wissen, dass er nicht gestört werden will, wenn er hier am Ufer sitzt.

Das nächste Jahr wird sein letztes Jahr in St. Andrews sein. Er weiß jetzt schon, dass er dieser Zeit in seinem Leben nachtrauern wird. St. Andrews war ein guter Ort für ihn. Sein Studium gefällt ihm – er hat sich schließlich doch für Englische Literatur entschieden –, und er hat Freunde gefunden, denen er sich nahe fühlt und mit denen er wahrscheinlich auch später in Kontakt bleiben wird. Seine alten Freunde in London trifft er nur selten, wenn er zu Hause auf Besuch ist. Hugo geht auf ein College in Boston, für das er ein Sportstipendium erhalten hat. Sie haben sich auseinanderentwickelt und melden sich nur noch sehr unregelmäßig beim anderen. Isabel und er haben sich völlig aus den Augen verloren – das Letzte, was er von ihr gehört hat, war, dass sie für ein Jahr an einem Entwicklungshilfeprojekt irgendwo in Afrika mitarbeiten wollte. Sie hatte ihm noch eine Zeit lang Mails geschrieben oder manchmal eine Postkarte geschickt. Aber als er nie darauf antwortete, schlief das auch ein.

An Jerry muss er nur noch selten denken. Wahrscheinlich wird er bald aus der Haft entlassen. Als er von Lolas Selbstmord erfuhr, zeigte er sich selbst an. Es gab einen Prozess. Mathéo unterzeichnete Jerrys Aussage, aber er weigerte sich, selbst auszusagen, war bei den Gerichtsverhandlungen nicht anwesend.

Seine Eltern erfuhren an dem Morgen damals von der Vergewaltigung. Die Sanitäter hatten sie angerufen. Als sie kamen, saß Mathéo, immer noch gegen die Tür von Lolas Zimmer gelehnt, da und umklammerte das blassblaue Blatt Papier, das Lola zu ihrem letzten Kranich gefaltet hatte. Sie nahmen sich die Ereignisse beide sehr zu Herzen, wenn auch auf sehr unterschiedliche Weise. Sein Vater reagierte zunächst mit Wut und wollte sich Jerry vornehmen, drohte damit, ihn umzubringen. Als ihm dann klar wurde, dass er überhaupt nichts tun konnte, zog er sich noch stärker als vorher in sich zurück, vergrub sich in seiner Arbeit und tat nach außen hin fast so, als wäre alles nie geschehen. Mathéos Mutter erklärte ihm, dass sein Vater sich schwere Vorwürfe machte, weil er nicht in der Lage gewesen war, ihn zu beschützen; und weil er ihn immer mit viel zu viel Ehrgeiz angetrieben hatte. Als seine Mutter sich dann ein Jahr Auszeit von ihrem Beruf nahm, um sich während seiner Krankheit um ihn zu kümmern, lernte Mathéo ihre weichere, sanftere Seite kennen. Er fliegt nicht sehr oft zurück nach London, aber seine Mutter und Loïc kommen ihn regelmäßig besuchen. Er freut sich darüber und verbringt gerne Zeit mit ihnen. Loïc gefällt es in St. Andrews, er hat gesagt, dass er ebenfalls hier studieren will, und weiß auch schon, was, nämlich Architektur. Und so, wie er Loïc kennt, wird er das dann auch tun.

Mathéo mag den Teich, schaut gern den Schwänen zu, die mit ihren langen, schmalen Hälsen und hochgereckten Köpfen vorbeigleiten. Als wären Lolas Papierkraniche zum Leben erweckt. Er sitzt gern hier, genau an dieser Stelle, nahe genug am Wasser, um das Licht darauf tanzen zu sehen und dem leisen Plätschern der Wellen zu lauschen.

Mit dem Turmspringen hat er aufgehört. Er war einmal ein Weltklassespringer, dem man den Gewinn der Goldmedaille bei den Olympischen Spielen zutraute. Von seinen neuen Freunden hier wissen nicht viele von dieser Vergangenheit, von diesem Teil seines Lebens. Allerdings behaupten manche, seinen Namen irgendwo schon mal gehört zu haben. Perez hält ihn immer noch auf dem Laufenden, wie es in der Mannschaft so steht. Aber Mathéo hat seit damals keinen einzigen Sprung mehr gemacht. Damals, vor drei Jahren … Die Zeit vergeht so schnell, und dann vergeht sie wieder überhaupt nicht. Er hat erst ein Jahr später als die anderen mit dem Studium angefangen, aber nicht wie geplant wegen der Olympischen Spiele – er hat den Wettkampf noch nicht mal im Fernsehen verfolgt. Eine Zeit lang, ungefähr acht oder neun Monate, ging es ihm überhaupt nicht gut. Drüsenfieber, behaupteten manche Ärzte, andere sprachen von Chronischem Erschöpfungssyndrom. Keiner wollte die Wahrheit wissen, nämlich dass er bettlägerig war, weil er es so wollte. Dass er nichts gegessen hat, weil er es so wollte. Dass er monatelang nicht aus dem Haus gegangen ist, weil er es so wollte. Er magerte so stark ab, dass er beinahe zwei Monate in einer Spezialklinik verbrachte. Seine Eltern bezahlten ihm Therapiesitzungen bei den besten Psychiatern, Psychologen und Therapeuten, die alle auf sexuellen Missbrauch spezialisiert waren. Aber keiner kam auf die Idee, dass es vielleicht wichtig gewesen wäre, ihm bei seiner Trauer um Lola zur Seite zu stehen. Vielleicht, weil er sich weigerte, über sie zu reden. Das tut er immer noch nicht. Manche Dinge sind einfach zu schmerzhaft, um sie in Worte zu fassen. Sind zu persönlich, als dass irgendjemand sie verstehen könnte. Lola lebt jetzt nur noch in seiner Erinnerung, und er wird alles tun, um diese Erinnerung zu schützen. Er wird sie mit niemandem teilen. Er hat schon oft daran gedacht, selbst auch allem ein Ende zu setzen. Aber Lolas Brief hat ihn jedes Mal davon abgehalten. Hält ihn immer noch davon ab.

Alle sagen, dass es ihm jetzt besser geht. Er hat gute Noten, treibt wieder Sport, streift gern durch die Landschaft und fotografiert. Sein Psychiater hat unlängst davon gesprochen, dass er die Antidepressiva und Beruhigungsmittel gern bei ihm ausschleichen würde. Er denkt nicht mehr so viel an Tod und Selbstmord wie noch vor einiger Zeit. Aber »besser«? Ein seltsames Wort. Er weiß nicht einmal mehr, was es bedeuten soll. Kann es einem »besser« gehen, wenn man jemanden wie Lola verloren hat? Er hat gelernt, wieder zu funktionieren, das ja. Hat gelernt, manchmal sogar wieder Freude am Leben zu haben. Hat gelernt, wieder auf andere Menschen zuzugehen, neue Freundschaften zu schließen. Und es wartet bald ein neues Kapitel in seinem Leben auf ihn. Er wird sich entscheiden müssen, was er nach dem Studium anfangen will – und er beginnt, sich sogar auf diesen neuen Lebensabschnitt zu freuen. Alle sagen immer, dass das Leben auch nach dem Verlust eines geliebten Menschen weitergehen muss – und das hat er getan. Er hat weitergelebt. Er schaut nach vorn. Aber der Schmerz bleibt. Man lernt damit zu leben, das ist alles. Man findet Wege, um jeden neuen Tag gut zu überstehen, man lernt neue Leute kennen. Schließt neue Freundschaften mit Menschen, denen man vertraut. Aber der Schmerz ist immer da. Es vergeht kein Tag, an dem er sich nicht nach Lolas Lächeln sehnt, an dem er sich nicht danach sehnt, die Berührung ihrer Hand zu spüren oder sie in seinen Armen zu halten, und sei es auch nur für einen Augenblick. Es vergeht nicht ein Tag, an dem er nicht an sie denkt und ihn die Trauer packt. Der Schmerz wird nie vergehen, das weiß er jetzt, und er würde es auch gar nicht wollen. Lola wird für immer seine große Liebe bleiben. Er wird sich immer wünschen, dass sie noch bei ihm wäre. Er muss nur die Augen schließen, um sie vor sich zu sehen. Wie sie ihn in ihren schönsten gemeinsamen Momenten angelächelt hat. Um ihr Lachen zu hören. Um zu spüren, wie sehr sie ihn geliebt hat. Und er ist dankbar dafür, dass er sie gekannt hat. Es kommen ihm nicht immer die Tränen, aber manchmal – wie heute – weint er ein bisschen.

Und dann hört er, wie zwei Stimmen seinen Namen rufen – George und Kirsty, die mit ihm Frisbee spielen wollen. Und er holt tief Luft, wischt sich über die Augen, winkt ihnen, dass er kommt, steht dann auf und läuft vom Wasser weg zu seinen Freunden.

Eine große Liebe – voller Leidenschaft, gegen alle Vernunft

Tabitha Suzuma
Forbidden
445 Seiten · Ab 14 Jahren
ISBN 978-3-7891-0307-7

Die sechzehnjährige Maya und ihr ein Jahr älterer Bruder Lochan sorgen für ihre jüngeren Geschwister, während ihre Mutter sich dem Alkohol und ihrem Liebhaber zuwendet. Eines Tages wird mehr aus ihrer Beziehung. Maya und Lochan wissen, dass sie etwas Verbotenes tun, aber ihre Gefühle sind stärker und sie können nicht mehr ohne den anderen sein. Denn: Wie kann sich etwas Falsches so richtig anfühlen?

OETINGER TASCHENBUCH

Weitere Informationen unter: **www.oetinger-taschenbuch.de**